飛狐外傳 金庸

THE YOUNG FLYING FOX

1

毒手藥王

陳豫鍾「最愛熱腸人」
陳豫鍾（1762-1806），浙江杭州人，浙派篆刻名家，「西泠八家」之一。
他是乾隆年間人，與本書中胡斐等人同時。

居廉「山茶水仙圖」：居廉，廣東番禺隔山鄉人，清末廣東最重要的畫家之一，是嶺南畫派的先聲。山茶艷麗，水仙清雅，收錄這幅畫，用意是以這兩種花卉象徵本書的女主角袁紫衣與程靈素。

徐琳「笛聲」（套色木刻）：徐琳，當代廣東木刻家。圖中描繪珠江三角洲夜晚水上的景色。

陳樹人「嶺南春色」：陳樹人（1883-1948），廣東番禺人，「嶺南畫派」的中堅份子之一。本圖彩色燦爛，充分表現嶺南的鮮麗氣氛。

「廣州府疆域圖」：錄自「古今圖書集成」。其中紅色＊印處為佛山，胡斐大鬧之處。★印處是香港，圖中尚無香港的名稱，但有馬鞍山、大帽山、杯渡山、大澳等名，急水門即鯉魚門。

界府州惠

廣州府疆域圖

界海洋大

術，圖中有喜鵲、有金魚，是「喜慶有餘」的意思。喜鵲
與金魚的構圖極具匠心。

右頁下圖／佛山銅襯剪紙「唐明皇遊月宮」。

下圖／郎世寧繪乾隆名駒之一：郎世寧（1688-1768），意
大利耶穌會教士，歷康熙、雍正、乾隆三朝為清廷畫工。
圖中白馬為大宛名駒，駱冰送給胡斐的白馬或與此相似。

左圖／梁竹亭「廣東農婦」（木彫）：梁竹亭，當代廣東
彫刻家。

田世光「僧鞋菊」：田世光，當代畫家。
花朵藍色，形狀甚怪，所以名稱也怪，
學名叫作「阿科尼同」。有毒，醫藥上
用處很大，可醫瘰癧、腫瘍、腳氣等症，
又可利尿、殺蟲，有麻醉作用。程靈素
所培植的藍花或許是其變種。

伍學藻「荔枝圖」：伍學藻是十九世紀末廣東著名畫家，善畫荔枝。他是順德人，袁紫衣的同鄉。

三彩瓷船：康熙年間的素胎三彩瓷船。色彩和製作有重大藝術價值。袁紫衣和易吉在帆船的桅桿上鬥鞭，那艘帆船當和圖中瓷船相似。

飛狐外傳

1
毒手藥王

金庸

著

「金庸作品集」臺灣版序

小說是寫給人看的。小說的內容是人。

小說寫一個人、幾個人、一羣人、或成千成萬人的性格和感情。他們的性格和感情從橫面的環境中反映出來，從縱面的遭遇中反映出來，從人與人之間的交往與關係中反映出來。

長篇小說中似乎只有「魯濱遜飄流記」，才只寫一個人，寫他與自然之間的關係，但寫到後來，終於也出現了一個僕人「星期五」。只寫一個人的短篇小說多些，寫一個人在與環境的接觸中表現他外在的世界，內心的世界，尤其是內心世界。

西洋傳統的小說理論分別從環境、人物、情節三個方面去分析一篇作品。由於小說作者不同的個性與才能，往往有不同的偏重。

基本上，武俠小說與別的小說一樣，也是寫人，只不過環境是古代的，人物是有武功的，情節偏重於激烈的鬥爭。任何小說都有它所特別側重的一面。愛情小說寫男女之間與性有關的感情，寫實小說描繪一個特定時代的環境，「三國演義」與「水滸」一類小說敘述大羣人物的鬥爭經歷，現代小說的重點往往放在人物的心理過程上。

小說是藝術的一種，藝術的基本內容是人的感情，主要形式是美，廣義的、美學上的美。在小說，那是語言文筆之美、安排結構之美，關鍵在於怎樣將人物的內心世界通過某種形式而表現出來。甚麼形式都可以，或者是作者主觀的剖析，或者是客觀的敘述故事，從人

物的行動和言語中客觀的表達。

讀者閱讀一部小說，是將小說的內容與自己的心理狀態結合起來。同樣一部小說，有的人感到強烈的震動，有的人卻覺得無聊厭倦。讀者的個性與感情，與小說中所表現的個性與感情相接觸，產生了「化學反應」。

武俠小說只是表現人情的一種特定形式。好像作曲家要表現一種情緒，用鋼琴、小提琴、交響樂、或歌唱的形式都可以，畫家可以選擇油畫、水彩、水墨、或漫畫的形式。問題不在採取甚麼形式，而是表現的手法好不好，能不能和讀者、聽者、觀賞者的心靈相溝通，能不能使他的心產生共鳴。小說是藝術形式之一，有好的藝術，也有不好的藝術。

好或者不好，在藝術上是屬於美的範疇，不屬於真或善的範疇。判斷美的標準是美，是感情，不是科學上的真或不真，道德上的善或不善，也不是經濟上的值錢不值錢，政治上對統治者的有利或有害。當然，任何藝術作品都會發生社會影響，自也可以用社會影響的價值去估量，不過那是另一種評價。

在中世紀的歐洲，基督教的勢力及於一切，所以我們到歐美的博物院去參觀，見到所有中世紀的繪畫都以「聖經」為題材，表現女性的人體之美，也必須通過聖母的形象。直到文藝復興之後，凡人的形象才在繪畫和文學中表現出來，所謂文藝復興，是在文藝上復興希臘、羅馬時代對「人」的描寫，而不再集中於描寫神與聖人。

中國人的文藝觀，長期來是「文以載道」，那和中世紀歐洲黑暗時代的文藝思想是一致的，用「善或不善」的標準來衡量文藝。「詩經」中的情歌，要牽強附會地解釋為諷刺君主

或歌頌后妃。陶淵明的「閒情賦」，司馬光、歐陽修、晏殊的相思愛戀之詞，或者惋惜地評之為白璧之玷，或者好意地解釋為另有所指。他們不相信文藝所表現的是感情，認為文字的唯一功能只是為政治或社會價值服務。

我寫武俠小說，只是塑造一些人物，描寫他們在特定的武俠環境（古代的、沒有法治的、以武力來解決爭端的社會）中的遭遇。當時的社會和現代社會已大不相同，人的性格和感情卻沒有多大變化。古代人的悲歡離合、喜怒哀樂，仍能在現代讀者的心靈中引起相應的情緒。讀者們當然可以覺得表現的手法拙劣，技巧不夠成熟，描寫殊不深刻，以美學觀點來看是低級的藝術作品。無論如何，我不想載甚麼道。我在寫武俠小說的同時，也寫政治評論，也寫與哲學、宗教有關的文字。涉及思想的文字，是訴諸讀者理智的，對這些文字，才有是非、真假的判斷，讀者或許只部份同意，或許完全反對。

對於小說，我希望讀者們只說喜歡或不喜歡，只說受到感動或覺得厭煩。我最高興的是讀者喜愛或憎恨我小說中的某些人物，如果有了那種感情，表示我小說中的人物已和讀者的心靈發生聯繫了。小說作者最大的企求，莫過於創造一些人物，使得他們在讀者心中變成活生生的、有血有肉的人。藝術是創造，音樂創造美的聲音，繪畫創造美的視覺形象，小說是想創造人物。假使只求如實反映外在世界，那麼有了錄音機、照相機，何必再要音樂、繪畫？有了報紙、歷史書、記錄電視片、社會調查統計、醫生的病歷紀錄、黨部與警察局的人事檔案，何必再要小說？

一九八六・二・六　於香港

目錄

第一章

大雨商家堡

一

那高瘦大漢拉住了大車，

騾子再也不能向前半尺。

車中美婦先行下車，走進廳去。

田歸農失魂落魄一般也跟了進去。

「胡一刀，曲池，天樞！」

「苗人鳳，地倉，合谷！」

一個嘶啞的嗓子低沉地叫著。叫聲中充滿著怨毒和憤怒，語聲從牙齒縫中迸出來，似是千年萬年、永恆的咒詛，每一個字音上塗著血和仇恨。

突突突突四聲響，四道金鏢連珠發出，四枝金鏢連珠發出，射向兩塊木牌。

每塊木牌的正面反面都繪著一個全身人形，一塊上繪的是個濃髯粗豪的大漢，旁註「胡一刀」三字；另一塊上繪的是個瘦長漢子，旁註「苗人鳳」三字，人形上書明人體周身穴道。木牌下面接有一柄，兩個身手矯捷的壯漢各持一牌，在練武廳中滿廳遊走。

大廳東北角一張椅子中坐著一個五十來歲的白髮婆婆，口中喊著胡一刀或苗人鳳身上穴道的名稱。一個二十來歲的英俊少年勁裝結束，鏢囊中帶著十幾枝金鏢，聽得那婆婆喊出穴道名稱，右手一揚，就是一道金光射出，釘向木牌。兩個持牌壯漢頭戴鋼絲罩子，上身穿了厚棉襖再罩牛皮背心，唯恐少年失了準頭，金鏢招呼到他們身上。兩人竄高伏低，搖擺木牌，要讓他不易打中。

大廳外的窗口，伏著一個少女、一個青年漢子。兩人在窗紙上挖破了兩個小孔，各用右眼湊著向裏偷窺。兩人見那少年身手不凡，發鏢甚準，不由得互相對望了一眼，臉上都露出訝異的神色。

天空黑沉沉的堆滿了烏雲。大雨傾盆而下，夾著一陣陣的電閃雷轟，勢道嚇人。黃豆大的雨點打在地下，直濺到窗外兩個少年男女的身上。

他們都身披油布雨衣，對廳上的事很感好奇，又再湊眼到窗洞上去看時，只聽得那婆婆

說道：「準頭還可將就，就是沒勁兒，今日就練到這裏。」說著慢慢站起身來。

少女拉了那漢子一把，急忙轉身，向外院走去。那漢子低聲道：「這是甚麼玩意兒？」

那少女道：「甚麼玩意兒？自然是練鏢了。這人的準頭算是很不錯的了。」那漢子道：「難

道練鏢我也不懂？可是木牌上幹麼寫了甚麼胡一刀、苗人鳳？」那少女道：「這就有點邪

門。你不懂，我怎麼就懂了？咱們問爹爹去。」

這少女十八九歲年紀，一張圓圓的鵝蛋臉，眼珠子黑漆漆的，兩頰暈紅，周身透著一股

青春活潑的氣息。那漢子濃眉大眼，比那少女大著六七歲，神情粗豪，臉上生滿紫色小瘡，

相貌雖然有點醜陋，但步履輕健，精神飽滿，卻也英氣勃勃。

兩人穿過院子，雨越下越大，潑得兩人臉上都是水滴，紅

紅白白的臉經水一洗，更是顯得嬌嫩。那漢子呆呆的望著她，不由得獃了。少女側過頭來，

故意歪了雨笠，讓竹笠上的雨水都流入了他衣領。那少女嘆

哧一笑，輕輕叫了聲：「傻瓜！」走進花廳。

廳中東首生了好大一堆火，二十多個人團團圍著，在火旁烘烤給雨淋濕了的衣物。這羣

人身穿玄色或藍色短衣，有的身上帶著兵刃，是一羣鏢客、趟子手和腳夫。廳上站著三個武

官打扮的漢子。這三人剛進來避雨，正在解去濕衣，斗然見到這明艷照人的少女，不由得眼

睛都是一亮。

那少女走到烤火的人羣中間，把一個精乾瘦削的老人拉在一旁，將適才在後廳見到的事

悄聲說了。那老人約莫五十來歲，精神健旺，頭上微見花白，身高不過五尺，但目光炯炯，凜然有威。他聽了那少女的話，眉頭一皺，低聲呵責道：「又去惹事生非！若是讓人家知覺了，豈不是自討沒趣？」那少女伸伸舌頭，笑道：「爹，這趟陪你老人家出來走鏢，這可是第十八回挨罵啦。」那老人道：「我教你練功夫時，旁人來偷瞧，那怎麼啦？」

那少女本來嘻皮笑臉，聽父親說了這句話，不禁心頭一沉。她想起去年有人悄悄在場外偷瞧她父親演武，父親明明知道，卻不說破，在試發袖箭之時，突然一箭，將那人打瞎了一隻眼睛。總算他手下容情，勁道沒使足，那裏還有命在？父親後來說，偷師竊藝，乃是武林中的大忌，比偷竊財物更為人痛恨百倍。

那少女一想，倒有些後悔，適才不該看旁人練武，但姑娘的脾氣要強好勝，嘴上不肯服輸，說道：「爹，那人的鏢法也平常得緊，保管沒人偷學了。」老者臉一沉，斥道：「你這丫頭，怎麼開口就說旁人的玩意兒不成？」那少女一笑，道：「誰教我是百勝神拳馬老鏢頭的女兒呢？」

三個武官烤火，不時斜眼瞟向那美貌少女，只是他父女倆話聲很低，聽不到說些甚麼。那少女最後一句話說得大聲了，一個武官聽到「百勝神拳馬老鏢頭的女兒」幾個字，瞧瞧這短小瘦削、骨頭沒幾兩重的乾癟老頭，又橫著眼一掃插在廳口那枝黃底黑絲線繡著一匹插翅飛馬的鏢旗，鼻中哼了一聲，心想：「百勝神拳？吹得好大的氣兒！」

原來這老者姓馬，名行空，江湖上外號叫作「百勝神拳」。那少女是他的獨生愛女馬春花。這名字透著有些兒俗氣，可是江湖上的武人，也只能給姑娘取個甚麼春啊花啊的名字。

跟她一起偷看人家練鏢的漢子姓徐，單名一個錚字，是馬行空的徒弟。

徐錚蹲在火堆旁烤火，見那武官不住用眼瞟著師妹，不由得心頭有氣，向他怒目瞪了一眼。那武官剛好回過頭來，與他目光登時就對上了，心想你這小子橫眉怒目幹麼，也是惡狠狠的瞪了他一眼。徐錚本就是霹靂火爆的脾氣，當下虎起了臉，目不轉睛的瞪著那武官。

那武官約莫三十來歲，身高膀寬，一臉精悍之色。他哈哈一笑，向左邊的同伴道：「你瞧這小子鬥雞兒似的，是你偷了他婆娘還是怎地？」那兩個武官對著徐錚哈哈大笑。

徐錚大怒，霍地站起來，喝道：「你說甚麼？」那武官笑吟吟的道：「我說，小子唉，我說錯啦，我跟你陪不是。」徐錚性子直，聽到人家陪不是，也就算了，正要坐下，那人笑道：「我知道人家不是偷了你婆娘，準是偷了你妹子。」

徐錚一躍而起，便要撲上去動手，馬行空喝道：「錚兒，坐下。」徐錚一愕，臉孔脹得通紅，道：「師父，你……你沒聽見？」馬行空淡淡的道：「人家官老爺們，愛說幾句笑話兒，又干你甚麼事了？」徐錚對師父的話向來半句不敢違拗，狠狠瞪著那個武官，卻慢慢坐了下來。

那三個武官又是一陣大笑，更是肆無忌憚的瞧著馬春花，目光中儘是淫邪之意。

馬春花見這三人無禮，要待發作，卻知爹爹素來不肯得罪官府，尋思怎生想個法兒，跟這三個臭官兒打一場架。突然電光一閃，照得滿廳光亮，接著一個焦雷，震得各人耳朵嗡嗡發響，這霹靂便像是打在這廳上一般。天上就似開了個缺口，雨水大片大片的潑將下來。

雨聲中只聽得門口一人說道：「這雨實在大得狠了，只得借光在寶莊避一避。」莊上一

名男僕說道：「廳上有火，大爺請進吧。」

廳門推開，進來了一男一女，男的長身玉立，氣宇軒昂，背上負著一個包裹，三十七八歲年紀。女的約莫廿二三歲，膚光勝雪，眉目如畫，竟是一個絕色麗人。馬春花本來算得是個美女，但這麗人一到，立時就比了下去。兩人沒穿雨衣，那少婦身上披著男子的外衣，已然全身盡濕。那男子攜著少婦的手，兩人神態親密，似是一對新婚夫婦。那男子找了一綑麥稈，在地下鋪平了，扶著少婦坐下，顯得十分的溫柔體貼。這二人衣飾都很華貴，少婦頭上插著一枝鑲珠的黃金鳳頭釵，看那珍珠幾有小指頭大小，光滑渾圓，甚是珍貴。馬行空心中暗暗納罕：「這一帶道上甚不太平，強徒出沒，這一對夫婦非富即貴，為何不帶一名侍從，兩個兒孤孤單單的趕道？」饒是他在江湖上混了一世，卻也猜不透這二人的來路。

馬春花見那少婦神情委頓，雙目紅腫，自是途中遇上大雨，十分辛苦，這般穿了濕衣烤火，濕氣逼到體內，非生一場大病不可，當下打開衣箱，取出一套自己的衣服，走近去低聲說道：「娘子，我這套粗布衣服，你換一換，待你烘乾衣衫，再換回吧。」那男子點點頭，也向馬春花一笑示謝。那少婦拉了馬春花的手，站起身來，目光中似乎在向丈夫詢問。那男子點點頭，兩個女子到後廳去借房換衣。

三個武官互相一望，臉上現出特異神色，心中都在想像那少婦換衣之時，定然美不可言。適才和徐錚鬥門口的那個武官最是大膽，低聲道：「我瞧瞧去。」另一個笑道：「老何，別胡鬧。」那姓何的武官眨眨眼睛，站起身來，跨出幾步，一轉念，從地下拾起腰刀，掛在身上。

8

徐錚受了他的羞辱，心中一直氣憤，見他走向後院，轉頭向師父望了一眼，只見馬行空閉著眼睛在養神，又見戚楊兩位鏢頭、五個趙子手和十多名腳夫守在鏢車之旁，嚴行戒備，決不致出了亂子，於是跟隨在那武官身後。

那武官聽到背後腳步響，轉過頭來，見是徐錚，咧嘴一笑道：「小子，你好！」徐錚道：「臭官兒，你好。」那武官笑道：「想挨揍，是不是？」徐錚道：「是啊。我師父不許打你。咱們悄悄的打一架，好不好？」那武官自恃武藝了得，沒將這楞小子瞧在眼裏，只是見他鏢行人多，已方只有三人，若是羣毆，定要吃虧，這楞小子要悄悄打架，那是再好也沒有，便笑著點頭道：「好啊，咱們走得遠些。若給你師父聽見了，這架就打不成。」

兩人穿過天井，要尋個沒人的所在動手，忽見迴廊上轉出一個人來。那人身穿綢袍，眉清目秀，正是適才練鏢的少年。徐錚心中一動：「借他的武廳打架最好不過。」於是上前一抱拳，說道：「兄長請了。」那少年還了一揖，說道：「達官有何吩咐？」徐錚指著武官道：「在下跟這個總爺有點小過節，想借兄長的練武廳一用。」那少年好生奇怪，心道：「你怎知我家有練武廳？」但學武之人，聽到旁人要比武打架，可比甚麼都歡喜，當即答道：「好極，好極！」當下領了二人走進練武廳。

這時老婆婆和莊丁等都已散去，練武廳上更無旁人。那武官見四壁軍器架上刀槍劍戟一應俱全，此外沙包、箭靶、石鎖、石鼓放得滿地，西首地下還安著七十二根梅花樁，暗暗點頭，心想：「原來這一家人會武，只怕功夫還不錯。」於是向那少年一抱拳，說道：「在下

9

來貴莊避雨，還沒請教主人高姓大名？」那少年忙即還禮，說道：「小人姓商，名寶震。兩位高姓大名？」徐錚搶著道：「我叫徐錚，我師父是飛馬鏢局總鏢頭，百勝神拳馬行空。」說著向武官瞪了一眼，心道：「你聽了我師父的名頭，可知道厲害了嗎？」

商寶震拱手道：「原來是一位侍衛大人。小人素聞京師有大內十八高手，想來何大人都是知交。」那武官道：「在下是御前侍衛何思豪。」

何思豪道：「那大半也相熟的。」其實皇帝身邊的侍衛共分四等，侍衛班領，什長、一、二、三等及藍翎侍衛，都由正黃、鑲黃、正白內三旗的宗室親貴子弟充任。漢侍衛屬於第四等，這何思豪在侍衛處中只是最末等的藍翎漢侍衛，所謂大內十八高手，那是他識得人家，人家就不識得他了。

徐錚大聲道：「商公子，你就給做個公證。我跟這姓何的公公平平打一架，不管是誰輸誰贏，都不許向旁人說起。」他是生怕師父知道了責罵。何思豪哈哈笑道：「勝了你這楞小子不足為武，還值得向旁人吹大氣的麼？楞小子，上啊。」一將長袍，拉起袍角，在腰帶中塞好。徐錚脫下長袍，將辮子盤在頭頂，擺個「對拳」，雙足併攏，雙手握拳相對，倒是神定氣閒。

何思豪見他這姿式是「查拳」門人和人動手的起手式，已放下了一大半心，心道：「甚麼百勝神拳！這查拳三歲小孩兒也會，有甚麼希罕？」原來「潭、查、花、洪」，向稱北拳四大家，指潭腿、查拳、花拳、洪門四派拳術而言，在北方流傳極廣，任何練拳之人都略知一二，算得是拳術中的入門功夫。何思豪見對手拳法平常，向商寶震一笑，說道：「獻

10

醜！」一招「上步野馬分鬃」，向徐錚打了過去，他使的是太極拳。其時太極門的武功聲勢

甚盛，人人均知是極厲害的內家拳法。

徐錚不敢怠慢，左腳向後踏出，上身轉成坐盤式，右手按、左手撩，一招「後叉步撩

掌」出手極是快捷。何思豪見來招勁道不弱，忙使一招「轉身抱虎歸山」，避開了這一撩。

徐錚使一招「弓步架打」，右拳呼的一聲擊出，直撲對方面門。何思豪不及避讓，使一招

「如封似閉」，雙掌一封。二人拳掌相交，何思豪只感手腕隱隱生疼，心道：「這小子蠻力

倒大。」

霎時之間，二人各展拳法，拆了十餘招。商寶震站著旁觀，見徐錚腳步沉穩，出拳有

力，何思豪卻是身形飄忽，顯然輕功頗有根基。

鬥到酣處，何思豪哈哈一笑，一掌擊中徐錚肩頭。徐錚飛腳踢去，何思豪側身閃避，一

招「玉女穿梭」，拍的一聲，又擊中徐錚手臂。徐錚更不理會，掄拳急攻，突然直出一拳，

一招「弓步劈打」，砰的一響，打中對方胸口。這一拳著力極沉，何思豪腳步踉蹌，向後退

了幾步，終於一交坐倒。只聽旁邊一個女子聲音嬌聲叫道：「好！」

商寶震回過頭去，只見兩個女子站在廳口，一是少婦，另一個卻是個閨女。他先前凝神

觀鬥，不知身後有人。原來馬春花和那少婦換了衣服經過此處，聽到呼叱比武之聲，在廳口

一望，竟是師兄和那武官打架，這時見師兄得勝，不由得出聲喝采。

何思豪給這一拳打得好不疼痛，在女子面前丟臉出醜，更是老羞成怒，當即一躍而起，

乘著跳躍之勢，已抽腰刀在手，上步直劈。徐錚毫不畏懼，仍以「查拳」空手和他相鬥，只

是忌憚對方兵器鋒利，已是閃避多，進攻少了。馬春花見這武官臉上神情狠惡，並非尋常人動刀子出拳頭。」

當此情勢，馬春花那裏肯走，只道：「再看一會兒。」那少婦眉頭一皺，竟自走了。

商寶震凝神看著那武官的刀勢，又留心徐錚閃避和上步搶攻之法，手上暗扣一枝金鏢，若那武官用刀傷人，他就要伸手相救。但見徐錚雙目緊緊盯住刀鋒，刀鋒向東，他眼睛跟到東，刀鋒削向西，眼睛也跟到西，眼見一刀迎面砍來，他身子略閃，飛腳向敵人手腕上踢去。何思豪迴刀削足，徐錚長臂急伸，砰的一響，一拳正中他鼻樑。何思豪大痛，手腳略緩，徐錚左手揮出，抓住他右腕一拿一扭，將腰刀奪了下來。

何思豪怕他順勢揮刀削來，忙向後躍，舉手往臉上一抹，滿手是血。徐錚將腰刀往地下一摔，說道：「你還敢瞎著眼睛罵人？」何思豪滿臉羞慚，不敢作聲。

商寶震伸手一拉徐錚後襟，使個眼色。徐錚尚未會意，商寶震已大聲說道：「怎......怎是不分勝敗？」商寶震道：「好啦，大家武功一般高明，小弟佩服得緊......」徐錚急道：「怎......怎是不分勝敗？」商寶震道：「兩位武功各有獨到之處。徐兄的查拳純熟。何大人的太極拳和太極刀更是厲害之極。徐兄，你一時僥倖，其實講真功夫，還得算何大人。」一面說，一面取出帕，幫何思豪抹去鼻血。徐錚還要再爭，馬春花道：「師哥，別理他。咱們出去。」

徐錚打了何思豪兩拳，一口惡氣已經出了，但商寶震說話含糊，明明袒護對方，倒似自己輸了，越想越怒，狠狠望了他一眼，隨著師妹出去。走到天井，天空轟隆隆一片雷聲過

去，雷聲中夾著商寶震、何思豪的大笑之聲，顯然這二人在背後笑他。

他雖打架獲勝，但越想越是不忿，氣鼓鼓的坐在火旁。只見師父雙目似開似閉，睡意

甚濃。過了一會，何思豪走了出來，不知跟那兩個武官說些甚麼猥褻言語，三人一齊哈哈大

笑，不時斜目瞄那美貌少婦。

馬行空慢慢站起，伸了個懶腰，走到鏢車旁邊檢視，忽然叫道：「錚兒，過來，你瞧

這兒怎麼啦？」徐錚聽師父叫他，趕忙起身過去。馬行空側過身子，面向牆壁，伸手整理鏢

車，低聲道：「不長進的東西，你那招『墊步踹腿』怎麼踹偏了？否則那用跟他纏鬥這麼

久？」徐錚嚇了一跳，顫聲道：「你……你老人家都瞧見啦？」馬行空道：「哼，你莫想在

師父面前搗鬼。他使那招『提步高探馬』時，你幹麼不使『弓步雙推掌』？迎面直擊，早就

勝了。你就是膽小怕死。」徐錚回想適才相鬥之時，初時不知敵人虛實，果然有些害怕，有

幾招使得太過穩重了些。看來師父裝作不知，其實是躲在窗外觀看。

馬行空又道：「快進去謝謝那姓商的吧。人家年紀比你輕，可有多精明能幹。」徐錚大

為詫異，道：「師父，謝甚麼？這姓商的偏心，不是好人。」馬行空冷笑道：「是啊，他是

偏心呢。可是他偏心維護你徐大爺哪。」徐錚滿心胡塗，怔怔的望著師父。馬行空低聲道：

「你打的是甚麼人？他是御前侍衛。咱們呢，那是憑人家賞口飯吃的走鏢的。官老爺當真跟

你為難起來，咱們還不是吃不了兜著走麼？那少年護住了他面子，叫你這楞小子少了一椿後

患。」

徐錚恍然大悟，連稱：「是，是！」奔到後院練武廳中，只見商寶震抬手踢腿，正在練

一招「查拳」中的「弓步劈打」，正是徐錚適才用以擊中何思豪那一手。他見徐錚進來，臉上一紅，急忙收拳。

徐錚抱拳道：「商公子，我師父叫我跟你道謝來啦。我起初不明白你是好意，心裏還怪你呢。」商寶震道：「徐大哥，你武功勝過那個侍衛何止十倍？小弟佩服得緊。」徐錚聽他稱讚自己，甚是高興，當即跟他談了起來，問道：「你練的是那一門功夫？」商寶震道：「小弟初學，甚麼也沒學會，談不上是那一門那一派。適才見徐大哥用這一招打他，是不是這樣？」說著右足踏出，右拳劈打，左手心向上托住右臂。

徐錚剛才以此招取勝，見他比劃自己的得意之作，自然興高采烈，說道：「這一招有兩句口訣，叫作『陸海迎門三不顧，劈拳挑打不容寬。』」這兩句順口說出，忽然想起，這是師門所傳心法，怎能胡亂說與外人知曉，忙轉口道：「你比得很對，就是這招。」

商寶震道：「甚麼叫作『陸海迎門三不顧』呢？」徐錚道：「這個……我可也忘了。」他不善撒謊，這一句話出口，臉也紅了。商寶震知他不肯說，也就不再多問，只是著意結納，將他捧得全身輕飄飄的如在雲霧。

徐錚道：「商老弟，咱們也別鬧虛文。你使一套拳腳給我瞧瞧，若是有甚麼不到的地方，我跟你說說，也不枉了今日結交一場。」商寶震大喜，道：「那再好也沒有了。」當下拉開架子，在場中打起拳來，但見他「頭趟繩掛一條鞭，二趟十字繞三尖」，使的是十二路潭腿。

這路拳腳使得倒是純熟，但出拳不正，腳步浮虛，雖然袍袖生風，姿式華麗，若是與人

14

動手，卻半點管不得事。只把徐錚看得暗暗搖頭，等他打完「十二趟犀牛望月轉回還」，忍不住嘆了口氣，說道：「兄弟，莫怪我直言，教你武藝的師父是躭誤了你啦。」正要往下解釋，忽見馬春花在廳口一探頭，叫道：「師哥，爹叫你。」

徐錚忙向商寶震告辭，回到廳上。只見火堆旁又多了兩個避雨之人。一個是沒了右臂的獨臂人，一條極長的刀疤從右眉起斜過鼻子，一直延伸到左邊嘴角，在火光照耀下顯得面目極是可怖；另一個是個十三四歲的男孩，黃黃瘦瘦。兩人衣衫都很襤褸。

徐錚向兩人望了一眼，也不在意，走到馬行空面前，叫了聲：「師父！」馬行空臉一沉，低聲道：「去了這麼久，又在賣弄武藝了，是不是？」徐錚道：「弟子不敢。這裏可正是武定縣，主人家姓商。咱們胡亂進來避雨，初時並沒留心，你瞧，正樑上繪著甚麼？」

徐錚抬起頭來，只見正樑上金漆漆著一個八卦圖形，不由得大吃一驚，忙道：「師父，

徐錚心中暗奇：「我師父沒跟那姓商的見過面，又沒見他練過拳腳，怎麼連他師父是誰也知道了？」當下答道：「弟子不知，想來是個不中用的混混。」馬行空冷笑一聲，低沉著聲音，說道：「不中用的混混！哼，十五年前，你師父給人砍過一刀，劈過一拳，養了三年傷方得康復。那人是誰？」徐錚一驚，說道：「八卦刀商劍鳴。」馬行空低聲道：「半點兒也不錯。那商劍鳴是山東武定縣人，這裏可正是武定縣，主人家姓商。咱們胡亂進來避雨，

的主人鏢法不錯，那知拳腳一點兒也不成。」馬行空道：「傻小子，你給人家冤啦。憑你這點功夫，兩個也不是人家的對手。」徐錚一笑，道：「那怕不見得。他師父教的十二路潭腿，儘是好看不管用。」馬行空道：「你知他師父是誰？」

15

快抄傢伙，咱們撞到仇家窩裏來啦。」馬行空淡淡的道：「倒不用忙。商劍鳴早給人殺啦！」

徐錚曾聽師父說過當年大敗在一人手裏，那就是山東大豪八卦刀商劍鳴，卻不知商劍鳴原來已死，只因這是師門的奇

恥大辱，師父後來不提，也就從此不敢多問一句，低聲道：「是你

老人家後來報了仇？」馬行空哼了一聲，道：「商劍鳴的武功，我再練一輩子也趕不上，憑

我這點玩藝兒，那殺得了他？」徐錚大奇，問道：「那麼是誰殺了他？」馬行空道：「那少

年用金鏢打木牌上的人形，商劍鳴就是給這兩個人殺的。」

徐錚睜大了眼睛，道：「胡一刀和苗人鳳？」

馬行空點了點頭，臉上神色陰鬱，便如屋外的天空那般黑沉沉地。

徐錚平素對師父佩服得五體投地，以為當世之間，說到武功，極少有人能強得過百勝

神拳馬老鏢頭了，豈知這時聽到師父言道：「那胡一刀與苗人鳳武功遠勝於他，胡一刀與苗人

鳳的功夫又在商劍鳴之上，不由得大為驚詫，低聲問道：「那胡一刀與苗人鳳是何等樣的人

物？」馬行空道：「胡一刀的武功強我十倍，只可惜在十多年前死了。」徐錚舒了一口氣

道：「想是病死的了？」馬行空道：「給人殺死的。」徐錚睜大了眼睛，道：「胡一刀這麼

厲害，有誰殺得了他？」馬行空道：「打遍天下無敵手金面佛苗人鳳。」

這「打遍天下無敵手金面佛苗人鳳」十三個字一口氣說將出來，聲音雖低，卻是大具威

嚴。徐錚胸口一沉，正待說話，猛聽得門外隱隱馬蹄聲響，大雨中十餘匹馬急奔而來。

那面目英俊的青年與那美貌少婦聽到馬蹄聲音，互望一眼，似在強自鎮定，但臉上終究

露出了驚惶之色。那青年拉著少婦的手，挪動坐位，似是怕火堆炙熱，移遠了些。

十多匹馬奔到莊前，戛然而止。但聽得數聲呼哨，七八匹馬繞到了莊後。

馬行空一聽哨聲，臉上變色，低聲道：「定著點兒。」徐錚極是興奮，聲音發顫，問道：「那話兒來了？」馬行空不再回答，大聲喝道：「大夥兒抄傢伙，護鏢！」這句話一喝，鏢行人眾登時大亂，知道有劫鏢的黑道強人到來，當即躍起。戚楊兩名鏢頭和五名趟子手指揮車夫，將十餘輛鏢車圍成一堆。馬春花反而臉有喜色，拔出柳葉刀，道：「爹，是那一路的？」馬行空皺眉道：「還不知道。」接著自言自語：「這一路朋友好怪，道上也不踩盤子，就這麼說到便到。」

一言方罷，只聽得圍牆上托托托接連聲響，八名大漢一色黑衣打扮，手執兵刃，一字排開的站在牆頭。馬春花揚起右臂，就想一枝袖箭射出。馬行空臉色凝重，低聲喝道：「別胡來！瞧我眼色行事。」八名黑衣大漢望著廳上眾人，一言不發。

砰的一聲，大門推開，進來一個漢子，身穿寶藍色緞袍，衣服甚是華麗，但面貌委瑣，縮頭縮腦，與一身衣服極不相稱。這人抬頭望了望天，但見大雨傾盆而下，嘿的一聲笑，足尖一點，倏地穿過了院子，站在廳口。這一下飛躍身形快極，大雨雖密，卻只在他肩頭打濕了數點。徐錚與馬春花對此人本來不以為意，突然見他露了這手輕功，這才生忌憚之心，向馬行空望了一眼。

馬行空右手握著煙袋，拱手說道：「請恕老漢眼拙，沒曾拜會。朋友尊姓大名，寶寨歇馬何處？」

17

商家堡少主人商寶震聽到馬蹄聲響，當即暗藏金鏢，腰懸利刀，來到廳前。只見那盜魁手戴碧玉戒指，長袍上閃耀著幾粒黃金扣子，左手拿著一個翡翠鼻煙壺，不帶兵器，神情打扮，就如是個暴發戶富商。只聽他說道：「在下姓閻名基，老英雄自是百勝神拳馬行空了？」

馬行空抱拳道：「不敢，這外號是江湖朋友給在下臉上貼金。浪得虛名，不足掛齒。」

心中暗忖：「閻基？那是甚麼人？沒聽過江湖上有這號人物。」

閻基哈哈一笑，指著站在牆頭的一列黑衣漢子，說道：「弟兄們餓了幾天肚子，想請馬老英雄賞口飯吃。」馬行空道：「閻寨主言重了。錚兒，取五十兩銀子，請閻寨主賞賜弟兄。」他這是按著江湖規矩行事，但瞧對方的神情聲勢，決非五十兩銀子所能打發。

果然閻基仰天哈哈大笑，說道：「馬老英雄保鏢，一保就是三十萬兩。姓閻的眼界雖小，區區五十兩，倒還不在眼內。」馬行空心中嘀咕：「此人信息倒靈，怎麼打聽得清清楚楚，知道我保了三十萬兩鏢銀？」眉頭一皺，仍按江湖規矩說道：「想馬某有甚麼本事，全憑道上朋友給臉罷了。閻寨主今日雖是初見，咱們東邊不會西邊會，馬某有幸，今日又交一位朋友。不知閻寨主有甚麼吩咐？」

閻基道：「吩咐是不敢當的，只是在下生來見財開眼，三十萬鏢銀打從鼻子下過，不取有傷陰德。但馬老鏢頭既然開口朋友，閉口朋友，這樣吧，在下只取一半，二一添作五，就借十五萬兩銀子花差花差好了。」也不待馬行空答話，左手一揮，牆頭八名大漢一一躍下，奔到廳口。有人問道：「一齊取了？」閻基道：「不，拿一半，留一半！有屎大家拉，有飯

大家吃！」眾大漢轟然答應，就往鏢車走去。

馬行空勃然大怒，見那些大漢從牆頭躍下時身手呆滯，已無擔憂之心，淡淡說道：「閻寨主是不肯留一點餘地了？」閻基愕然道：「怎麼不留餘地？我不是說取一半，留一半？哥兒倆有商有量，公平交易。」

徐錚再也忍耐不住，搶上兩步，伸手指著閻基，大聲說道：「虧你在黑道上行走，沒聽過飛馬鏢局的威名麼？」

閻基道：「我的小養媳兒聽見過，他媽的，老子可是第一次聽見。」身形一晃，忽地欺到廳右，拔下插在車架上的飛馬鏢旗，將旗桿一折兩段，擲在地下，隨即伸腳在旗上一踏。

這件事當真是犯了江湖大忌，劫鏢的事情常有，卻極少有如此做到絕的，如非雙方有解不開的死仇，那是決心以性命相拚了。鏢行人眾一見之下，登時大嘩。

徐錚更不打話，衝上去一招「踏步擊掌」，左掌向他胸口猛擊過去。閻基側身閃避，說道：「小子，講打麼？」左掌一沉，急抓他的手腕。徐錚變「後插步擺掌」，左手向後勾掛，右掌一揮，向上擺舉，逕擊敵人下顎。閻基頭一偏，右拳直擊下來。這一拳來路極怪，徐錚急忙擺頭讓開，砰的一聲，肩頭已中了一拳，但覺拳力沉重，只震得胸背隱隱作痛。徐錚腳步搖晃，險些摔倒，下盤馬步紮得極穩，忙變「仆腿穿掌」，身子一矮，右腿屈膝蹲下，左掌穿出，那是卸力反攻，「查拳」的高明招數。

閻基並不理會，微微一笑，左腿反鉤，向後倒踢。這一腿來得更是古怪。徐錚大駭，急

忙竄上躍避。閻基右拳直擊，喝道：「恭喜發財！」砰的一響，正中徐錚胸口。這一拳好生厲害，徐錚仰天一交跌倒，在地下連打了幾個滾，哇的一聲吐出一口鮮血，極硬朗的一個小夥子，竟給這一拳打得站不起身。羣盜轟然喝采，叫道：「這一拳夠這小子挨的。」

鏢行中人見閻基出手如此狠辣，均是又驚又怒。馬春花伸手去扶師哥，急得要哭，連問：「怎麼啦？」馬行空一生走江湖，不知見過多少大風大浪，但這盜魁使的是甚麼拳腳，卻半點也認不出來。三個侍衛也在低聲議論：「點子是那一派的？」「瞧不出來，有點像五行拳。」「不，五行拳沒那樣邪門。」

馬行空走上兩步，抱拳道：「閻寨主果然好武藝，多謝教訓了小徒，也好讓他知道江湖上儘多能人。」閻基笑道：「我這幾下三腳貓算甚麼玩意兒，給你馬英雄提鞋皮、倒便壺也還挨不上邊兒。光棍別的不會，就會這個。這就請教你馬老英雄的百勝神拳。」馬行空見他滿臉油光，說話貧嘴滑舌，不折不扣是個潑皮無賴，怎地又練就了這樣一身怪異武功，實是奇怪，心中打定了主意，暫且只守不攻，待認清他的拳路再說，當下凝神斜立，雙手虛握。

三名侍衛、商寶震、鏢行眾人一齊凝神觀鬥，都知這一場爭鬥不但關係著三十萬鏢銀的安危，也是馬行空身家性命、一生威望之所繫。大廳中人人肅靜，只聽得火堆中柴炭爆裂，發出輕輕的必卜之聲。院子中大雨如注，竟無半分停息之意。那華服相公自和少婦並肩低聲說話，對馬閻的爭鬥毫沒留心。

閻基從懷中取出一個金光燦爛的黃金鼻煙壺，吸了一口鼻煙，他也知馬行空是個勁敵，將辮子在頭頂盤了個圈，叫道：「光棍祖上不積德，吃飯就得靠拚命！他奶奶的這就拚

啊！」忽地猱身直上，左拳猛出，向馬行空擊去。馬行空待他拳頭離胸半尺，一個「白鶴亮

翅」，身子已向左轉成弓箭步，兩臂向後成鉤手，呼的一聲輕響，倒揮出來，平舉反擊，使

的仍是少林派中極為尋常的「查拳」，但架式凝穩，出手抬腿之際，甚是老練狠辣。

那相公對鏢客與強人的爭鬥本來並不在意，偶然斜眼一瞥之下，正見到閻基一足反踢，

招式頗為奇特，不由得留神觀看。那美婦伸手搖了搖他肩膀，說道：「歸農，歸農。」那相公隨口漫應，目光卻

貫注在二人的拚鬥之上。那美婦叫道：「一個糟老兒，一個潑皮混混打

古怪。」那美婦嘆道：「唉，你們男人，天下最要緊的事兒就是殺人打架。」那相公笑道：「這潑皮的拳腳很是

「你不許我看，我就不看。那你向著我，讓我把你美麗的臉蛋兒瞧個飽。」那相公低低一

笑，極是嬌媚，果真抬起了頭望他。兩人四目交投，臉上都充滿了柔情密意。

這時馬行空與那盜魁卻已鬥得如火如荼，甚是激烈。馬行空的一路查拳堪堪打完，仍是

佔不到半點上風，那閻基的拳腳來來去去只有十幾招，或伸拳直擊，或鉤腿反踢，或沉肘擒

拿，或劈掌夾腿。三名武官看了一陣，早察覺他招數有限，但馬行空居然戰他不下，都覺

好笑。

眼見馬行空使一招「馬檔推拳」，跨腿成騎馬勢，右手抽回，左手向前猛推。何思豪叫

道：「沉肘擒拿。」果然不出所料。閻基手肘一沉，就施擒拿手抓他手腕。馬行空急忙變招，

手臂縮回，微微轉身。何思豪笑道：「鉤腿反踢！」閻基果然鉤起右腿，向後反踢。馬行空

的武功高出何思豪不知多少，何思豪既已事先瞧出，他豈有料不到之理？但說也奇怪，明知

對手要鉤腿反踢，竟然無法以伏著破解。

馬行空號稱「百勝神拳」，少林派各路拳術，全部爛熟於胸，眼見查拳奈何不得對方，招數一變，突然快打快踢，拳勢如風，旁觀者登時目為之眩，他使的是一路「燕青拳」。

那燕青是宋朝梁山泊上好漢，當年相撲之技，天下無對。這一路拳法傳將下來，講究縱躍起伏，盤拗挑打，全是進手招數。馬行空年紀雖老，身手仍是矯捷異常，竄高伏低，宛如狸貓相似。闍基眼見敵人變招，竟是毫不理會，仍舊是那十幾招又笨拙又難看的拳腳翻來覆去的使用。

商寶震、徐錚、馬春花，以及戚鏢頭、楊鏢頭見這盜魁的武功如此古怪，都是詫異萬分。每個人到這時都已料到他下一招是伸拳直擊，還是劈掌夾腿，不禁隨著何思豪叫了出來，但馬行空竟然始終奈何他不得。只見馬老鏢頭「上步進肘摳身拳」，「迎面搶快打三拳」，「左右跨打」，「反身裁錘」，「踢腿撩陰十字拳」，一招接一招，拳腳之快，猶如門外的狂風暴雨一般。但闍基只是一招毛手毛腳的伸臂直擊，就將他所有巧妙的招式盡數破解了。

那獨臂人和黃瘦小孩一直縮在屋角之中，瞧著馬行空和闍基比武。獨臂人低聲道：「小爺，你仔細瞧那個盜魁，要瞧得仔細，千萬別忘了他的相貌。」小孩道：「幹麼啊？幹麼要瞧他？」獨臂人道：「你記著這人，永遠別忘記了。」小孩道：「他是個大壞人麼？」獨臂人咬牙切齒的道：「陰差陽錯，教咱們在這裏撞見了他。你瞧清楚了，可別讓他知覺。」

過了一會，獨臂人又道：「你總說功夫練得不對，你仔細瞧著他，許就練對了。」小孩道：「幹麼呀？」獨臂人眼中微有淚光，低聲道：「現在還不能說，等你年紀大了，武藝練好了，我原原本本的說給你聽。」小孩看閻基拳腳打踢，姿式極其難看，但隱隱似有所悟，忽地大叫一聲：「四叔！」獨臂人忙道：「別大聲嚷嚷。」小孩嗯了一聲答應，低聲道：「這個人的拳腳我有些懂啦。」獨臂人道：「不錯，你好好瞧著。你那本拳經刀譜，前面缺了兩頁，所以你總是說瞧不懂。那缺了的兩頁，就在這閻基身上。」

小孩吃了一驚，黃黃瘦瘦的小臉蛋兒上現出一些紅暈，目不轉瞬的望著閻基，又問：「怎麼會在他身上？」獨臂人道：「將來自會跟你說。這傢伙本來不會甚麼武功，但得了兩頁拳經，學會了十幾招殘缺不全的拳法，居然能跟第一流的拳師打成平手。你想想，那拳經刀譜共有三百多頁，等你將來學會了，學全了，能有多大的本事。」那小孩聽了甚是激動，眼睛中閃耀著興奮的光芒。

場中雖是兩人比武，但可看的卻只有一人。閻基來來去去這十幾招，大家實在都看得膩了。馬行空的拳招卻是變幻百出。

一套「燕青拳」奈何不了對方，忽然拳法又變，使出一套「魯智深醉跌」，但見他如瘋如顛，似醉似狂，忽而臥倒，忽而躍起，「羅漢斜臥」，「仙人渴盹」，這路拳法似乎是亂打亂踢一般，其實是精彩之極。這時閻基那十幾招笨拳卻漸漸不管事了，對方拳腳來路也看不明白，不由得心下著慌。猛聽得馬行空喝一聲：「著！」一腳「鯉魚翻身攪絲腿」，正好踢在他的腰間。閻基痛得彎下了腰。

23

馬行空知道對方功夫了得，這一腳雖中要害，只怕仍然難以使他身帶重傷。若是平常比武較量，勝了這一腳自然可以收手，但這番爭鬥關連三十萬兩鏢銀，怎容得敵人喘息片刻？若是爭端重起，也未必定能再勝，當下得理不讓人，縱身上前，一腿「拐子腳」，又往他後心踢去。

羣盜齊聲大嘩。閻基忽地一腳鉤腿反踢，來勢變幻無方，馬行空雖然閱歷豐富，一時竟見不及此，被他這一腿踢在小腹之上，仰天一交直摔出去。馬春花與徐錚雙雙搶上扶起。但見他面如白紙，連聲咳嗽，只說：「拚死護鏢！」

徐錚與馬春花各持單刀，護在馬行空兩旁。閻基腰裏也痛得厲害，右手揮了幾下，兩名黑衣大漢走了上來。閻基叫道：「取鏢吧！還等甚麼？」羣盜各出兵刃，齊向鏢客殺去。馬春花、徐錚、戚鏢頭、楊鏢頭大呼迎敵。

羣盜人多，除閻基外雖無高手，但馬春花與徐錚要分心照料父親，給羣盜兩下裏一攻，情勢登見危急。商寶震拔出單刀，叫道：「三位侍衛大人，咱們動手吧！」何思豪道：「好，趕走強盜再說。」四個生力軍加入戰團。

商寶震見馬春花給兩名盜賊用兵器封住了，漸漸施展不開手腳，當即搶將上去，喝道：「男子漢欺侮姑娘，還是兩個鬥一個，不害臊麼？」刷的一刀，往那高個兒的盜賊頭上砍去。那人回鞭照架，幾個回合，商寶震刀中夾掌，左手一掌抹在他胸口，將他擊得直摜出去。馬春花喘息道：「行了，這一個讓我來料理。」商寶震一笑退開，逕去幫助徐錚，三刀兩掌，又打發了一名盜賊。徐錚感激之餘，甚是欽佩師父眼光，這少年的武功果在自己之上。

這麼一來，廳上情勢變換，羣盜紛紛敗退，搶著往門口奔出。猛聽得一人清聲長嘯，叫道：「大家住手，我有話說。」眾人鬥得甚緊，無人理會。商寶震突見人影一晃，一人伸掌在面前一搖，當即舉刀削去，那人右手一鉤一帶，已將他單刀奪下，往地下一摔。商寶震大驚，急忙躍後，瞧那人時，卻是那服飾華貴的相公。

那相公大踏步走入人叢，雙手鉤拿拍打，只聽叮叮噹噹，響聲不絕，兵刃落了一地，羣盜與眾鏢客驚駭之下，各自躍開，呆呆的望著他。閻基一愕，忽然記起了十餘年前之事，叫道：「田相公！是你？」

那相公想不起他是誰，奇道：「你認得我？」閻基笑道：「十三年前在滄州府，小的曾服侍過你老。」那相公低頭一想，恍然記起，說道：「是了，你就是那個跌打醫生。怎麼學會了一身武功，做起寨主來啦？」閻基上前請了個安，說道：「全憑你老栽培。」原來這相公打扮之人，正是天龍門北宗掌門人田歸農。

鏢行人眾眼見已可驅退羣盜，那知這田相公不但武功強極，還與盜魁是舊交，這一下可糟糕已極。馬行空低聲囑咐，叫大夥兒護住鏢車，瞧他眼色行事。

田歸農雙目自左至右在眾人臉上橫掃一遍，然後又自右至左的橫掃過來，再向天井中傾盆而下的大雨望了一眼，眼光終於停在鏢車之上，說道：「閻兄，今日的買賣你可是賠定啦。」閻基陪笑道：「你老人家別見怪，也是弟兄們少口飯吃，走投無路，這才幹起這沒本錢買賣來。我們定當改過自新，不敢忘了田相公今日的恩德。」田歸農哈哈大笑，說道：「怎麼跟我鬧起虛文來啦？老閻，你拿五萬兩鏢銀，夠不夠使了？」閻基一怔，陪笑道：「你老

人家開玩笑啦。」田歸農道：「開甚麼玩笑？這裏三十萬鏢銀，我取一半十五萬，餘下的你取五萬，還有十萬兩你說怎麼分？」

閻基喜出望外，忙道：「你老人家一併取去就是了，還分甚麼？」田歸農搖頭道：「那不成話，這那裏還有江湖義氣？適才我們進來避雨，我……我……我娘子衣服濕了……」那美婦聽他說「我娘子」三字，臉上一紅，神態微現忸怩，向田歸農微微一笑。田歸農報以一笑，繼續說道：「鏢行這位姑娘借衣服給她，這一番情分不能不報，咱們給馬姑娘留五萬兩。還有，這裏三位侍衛大人在此，常言道見者有份，每人分一萬兩。餘下二萬，就送給此間主人。你說我這樣分法公不公道？」閻基連連鼓掌，大叫：「公道之極，公道之極！我早說你田相公是天下第一等慷慨的大英雄。」

馬行空、徐錚、馬春花等聽田歸農侃侃而談，旁若無人，倒似這三十萬兩銀已是他囊中之物一般。馬行空身受重傷，這麼一氣，更是險欲暈去。徐錚眼望師父，只問：「怎麼辦？怎麼辦？」馬春花怒道：「甚麼怎麼辦？」彎腰拾起地下的單刀，叫道：「姓田的，你當我們是死人還是活人？」說著揚起單刀，逕往田歸農撲去。

田歸農笑道：「你別逼我動手，我娘子可要喝醋。」那美婦啐了一口，笑罵：「貧嘴！」

但似對他的輕薄口吻甚為喜愛。馬春花聽他言語無禮，更是惱怒，上步一刀，攔腰橫砍。田歸農笑道：「唉喲，不好，我娘子可不許我跟女人打架。」手指在她刀背上一擊，馬春花拿捏不住，脫手撒刀。田歸農手法快極，右手搶過刀柄，左手已拿住她手腕，舉起刀來，作勢要往她頭頸中砍下，口中卻嘆道：「似這般如花如月貌，怎叫我不作惜玉憐香人！」

26

商寶震和徐錚見他戲弄馬春花，雙雙搶出。商寶震右手一揚，一枝金鏢取他左目。徐錚急了，來不及拾取地下兵刃，飛腳就踢他後心。田歸農倏地回身，撤刀擒拿，抓住他的足踝，往上一提。徐錚身子倒轉，只感腿上一陣劇痛，失聲大叫，原來那枝金鏢打進了他右腿。田歸農揮手一抖，徐錚的身子猶如一柄掃帚般橫掃出去，正撞在馬春花腿上，兩人跌在一起。眾人見他戲耍二人，如弄嬰兒，那裏還敢上前？

田歸農道：「閣兒，你把鏢銀就照適才我說的那麼分了，套一輛大車給我，我們兩口子身有急事，須得冒雨趕路。」閣基大喜，連聲答應。羣盜從鏢車中取出銀鞘，五萬兩的堆成一堆，三萬兩、二萬兩又各作一堆，分別堆在地下，向眾車夫喝道：「乖乖的趕路。」北道上有個規矩，綠林豪客劫鏢搶銀，卻不傷害車夫，甚至腳力酒錢也依常例照給，但若車夫不聽囑咐，自然又作別論。眾車夫見了這等情勢，那敢不依，冒著大雨，將銀車一輛輛推出去。

馬行空見銀車出去一輛，心裏就發一陣疼，只見一輛輛車趕到庭前，田歸農扶著娘子便要上車。只要驟車一行，馬行空就是身敗名裂，一世辛苦付於流水了。他顫巍巍的站起身來，突然縱起，叫道：「我和你拚了！」雙手猶如鐵鉤，猛往田歸農臉上抓去。那美婦甚是害怕，嚇得叫了一聲。田歸農側身出掌，擊向他肩頭。馬行空若是未受重傷，這一掌自然打他不著，嚇得叫了一聲，眼見掌到，竟然不能閃避，砰的一聲，身子飛起，向院子中跌了出去。

27

猛聽得一人嗓子低沉，嘿嘿嘿三下冷笑。

這三聲冷笑傳進廳來，田歸農和那美婦登時便如聽見了世上最可怕的聲音一般，二人面如白紙，身子發顫。田歸農用力一推，將那美婦推入車中，飛身而起，跨上了騾背，雙腿急夾，揮鞭催騾快走。那知他連連揮鞭，這騾子只跨出兩步，突然停住，再也不能向前半尺。

眾人站在廳口，從水簾一般的大雨中望將出去。只見一個又高又瘦的大漢，左手抱著一個包裹，右手拉住了大車的車轅。那騾子給田歸農催得急了，低頭弓腰，四蹄一齊發勁，但大漢拉著車轅，大車竟似釘牢在地下一般，動也不動。此人神力，實足驚人。

那大漢又冷笑了一聲。田歸農尚自遲疑，車中的美婦卻已跨出車來，向那大漢瞧也不瞧，昂然走進廳去。田歸農慢慢跨下騾背，也跟著進廳。他全身被雨淋得濕透，卻似絲毫不覺，目光呆滯，失魂落魄一般。那美婦招手叫他過去，坐在她的身旁。

那高瘦大漢大踏步進廳，坐在火堆之旁，向旁人一眼不瞧，打開包裹，原來裏面是個兩歲大的女孩。那大漢怕冷壞了孩子，抱著她在火邊烤火。那女孩正自沉沉睡熟，圓圓的眼旁卻掛著兩顆淚珠。

馬春花、徐錚和商寶震三人扶著馬行空起來，見田歸農對那高瘦大漢如此害怕，都是又驚又喜。馬春花道：「爹，你傷處還好麼？這……這人是誰？」馬行空道：「他……他是……打遍天下無敵手……金……金面佛苗人鳳……」一句話剛說完，已痛得暈了過去。

大廳之上，飛馬鏢局的鏢頭和趟子手集在東首，閻基與羣盜集在西首，三名侍衛與商寶震站在椅子之後，各人目光都瞧著苗人鳳、田歸農與美婦三人。

苗人鳳凝視懷中的幼女，臉上愛憐橫溢，充滿著慈愛和柔情，眾人若不是適才見到他一手抓住大車，連健騾也無法拉動的驚人神力，真難相信此人身負絕世武功。

那美婦神態自若，呆呆望著火堆，嘴角邊掛著一絲冷笑，只有極細心之人，才瞧得她嘴唇微微顫動，顯得心裏甚是不安。

田歸農臉如白紙，看著院子中的大雨。

三個人的目光瞧著三處，誰也不瞧誰一眼，各自安安靜靜的坐著，一言不發。但三人心中，卻如波濤洶湧，有大歡喜，有大哀愁，有大憤怒，也有大恐懼。

第二章

寶刀和柔情

一

南小姐眼見這場驚心動魄的惡戰，嚇得呆了，最後見苗人鳳倒下，忙走上相扶，但苗人鳳身軀高大，她嬌弱無力，那裏扶得起來。

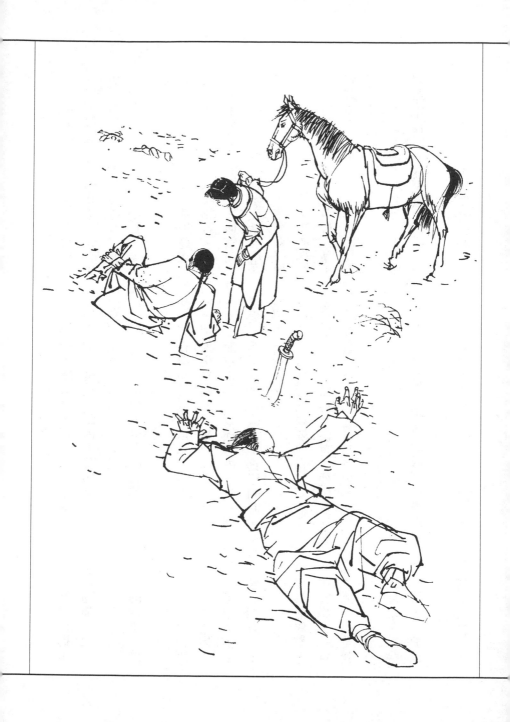

苗人鳳望著懷裏幼女那甜美文秀的小臉，腦海中出現了三年之前的往事。這件事已過了三年，但就像是剛過了三天一般，一切全清清楚楚。眼前下著傾盆大雨，三年前的那一天，卻下的是雪，是漫天鵝毛一般紛紛撒著的大雪。

那是在河北滄州道上。時近歲晚，道上行人稀少，苗人鳳騎著一匹高頭長腿的黃馬，控轡北行。

十年前的臘月，他與遼東大俠胡一刀在滄州比武，以毒刀誤傷了胡一刀。胡夫人自刎殉夫。他與胡一刀武功相若，豪氣相侔，兩人化敵為友，相敬相重，豈知一招之失，竟爾傷了這位生平唯一的知己。他號稱「打遍天下無敵手」，縱橫海內，只有遇到了這位遼東大俠，二人比武五日，聯床夜話，這才是遇到了真正敵手，這才是真正的肝膽相照，傾心相許……

苗人鳳為了此事，十年來始終耿耿於懷，鬱鬱寡歡。

胡一刀夫婦逝世十年之期將屆，苗人鳳千里迢迢的從浙南趕來，他是要到亡友墓前親祭。

風雪殘年，馬上黃昏。苗人鳳愈近滄州，心頭愈是沉重。他縱馬緩行，心中在想：「當年若不是一招失手，今日與胡氏夫婦三騎漫遊天下，教貪官惡吏、土豪巨寇，無不心驚膽落，那是何等的快事？」

正自出神，忽聽身後車輪壓雪，一個車夫捲著舌頭「得兒──」聲響，催趕騾子，擊鞭劈啪作聲，一輛大車從白茫茫的雪原上疾行而來。拉車的健騾口噴白氣，衝風冒雪，放蹄急奔。

大車從苗人鳳身旁掠過，忽聽車中一個嬌柔的女子聲音送了出來……「爹，到了京裏，你

32

就陪我去買宮花兒戴……」下面的話兒卻聽不見了。這是江南姑娘極柔極清的語聲，在這北方莽莽平原的風雪之中，卻是極不相襯。

突然之間，騾子左足踏進了一個空洞，登時向前一蹶。那車夫身子前傾，隨手一提，騾子借力提足，繼續前奔。

苗人鳳暗暗詫異：「那車夫這一傾一提，好俊的身手，好強的臂力，看來是位風塵奇士，怎麼去做了趕大車的？」

思念未定，只聽得腳步聲響，後面一個腳夫挑了一擔行李，邁開大步趕了上來。這擔行李壓得一根棗木扁擔直彎下去，顯得頗為沉重，但那腳夫行若無事，在雪地裏快步而行，落腳甚輕。

苗人鳳更是奇怪：「這腳夫非但力大，而且輕功更是了得。」他知道其中必有蹺蹊：「這腳夫似在追蹤那車夫，看來有甚麼兇殺尋仇之事。」當下提著馬鞭，不疾不徐的遙遙的跟在大車之後，要待看個究竟。

行出數里，見那腳夫雖然肩上壓著沉重行李，仍是奔跑如飛，忽聽身後銅片兒叮叮噹噹響亮，一條漢子挑著一副補鍋的擔兒，虛飄飄的趕來。這人在雪中行走，落步更輕，雖然說不上踏雪無痕，但輕功之佳，武林中甚是罕見。苗人鳳尋思：「又多了一個。這人是那一派的？」但見他斗笠和簑衣上罩滿了白雪，在風中一晃一飄，走得歪歪斜斜，登時省起：「這身奈何功是鄂北鬼見愁鍾家的功夫。」

行了七八里路，天色黑將下來，來到一個小小市集。苗人鳳見大車停在一家客店前面，

於是進店借宿。客店甚小，集上就此一家。眾客商都擠在廳上烤火喝白乾，車夫、腳夫、補鍋匠都在其內。

苗人鳳雖然名滿天下，但近十年來隱居浙南，武林中識得他的人不多，當下默然坐在一張小桌之旁，要了酒飯，見那三人分別喝酒用飯，瞧來並非一路。

忽聽內院一個人大聲說道：「南大人、小姐，小地方委屈點兒，只好在外邊廳上用飯。」棉簾掀開，店伴引著一位官員、一位小姐來到廳上。本來坐著的眾客商見到官員，紛紛起立。苗人鳳並不理會，自管喝酒。只見那官員穿著醬色緞面狐皮袍子，白白胖胖，一副福相。那小姐相貌嬌美，膚色白膩，別說北地罕有如此佳麗，即令江南也極為少有。她身穿一件蔥綠纖錦的皮襖，顏色甚是鮮艷，但在她容光映照之下，再燦爛的錦緞也已顯得黯然無色。

眾人眼前一亮，不由得都有自慚形穢之感，有的訕訕的竟自退到了廊下，廳上登時空出一大片地方來。

那店伴一疊連聲的「大人、小姐」，送飯送酒，極是殷勤。苗人鳳聽他叫喊酒菜之時，中氣充沛，不覺留神，一瞧他身形步法，卻不是會家子是甚麼？又見他兩邊太陽穴微微凸出，竟然內功有頗深造詣，不由得更是奇怪，心道：「這批人必有重大圖謀，左右閒著，就瞧瞧熱鬧，且看他們幹的是好事還是歹事。不知跟這官兒有干係沒有？」

這一留神，不免向那官兒與小姐多看了幾眼。那官兒忽地一拍桌子，發作起來，指著苗人鳳罵道：「你是甚麼東西？見了官府不迴避也就罷了，賊眼還骨溜溜的瞧個不休。我看你粗手大腳，生成一副賊相，再瞧一眼，拿片子送到縣裏去打你個皮開肉綻。」苗人鳳低頭喝酒，並不理會。那官兒更加怒了，叫道：「你請安陪禮也不會麼？這麼大刺刺的坐著。」

那小姐柔聲勸道：「爹，你犯得著生這麼大氣？鄉下人不懂規矩，也是有的。何必跟這些粗人一般見識？哪，喝了這杯吧。」說著將一杯酒遞到他的嘴邊。那官兒骨嘟一口喝乾，似乎將怒氣和酒吞服了，橫了苗人鳳一眼，見他低頭不語，想是怕了，於是自斟自飲的跟女兒說笑起來。話中說的都是到了北京之後，補上了官便怎樣怎樣，瞧神情是一名赴京謀幹差使的候補官兒。

說話之間，大門推開，飄進一片風雪，跟著走進一位官員來。這人黃皮精瘦，遠沒先前那官兒的氣派十足。他大聲笑道：「人生何處不相逢，又與仁通兄在這裏撞見，真是巧之極矣！」說著搶上來與那姓南的官兒南仁通行禮廝見。

南氏父女一齊站起，南仁通拱手道：「調侯兒，幸會幸會！一起坐罷。」那「調侯兒」謝了，坐在桌邊。店伴添上杯筷，傳酒呼菜。

苗人鳳心道：「連這個調侯兒，一共是五個高手了。這姓南的父女看不出有甚麼武功。這人黃皮精瘦，不禁暗自警戒，不敢向他們多瞧一眼。要知他那「打遍天下無敵手」的外號，實是犯了武林大忌，天下英雄好漢，那一個不想將這頭銜摘了下來。他一生所歷風險多過常人百倍，皆拜這外號之所賜。此刻心想：「這幾人說不

會不會大智若愚，竟讓我走了眼呢？」想到此處，

35

定是衝著我而來。他們成羣結黨，一齊上來，倒是難鬥。不知前面是否更有高手埋伏？」

只聽那「調侯兒」與南仁通高談闊論，說的都是些官場中升遷降謫的軼聞。那腳夫和補鍋匠卻大聲吵嚷起來。兩人爭的是世上有沒有當真削鐵如泥的寶劍寶刀。那腳夫道：「甚麼削鐵如泥，都是吹大氣！那寶刀也不過鋒利點兒，當真就這麼神？」補鍋匠道：「你見過多少世面了？知道甚麼？寶刀就是寶刀，若不是怕嚇壞了你，我就拿一口讓你開開眼界。」腳夫嚷道：「你有寶刀？呸，別發你的清秋大夢吧！有寶刀也不補鍋兒啦！只怕磨不利的鈍柴刀、鏽菜刀，倒有這麼一把兩把！」眾人聽著都大笑起來。

補鍋匠氣鼓鼓的從擔兒裏取出一把刀來，綠皮鞘子金吞口，模樣甚是不凡。他刷地拔刀出鞘，寒光逼人，果然是好一口利刃。眾人都讚了一聲。腳夫抱頭大叫：「我的媽呀！」急忙避開，眾人又是一陣轟笑。

苗人鳳瞧了二人神情，心道：「這兩人果是一路。這麼串戲，卻不是演給我看的了。」作勢向腳夫砍去。腳夫道：「有上好菜刀柴刀，請借一把。」那店伴應聲入廚，取了一把菜刀出來。補鍋匠道：「你拿穩了！」那店伴將菜刀高高舉起。補鍋匠橫刀揮去，噹的一聲，菜刀斷為兩截。

眾人齊聲喝采：「果是寶刀！」

補鍋匠得意洋洋，大聲吹噓，說他這柄刀如何厲害，如何名貴。廊下眾人臉現仰慕之色，津津有味的聽著。南仁通聽他說了一會，忍不住「哼」了一聲，臉現不屑之色。

那「調侯兒」道：「仁通兄，這柄刀確也稱得上個『寶』字了，想不到販夫走卒之徒，

居然身懷這等利器。」南仁通道：「利則利矣，寶則未必。」「調侯兄」道：「我兄此言差

矣！你瞧此刀削鐵如泥，世上那裏更有勝於此刀的呢？」南仁通道：「吾兄未免少見多怪，

兄弟就⋯⋯」還待再說下去，南小姐忽然插口道：「爹，你喝得多啦，快吃了飯去睡吧。」

南仁通笑道：「嘿，女孩兒就愛管你爹爹。」說著卻真的要飯吃，不再喝酒。那「調侯

兒」又道：「兄弟今日總算開了眼界，這等寶刀，吾兄想來也是生平第一次見到。」南仁通

冷笑道：「勝於此刀十倍的，兄弟也常常見到。」「調侯兄」哈哈大笑，道：「取笑取笑！

吾兄是位文官，又見過甚麼寶刀來？」

補鍋匠聽到了二人對答，大聲道：「世上若有更勝得此刀的寶刀，我寧願把頭割下來

送他。吹大氣又誰不會啦？嘿，我說我兒子也做個五品官呢，你們信不信？」眾人忙喝：

「胡說，快閉嘴！」

南仁通氣得臉也白了，霍地站起，大踏步走向房中。南小姐連叫：「爹爹！」他那裏

理會，片刻間捧了一柄三尺來長的彎刀出來。但見刀鞘烏沉沉的，也無異處。他大聲道：

「喂，補鍋兒的，我這裏有把刀，跟你的比一比，你輸了可得割腦袋。」南小姐道：「若

老爺輸了呢？」南仁通道：「我也把腦袋割與你。」補鍋匠道：「若是老爺輸了，跟他們

有甚麼說的呢？回房去吧！」南仁通若有所悟，哼了一聲，捧著刀轉身回房。

補鍋匠見他意欲進房，又激一句：「若是老爺輸了，小人怎敢要老爺的腦袋？不如老爺

招小人做女婿吧！」眾人有的譁笑，有的斥他胡說。南小姐氣得滿臉通紅，不再相勸，賭氣

回房去了。

南仁通緩緩抽刀出鞘，刃口只露出半尺，已見冷森森一道青光激射而出，待那刀刃拔出鞘來，寒光閃爍不定，耀得眾人眼也花了。南仁通道：「我這口刀，有個名目，叫作『冷月寶刀』，你瞧清楚了。」

補鍋匠湊近一看，見刀柄上用金絲銀絲鑲著一鉤眉毛月之形，說道：「老爺的刀好，那不用比了。」

苗人鳳見眾人言語相激，南仁通取出寶刀，心下已自了然，原來這口寶刀而來。學武之士把寶劍利刃看得有如性命一般，身懷利器，等於武功增強數倍。他有如此一柄寶刀，無怪眾人眼紅。不過他是文官，這刀卻從何處得來？這些人卻又如何知曉？苗人鳳初時提防這幾人陰謀對付自己，一直深自戒備，現下既知他們是想奪寶刀，心下坦然，登時從局中人變成了旁觀客。但見寶刀一出鞘，那「調侯兒」、店伴、腳夫、車夫、補鍋匠一齊湊攏。苗人鳳知道這五人均欲得刀，只是礙著旁人武功了得，這才不敢貿然動手，否則以南仁通手無縛雞之力，這把刀早已被人奪去，那裏等得到今日？

南仁通恨那補鍋匠口齒輕薄，本要比試，但見他那把刀鋒銳無比，也非常物，若是鬥個兩敗俱傷，豈非損傷了至寶？於是說道：「你知道了就好，下次可還敢胡說八道麼？」正要還刀入鞘，那「調侯兒」突然一伸手，將刀奪過，擦的一聲輕響，與補鍋匠手中利刃相交，補鍋匠的刀刃斷為兩截，接著又是嗆的一響，刀頭落在地下。補鍋匠、腳夫、車夫、店伴四人將「調侯兒」四下圍住，立時就要動手。「調侯兒」雖然寶刀在手，卻是眾寡不敵，當即將刀還給了南仁通，翹拇指說道：「好刀，好刀！」南仁通臉上變色，責備道：「咳，你也

太過魯莽了！」見寶刀無恙，這才喜孜孜的還刀入鞘，回房安睡。

苗人鳳知道適才五人激南仁通取刀相試，那是要驗明寶刀的正身，不出一日，五人就有一場流血爭鬥。他雖俠義為懷，但見那南仁通橫行霸道，不是好人，這把刀只怕也是巧取豪奪而得，心想我自去祭墓，不必理會他們如何黑吃黑的奪刀。

次日絕早起來，只見南仁通已然起行，補鍋匠等固然都已不在店內，連那店伴也已離去。一問之下，這人果然是昨天傍晚才到的惡客，給了十兩銀子，要喬裝店伴。苗人鳳暗暗嘆息：「常言道：慢藏誨盜，果然一點兒不錯。」結了店帳，上馬便行。

馳出二十餘里，忽聽西面山谷中一個女子聲音慘呼：「救命！救命！」正是那南小姐的聲音。苗人鳳心想：「這些惡賊奪了刀還想殺人，這可不能不管。」一躍下馬，展開輕身功夫循聲趕去，只見雪地裏殷紅一片，南仁通身首異處，死在當地。那「冷月寶刀」橫在他身畔，五個人誰也不敢伸手先拿。南小姐卻給補鍋匠抓住了雙手，掙扎不得。

苗人鳳隱身一塊大石之後，察看動靜。只聽「調侯兒」道：「寶刀只有一把，卻有五人想要，怎麼辦？」那腳夫道：「憑功夫分上下，勝者得刀，公平交易。」「調侯兒」向南小姐瞧了一眼，說道：「寶刀美人，都是難得之物。」補鍋匠道：「我不爭寶刀，要了她就是啦。」店伴冷笑道：「也不見得有這麼便宜事兒。武功第一的得寶刀，第二的得美人。」店伴向補鍋匠道：「老兄，勞駕放開手，說不定腳夫、車夫齊聲道：「對，就是這麼著。」

在下功夫第二，這是我的老婆！」「調侯兒」笑道：「正是！」轉頭厲聲向南小姐道：「你

敢再嚷一聲，先斬你一刀再說！」補鍋匠放開了手。南小姐伏在父親屍身之上，抽抽噎噎的哭泣。

那車夫笑道：「小姐，別哭啦。待會兒就有你樂的啦！」伸手去摸她臉，神色極是輕薄。

苗人鳳瞧到此處，再也忍耐不住，大踏步從石後走了出來，低沉著嗓子喝道：「下流東西，都給我滾！」那五人吃了一驚，齊聲喝道：「你是誰？」苗人鳳生性不愛多話，揮了揮手，道：「一齊滾！」那補鍋匠性子最是暴躁，縱身躍起，雙掌當胸擊去，喝道：「你給我滾！」苗人鳳左掌揮出，以硬力接他硬力，一推一揮，那補鍋匠騰空直飛出去，摔在丈許之外，半天爬不起來。

其餘四人見他如此神勇，無不駭然，過了半晌，不約而同的問道：「你是誰？」苗人鳳仍是揮了揮手，這次連「滾」字也不說了。

那車夫從腰間取出一根軟鞭，腳夫橫過扁擔，左右撲上。苗人鳳知道這五人都是勁敵，若是聯手攻來，一時之間不易取勝，當下一出手就是極厲害的狠招，側身避開軟鞭，右手疾伸，已抓住扁擔一端，運力一抖，喀喇一響，棗木扁擔斷成兩截，左腳突然飛出，將那車夫踢了一個勛斗，那腳夫欲待退開，苗人鳳長臂伸處，已抓住他的後領，大喝一聲，奮力擲出，那腳夫猶似風箏斷線，竟跌出數丈之外，騰的一響，結結實實的摔在雪地之中。

那「調侯兒」知道難敵，說道：「佩服，佩服，這寶刀該當閣下所有。」一面說一面俯身拾起寶刀，雙手遞了過來。苗人鳳道：「我不要，你還給原主！」那「調侯兒」一怔，心想：「世上那有這樣的好人？」一抬頭，只見他臉如金紙，神威凜凜，突然想起，說道：「原

40

來閣下是金面佛苗大俠？」苗人鳳點了點頭。「調侯兄」道：「我們有眼不識泰山，栽在苗大俠手裏，還有甚麼話說？」當下又將寶刀遞上，說道：「小人蔣調侯，三生有幸，得逢當世大俠，這寶刀請苗大俠處置吧！」苗人鳳最不喜別人囉唆，心想拿過之後再交給南小姐便是，當下伸手握住了刀柄。

他正要提手，突聽嗤嗤兩聲輕響，腿上微微一疼。蔣調侯躍開丈餘，向前飛跑，叫道：「他中了我的絕門毒針，快纏住他。」苗人鳳聽到「絕門毒針」四字，口中「哦」了一聲，暗道：「雲南蔣氏毒針天下聞名，今番中了他的詭計。」心知這暗器劇毒無比，當下深吸一口氣，飛奔而前，頃刻時趕上蔣調侯，伸指在他脅下一截，已閉住了他的穴道，拋在地下。

腳夫、車夫等本已一敗塗地，忽聽得敵人中了毒針，無不喜出望外，遠遠圍著，均不逼近，要待他毒發自斃。苗人鳳一口氣不敢吞吐，展開輕功，疾向腳夫趕去。那腳夫嚇得魂飛魄散，捨命狂奔。苗人鳳趕到身後，右掌擊去，登時將他五臟震裂。此掌擊出後腳下片刻不停，瞬息間追到車夫身前。那車夫揮動軟鞭護身，只盼抵擋得十招八招，挨到他身上毒性發作。苗人鳳那裏與他拆甚麼招，蒲扇般的大手伸出，抓住軟鞭鞭梢，神力到處，一奪一揮，軟鞭倒轉過來，將他打得腦漿迸裂。

苗人鳳連斃二人，腳上已自發麻，此是生死關頭，不容有片刻喘息，但見店伴與補鍋匠都已在數十丈外，二人是一般的心思，盡力遠遠逃開，以待敵人不支。苗人鳳本來不欲傷人性命，但此時只要留下一個活口，自己毒發跌倒，那就是把自己性命交在他的手裏。當下咬

41

緊牙關，手握軟鞭，追趕店伴。那店伴極是狡猾，儘揀泥溝陷坑中奔跑。但苗人鳳的輕功何等了得，一轉眼已自追上。那店伴眼見難逃，提著匕首撲將過來。苗人鳳立刻回頭轉身，向後一腳倒踹，瞧也不瞧，立即提氣追趕補鍋匠。這一腳果然正中店伴心窩，踢得他口中狂噴鮮血，仰天立斃。

那補鍋匠武功雖不甚強，但鄂北鬼見愁鍾家所傳輕功卻是武林中一絕。苗人鳳追奔逐北，毒氣發作得更快，腳步已自蹣跚，竟然追趕不上。補鍋匠見他一顛一躓，心中大喜，暗想：「老天保佑，教我垂手而得寶刀美人。」思念未定，突聽半空呼呼風響，一條黑黝黝的東西橫空而至，待欲閃躲，已自不及。原來苗人鳳知道追他不上，最後奮起神力，擲出軟鞭。這條鋼鑄軟鞭從面門直打到小腹，補鍋匠立時屍橫雪地。此時苗人鳳也已支持不住，一交摔倒。

南小姐伏在父親屍上，眼見這場驚心動魄的惡戰，嚇得呆了，最後見苗人鳳倒下，忙走近相扶，但苗人鳳身軀高大，她嬌弱無力，那裏扶得起來？苗人鳳神智尚清，下半身卻已麻木，指著蔣調侯道：「搜他身邊，取解藥給我服。」南小姐依言搜索，果然找到一個小小瓷瓶，問苗人鳳道：「是這個麼？」苗人鳳昏昏沉沉，已自難辨，道：「不管是不是，服了再說。」南小姐拔開瓶塞，將小半瓶黃色藥粉倒在左掌，送入苗人鳳口裏。

苗人鳳屬聲道：「他是你殺父仇人。」南小姐大吃一驚，道：「我……我不敢……」苗人鳳用力吞下，說道：「快將他殺了！」南小姐仍大道：「我……我不敢……」苗人鳳道：「再過幾個時辰，他穴道自解。我受傷很重……那時咱兩人死無葬身之地。」

南小姐雙手提起寶刀，拔出刀鞘，眼見蔣調侯眼中露出哀求之色，她自小殺雞殺魚也是不敢，這殺人的一刀如何砍得下去？

苗人鳳大喝：「你不殺他，就是殺我！」南小姐吃了一驚，身子一顫，寶刀脫手掉下。

這刀砍金斷玉，刃口正好對準蔣調侯的腦袋。只聽得南小姐與蔣調侯同聲大叫，一個昏倒，跌在苗人鳳身上，另一個的腦袋已被寶刀劈開。

苗人鳳想到此處，懷中幼女忽然嚶的一聲醒來，哭道：「爸爸，媽呢？我要媽。」苗人鳳還未回答，那女孩一轉頭，見到火堆旁的美婦，張開雙臂，大叫：「媽媽，媽媽，蘭蘭找你！」歡然喜躍，要那美婦來抱。

四周眾人聽那幼女先叫苗人鳳「爸爸」，又叫那美婦「媽媽」，都是大感驚異，心想這美婦明明是田歸農之妻，怎麼又會是苗人鳳之女的母親？那女孩這兩聲「媽媽」一叫，大廳中緊張的氣勢又自濃了幾分。幾十個大人個個神色嚴重，只有一個孩子卻歡躍不已。

那美婦站起身來，走到苗人鳳身旁抱過孩子。那女孩笑道：「媽媽，蘭蘭找你，你回家了。」那美婦緊緊摟著她，兩張美麗的臉龐偎倚在一起。女孩在夢中流的淚水還沒乾，這時臉頰上又添了母親的眼淚。

臉有刀疤的獨臂怪漢一直縮身廳角，靜觀各人。這時輕輕站起，走到盜魁闖基身前，在他耳邊悄悄說了幾句話。闖基神色大變，忽地站起。向苗人鳳望了一眼，臉上大有懼色，緩緩伸手入懷，取出一個油紙小包。獨臂人夾手奪過，打開一看，見裏面是兩張焦黃的紙片。

他點了點頭，包好了放入懷內，重行回到廳角坐下。

那美婦伸衣袖抹了抹眼淚，突然在女孩臉上深深一吻，眼圈一紅，又要流出淚來，終於強行忍住，霍地站起，把女孩交還給了苗人鳳。那女孩大叫：「媽媽，媽媽，抱抱蘭蘭。」

那美婦背向著她，宛似僵了一般，始終不轉過身來。

苗人鳳耐著性子等待，等那美婦答應一聲，等她回過頭來再瞧女兒一眼……

在苗人鳳心中，他早已要將一個人拉過來踏在腳下，一掌打死，但他知道，一定會有人捨命阻止。他的武功是打遍天下無敵手，但他的心腸卻很脆弱，只因為他是極深的愛著眼前這個美婦。

他聽見女兒在哭叫：「媽媽，媽媽，抱抱蘭蘭！」女兒在他懷中掙扎著要到母親那裏。

他耐著性子等待，等那美婦答應一聲，等她回過頭來再瞧女兒一眼……

那美婦是耳聾了？還是她的心像鐵一般剛硬？小女孩在連聲哀求：「媽媽，抱抱蘭蘭！」但媽媽一動也不動，背心沒一點兒顫抖，連衣衫也沒一點擺動。

苗人鳳全身的血在沸騰，他的心要給女兒叫得碎了。於是三年之前，滄州雪地裏的事又湧上了心頭……

雪地裏橫著六具屍身，苗人鳳腿上中了蔣調侯的兩枚絕門毒針，下半身麻痺，動彈不得。南小姐慢慢醒轉，見自己跌在苗人鳳懷裏，急忙站起，雙腳一軟，又坐倒在雪地裏。她驚惶已極，連哭也哭不出聲來。

苗人鳳道：「把那匹馬牽過來。」聲音很嚴厲，南小姐只有遵依的份兒。她將馬牽到苗人鳳身邊，伸出柔軟的手，握住了他蒲扇一般的手掌，想拉他起來。

苗人鳳道：「你走開！」心想：「你怎拉得起我？」這時他兩腿已難以行動，當下抬起上身，伸右手握住馬鐙，手臂微一運勁，身子倒翻上馬背，說道：「拿了那柄刀！」南小姐失魂落魄般拾了寶刀。苗人鳳伸左手在她腰間輕輕一帶，將她提上了馬背。兩人並騎，慢慢回到小客店中。

苗人鳳運足功勁，才沒在馬上昏暈過去，但一到店前，再也支持不住，翻身落在雪地。

兩名店小二奔出來扶了他進去。

苗人鳳捲起褲腳，將兩枚毒針拔了出來，他叫店小二替他吸出腿上毒血，雖然許以重酬，店小二仍是害怕躊躇。

南小姐將柔嫩的小口湊在他腿上，將毒血一口一口的吸出來。她很清楚的知道：兩人的肌膚這麼一接觸，自己就是他的人了。他是大盜也好，是劇賊也好，再也沒第二條路，她已決心跟著他。

苗人鳳也知道：這幾口毒血一吸，自己無牽無掛、縱橫江湖的日子是完結啦。他須得終身保護這女子。這個千金小姐毒血的快樂和憂愁，從此就是自己的快樂與憂愁。

他及時服了蔣調侯的解藥，性命是可保的了，但絕門毒針非同小可，不調治十天半月，兩腿無法使喚。他取出銀子，命店小二去收殮了南小姐的父親，也收殮了那五個企圖搶奪寶刀的豪客。

南小姐與他同住在一間房裏，服侍他、陪伴他。經過了這場驚心動魄的變故，南小姐一閉眼就看到雪地裏那場慘劇，看到父親被賊人殺死，看到自己手中的寶刀掉下去，殺死了一個人。她常常在睡夢中哭醒。

苗人鳳不喜言辭，從來不說一句安慰的言語。但南小姐只要見到他沉靜鎮定的臉色、同情的眼光，就不再害怕了。

她跟他說，她父親南仁通在江南做官，捉到了一名江洋大盜，得到這柄「冷月寶刀」。不久南仁通調補京官，他要將寶刀獻給當道，滿心想飛黃騰達，不料卻因此枉自送了性命。

苗人鳳問起那江洋大盜的姓名，南小姐卻說不上來，她只知道這大盜是在獄中病死的。

他想：不知是那一個好漢，不明不白的又給害死了。那五名奪刀的豪客，必定識得這個大盜，知道大盜有一柄寶刀，於是一路跟蹤下來。

第五天晚上，南小姐端了一碗藥給苗人鳳喝。他正要伸手去接，忽聽得窗外簌簌幾下響聲。他不動聲色，接過藥碗來慢慢喝了下去。他知窗外有人窺探，但震於自己的威名，不敢貿然動手。暗自盤算：「這多半是奪刀五人的後援，再過五六日，那就不足為懼，苦於這幾日兩腿兀自酸軟無力，若有強敵到來，倒是不易對付。」

只聽得拍的一聲，白光閃動，窗外擲進一柄匕首，釘在桌上，微微顫動。匕首上附著一張白紙。南小姐「啊」的一聲驚呼，奔到他身邊。

苗人鳳睡在炕上，伸手夠不著匕首。他冷笑一聲，左掌在桌子邊緣一拍。匕首本來插進桌面數寸，這一拍之下，登時跳起，彈起尺許。跌在他手旁。窗外有人讚道：「金面佛名不

虛傳，果然了得！」腳步輕響，兩個人越牆出外。接著馬蹄響起，兩騎馬遠遠去了。

苗人鳳拿起白紙，見寫著一行字道：「鄂北鍾兆文、鍾兆英、鍾兆能頓首百拜。」

南小姐見他臉色木然，不知是憂是怒，問道：「是敵人找上來了嗎？」苗人鳳搖頭道：「他們是來送信的。」

南小姐道：「你在桌上這麼一拍，他們就嚇走了，是不是？」苗人鳳點頭。

南小姐道：「你這麼大本事，他們一定害怕。」苗人鳳不語，心想：「鄂北鬼見愁鍾氏三兄弟，既然找上來了，就不害怕。」南小姐話是這麼說，心中也自擔憂，過了半晌，輕聲說道：「大哥，咱們現下騎馬走了吧，他們找不著的。」苗人鳳搖搖頭，默然不語。

打遍天下無敵手金面佛苗人鳳，怎能在敵人面前逃走？就算為了南小姐而暫且忍辱躲避，但鬼見愁鍾氏三兄弟又怎能讓人躲得開？這些事南小姐是不會懂的。他向來不愛多說話，況且，這些事又何必跟她多說。

這一晚南小姐翻來覆去的睡不安穩。她已在全心全意的關懷這個粗手大腳的鄉下人，但苗人鳳卻睡得很沉。

只不過他做了一個夢，夢見一頂花轎，一隊吹鼓手，又夢見一個頭上披著紅巾的新娘子。那是很久很久以前童年時瞧見過的，他早已忘了，這時卻忽然夢到了。醒來的時候，似乎還隱隱聽到夢中鼓樂的聲音。黯淡的搖曳的燭光，照在旁邊床上南小姐像芙蓉花那樣柔和、那樣嬌艷的臉上。這朵花卻不在笑。她睡著的時候，也是恐懼，也是在感到痛苦。她臉上有燭光，卻有更多的陰影。

次日清晨，苗人鳳命店小二做一大碗麵吃了，端張椅子，坐在廳中，冷月寶刀放在身旁。他生平不愛事先籌劃，因為預料的事兒多半作不了準，寧可隨機應變。南小姐見了他的神情，心中很是害怕，問了他幾句，苗人鳳並不回答，於是她就不敢再問。

辰牌時分，馬蹄聲響，三乘馬在客店前停住，進來了三個客人。客店中人見了這三人的打扮，都是嚇了一跳。原來三人都身穿白色粗麻布衣服，白帽白鞋，衣服邊上露著毛頭，竟是剛死了父母的孝子服色。但三身孝服已穿得半新不舊，若說服的熱孝，卻又不像。

苗人鳳知道鄂北鬼見愁鍾門雄霸荊襄，武功實有獨到的造詣，那補鍋匠是鍾氏門徒，武藝已自不弱，眼下鍾氏三兄弟親自到來，此事當真甚是棘手。只見三人一般的相貌，都是臉色慘白，鼻子又扁又大，鼻孔朝天，只是憑鬍子分別年紀，料來灰白小鬍子的是大哥鍾兆文，黑鬍子的是二哥鍾兆英，沒留鬍子的是三弟鍾兆能。三人進來時腳步輕飄飄的宛如足不點地，果然是勁敵到了。苗人鳳一生之中，敵人愈強，精神愈振，一見三人聲勢不同凡俗，不由得全身骨骼輕輕作響。

鍾氏三兄弟上前同時一揖到地，齊聲說道：「苗大俠請了。」苗人鳳拱手還禮，說道：「請了，恕在下腿上有傷，不能起立。」鍾兆文道：「苗大俠你家腿上不便，原本不該打擾，只是殺徒之仇，不能不報，請苗大俠你家恕罪。」他「你家，你家」，滿口湖北土腔，苗人鳳點點頭，不再答話。

鍾兆文道：「苗大俠威震天下，我們三兄弟單打獨鬥，非你家敵手。老二、老三，咱哥兒一齊上啊！」鍾兆英、鍾兆能怪聲答應，叫道：「老大，咱哥兒一齊上啊！」這三兄弟是

武林中的成名人物，雖然怪聲怪氣，怪模怪樣，在江湖上卻是輩份甚高，行事持重，武功又強，因此上在兩湖一帶已闖下極大的基業。三人怪聲一作，嗆啷啷響聲不絕，各從身邊取出一對判官筆。

客店中夥伴客人見這三人到來，已知不妙，這時見取出兵刃，人人遠避，登時大廳上空蕩蕩的一片。

南小姐關心苗人鳳安危，卻留在廳角之中。苗人鳳見她一個嬌怯弱女，居然有此膽量，心中大是喜慰。只因南小姐在廳角這麼一站，苗人鳳自此對她生死以之，傾心相愛，當下向她微微一笑，抽出冷月寶刀。

鍾氏兄弟見那刀青光閃動，寒氣逼人，同聲讚道：「好刀！」

三兄弟齊聲怪叫。鍾兆文雙筆當胸直指，兆英攻左，兆能襲右。苗人鳳端坐椅中，橫刀不動，待六枝鑌鐵判官筆的筆尖堪堪點到身邊，突然寶刀一揮，呼呼風響，向三人各砍一刀。鍾氏三兄弟果然身負絕藝，見他刀勢來得奇特，各自身形飄動，讓了開去。他們只知苗家劍法獨步天下，不料他刀法竟也如此精奇。苗人鳳此時所用是胡一刀所授的胡家刀法，變化奧妙，就只吃虧在身子不能移動，一刀砍出，難以連續追擊。

四人一動上手，大廳中刀光筆影，登時鬥得兇險異常。鍾氏三兄弟輕功甚是了得，三人分進合擊，此來彼往，六枝判官筆宛如十二枝相似。苗人鳳使開刀法，攻拒削砍，絲毫不落下風。他想今日之鬥務須猛下殺手，重傷他兄弟三人，否則自己與南小姐性命難以周全。只是素知鍾氏三兄弟安份守己，並無歹行劣跡，江湖上聲名甚好，卻不必取他們性命。眼見三

兄弟的招數愈來愈緊，每一招都點打他上身大穴，只要稍一疏神，不但一世英名付於流水，連這嬌艷溫柔的南小姐也得落入敵手受苦。想到此處，刀招加沉，猛力砍削。三兄弟他力大刀利，不敢讓兵刃給他寶刀碰到了，圍攻的圈子漸漸放遠。

鍾兆英眼見難以取勝，突然一聲怪叫，身子斜撲，著地滾去，竟到苗人鳳背後攻他下盤。這一著甚是險毒，想苗人鳳坐在椅上不能轉動，敵人攻他背後，如何護守得著？鍾兆英連攻數招，一筆橫砸，喀的一聲，將椅腳打斷了一根。椅子一側，苗人鳳身子跟著傾側。南小姐「啊」的一聲，驚呼出來。苗人鳳左手倏地探出，往鍾兆英臉上抓去。鍾兆英大驚，急忙滾開相避，只聽得噹噹兩響，他與鍾兆英手中的判官筆已各有一枝被寶刀削斷。鍾兆文肩頭劇痛，卻被刀刃劃了一道口子。苗人鳳一刀同時攻逼三敵，這一招叫做「雲龍三現」，乃是胡家刀法中的精妙招數。

鍾氏三兄弟各展輕功躍開，三人互相望了一眼，臉上都有驚駭之色。鍾兆英道：「老大，掛了彩啦？」鍾兆文道：「不礙事。」他見苗人鳳椅子斜傾，坐得搖搖欲墜，心想如此良機，日後再難相逢，只是忌憚他寶刀鋒利，刀法精奇，於是抱拳說道：「兵刃上我三兄弟不是敵手，我們再領教你家拳招掌法。」這話兒說得冠冕堂皇，卻是不懷好意，是要敵人自去其長。他三人此來乘人之危，乃是仇殺拚命，並非比武較藝，這番說話苗人鳳本來大可不必理會，但他藝高人膽大，一聲冷笑，寶刀歸鞘，點了點頭，說道：「好！」

三兄弟拋下判官筆，蹦跳竄躍，攻了上來。三人每一步都是跳躍，竟無一步踏行。苗人鳳的掌法何等威猛，一經施展，三兄弟欺不近八尺以內，也是鍾門武功卓然成家，否則單

是給他掌力一震，已受重傷。鍾兆英人最機靈，見他椅腳斷了一隻，已難坐穩，心想依樣葫蘆，再打斷一隻椅腳，非教他摔倒不可，當下又使出地堂拳法，滾向苗人鳳椅後，猛地右腿橫掃，喀喇一響，果然又將椅腳踢斷了一隻。

那椅子本已傾側，此時急向後倒。苗人鳳伸手在椅背一按，人已躍起。他惱恨鍾兆英狡詐，從半空中如大鷹般向他撲擊下來。鍾兆英嚇得心驚膽戰，大叫：「老大，老三！」兆文、兆能雙雙從旁來救。苗人鳳雙掌發力，左掌打在鍾兆文肩頭，右掌拍在鍾兆能胸口。兩人經受不起，雙雙向外跌出。苗人鳳雙掌乘機幾個翻身逃出廳門，看苗人鳳時，也已摔倒在地。

三兄弟見他如此神勇，那敢進來再鬥？鍾兆英瞥見店門旁堆滿驟馬的草料，心念一動，取出火摺晃著了，就在草料上一點。那麥稈乾得透了，登時起火，順風燒向店堂。客店中店夥客商一見火頭，一陣大亂，紛紛奔出。三兄弟拿著判官筆在門口監視，叫道：「誰救那壞了腿的客人，老子打開他的腦袋瓜子！」眾人自逃性命不及，又有誰敢去救人？

苗人鳳見霎時之間風助火勢，濃煙火舌捲進廳來，自己雙腿不能行走，敵人又守在門口，暗道：「難道我一世英雄，今日竟活活燒死在這裏不成？」一轉眼見南小姐已隨眾人逃出，心下略寬，火光中只見屋角裏放著一綑粗索，暗叫：「天可憐見！」爬著過去抖開繩索，在手臂上繞了十來圈。

鍾氏兄弟眼見煙火圍門，這個當世無敵的苗人鳳勢必葬身火窟，三人心中大喜，相視而笑。

南小姐當危急時奪門而出，此時卻想起苗人鳳尚在店內，他為相救自己而受傷喪生，不

51

禁大為難受，珠淚盈眶，正自難忍，猛聽得店堂內一聲大喝，一條繩索從火燄中竄將出來，一端已捲住門外那株大銀杏的樹幹。接著繩子一盪，苗人鳳又高又瘦的身軀已飛了出來。

眾人見他突似飛將軍自天而降，無不駭然。苗人鳳左手抓繩，身子自空向鍾氏三兄弟撲去。三鍾嚇得魂飛天外，已無鬥志，當即發足奔逃。他三人輕功雖高，終不及苗人鳳拉著繩子飛盪迅速，被他伸出蒲扇大的手掌，一擲一抓，一抓一擲，三兄弟都飛身而入火堆。總算三人武功均高，一入火堆，急忙逃出，但已燒得鬚眉盡焦，狼狽不堪。到此地步，三兄弟那敢逗留，馬匹也不要了，向南急奔而去，但聽苗人鳳豪邁爽朗的大笑聲，不絕從身後傳來。

苗人鳳想到當年力戰鬼見愁鍾氏三雄的情景，嘴角上不自禁出現了一絲笑意，然而這是愁苦中的一絲微笑，是傷心中一閃即逝的歡欣。於是他想到腿上傷愈之後，與南小姐結成夫婦，這個刻骨銘心、傾心相愛的妻子，就是眼前這個美婦人。她在身前不過五尺，五尺卻比五千里、五萬里的路程更加遙遠。

於是他想到兩人新婚後那段歡樂的日子，他帶著他的蘭（南小姐名字叫做南蘭）一同去拜祭胡一刀夫婦的墓，他把冷月寶刀封在墳土之中，心裏想：世上除了胡一刀外，再也無人配用這把寶刀。他既然不在世上了，寶刀就該陪著他。

於是在胡一刀的墓前，他把當年這場比武與誤傷的經過說給妻子聽。他從來不愛多說話，這一天卻是說得滔滔不絕。這件事在他心中鬱積了十年，直到這天，方在最親近的人面前發洩出來。他辦了許多酒菜來祭奠胡一刀，擺滿了一桌，就像當年胡夫人在他們比武時做

了一桌菜那樣。

於是他喝了不少酒，好像這位生平唯一的知己復活了，與他一起歡談暢飲。他越是喝得多，越是說得多。說到對這位遼東大俠的欽佩與崇仰，說到造化小兒的弄人，人世的無常，說到胡夫人對丈夫的情愛，他說：「像這樣的女人，要是丈夫在火裏，她一定也在火裏，丈夫在水裏，她也在水裏……」

於是突然之間，看到自己的新娘臉色變了，掩著臉遠遠奔開。他追上去要想解釋，但他是醉了，他不會說話，何況，他心中確是記得客店中鍾氏三雄火攻的那一幕……他是在火裏，而她卻獨自先逃了出去……

他一生慷慨豪俠，素來不理會小節，然而這是他生死以之相愛的人……在他腦子裏，一直覺得南蘭應該逃出去，她是女人，不會半點武功，見到了濃煙烈火自然害怕，她那時又不是他的妻子，陪著他死了，又有甚麼好處？……但在心裏，他深深盼望在自己遇到危難之時，有心愛的人守在身旁，盼望心愛的人不要棄他而先逃……他一直羨慕胡一刀，心想他有一個真心相愛的夫人，自己可沒有。胡一刀雖然早死，這一生卻比自己過得快活。

於是在酒醉之後，在胡一刀的墓前，無意中說錯了一句話，也可說是無意中流露了真心。這句話造成了夫妻間永難彌補的裂痕。雖然，苗人鳳始終是極深厚極誠摯的愛著妻子。他永遠不再提到這件事，甚至連胡一刀的名字也不提，南蘭自然也不會提。夫妻間的感情加深了後來女兒若蘭出世了，像母親一般的美麗，像母親一般的嬌嫩。

一層。然而，他是出身貧家的江湖豪傑，妻子卻是官家的千金小姐。他天性沉默寡言，整天

板著臉，妻子卻需要溫柔體貼，低聲下氣的安慰。她要男人風雅斯文、懂得女人的小性兒，要男人會說笑，會調情⋯⋯苗人鳳空具一身打遍天下無敵手的武功，妻子所要的一切卻全沒有。如果南小姐會武功，或許會佩服丈夫的本事，會懂得他為甚麼是當世一位頂天立地的奇男子。但她壓根兒瞧不起武功，甚至從心底裏厭憎武功。因為，她父親是給武人害死的，起因是在於一把刀；又因為，她嫁了一個不理會自己心事的男人，起因是在於這男人用武功救了自己。

她一生中曾有一段短短的時光，對武功感到了一點興趣，那是丈夫的一個朋友來作客的時候。那就是這個英俊瀟灑的田歸農。他沒一句話不在討人歡喜，沒一個眼色不是軟綿綿的教人想起了就會心跳。但奇怪得很，丈夫對這位田相公卻不大瞧得起，對他愛理不理的，於是招待客人的事兒就落在她身上。相見的第一天晚上，她睡在床上，睜大了眼睛望著黑暗的窗外，忍不住暗暗傷心⋯⋯為甚麼當日救她的不是這位風流俊俏的田相公，偏生是這個木頭一般睡在身旁的丈夫？

過了幾天，田歸農跟她談論武功，發覺她一點兒也不會，於是教了她幾路拳腳。她學得很起勁，雖然她還是不喜歡武功，只因是他教的，於是就興致勃勃的學了。

終於有一天，她對他說：「你跟我丈夫的名字該當調一下才配。他最好是歸農種田，你才真正是人中的鳳凰。」也不知是他早有存心，還是因為受到了這句話的風喻，終於，在一個熱情的夜晚，賓客侮辱了主人，妻子侮辱了丈夫，母親侮辱了女兒。

那時苗人鳳在月下練劍，他們的女兒苗若蘭甜甜地睡著⋯⋯

54

南蘭頭上的金鳳珠釵跌到了床前地上，田歸農給她拾了起來，溫柔地給她插在頭上，鳳釵的頭輕柔地微微顫動……

於是下了決心。丈夫、女兒、家園、名聲……一切全別了，她要溫柔的愛，要熱情。

於是她跟著這位俊俏的相公從家裏逃了出來。於是丈夫抱著女兒從大風雨中追趕了來，女兒在哭，在求，在叫「媽媽」。但她已經下了決心，只要和歸農在一起，只過短短的幾天也是好的，只要和歸農在一起，給丈夫殺了也罷，剮了也罷。她很愛女兒，然而這是苗人鳳的女兒，不是田歸農和她生的女兒。

她聽到女兒的哭聲，但在眼角中，她看到了田歸農動人心魄的微笑，因此她不回過頭來。

苗人鳳在想：只盼她跟著我回家去，這件事以後我一定一句不提，我只有加倍愛她，只要她回心轉意，我要她，女兒要她！

苗夫人在想：他會不會打死歸農？他很愛我，不會打我的，但會不會打死歸農？

苗若蘭小小的心靈中在想：媽媽為甚麼不理我？不肯抱我？我不乖嗎？

田歸農也在想他的心事。他的心事是深沉的。他想到闖王所留下的無窮無盡的財寶，苗夫人是打開這寶庫的鑰匙。當然，她很美麗，嬌媚無倫，但更重要的是闖王的寶庫，苗人鳳會不會打死我呢？

苗人鳳在等待，廳上的鏢客、羣盜、侍衛、商家堡的主人，獨臂人和小孩，大家都在等待。廳上有很多人，但誰也不說話，只聽到一個小女孩在哭叫：「媽媽！媽媽！抱抱蘭蘭！」

即使是最硬心腸的人，也盼望她回過身來抱一抱女兒。

自從走進商家堡大廳，苗人鳳始終沒說過一個字，一雙眼像鷹一般望著妻子。

外面在下著傾盆大雨，電光閃過，接著便是隆隆的雷聲。大雨絲毫沒停，雷聲也是不歇的響著。

終於，苗夫人的頭微微一側。苗人鳳的心猛地一跳，她看到妻子在微笑，眼光中露出溫柔的款款深情。她是在瞧著田歸農。這樣深情的眼色，她從來沒向自己瞧過一眼，即使在新婚中也從來沒有過。這是他生平第一次瞧見。

苗人鳳的心沉了下去，他不再盼望，緩緩站了起來，用油布細心地妥貼地裹好了女兒，放在自己胸前。他非常非常的小心，因為世界上再沒有這樣慈愛、這樣傷心的父親。

他大踏步走出廳去，始終沒說一句話，也不回頭再望一次，因為他已經見到了妻子那深情的眼色。

大雨落在他壯健的頭上，落在他粗大的肩上，雷聲在他的頭頂響著。

小女孩的哭聲還在隱隱傳來，但苗人鳳大踏步去了。他抱著女兒，在大風大雨中大踏步走著。

他們沒有回家去。這個家，以後誰也沒有回去……

第三章

英雄年少

——

那男孩大聲道：

「你女兒要你抱，幹麼你不睬她？

你做媽媽的，怎麼一點良心也沒有？」

戟指怒斥，一個衣衫襤褸的孩童，

霎時間竟是大有威勢。

苗人鳳抱著女兒，在大風雨中離開了商家堡。俠士雖去，餘威猶存。他進廳出廳，並無一言半語，但群豪震懾，不論識與不識，無不凜然。眾人或驚或愧，或敬或懼，過了良久，仍是無人說話，各自凝思。

苗夫人緩緩站起，嘴角邊帶著強笑，但淚水在眼眶中滾了幾轉，終於從白玉一般的腮邊滾了下來。田歸農倏地起身，左手握住腰間長劍劍柄，拉出五寸，錚的一聲，重歸劍鞘，這一下手勢瀟灑利落已極，低聲道：「蘭妹，走吧。」雙眼望著大車中一鞘鞘的銀鞘。神態雖是不減俊雅風流，但語聲微抖，掩不了未曾盡去的恐懼之心。

馬行空見田歸農仍想劫鏢，強自撐起，叫道：「春兒，取兵刃來！」馬春花見父親受傷非輕，含淚道：「爹！」馬行空聲音威嚴，說道：「快取來。」馬春花從背囊中取出隨著父親走了數十年鏢的金絲軟鞭，正要遞過，突然後堂咳嗽一聲，走出一個老婦，身穿青布棉襖，下繫黑裙，脊梁微駝，兩鬢全白，頂心的頭髮卻是一片漆黑。商寶震雖被田歸農打倒，受傷不重，搶上去叫道：「媽，這裏的事你老人家別管，請回去休息吧。」原來這老婦正是商寶震的母親。

商老太點了點頭，不動聲色的道：「栽在人家手裏啦？」語聲嘶啞，甚是難聽。商寶震臉露慚色，垂首道：「兒子不中用，不是這姓田的對手。」說著向田歸農一指，不禁愧憤交集。

商老太雙眼半張半開，黯淡無光，木然向田歸農望了一下，又向苗夫人望了一下，喃喃道：「好個美人兒！」

突然間一個黃瘦男孩從人叢中鑽了出來，指著苗夫人叫道：「你女兒要你抱，幹麼你不睬她？你做媽媽的，怎麼一點良心也沒有？」

這幾句話人人心中都想到了，可是卻由一個乞兒模樣的黃瘦小兒說出口來，眾人心中都是一怔。只聽轟轟隆隆雷聲過去，那男孩大聲道：「你良心不好，雷公劈死你！」戟指怒斥，一個衣衫襤褸的孩童，霎時間竟是大有威勢。

田歸農一怔，刷的一聲，長劍出鞘，喝道：「小叫化，你胡說八道甚麼？」那盜魁閻基搶了上來，喝道：「田相公……夫……夫人磕頭。」那男孩不去理他，臉上正氣凜然，仍是指著苗夫人叫道：「你……你好沒良心！」

田歸農提起長劍，正要分心刺去。苗夫人突然「哇」的一聲，掩面而哭，在大雨中直奔了出去。田歸農顧不得殺那男孩，提劍追去。他一竄一躍，已追到苗夫人身旁，勸道：「蘭妹，這小叫化胡說八道，別理他。」苗夫人哽咽道：「我……我確是良心不好。」哭著說話，腳下絲毫不停。田歸農伸手挽她臂膀，苗夫人用力一掙。田歸農若是定要挽住，苗夫人再苦練十年武功也掙扎不脫，但他不敢用強，只得放開了手，軟語勸告。

但見二人在大雨中越行越遠，沿著大路轉了個彎，給一排大柳樹擋住後影。雨點濺地，水花四舞，二人再不轉回。

眾人吁了一口氣，轉眼望那孩童，心想這人小小年紀，好大的膽氣，這條命卻不是撿來的？

閻基冷笑一聲，喝道：「那當真再美不過，閻大爺獨飲肥湯，豈不妙哉！兄弟們，快搬

61

銀鞘啊！」羣盜轟然答應，散開來就要動手。閻基左足飛起，將那男孩踢了個觔斗，順手揪

住了獨臂漢子，喝道：「還給我！」

商老太太嘶啞著嗓子，問道：「閻老大，這兒是商家堡不是？」閻基道：「是啊，商

家堡怎麼啦？」商老太道：「我是商家堡的主人不是？」閻基一隻手仍是揪住獨臂漢胸口，

仰天大笑，說道：「商老婆子，你繞著彎兒跟我說甚麼啊？你商家堡牆高門寬，財物定是不

少，可是想送點油水給兄弟們使使？」羣盜隨聲附和，叫嚷哄笑。商寶震氣得臉也白了，

道：「媽，別跟他多說。兒子和他拼了。」從鏢行趟子手中搶過一柄單刀，指著閻基叫陣。

閻基將獨臂漢一推，狠狠說道：「小子別走，老子待會跟你算帳。」雙手一拍，向著商

寶震斜眼而睨，臉上流氣十足，顯然壓根兒沒將他放在眼裏。

商老太道：「閻老大，你跟我來，我有話對你說。」閻基一怔，油嘴滑舌的道：「到那

兒啊？女人的房裏姓閻的可不去。」商老太就似沒有聽見，仍道：「我有要緊話跟你說。」

閻基心想：「這老太婆倒有幾分古怪，不知她叫我去那裏？」正待說：「閻大爺沒空跟

你囉唆。」商老太已轉身走向內堂，啞聲道：「你沒膽子，也就是了。」閻基仰天打個哈哈，

笑道：「我沒膽子？」拔腳跟去。二寨主為人細心，將閻基的鬼頭刀遞過，閻基左手倒提

了。商寶震不知母親叫他入內是何用意，跟隨在後。商老太雖不回頭，卻聽出了兒子和閻基

聲，說道：「震兒留在這兒！閻老大，你叫弟兄們暫別動手。」說這幾句話時向兒子的腳步

一眼也沒瞧，但語音中自有一股威嚴，似是發號施令一般。閻基道：「這話不錯，大夥兒別

動，等我回來發落。」羣盜轟然答應，二寨主用黑話吆喝發令，分派人手監視鏢客，防他們

有何異動。

本來商寶震和三個侍衛助著鏢行，羣盜已落下風，但商寶震和徐錚為田歸農所傷，馬行空挨了閻基一腳後，再給田歸農打了一掌，傷勢更重，形勢又自逆轉。羣盜既不劫鏢，鏢行人眾也就靜以待變。

閻基跟隨在商老太背後，只見她背脊弓起，腳步蹣跚，原先心中存著三分提防之意，此時盡數拋卻，笑問：「商老婆子，叫我進來可是獻寶麼？」商老太道：「不錯，是獻寶。」閻基心中一動，他一生最是貪財，瞧這商家堡一副大家氣派，底子甚是殷實，說不定那商老太一見強人降臨，嚇破了膽，自行獻上珠寶贖命，也是有的，不由得又驚又喜。只見她一直向後進走去，接連穿過三道院子，到了最後面的一間屋外，呀的一聲把門推開，自己先走了進去，說道：「請進來吧！」

閻基伸頭向房裏一探，見是一間兩丈見方的磚房，裏面空空蕩蕩，只見一張方桌，更無別物，微感蹺蹊，提步進去，大聲道：「有話快說，可別裝神弄鬼的。」商老太不答，伸手關上木門，又上了門閂。閻基大奇，四下打量，只見桌上放著一塊靈牌，上書「先夫商劍鳴之靈位」。閻基心想：「商劍鳴，商劍鳴，這名字好熟，那是誰啊？」一時卻想不起來。

商老太緩緩說道：「你竟敢上商家堡來放肆，可算得大膽。若是先夫在世，十個閻基也早砍了。今日商家堡雖只賸下孤兒寡婦，卻也容不得狗盜鼠竊之輩上門欺侮。」幾句話說完，突然腰板一挺，雙目炯炯放光，凜然逼視，一個蹣跚龍鍾的老婦，霎時間變得英氣勃勃。

63

閻基微微一驚，心想：「原來這婆娘是故意裝老。」但想到一個女流之輩，又有何懼，笑道：「上門也上了，欺人也欺了，你又咬我一口？」

商老太霍地走到桌旁，從靈牌後面捧出一個黃色包袱，那包袱灰塵堆積，放在靈牌之後毫不搶眼。她也不拍去灰塵，順手解了結子，打開包袱，只見紫光閃閃，冷氣森森，卻是一柄厚背薄刃紫金八卦刀。閻基驀地裏記起十餘年前的一件往事，倒退兩步，左手倒提著的鬼頭刀交與右手，叫道：「八卦刀商劍鳴！」

商老太臉色一沉，叫道：「豪傑雖逝鋼刀在！妾身就憑先夫這把八卦刀，要領教閻老大的高招。」忽地抓住刀柄，一招「童子拜佛」，向靈位行了一禮，回過身來，已成八卦刀法中的第一招「上勢左手抱刀」。但見她沉肩墜肘，氣斂神聚，那裏有半分衰邁老態？

閻基雖然微存戒心，但想以百勝神拳馬行空這等英雄，尚且敗在自己手裏，若是商劍鳴復生，或許要懼他幾分，這商老太本領再高也是有限，當下鬼頭刀在空中虛劈一招，笑道：「你要比試刀法，何不就在大廳之中？巴巴的到這兒來，難道定要丈夫的死人牌位給在一旁瞧著，才顯得出本事麼？」商老太凜然道：「不錯，先夫威靈，震懾鼠輩。」閻基不自禁的向那靈牌望了一眼，心中有些三毛，急欲了結此事，走出這間冷冰冰、黑沉沉的靈堂，說道：「商老太，你發招吧。」商老太道：「你是客人，閻寨主先請。」她聽他改了稱呼，口頭上客氣了些，於是也稱他一聲「寨主」。

閻基道：「在下跟商家堡無冤無仇，這次劫鏢，乃是衝著馬老頭兒而來。商老太既然定要出頭，咱們點到為止，不必真砍真殺。」商老太雙眉豎起，低沉著嗓子道：「沒那麼容

64

易！商劍鳴一生英雄，他建下的商家堡豈容人說進便進，說出便出？」閻基也自惱了，道：

「依你說便怎地？」商老太道：「你敗了我手中鋼刀，將我人頭割去，連我兒子也一併殺

了……」閻基嚇了一跳，心想：「我跟你又無深冤大仇，只不過無意冒犯，何必這麼性命相

拚？」只聽她又道：「若是妾身勝得一招半式，閻寨主頸上腦袋也得留下。」此言一出，跟

著喝道：「進招！」

閻基氣往上衝，大聲說道：「我要你母子性命何用？只要你這座連田連宅的商家堡。」

說著將刀一晃，欲待進招，商老太一招「朝陽刀」已劈了過來。這一刀又快又猛，閻基急忙

側頭，只聽呼的一響，震得右耳中嗡嗡作聲，那刀從右腮邊直削下去，相距不過寸餘，只要

閃避慢得一霎，這腦袋豈不是給她劈成兩半？

這一刀先聲奪人，閻基給她的猛砍惡殺嚇得為之一怔，知她第二招定是迴刀削腰，忙沉

鬼頭刀一架，噹的一響，雙刀相交，火光四濺。閻基覺她臂力平平，遠遜於己，本已提起的

心又放了下來，於是一招「推刀割喉」，推了過去。商老太「哼」了一聲，側身避過，道：

「四門刀法，不足為奇。」閻基笑道：「平平無奇，卻要勝你。」語聲未畢，踏步上前，使

出一招「進手連環刀」。商老太不架不讓，竟搶對攻，「削耳撩腮」，舉刀斜砍。

閻基大驚，心想：「怎麼拚命了？」本來武術中原有不救自身、反擊敵人的招數，但這

種拚著兩敗俱傷的打法，總是帶著九分冒險，非至敵招難解、萬不得已之際決計不用。此時

商老太只要舉刀一擋，就能架開敵招，那知她竟行險著，不顧性命的對攻。

她不顧性命，閻基卻不得不顧，危急中撲地一滾，反身一腿。這一腿去勢奇妙，商老太

手腕險被踢中，八卦刀急忙翻過，閻基才收腿轉身。原來他練熟了十餘招怪異拳腳，近年來在江湖上戰無不勝，刀法卻是平平，但他另有奇著，將那十幾路奇拳怪腿夾在刀法之中，一路刀法上一走下風，拳腳一動，立時扳轉劣勢。

路第三四流的四面刀登時化腐朽為神奇，居然也打敗了不少英雄好漢，此刻施將出來，每當

頃刻之間一個老婦，一個盜魁，雙刀疾舞，在磚房中鬥得塵土飛揚。閻基見商老太刀法精妙，自己若非靠那十餘招拳腳救駕保命，早已喪生於八卦刀下，一個老婦居然有此武功，不由得暗暗稱奇，心道：「如此久戰下去，若是一個疏忽，給她削去半邊腦袋，那可不是玩的。」當下用長藏拙，不住的拳打足踢，偶然才砍上幾刀。這法兒果然生效，商老太難以抵擋，不斷退避。閻基洋洋得意，笑道：「嘿嘿，商劍鳴甚麼英雄了得，八卦刀法也不過如此。」

商老太對先夫敬若天神，此言犯了她的大忌，突然間目露兇光，刀法一變，四下遊走，白光閃閃，四面八方攻了上去。此刻她每一招都是拚命，每一招都是搶攻，早將自己生死置之度外。閻基大叫：「你瘋了麼？喂，商老太，你丈夫可不是我殺的，你跟我拚命幹麼？喂，你聽見我說話沒有？」一面嚷，一面逃竄。

他鬥志一失，商老太更是砍殺得如火如荼，出刀越來越快，此時閻基的怪異拳腳已來不及使用，只想拔開門閂，逃出屋去。面臨一隻瘋了的母大蟲，他那裏還想到甚麼勝負榮辱，唯一的念頭只是如何逃命。

他數次要去拔開門閂，總是給商老太逼得絕無餘暇。眼見她「夜叉探海」，「上步撩

66

刀」，「仙人指路」，一刀猛似一刀，闔基把心一橫，反背一腿踢出，叫聲「失陪！」左足用勁，竄身從窗口躍了出去。豈知商老太拚著受他這一腿，如影隨形，跟著一刀砍了過去。

只聽二人同聲「啊喲」，一齊跌在窗下。

商老太立即躍起，肩頭雖被踢中，未受重傷。闔基的大腿上卻給結結實實的一刀砍著，再也難以站立。

這一下他嚇得魂飛天外，只見商老太眼佈紅絲，鋼刀跟著劈下，忙伸雙手握住了她小腿，大叫：「饒命！」

商老太幼時陪伴父親、婚後跟隨丈夫闖蕩江湖，畢生會過無數武林豪傑，如眼前這般沒出息的混蛋，卻是從未見過，心中一怔，這一刀就砍不下去。闔基索性爬在地下，蓁蓁的大磕響頭，求道：「大人不記小人過！我是狗娘養的王八蛋！老太太要抽筋剝皮，悉從尊便，這一刀務懇留他一留。」

商老太嘆了口氣道：「好，命便饒你。你記住了，今日比武之事，不許漏出一字。」闔基陪個笑臉，又磕了兩個頭，爬將起來，用刀拄在地下，一蹺一拐的走出。商老太厲聲說道：「站住！咱們拚刀之前，說過任誰輸了，就得在商家堡留下腦袋。你說話不算數，難道我也同你一般混帳？」

闔基嚇了一跳，回過頭來，只見商老太臉上猶似罩著一層嚴霜，顯是並非說笑，哀求道：「你……你不是饒了我麼？」商老太道：「饒得你性命，饒不得你腦袋。」說著手中八卦刀一揚，厲聲道：「商劍鳴八卦刀出手，素不空回，過來！」闔基咕鼕一聲，雙膝落地。

商老太手法好快，左手提起他的辮子，右手八卦刀一揮，已將他辮子割下，喝道：「辮子留在商家堡，從今後削髮為僧，不得再在黑道中廝混！」閻基喏喏連聲。商老太道：「你裹好腿傷，戴上帽子，再到廳上招呼你的手下滾出商家堡。」

大廳上眾人你瞧我，我瞧你，不知二人在內堂說些甚麼，等了半個時辰，才見商老太顫巍巍的出來。閻基跟在後面，慢吞吞的走出，叫道：「眾兄弟，銀兩不要了，大夥兒回寨去。」

此言一出，眾人無不大為驚愕。二寨主道：「大哥……」閻基道：「回寨說話。」將手一揮，走出廳去。他不敢露出腿上受傷痕跡，強行支撐，咬緊牙關出去。眾盜不敢違拗，向著一鞘鞘已經到手的銀子狠狠望了幾眼，轉身退出。片刻之間，羣盜退得乾乾淨淨。

饒是馬行空見多識廣，卻也猜不透其中的奧妙，只見閻基行過之處，地下點點滴滴留下一行血跡，料想他在內堂是受了傷，看來商家堡內暗伏能人，卻那裹料得著眼前這龍鍾老婦，適才竟和他拚了一場生死決戰。他扶著女兒的肩頭站起待要施謝，商老太道：「震兒，跟我進來！」馬行空一愕，只見他母子二人逕自進了內堂。

這一下鏢行人眾與三名侍衛都紛紛議論起來，有的說商老太舊時必與那盜魁相識，曾有恩於他。；有的說商老太一頓勸喻，動以利害，那盜魁想到與御前侍衛為敵，非同小可，終於懸崖勒馬。正自瞎猜，商寶震走了出來，說道：「家母請馬老鏢頭內堂奉茶。」

內堂敍話，商老太勸馬行空留在商家堡養傷，一面派人到附近鏢局邀同行相助，轉保鏢

68

銀前往金陵。經此一役，馬行空雄心全消，「百勝神拳」的名號響了數十年，到頭來卻折在一個市井流氓般的盜賊手中，對走鏢的心登時淡了。商老太護鏢不失，恩情太重，她的意思不敢不遵，同時他心底還存了一個念頭，極想見一見那位挫敗閻基的武林高手。當下謝了商老太的好意，一口答應照辦。

傍晚時分，大雨止了，三名御前侍衛道了攪擾別過，商震震相送到大門之外。

那獨臂人攜了男孩之手，也待告辭，商老太向那男孩瞧了一眼，想起他怒斥苗夫人時那正氣凜然的神情，自忖：「這小小孩童，居然有此膽識，倒也少見。」於是問道：「兩位要上何處？路上盤纏可夠用了？」獨臂人道：「小人叔姪流落江湖，四海為家，說不上往那裏去。」商老太向那孩童細細打量，沉吟半晌，道：「兩位若不厭棄，就在這兒幫忙幹些活兒咱們莊子大，也不爭多兩口人吃飯。」那獨臂人心中另有打算，一聽大喜，當即上前拜謝。

商老太問起姓名，獨臂人自稱名平四，那孩童是他姪兒，叫作平斐。

當晚平四叔姪倆由管家分派，住在西偏院旁的一間小房中。二人關上門窗，平四醜陋的臉上滿是喜色，低聲道：「小爺，你過世的爹娘保佑，這兩張拳經終於回到你的手上，真是老天爺有眼。」平斐道：「平四叔，你千萬別再叫我小爺，一個不慎給人聽見了，平白的惹人疑心。」平四連聲稱是，從懷中掏出那油紙小包，雙手恭恭敬敬的遞給平斐。他倒不是對這孩子如此恭敬，卻是想起了遺下兩頁拳經的那位恩人。

平斐問道：「平四叔，你跟那閻基說了幾句甚麼話，他就心甘情願的交還了拳經？」平

69

四道：「我說：『你撕去的兩頁拳經呢？苗大俠叫你還出來！』就這麼兩句說話。那時苗大俠便在他眼前，這一頁拳經在他那裏？你為甚麼見苗大俠這樣害怕？」

道：「這兩頁拳經為甚麼在他那裏？這是千載難逢的良機，他就有天大的膽子，也不敢不還。」平斐沉吟一會，道：「四叔，我不問啦。你說過等我長大了，學成了武功，再源源本本的說給我聽。我這就好好的學。」

平四不答，一張臉抽搐得更加難看，淚水在眼眶中滾來滾去，強忍著不讓掉下。平斐道：「四叔，我不問啦。你說過等我長大了，學成了武功，再源源本本的說給我聽。我這就好好的學。」

於是叔姪倆在商家堡定居了下來。平四在菜園中挑糞種菜，平斐卻在練武廳裏掃地抹槍。

馬行空在商家堡養傷，閒著就和女兒、徒兒、商寶震三人講論拳腳。他們在演武練拳的當兒，平斐偶然瞧上一眼，但絕不多看。

他們知道這黃黃瘦瘦的孩子很大膽，卻從沒想到他身有武功，因此當他偶而看上一眼的時候，不論是有數十年江湖經歷的馬行空，還是聰明伶俐的商寶震，從來不曾疑心過他是在留意拳法的奧妙。

但他決不是偷學武藝。他心中所轉的念頭，馬行空他們是更加想不到了。因為每當他看了他們所說的奇招妙著之後，心裏總想：「那有甚麼了不起？這樣的招數只能對付庸才，卻打不到英雄好漢。」

因為他其實並不姓平，而是姓胡，他的姓名不是平斐而是胡斐；因為他是胡一刀的兒

子，那個和苗人鳳打了五日不分勝負的遼東大俠胡一刀的兒子；因為他父親曾遺給他記載著武林絕學的一本拳經刀譜，那便是胡家拳法和刀法的精義。

這本拳經刀譜本來少了頭上兩頁，缺了紮根基的入門功夫，缺了拳法刀法的總訣，於是不論他多麼聰明用功，總是不能入門。現下機緣巧合，給閻基偷去的總訣找回來了，於是一加融會貫通，武功進境一日千里。

閻基憑著兩頁拳經上的寥寥十餘招怪招，就能稱雄武林，連百勝神拳馬老鏢頭也敗在他的手下。胡斐卻是從頭至尾學全了的。

當然，他年紀還小，功力很淺，許多精微之處還難以了解。但憑著這本拳經刀譜，他練一天抵得徐錚他們練一個月。何況，即使他們練上十年二十年，也不會學到這天下絕藝的胡家拳和胡家刀。

於是他練得更加熱切，想得更加深刻。因為最上乘的武功，是用腦子來練而不是用身子練的。

每天半夜裏，他就悄悄溜出莊去，在荒野裏練拳練刀。他用一柄木頭削成的刀來練習，雖然，他並不知道仇人到底是誰。但平四叔將來會說的，等他長大成人、武藝練好之後。

每砍一刀，就想像這要砍去殺父仇人的腦袋。

這樣過了七八個月，馬行空的傷早就痊愈了，但商老太和商寶震熱誠留客。馬行空的鏢行已歇了業，眼見主人殷勤，也就住了下來。

71

商寶震沒拜他為師，因為商老太有這麼一股傲氣，八卦刀商劍鳴家傳絕藝，怎能去投外派師父？但馬行空感念他家護鏢的恩情，對商寶震如同弟子一般看待，只要是自己會的，他想學甚麼，就教甚麼，將拳技的精要傾囊以授。百勝神拳的外號殊非倖致，拳術上確有獨到造詣，這七八個月中，商寶震實是獲益良多。

馬行空也已看出來，商家堡並非臥虎藏龍，另有高人，只是那一日闔基為何匆匆而去，卻是百思不得其解。有一次他偶然把話題帶到這件事上，商老太微微一笑，顧而言他。馬行空知道主人不肯吐露，從此絕口不提。

馬行空年老血虧，晚上睡得不沉，有一日三更時分，忽聽得牆外喀喇一響，是誰無意中踏斷了一根枯枝。馬老鏢頭一生闖蕩江湖，聲一入耳，即知有夜行人在屋外經過，但只這麼一響之後，再無聲息，竟聽不出那人是向東向西，還是躲在牆上窺伺。他雖在商家堡作客，但主人於己有恩，平日相待情意深厚，他已把商家堡的安危瞧得比自己的家還重，當下悄悄爬起，從枕底取出金絲軟鞭纏在腰間，輕輕打開房門，躍上牆頭，突見堡外黑影晃動，有人奔向後山而去。

他一瞥之下，見此人輕功頗為了得，心下尋思：「莫非那闔基心猶未死，又來作怪？此事由我身上而起，姓馬的豈能袖手不顧？」於是躍出牆外，腳下加快，向那黑影去路急追，但奔出數十丈，已自不見了黑影的蹤跡。他心中一動：「不好，別要中了敵人調虎離山之計。」急忙飛步撲回商家堡。來到堡牆之外，但聽四下裏寂靜無聲，這才放心，心下卻是疑惑更甚：「適才此人身手不凡，實是勁敵。但瞧他身形瘦小，與那盜魁闔基大不相同，不知

是江湖上甚麼好手到了？」

他抓住軟鞭，在掌上盤了幾轉，弓身向莊後走去，要察看一個究竟。竄出十餘丈，將到莊院盡頭，忽聽西首隱隱有金刃劈風之聲。馬行空暗叫一聲：「慚愧，果然有人來擊，卻不知跟誰動上了手？」雙足一點，身形縱起。百勝神拳年紀雖老，身手仍是極為矯捷，左手在牆頭一搭，一個倒翻身，輕輕落在牆內，循聲過去，聽得聲音是從後進的一間磚屋中發出。

但說也奇怪，二人一味啞鬥，既無半聲吆喝叫罵，兵刃亦不碰撞。他心知中間必有蹊蹺，先不衝進相助，湊眼到窗縫中一張，險此二不禁失笑。

但見屋中空空蕩蕩，桌上一燈如豆，兩個人各執鋼刀，盤旋來去的激鬥，一個是少主人商寶震，另一個卻是他母親商老太太，原來母子倆正在習練刀法。

他只瞧了片刻，不由得倒抽一口涼氣，只見商老太太出手狠辣，刀法精妙，固與日間的龍鍾老態大不相同，而商寶震一路八卦刀使將出來，也是虎虎生風。原來非但商老太平時深藏不露，商寶震也是故意隱瞞了武功。他平日教商寶震的只是拳腳，刀法自己並不擅長，商寶震也從來不提，想不到這少年兵刃上的造詣著實不低。他悄立半晌，想起十五年前在甘涼道上與商寶震的父親商劍鳴動手，被他砍了一刀，劈了一掌，養了三年傷方得康復，自知與他功夫相差太遠，此仇難報，甘涼道一路從此絕足不走。此時商劍鳴已死，商老太於己有恩，昔日的小小嫌隙早已不放在心上，那知今日中夜，又見仇人的遺孀孤兒各使八卦刀對招。

他思潮起伏：「商老太的武功實不在我之下，何以她竟然半點不露痕跡？她留我父女在

莊，是否另有別情？」凝思片刻，再湊眼向窗縫中時，見母子二人刀法已變，各使八卦遊身刀法，滿室遊走，刀中夾掌，掌中夾刀，越打越快，打到第六十四招「收勢」，二人向後躍開，母子倆依足了規矩，各自舉刀致敬，這才垂下刀來。商寶震不動聲色，在青燈之下臉泛綠光。商寶震卻已滿臉通紅，呼呼喘氣。

商老太沉著臉道：「你的呼吸總是難以調勻，進境如此之慢，何年何月才能報得你爹爹的大仇？」馬行空心中一凜，只見商寶震低下了頭，甚有愧色。商老太又道：「那苗人鳳的武功你雖沒見到，他拉車的神力總是親眼目睹的了。胡一刀的功夫不在苗人鳳之下。這苗胡二賊的武功，你跟他們天差地遠，但只要勤學苦練，每過得一日，你武功長一分，這二賊卻衰老了一分，終有一日，要將二賊在八卦刀下碎屍萬段。」馬行空心想：「這母子二人閉門習武，不知胡一刀早於十多年前便死了。」只聽商老太嘆了口長氣，說道：「唉，你這孩子，我瞧你啊，這幾日為那馬家的丫頭神魂顛倒，連練功夫也不起勁了。」

馬行空一驚：「難道我那春兒和他有甚苟且之事？」但見商寶震滿臉通紅，辯道：「媽，我見了馬姑娘總是規規矩矩的，話也沒跟她多說幾句。」商老太哼了一聲，說道：「你吃誰的奶長大？心裏打甚麼主意，難道我還不明白？你看中馬家姑娘，那不錯，她人品武藝，我心中很合意。」商寶震很是高興，叫了聲：「媽！」商老太左手一揮，沉著嗓子道：「你可知他爹是誰？」商寶震一愕道：「難道不是馬老鏢頭？」商老太道：「誰說不是？你卻可知馬老鏢頭跟咱家有甚牽連？」商寶震搖搖頭。商老太道：「孩子，他是你爹爹的大仇人。」商寶震大出意料之外，不由得「啊」了一聲。

74

馬行空不禁發抖，但聽商老太又道：「十五年前，你爹爹在甘涼道上跟馬行空動手。

想你爹爹英雄蓋世，那姓馬的焉是他的對手？你爹爹砍了他一刀，劈了他一掌，將他打得重

傷。但那姓馬的亦非平庸之輩，你爹爹在這場比武中也受了內傷。他回得家來，傷未平復，

咱們的對頭人胡一刀深夜趕上門來，將你爹爹害死。若非你爹爹跟那姓馬的事先有這一場較

量，嘿嘿，八卦刀威震江湖，諒那胡一刀怎能害得你爹爹？」

她說到最後這幾句話時語音慘厲，嗓子嘶啞，聽來極是可怖。

馬行空一生經過不少大風大浪，此時聽來卻也是不寒而慄，心想：「胡一刀何等的功

夫，你商老太又道：「陰差陽錯，這老兒竟會趕鏢投到我家來。這商家堡是你爹爹親手所

建造，怎容鼠輩在此放肆劫鏢？但你可知我留姓馬的父女在此，有何打算？」商寶震聲音發

顫，道：「媽……你……你要我為爹爹復仇？」商老太厲聲道：「你不肯，是不是？你是看

上了那姓馬的丫頭，是不是？」

商寶震見母親眼中如要噴出火來，退後了兩步，不敢回答。

商老太冷笑道：「很好。過幾天我給你跟那姓馬的提親，以你的家世品貌，諒他決無不

允。」

這幾句話卻教馬行空和商寶震都是大出意料之外。馬行空隔窗看到商老太臉上切齒痛恨

的神氣，微一琢磨，全身寒毛根根直豎：「這老太婆用心好不狠毒！她殺我尚不足以洩憤，

卻要將我花一般的閨女娶作媳婦，折磨得她求生不得，求死不能。天可憐見，教我今晚隔窗

聽得她母子這番說話，否則……我那苦命的春兒……」

商寶震年輕識淺，卻全不明白母親這番深意，只覺又是歡喜又是詫異，想到母親肯為自己主持這門親事，歡喜倒有九分，只剩下一分詫異。

馬行空只怕再聽下去給商老太太發覺，凝神提氣，悄悄走遠，回到自己屋中時抹了額頭一把冷汗，猛然省起：「那奔到後山的瘦小黑影卻又是誰？」

第二天午後，馬行空穿了長袍馬褂，命商寶震請母親出來，有幾句話商量。商寶震又驚又喜，心想：「難道母親這麼快就已跟他提了親？瞧他這副神氣打扮，那可不同尋常。」於是相請母親，來到後廳，和馬行空分賓主坐下，自己下首相陪。他望望母親，又望望馬行空，一顆心怦怦直跳，但聽馬老鏢頭道謝護鏢之德，東道之誼，商老太滿口謙虛，只盼他二人說到正題，但兩個言來語去，儘是客套。

說了好一會，馬行空才道：「小女春花這丫頭的年紀也不小了，我想跟商老太商量一件事。」商寶震心中怦的一下大跳。商老太大是奇怪：「卻也沒聽說女家先開口來求親的。」馬行空道：「我除了這丫頭，一生就收得一個徒弟。他天資愚鈍，性子又鹵莽，但我從小就當他親兒子一般看待。這孩子跟春兒也挺合得來，我就想在貴莊給他二人訂了這頭親事。」

商寶震越聽越不對，聽到最後一句話時，不自禁的站起身來。商老太心下大怒：「這老兒好生厲害，定是我那不中用的兒子露了破綻。」當下滿臉堆歡，連聲「恭喜」，又叫：「孩

兒，快給馬老伯道喜！」商寶震腦中胡塗一片，呆了一呆，直奔出外。

馬行空又和商老太客氣好一陣子，才回屋中，將女兒和徒兒叫來，說今日要給二人訂親。徐錚大喜過望，笑得合不攏嘴來，馬春花紅暈雙頰，轉過了頭不作聲。馬行空說道：

「咱們在這兒先訂了親。至於親事嘛，那是得回自個家去辦的了。」他知女兒和徒兒心中藏不住事，昨晚所聞所見，竟是半句不提。

馬春花嬌憨活潑，明艷動人，在商家堡這麼八個月一住，商寶震和她日日相見，竟教他一縷情絲，牢牢的縛在這位姑娘身上。他剛得母親答應要給自己提親，料想事事無不諧，正在滿懷喜悅之際，突然聽到了馬行空那幾句晴天霹靂一般的言語。他獨自坐在房中，從窗中望出去，呆呆的瞧著院子中一株銀杏，真難相信適才聽到的話竟會是馬行空口中說出來的。

他喪魂落魄，也不知過了多少時候，直至一名家丁走進房來，說道：「少爺，練武的時候到啦，老太太等了你半天呢。」商寶震一驚，暗叫：「糟糕，胡裏胡塗的誤了練武時候，須討一頓好罵。」從壁上摘下了鏢囊，快步奔到練武廳中。只見商老太坐在椅中，神色如常，說道：「今兒練督脈背心各穴。」轉頭向兩名持牌的家丁叫道：「將牌兒拿穩了，走動！」商寶震暗暗納罕：「馬老師說這等話，怎地媽毫不在乎？」但商老太平日訓子極嚴，凝神聽著母親叫穴。

只聽商老太叫道：「苗人鳳，命門、陶道！」商寶震右手雙鏢飛出，正中木牌上所繪人形背心兩穴。商老太又叫：「胡一刀，大椎、陽關！」商寶震左手揚起，認明穴道，登登

77

兩聲發出，「大椎穴」打準了，「陽關穴」卻是稍偏，突然間見到木牌有異，「咦」的一聲，定睛一看，只見木牌上原來寫著的「胡一刀」三個黑字已然不見。他招手叫那持牌家丁過來，待那木牌拿近，看清楚「胡一刀」三字已被人用利器刮去，卻用刀尖刻了歪歪斜斜的「商劍鳴」三個字，這一來適才這兩鏢不是打了仇人，卻是打中了自己父親。商寶震又急又怒，反手一掌，將那家丁打落兩枚牙齒，跟著一腳，將他踢倒在地。

商老太叫道：「且住！」心想這莊丁自幼在莊中長大，怎能如此大膽，此事定是外人所為，心念一動，立時想到了馬行空師徒三人，說道：「請馬老師來說話。」商寶震本來為人精細，今日婚事不成，失意之下，鹵莽出手，一聽母親叫請馬老師，立時會意打錯了人，忙將那莊丁拉起，說道：「打錯了你，別見怪。」伸手去拔牌上人形穴道中的金鏢。商老太伸手攔住，說道：「慢著！就讓他得意一下，又有何妨。」轉頭吩咐莊丁，到老爺靈堂中取紫金八卦刀來。

馬行空師徒三人走進廳來，見練武廳上人人神色有異。馬行空暗吃一驚：「這老婆子好厲害，一時三刻就要翻臉。」當下雙手一拱，說道：「老太太呼喚，不知何事？」商老太冷笑道：「先夫已然逝世，馬老師往日雖有過節，卻也不該拿死人來出氣啊。」馬行空一呆，道：「在下愚魯，請商老太明示。」商老太向那木牌上一指，道：「馬老師乃是江湖上響噹噹的漢子，這般卑鄙行徑，想來也不屑為，請問是令愛所幹的呢，還是賢高徒的手筆？」說著雙目閃閃生光，向馬家三人臉上來回掃視。馬春花從未見過她如此凜然有威，甚是驚詫。

馬行空見木牌上改了人名，也是大為駭異，朗聲道：「小女與小徒雖然蠢笨，但決不敢

78

如此胡鬧。」商老太大聲道：「那麼依馬老師之見，這是商家堡自己人幹的勾當了？」馬行空想起昨晚所見的那瘦小人形，說道：「只怕是外人摸進莊來，也是有的。在下昨晚……」

商老太攔斷話頭，厲聲喝道：「難道會是胡一刀那狗賊自己，來做這鬼祟的勾當？」

一言甫畢，突然人圈外一人接著叫道：「不敢去找真人動手，卻將人家的名字寫在牌上出氣，這才是卑鄙行徑，鬼祟勾當！」

商老太坐在椅上，瞧不見說話之人是誰，但聽到他聲音尖細，叫道：「是誰說話？你過來！」只見兩名莊丁被人推著向兩旁一分，一個瘦少年走上前來，正是胡斐。

這一下當真是奇峯突起，人人無不大出意外。商老太反而放低了嗓子，說道：「阿斐，原來是你。」胡斐點頭道：「不錯，是我幹的。馬老師他們全不知情。」商老太問道：「你這樣幹，為了甚麼？」胡斐道：「我瞧不過眼！是英雄好漢，就不該如此。」商老太點頭道：「你說得很對，好孩子，你很有骨氣。你過來，讓我好好的瞧瞧你。」說著緩緩伸出手去。

胡斐倒不料她竟會不怒，便走近身去。商老太輕輕握住他雙手，低聲道：「好孩子，真是好孩子！」突然間雙手一翻，一手扣住他左腕「會宗穴」，一手扣住他右腕「外關穴」。

她這一翻宛似電光石火，胡斐全未防備，登時全身酸麻，動彈不得。若憑他此時武功，商老太那能擒得他住？但他究竟全無臨敵經驗，不知人心險詐，雙腕既入人手，空有周身本事，卻已半分施展不出。商老太唯恐他掙扎，飛腳又踢中他的「梁門穴」，命莊丁取過鐵鍊麻繩，牢牢將他手足反綁了，吊在練武廳中。

商寶震取過一根皮鞭，夾頭夾腦先打了他一頓。胡斐閉口不響，既不呻吟，更不討饒。

79

商寶震連問：「是誰派你來做奸細的？」問一句，抽一鞭，又命莊丁去看住平阿四，別讓他跑了。他滿腔憤恨失意，竟似要盡數在胡斐身上發洩。

馬春花和徐錚見胡斐已全身是血，心下不忍，幾次想開口勸阻，但馬行空連使眼色，神色嚴厲，命二人不可理會。

商寶震足足抽了三百餘鞭，終究問不到主使之人，眼見再打下去便要把他活活打死，這才拋下鞭子，罵道：「小賊，是奸賊胡一刀派你來的是不是？」胡斐突然張嘴哈哈大笑。他這樣一個血人兒，居然尚有心情發笑，而且笑得甚是歡暢盡意，並無做作，又是大出眾人意料之外。商寶震搶起鞭子，又待再打，馬春花再也忍耐不住，大叫道：「不要打了！」商寶震的皮鞭舉在半空，望著馬春花的臉色，終於緩緩垂了下來。

胡斐身上每吃一鞭，就恨一次自己愚蠢，竟然不加防備而自落敵人之手，當時全身皮開肉綻，痛得幾欲昏去，忽聽馬春花「不要打了」四字出口，睜開眼來，只見她臉上滿是同情憐惜之色，不由得大是感激。

商老太見兒子為女色所迷，只憑人家姑娘一句話便即住手停鞭，心中惱怒異常，鼻孔中微微一哼，卻不說話。馬行空道：「商老太，你好好拷打盤查，總要問個水落石出。春兒、錚兒，咱們出去罷！」當下向商老太一抱拳，領著女徒弟，走了出去。

馬春花出了練武廳，埋怨父親道：「爹，打得這麼慘，你怎麼見死不救，還教她好好拷打？」馬行空道：「江湖上人心險惡，女孩兒家懂得甚麼？」

80

對父親這幾句話，馬春花確是不懂，這天晚上想到胡斐全身是血的慘狀，總是難受，睡到半夜，翻來覆去的再也睡不著了，悄悄爬起身來，從百寶囊中取出一包金創藥，出房門向練武廳走去。

走到廊下，只見一個人影，踱來踱去發出聲聲長嘆，聽聲音正是商寶震。這時他也瞧見了馬春花，停步不動，低聲道：「馬姑娘，是你麼？」馬春花道：「是啊！你怎麼還不睡？」

商寶震搖頭道：「遭逢今日之事，我怎麼睡得著？你怎麼不睡？」馬春花說道：「我跟你一樣，也牽掛著今日之事，心裏難受。」她所說的「今日之事」，是指胡斐被打，暗想：「她所說的卻是指他的終身另許他人，這時聽她說『心中難受』，不由得身子發抖。商寶震果然對我甚有情意，她被許配給那姓徐的蠢才，實是迫於父命，無可奈何。」當下大著膽子，上前一步，柔聲叫道：「馬姑娘！」

馬春花道：「嗯，商少爺，我想求你一件事。」商寶震道：「你何必求？你要我做甚麼，我就給你做甚麼，就是要我當場死了，把我的心掏出來給你看，那也成啊。」這幾句話說得情熱如沸，其實他心中想說已久，卻一直不敢啟唇，這時想到好事成空，她又自行半夜裏出來細訴衷情，終於再也忍耐不住。

馬春花聽他這麼說，不禁愕然，平日但見他對自己溫文有禮，只道他是大家公子，生性如此，實不知對自己竟懷有如此深情，呆了一呆，笑道：「我要你死幹甚麼？」商寶震四下一望，只怕在此處就得久了給旁人見到，低聲道：「這裏說話不便，咱們到牆外去。」馬春花點點頭，兩人越牆而出。

商寶震攜著她手，走到一排大槐樹下並肩坐下。馬春花輕輕將手縮回，道：「商少爺，那你是肯答允我了？」商寶震伸出手去握住她手，道：「你說便是，何必問我？」馬春花又將手從他手中縮回，說道：「我請你去放了阿斐，別再難為他了。」

這時樹頂上歡歡一動，但二人均未在意。她此言出口之先，商寶震儘想著田歸農和苗夫人的私情，滿腔熱望，只盼她求自己也帶她私奔逃走，豈知她所求的竟是去放那個小賊，不禁大是失望，黯然不語。馬春花道：「怎麼？你不肯答允麼？」商寶震道：「你既喜歡，我總答允的，拚著給媽責罵便是了。」馬春花大喜，道：「謝謝你，謝謝你！」站起身來，道：

「那麼咱們去放他吧。」商寶震求道：「再在這兒多坐一會。」馬春花覺他既然答允放人，不便拂他之意，重又坐回。商寶震道：「你的手讓我握一會兒。」馬春花想到他情癡一片，也甚可憐，於是嫣然一笑，伸手讓他握著。

商寶震輕輕握著她柔膩潤滑的小手，心中感慨萬端，險險要掉下淚來。過了半晌，馬春花道：「阿斐給你吊著，多可憐的，你先去放了他，我再給你握一會兒，好不好？」說著縮手站起。商寶震嘆了口氣，跟著站了起來。

突聽得樹頂颯然有聲，一團黑影飛躍而下，站在兩人面前，笑道：「不用你放，我早出來啦！」馬商二人大吃一驚，待得瞧清楚眼前之人瘦瘦小小，竟是胡斐，心中的驚駭都變成了奇怪，齊聲問道：「誰放你的？」胡斐笑道：「我何必要人放！我愛出來便出來了。」

原來他被商老太點了穴道，過了四個時辰，穴道自解，那鐵鍊麻繩卻再也縛他不住。他使出收肌縮骨之法，從鍊索中輕輕脫了出來，幸好鞭子打得雖重，卻都是肌膚之傷，並未損

82

到筋骨。他活動了一下手足，待要去救平阿四，卻聽得馬商二人說話和越牆出外之聲，於是搶在頭裏，躲在樹頂偷聽。他輕功高超，那二人又全神貫注的說話，是以並未知覺。

商寶震聽他說自己出來，那裏肯信，當下疑心大起：「定是又有奸細混入了商家堡來？」搶上去抓他胸口。胡斐吃了他幾百鞭子，這口怨氣如何不出？身形一晃，左右開弓，拍拍拍拍，霎時之間連打了他四個耳光。

商寶震急忙伸手招架，胡斐左手拳一晃，引得他伸手來格，右手砰的一拳，迎面正中他的鼻子，立時鮮血長流。商寶震「啊」的一聲，胡斐跟著起腳一鉤，商寶震急忙躍起兩丈，那知對手連環腳踢出，乘他人在半空，下盤無據，跟著一腳，將他踢了一個觔斗，這幾下快捷無倫，待得馬春花看清楚時，商寶震已連中拳腳，給踢翻在地。

胡斐氣猶未洩，礙著馬春花在旁，再打下去她定要出面干預，她對自己一片好心，大丈夫恩怨分明，只要她一句話，自己焉能不聽？當即拍手叫道：「姓商的小狗賊，你敢追我麼？」說著轉身便逃。

商寶震莫名其妙的中了他的拳腳，只因對方出手太快，還道自己疏神，不信他一個小小孩童，竟有勝於自己家傳八卦門的神妙武功，兼之心上人在旁，這個臉如何丟得下？當下發足便追。

胡斐輕功遠勝於他，逃一陣，停一會，待他追近，又向前奔，轉眼間便奔出七八里地，見馬春花雖然跟來，卻已遠遠拋在後面，於是立定腳步，說道：「姓商的，今日小爺中了你母親的奸計，這才受辱，現下讓你見識見識小爺的本事。」說著身形飛起，如一隻大鳥般疾

撲過去。

商寶震從未見過這般打法，嚇得急忙閃避。胡斐左足在地下微微一點，身子已轉過方向，跟著進撲。這時商寶震待要再讓，卻已不及，當下喝道：「來得好！」雙掌併擊，正是他家傳八卦掌的厲害家數。胡斐左手在他掌上一搭，一拉一扭，商寶震手腕劇痛，若不是縮手得快，雙手手腕立被扭斷。胡斐左拳平伸，砰的一聲，擊中他的右胸，跟著起腳，又踢中他的小腹。胡斐習練父親所遺拳經，今日初試身手，竟然大獲全勝。

此刻商寶震全身縮攏，雙手護住頭臉，只有挨打的份兒，苦練了十多年武功，在這少年手下，竟是半點施展不出。胡斐左腿虛晃，待他避向右方，右腳候地踢出，正中他右腰「京門穴」。商寶震站立不住，撲地倒了。胡斐剝下他長衫，撕成幾片，將他手腳反轉縛住，本要將他吊在路旁的柳樹之上，但他人小，力氣不夠提上樹去，於是看準了一個大椏枝，抓起商寶震來，大喝一聲：「去你的！」力貫雙臂，將他擲了上去，正好擱在椏枝之間。

胡斐折下七八根柳條，當作鞭子，一鞭鞭往他頭上抽去，商寶震又驚又怒，知他一報還一報，只得咬緊牙關忍受。堪堪打了三四十鞭，馬春花急奔趕到，一見二人情景，大是驚詫，一時說不出來。

胡斐笑道：「馬姑娘，我不用你求告，就饒了他！」說著哈哈大笑，雖是一個十餘歲的少年，但言語舉止，竟然豪氣逼人。他隨手將柳枝遠遠拋出，大踏步便走。馬春花叫：「小朋友，你到底是誰？」

胡斐轉過頭來，朗聲答道：「姑娘見問，不得不說。我是大俠胡一刀的兒子胡斐便是。」

說罷縱聲長笑，片刻間背影已在柳樹後隱沒。

「我是大俠胡一刀的兒子胡斐便是！」

人已遠去，話聲餘音裊裊，兀自鳴響。樹上商寶震，樹下馬春花，都是驚訝不已。

過了片刻，馬春花叫道：「商少爺，你能下來麼！」縱身躍高，想要拉住樹幹攀上，但那樹幹甚高，這一躍沒能抓住，當下手足並用，從樹幹爬上樹去。

「你別動，大是羞慚，明明是不能下來。我上來助你。」縱身躍高，想要拉住樹幹攀上，但那樹幹甚高，這一躍沒能抓住，當下手足並用，從樹幹爬上樹去。

爬到樹幹中間，忽聽得馬蹄聲響，一行人自北而來。此時晨光熹微，天將黎明，馬春花心道：「怎地這早就有人趕路？」轉瞬之間，一行人已來到樹下，共是人馬九乘。那九人見一個大姑娘爬在高樹之上，都感詫異，勒馬觀看。馬春花嗔道：「有甚麼好瞧的？走你們的吧！」那九人也不理睬，再看到樹頂綁著一個青年男子，更是奇怪。

馬春花未到樹頂，提氣上躍，左手已在半空中抓住一根樹枝，一拉之下，借勢翻上，竄到了商寶震身旁。樹底下兩個男人齊聲喝采：「好俊的輕身功夫！」馬春花忙將商寶震手腳上的布條解開，低聲道：「沒受傷麼？」她這句柔聲相詢，商寶震聽了大慰，道：「沒甚麼。」拉住樹枝一盪，從數丈高處輕輕躍下。馬春花跟著下來，見馬上九人指指點點，肆無忌憚的好生無禮，不禁心下惱怒，向他們橫了一眼。

只見九人有老有少，衣飾都頗華貴，個個腰挺背直，豪健剽悍。只居中一位青年公子

85

臉如冠玉，丰神俊朗，容止都雅，約莫三十二三歲年紀，身穿一件寶藍色長袍，頭戴瓜皮小帽，帽子正中縫著一塊寸許見方的美玉。馬春花從小就在鏢行，自識得寶，但見相隔數丈，仍可看到那塊美玉瑩然生光，知道實是價值連城的寶物，他這麼隨便便的縫在帽上，也不怕失落，心中好奇，不由得向他多望了一眼。

那公子見她明艷照人，身手矯捷，心中也是一動，向身旁一個中年漢子低聲說了幾句。

那漢子點點頭，突然縱聲大笑，高聲道：「這小賊定是偷了人家東西，給高高吊在樹上。」

一個老者笑道：「你說偷了甚麼？怎麼他妹子又這麼巴巴的來救他？」他語帶輕薄，神色甚是浮滑。

商寶震本已滿腔怒火難以發洩，聽了這些言語，突然縱身上去，拍的一聲，打了這老者一個耳光。那老者騎在馬上，和他相隔丈餘，他一躍之間就打到人家耳光，倒也大出諸人意料之外。眾人不自禁的勒馬退後，愕然相顧。那老者不提防受辱，如何忍得下這口氣？立即閃身下馬，伸手來抓他衣襟。商寶震反手一勾，拿他手腕。那老者也是身有武功，以抓變掌，掌底穿拳。二人在大路旁鬥了起來。

商寶震雖被胡斐打了一頓，卻也沒傷到筋骨，一來意中人在旁觀鬥，二來屈氣難伸，將家傳八卦絕藝施展出來，愈來愈狠。那老者一招接不住，肩頭中掌，踉踉蹌蹌的退開幾步。他一定神待要再上，馬上一人叫道：「老張你退下，這小子有點兒邪門。」

話聲甫畢，一個人影輕飄飄的從馬背上躍了下來。那老者當即閃開。商寶震和馬春花見此人身手了得，不禁都留上了神。但見他一張紫膛臉，神態威猛，身材魁梧，站著比商寶震

要高出大半個頭。他雙手負在背後，向商寶震打量，問道：「你是八卦門的麼？你師父姓褚還是姓商？」一副傲慢的神色，全沒把對方放在眼裏。

商寶震大怒，喝道：「你管得著麼？」那人微微一笑，道：「天下只要是八卦門的，我們就管得著。」商寶震為人本來精細，但此日連受挫折，盛怒之下，沒細想他言語中的含意，一招「劈雷墜地」，往他膝蓋上擊去，出手甚是迅疾。

那人微微一笑，右手輕輕一揮，向左踏了一步，登時將他這一擊化解了。商寶震的「遊身八卦掌」一施出，再不停留，腳下每一步都按著先天八卦的圖式，轉折如意，四梢歸一，繞著對方身子急速奔跑，一掌一掌越打越快。

那大漢雙手出招極短，只是比著招式，始終不與商寶震手掌相觸，但他所出的每一招，卻無一不是商寶震掌法的剋星，往往使商寶震招式未曾使全，便迫得收掌變勢。霎時之間，商寶震打出了四十餘掌，竟沒一掌帶到他一點衣角。旁觀眾人見那大漢如此了得，無不讚服。

商寶震焦躁起來，奔跑更速，掌法催緊。那大漢仍然好整以暇，面露微笑，雙掌或揮或按，便如是獨個兒練拳一般。此時商寶震已然瞧出，對方出招雖然極短，腳下卻也按著先天八卦的圖式，方位絲毫不亂。他曾聽母親說過，八卦門中有一項極精深的「內八卦功夫」，非將外八卦練至登峯造極，決不能動，但只要一練成，那時以靜制動，克敵機先，差不多就是無敵於天下了。

眼前此人明明是讓著自己，只要他當真一出手，一招之間就能將自己打倒。他越想越是惶恐，突然向後躍開，抱拳說道：「晚輩有眼不識泰山，原來是本門前輩到

了！」

那人微微一笑，仍然問道：「你師父姓褚還是姓商？」商寶震曾得母親囑咐，在人前千萬不可吐露身分，以防對頭知悉，難遂報仇大事，不禁躊躇不答。那人笑道：「你掌法門戶開闊，瞧來是商劍鳴商師兄一派了。大哥，你說是不是？」最後一句話是向馬上一個老者而說。

那老者年近五十，翻身下馬，向商寶震道：「你師父呢？引我們去見見。我是你王師伯，這位是我兄弟，你拜師叔吧。」說著哈哈大笑。

商寶震知道父親的師父是威震河朔王維揚，乃是北京鎮遠鏢局的總鏢頭，眼前這人自稱姓王，又是八卦門的高手，看來是自己師伯、師叔，定然不假的了。但他生性精細，加問一句：「兩位跟威震河朔王老鏢頭是怎生稱呼？」王氏兄弟相顧一笑。那老者道：「那是咱哥兒倆的先父。你還不信麼？商師弟呢？」

商寶震更無遲疑，撲翻在地，磕了幾個頭，口稱師伯師叔，說道：「先父早已去世，師伯師叔當年沒接到訃告麼？」

那年老的武師名叫王劍英，他兄弟名叫王劍傑，都是王維揚的兒子。王維揚當年憑一對八卦掌、一把八卦刀威震江湖綠林。黑道中有一句話道：「寧碰閻王，莫碰老王」，端的是名揚天下，現時早已逝世多年。

商劍鳴雖是他的門下，但師徒間情誼甚是平常，離師門後少通音問。王氏兄弟又在官府當差，青雲得意，從來就沒將這個身在草野的同門師兄弟放在心上。因此山東和北京雖相隔

88

不遠，商劍鳴逝世的訊息王氏兄弟竟然不知。

當下王劍英嘆了口氣，回身向那青年公子低聲說了幾句話。那公子眼角向馬春花斜睨一眼，歡然點頭。王劍英向商寶震道：「你家住此不遠吧？你帶我兄弟到你父親靈前一祭。我們師兄弟一別二十餘年，想不到再無相見之期。」他頓了一頓，伸手向那公子一張，道：「你來拜見福公子，我們都在公子手下當差。」

商寶震見那公子氣度高華，想是京中的貴介公子，這才收得王氏兄弟這等豪傑替他當差，當下上前躬身下拜。福公子只擺擺手，說聲：「請起！」卻不回禮。商寶震心中微微有氣：「好大的架子！你當真是皇帝老子不成？」

一行人來到商家堡時，堡中已發覺胡斐逃走，正在到處找尋。商寶震入內報訊，商老太聽說先夫的同門兄弟來到，又驚又喜，急忙出迎，將胡斐的事拋在一旁。

王劍英給商老太引見。原來這九人之中，倒有五個是武林中的一流高手，除王氏兄弟外，還有太極門的陳禹，少林派的古般若，天龍門南宗的殷仲翔。陳禹和殷仲翔在江湖上名聲早顯，古般若年紀輕些，但見他雙目有神，伸出手來乾如枯木，手指堅挺，定是外家的一把好手。其餘三人是福公子的親隨侍僕，那受了商寶震毆擊的老者姓張，大家叫他做張總管，自是福公子府中有權勢的人物了。

至於福公子是甚麼身分，王劍英卻一句不提，只是稱他為「福公子」。商老太傲心極盛，不肯說是胡一刀所殺，只是說王劍英、劍傑兄弟問起商劍鳴的死因。商老太傲心極盛，不肯說是胡一刀所殺，只是說得病身亡。她決意要和兒子一同親刃仇人，決不肯假手旁人復仇。

馬春花見商老太、商寶震等同門敘話，回到屋裏，將適才的見聞向父親說了。馬行空聽說那胡斐竟是大俠胡一刀的兒子，大是驚訝，但聽這小小孩童的武功竟勝過商寶震，卻是半信半疑。徐錚在旁默默聽著，臉上青一陣、紅一陣，並不插嘴。

父女倆說了一陣子話，馬春花回向自己房裏。徐錚跟了出來，叫聲：「師妹！」馬春花臉上一紅，道：「甚麼？」徐錚見她臉若朝霞，心中情動，將本來要問的話按捺不說，伸手去拉她的手。馬春花將手摔脫，嗔道：「給人家瞧見了，怎好意思？」

徐錚終於沉不住氣，憤然道：「哼，不好意思！你半夜三更，跟那姓商的小子到外面去，鬼鬼祟祟的幹甚麼了？」馬春花一怔，聽他語意不善，怒道：「你問這話是甚麼用意？」徐錚道：「你跟那小子出去是甚麼用意，我問這話就是甚麼用意。」

他對師妹向來體貼討好，但今日一早見她與商寶震從外面回來，聽她言中敘述，又是半夜裏在外面遇到胡斐，自是醋意大盛，那想得到她是怕父親責怪，將求商寶震釋放胡斐之事瞞過了不說。馬行空那晚隔隔窗聽到商老太母子對答，得知商寶震看中自己女兒，還道他二人確有私情，夜中相會，凝著徒兒在旁，不便追問。但徐錚聽來，心中酸溜溜的滿不是味兒。

他生性鹵莽，此時師妹又成了他未過門的妻子，不禁疾言厲色的追問起來。馬春花問心無愧，這師哥對自己又素來依順容讓，想不到昨天父親剛把自己終身相許，他就這麼強橫霸道起來，日後成了夫妻，豈非整日受他欺辱？本來這件事她只要直言相告，徐錚一經明白，自無話說。但她賭氣偏偏不說，道：「我愛跟誰偷偷出去，就跟誰出去，你

90

管得著麼？」

一個人妒意一起，再無理性，徐錚滿臉脹得通紅，連脖子也粗了，大聲道：「從前我管不著，今兒就管得著。」馬春花氣得流下淚來，說道：「現下你已這樣了，將來還指望你待我好嗎？」徐錚見她流淚，心中又是軟了，但想到她和商寶震深宵出外幽會，一口氣咽得下去？大聲道：「你出去到底幹甚麼來著？你說，你說！」馬春花心道：「你越是橫蠻，我越是不說。」

就在此時，商寶震奉母親之命，過來請馬行空去和王氏兄弟等廝見，只見徐錚和馬春花在廊下大聲爭鬧，不由得停了腳步。徐錚早是一肚子火，滿心想要打未婚妻子一個耳括子，卻又有未敢，眼見商寶震過來，正合心意，罵道：「我打你這個狗娘養的小子！」衝上去就是一拳。商寶震一讓，愕然道：「你幹甚麼？」徐錚跟著又是一拳，商寶震來不及閃讓，給他一拳正中胸口，待他第三拳打來時，回掌相格。兩人便在廊下動起手來。

馬春花滿腹怨怒，並不理他二人打得如何，一扭頭竟自走了。回到房裏哭了一場，婢女來叫吃飯，她也不理會，迷迷糊糊的便睡著了。

一覺醒來，已是傍晚時分，信步走到後花園中，坐在石凳上呆呆出神，心中只是想：「難道我的終身，就這麼許給了這蠻不講理的師兄麼？多多還在身邊，他就對我這麼兇狠，日後不知更要待我怎樣？」不由得怔怔的掉下淚來。

也不知坐了多少時候，忽聽得簫聲幽咽，從花叢外傳出。馬春花正自難受，這簫聲卻

91

如有人在柔聲相慰，細語傾訴，聽了又覺傷心，又是喜歡，不由得就像喝醉了酒一般迷迷糊糊。她聽了一陣，越聽越是出神，站起身來向花叢外走去，正是晨間所遇到的福公子。

子，手持玉簫吹奏，手白如玉，和玉簫顏色難分，正是晨間所遇到的福公子。

福公子含笑點首，示意要她過去，簫聲仍是不停。他神態之中，自有一股威嚴，一股引力，直是教人抗拒不得。馬春花紅著臉兒，慢慢走近，但聽簫聲纏綿婉轉，一聲聲都是情話，禁不得心神蕩漾。

馬春花隨手從身旁玫瑰叢上摘下朵花兒，放在鼻邊嗅了嗅。簫聲花香，夕陽黃昏，眼前是這麼一個俊雅美秀的青年男子，眼中露出來的神色又是溫柔，又是高貴。

她驀地裏想到了徐錚，他是這麼的粗魯，這麼的會喝乾醋，和眼前這貴公子相比，真是一個在天上，一個在泥塗。

於是她用溫柔的臉色望著那個貴公子，她不想問他是甚麼人，不想知道他叫自己過去幹甚麼，只覺得站在他面前是說不出的快樂，只要和他親近一會，也是好的。

這貴公子似乎沒引誘她，只是她少女的幻想和無知，決不會上商家堡來逗留，手下武師一個過世了的師兄弟，能屈得他的大駕麼？如果他不是得到稟報，得知她在花園中獨自發獃，決不會到花叢外吹簫。要知福公子的簫聲是京師一絕，就算是王公親貴，等閒也難得聽他吹奏一曲。

他臉上的神情顯現了溫柔的戀慕，他的眼色吐露了熱切的情意，用不到說一句話，卻勝於千言萬語的輕憐密愛，千言萬語的山盟海誓。

92

福公子擱下了玉簫，伸出手去摟她的纖腰。馬春花嬌羞地避開了，第二次只微微讓了一讓，但當他第三次伸手過去時，她已陶醉在他身上散發出來的男子氣息之中。

夕陽將玫瑰花的枝葉照得撒在地下，變成長長的一條條影子。在花影旁邊，一對青年男女的影子漸漸偎倚在一起，終於不再分得出是他的還是她的影子。太陽快落山了，影子變得很長，斜斜的很難看。

唉，青年男女的熱情，不一定是美麗的。

馬春花早已沉醉了，不再想到別的，沒想到那會有甚麼後果，更沒想到有甚麼人闖到花園裏來。福公子卻在進花園之前早就想到了。所以他派太極門的陳禹去陪馬行空說話，派王氏兄弟去和商氏母子談論，派少林派的古般若去穩住徐錚，派天龍門南宗的殷仲翔守在花園門口，誰也不許進來。

於是，誰也沒有進來。

百勝神拳馬行空的女兒，在父親將她終身許配給她師哥的第二天，做了別人的情婦。

當晚商家堡大擺筵席，宴請福公子。因為座中都是武林人士，也不必有男女之別，所以商老太和馬春花都和眾人同席。

馬行空當年識得王氏兄弟的父親王維揚，自王維揚過世、王氏兄弟投身官府之後，鎮遠鏢局早已歇業，因此上已不能說是同行。但王氏兄弟卻也知道馬行空的名頭，對他頗有幾分敬意。

馬春花臉泛紅潮，眉橫春色，低下了頭誰也不瞧。旁人道她是少女嬌羞，其實她心中是充滿了柔情密意。她並沒避開徐錚的眼光，也沒避開商寶震的眼光相接觸時，半點也瞧不出她的心事。他們想：「她心中到底對我怎樣？」她嘴角邊帶著微笑，但這不是為他二人笑的。

她看到了他們，卻全然沒看見他們，她只是在想著適才的幸福和甜蜜。福公子常常向她偷看一眼兩眼，但她決不敢回看，因為她很明白，只要回看他一眼，四目交投，再也分拆不開了。

飲食之間，一名家丁匆匆走到商老太身邊，在她耳旁低聲說道：「那姓平的賊子給人救去了。」商老太一驚，隨即神色如常，舉杯向眾人勸飲，心想這件事不必讓客人知道。

就在這時，驀地裏砰的一聲，兩扇廳門脫樞飛起，砰嘭、砰嘭幾響，落在地下，一個瘦小小的人形插腰而立，站在廳口。

王氏兄弟等雖在席間，不忘了保護福公子的職責重大，隨身都帶兵刃。變故一起，幾個人立即一齊離座，在福公子四周站定，及至看清楚進來的只是一個瘦小的小孩，身邊並無別人，不禁相顧驚詫：「難道震飛廳門的，竟是這個小孩？」

這小孩正是胡斐，他救了平阿四出堡後，想起商寶震鞭打之仇雖報，商老太暗算之恨未復，於是又趕回大廳，大聲嚷道：「商老太，你有本事再抓住我麼？」他說這話時神態豪邁，但畢竟不脫小孩子聲口，似乎和她鬧著玩一般。

商老太一見仇人之子，眼中如要噴火，低聲向兒子道：「截住他後路，別讓小賊逃了。」

94

又向身後的家丁道：「快取我刀來。」她緩緩離座，厲聲說道：「是誰放走你的？是這位馬老拳師不是？」她決不信這孩子自己能脫卻鐵鍊之縛，定是堡中有奸細相救。

胡斐搖頭道：「不是。」商老太指著徐錚道：「是他？」胡斐仍是搖頭。商老太指著馬春花道：「那麼定是這……這位姑娘了？」胡斐心想：「這位姑娘本想救我，雖然沒救，但我感她的恩情卻是一樣。」於是笑著點了點頭，大聲道：「不錯，這位姑娘是我的救命恩人。」他這話是說給馬春花聽的，在他孩子的心中，原是一番感激之意，渾沒想到這句話會給她帶來大禍。

商老太陰沉沉地向馬春花望了一眼。這時莊丁已取了刀來。商老太左手提刀，右手指著胡斐，問道：「你爹爹胡一刀怎麼不來？」王氏兄弟等聽說眼前這孩子竟是遼東大俠胡一刀之子，無不聳動。

胡斐道：「我爹爹早已過世。你要報仇，就找我吧。」商老太臉如死灰，喝道：「此話當真？」胡斐道：「我爹爹若是在世，你敢打我一鞭麼？」商老太高舉紫金八卦刀，突然放聲大哭，叫道：「胡一刀，胡一刀，你死得好早啊！你不該這麼早就死啊！」胡斐愕然不解：「怎麼這老太婆忽起好心，哭起我爹爹來？」

商老太大慟三聲，突然止淚，伸袖子在臉上一抹，左足踏上一步，驀地裏橫過紫金刀，身子疾轉，呼的一聲，橫刀向胡斐頸中削去。

這一下人人出於意料之外，福公子、馬春花、徐錚都驚叫起來。

商老太這一招「回身劈山刀」乃八卦刀絕技之一，又是出其不意，莫說眼前只是個小

95

兒，就是江湖好手，也未必躲閃得了。豈知胡斐身法好快，身子一側，讓開刀鋒，隨即伸手拿她手腕。他在一招之間立即反手搶攻，羣豪無不驚訝。商老太一刀不中，想也不想，第二刀跟著劈出。

莫看商老太老態龍鍾，出手之際刀刀狠辣。她想到仇人已死，今生報仇無望，唯一的指望就是殺了眼前的小兒。她當丈夫逝世之後，所以不自刎殉夫，全因心中存著復仇一念，此時生無可戀，招招竟是與敵人同歸於盡的殺法。胡斐初逢強敵，精神大振，不作遊鬥，卻在刀縫之中伸掌搶攻，招招竟是半招也不退讓。敵人揮刀狠砍狠殺，他施展大擒拿手龍形爪，也是狠擊狠打。燭光之下，但見一個白髮老婦，一個黃口小兒，性命相撲，鬥得猛惡異常。

王氏兄弟初見商老太一上來就猛使殺手，心中還暗怪她將八卦門的功夫濫用了，對小孩兒都使絕招，逢到一流高手那怎麼辦？豈知愈看愈是驚訝。

商老太的一路八卦刀使得綿密狠辣，絕無破綻，雖說未臻爐火純青之境，但加上她不顧性命的那股狠勁，對手再強，本也難以抵敵，豈知一個十來歲的少年和她空手相搏，竟然漸佔上風。再拆數合，商老太已全在胡斐掌風籠罩之下，突然拍的一聲，她左頰上吃了一記耳光，接著右頰又是一記。

王劍傑道：「商家嫂子退下，我來對付這小子！」手持大刀，踏步上前。只聽「啊喲」一聲，商老太已滾在一旁，王劍傑眼前突然青光一閃，一刀迎面劈到，急忙舉刀相架。那刀改砍為削，從橫裏削來，待得斜擋，那刀又快捷無倫的改為撩刀。

96

原來胡斐打了商老太兩記耳光，心願已足，一勾一拿，扣住了她的手腕，隨即飛起一腿，將她踢了一個觔斗，已將她紫金刀搶在手裏，不待王劍傑走近，刷刷刷連環三刀，將他砍了個手忙腳亂。想那王劍傑是八卦門的一流高手，此時造詣，已不在當年商劍鳴之下，只因心中存了輕視之心，竟給敵人搶了先著。三招一過，才知眼前的小孩實是勁敵，急斂狂傲之氣，沉著應戰，要先瞧清這小孩所使是那一家那一派的刀法。

燭影搖紅，刀光泛碧。羣豪緊握兵刃，瞧著兩人對刀。

福公子見這樣一個衣著敝陋的黃瘦小兒，竟與自己府中的一流好手鬥了個旗鼓相當，心中又是詫異，又感有趣，負手背後，凝神觀鬥。突然間聞到淡淡的一陣脂粉香，眼光一斜，只見馬春花已站在身旁。他挨近一步，伸過手去握住了她手。這時人人都注視著廳中激鬥，誰也沒來留心他二人，可是大庭廣眾之間，竟然如此肆無忌憚的親熱，畢竟是大膽之極。福公子沒將誰放在眼裏，馬春花卻是少女初戀，情濃之際，不能自己。

王劍傑連劈數刀，胡斐都以巧妙身法避過。王劍傑竭力辨認他武功門派，始終捉摸不定，心想他自承是胡一刀之子，雖聽父親說過胡一刀的名頭，但胡家刀法究竟是怎麼一般家數，是剛是柔？外門內家？卻是絲毫不知，但見這少年的招數忽而凝重如山，忽而流轉似水，與一般刀法全不相同。

又鬥數合，王劍傑焦躁起來，心想自己在福公子府中何等身分，今日鬥一個小兒也要拆到數十招之外，若再糾纏下去，縱然將他殺了，也已臉上無光，當下刀法一緊，邁開腳步，繞著他身子急轉。

要知王氏八卦門的「八卦遊身」功夫向是武林中一絕，當年王維揚曾以此迎鬥「火手判官」張召重。這一發足奔行，當真是「瞻之在前，忽焉在後」，待得敵人轉過身來，又早已繞到他的背後，自己腳下按著八卦方位，或前或後，忽左繞、忽右旋，不加思索，敵人卻給他轉得頭暈眼花。但若敵人不跟著轉動，他立即攻敵背心，敵人如何抵擋？確是十分巧妙十分厲害。王劍傑自幼在父親監督之下，每日清晨急奔三次，每次絕不停留的奔繞五百一十二個圈子，臨睡之時又是急奔三次。這功夫從不間斷，每次大圈子、中圈子、小圈子一共要繞三千餘圈，二十餘年練將下來，腳步全已成自然，只須顧到手上發招便行。

本來繞圈子時手上發掌，此時改用刀劈，但見他人影飛馳，刀光閃動，霎時間將胡斐裹在垓心。胡斐乍逢勁敵，忙施展輕功閃躲，他身形靈巧，輕功又高，居然在刀風之中縱橫來去，避過了數十刀的砍削斬劈。

馬行空看得大是驚奇，心中暗叫：「慚愧！前晚見到的瘦小人影原來是他，若非見到這個少年，焉能發覺商老太的毒心？只是商家堡中臥虎藏龍並非別人，卻是這個黃瘦小孩，枉自我一生闖蕩江湖，到老來竟走了眼了。」一瞥眼忽然不見了女兒，又見徐錚也已不在廳中，微感慍怒：「如這等高手比武，一生中能有幾次見得？少年人真不知好歹，一溜子就去談情。日後成了夫妻，還怕談不夠麼？」

他那知女兒雖然確是出去談情說愛，跟她纏綿的卻不是她的未婚夫婿。這一響之後，胡斐與王劍傑雙刀相交。這一響之後，忽聽得噹的一聲大響，火花四濺，胡斐與王劍傑雙刀相交。這一響之後，接著響之不已。

原來王劍傑越轉越快，越砍越是凌厲。胡斐畢竟是年幼識淺，不明他刀法路數，到後來

閃避不及，只得舉刀還格。雙刀一交，王劍傑心中暗喜：「這小子武功雖然不壞，力氣究竟尚小，再砍幾刀，他兵刃非脫手不可。」當下一路急砍猛斫，胡斐被迫硬接，五六刀過後，手臂震得漸感酸麻。商劍鳴的紫金刀頗為沉重，胡斐力小，使動時本已不大順手，這時更感吃力。

王劍傑與他本無仇怨，見他小小年紀，居然能接下自己數十招，心中動了愛才之念，說道：「好吧，你認輸便是，我就饒你一命。」

胡斐笑道：「誰認輸了？你不過勝在生得牛高馬大，身材上佔了便宜，那又算得甚麼本事？你等一下。」說著搬過一張長凳，往大廳中心一放，縱身上凳，叫道：「咱們再來比過。」王劍傑又是好氣，又是好笑，道：「那算甚麼？」胡斐道：「咱們話說明在先，你可不許踢動我的長凳，否則就算你輸了。」王劍傑呸了一聲，道：「天下那有這般比武法子？」

王劍傑身材魁梧，胡斐的頭還及不到他頭頸，一個居高臨下，強弱之勢更是懸殊。胡斐眼見不敵，突然靈機一動，將他一刀架開，跳出圈子，叫道：「且慢！」

胡斐笑道：「我人未長足，自是沒你高。你若不願，五年後等我長得跟你一般高了，再來決個勝敗。」

胡斐平時聽平阿四談論他父親胡一刀的威風，只道學得父親遺書上的武功之後，也可如父親一般所向無敵，豈知一上手就給商老太扣住脈門，結結實實的挨了一頓好打。那還可說自己一時不防，這時跟王劍傑一動手，才知自己雖然刀法大勝於他，功力卻和他差得太遠，因而交代了這幾句話，就想乘機脫身。

99

那知王劍傑一來丟不起這個臉，二來自恃必勝，罵道：「小猴兒崽子，不踢你這凳又怎麼了？怕老爺劈刀不死你麼？」說著揮刀向他腰間削去。

胡斐橫刀一封，二人又交上了手，此時胡斐卻已高過了對方。他在長凳上奔左竄右，掄刀而戰，那凳子有五尺來長，王劍傑若再繞著轉動，轉的圈子太大，跟他二十多年來所練的圈子大小不同，這是熟練了的功夫，臨時改變不來，當下改使一套刀中夾掌、掌中夾刀的武功，要以剛猛的刀風掌力，將對方震下凳來。胡斐知他心意，不停縱躍躲避，不再硬接。王劍傑雖是專修八卦一門武功，但那八卦門中武功也甚繁複，單是刀法，就有大架、小架、內架、外架諸項變形。他刀法一變，左揮右削，專砍敵手下盤。胡斐躍起躲閃。王劍傑削得數刀，見胡斐又已躍起，不待他落下，跟著一刀貼凳橫削，收刀時自左向右拖轉，胡斐如落腳踏上長凳，一足非給削斷不可，要避過這兩削，只有離凳落地。

好胡斐，當真是計謀百出，眼見勢在兩難，突然伸腳尖在長凳左端用力一點，借勢上躍，那長凳驀地豎立。這一下真出其不意，砰的一聲，長凳翻上來的右端，正好撞中王劍傑下巴，那道可還著實不輕。胡斐卻已站在豎起的長凳頂端，居高臨下，掄刀砍將下來。這一下變故甚是滑稽，旁觀眾人忍不住失笑。

王劍傑大怒，揮刀砍了幾招，只因胡斐在高，自己大處劣勢，也顧不得曾答應不動他的長凳，左腿飛出，踢翻長凳，跟著一刀「上步劈山」，向胡斐胸口剁去。胡斐人未落地，橫刀一架，借著他一剁之勢，竄出半丈，一俯身，左手舉起長凳，當作一條長形盾牌，以長凳擋架敵刀，右手的紫金刀卻一刀刀的遞將出去。

王劍英見兄弟久戰不下，早已皺起了眉頭，旁觀眾人中陳禹、殷仲翔、古般若、馬行空

等均是江湖好手，眼見戰局變幻，胡斐早已落敗，王劍傑卻始終拾他不下，均是暗暗稱奇。

此時胡斐左凳右刀，兵刃上大佔便宜。那長凳是紅木所造，甚是堅硬，被王劍傑連砍幾

刀，卻砍之不斷。胡斐躲在凳後，反而不住搶攻。王劍傑罵道：「小猴兒，老爺叫你知道厲

害！」猛地裏一招「上歪門」，揮刀斜砍，登的一聲，一刀砍中在凳正中，豈知這一下使力

太強，刀刃深入凳內，回手一拔竟然拔不出來。他正要加力回奪，突見紫光一閃，對手的刀

尖已刺向自己小腹。這一招猶如流水行雲，來得好快，王劍一驚，只得撒手放刀。但他明

明已經得勝，被這小孩胡混奪去兵刃，心中焉肯甘服？當即空手進擊，這位八卦刀名家竟要

以一雙肉掌挽回臉面。

只見他點打戳拿，劈擊壓撞，雙掌在刀縫中搶攻而前，威勢竟是不下於使刀之時。胡斐

力弱，挺著一隻笨重的長凳，如何能與他輕捷的空手相敵？眨眼間連遇險招，拍的一響，肩

頭被他一掌擊中，險些跌倒。旁觀眾人一齊叫了起來。

胡斐忍住疼痛，左手將長凳一送一放，隨即抓住凳面上的單刀刀柄，右足在凳上猛踢

一腿，長凳離刀，向王劍傑撞去。王劍傑見他拚鬥不依常法，一味胡混，大有相辱之意，心

中愈怒，雙掌疾向長凳劈去。這長凳先前已受刀砍，再加掌力一震，喀喇一響，登時斷為兩

截。胡斐卻已雙刀在手，著地捲來。

王劍傑空手對雙刀，絲毫不懼，右手拿，左手鉤，突然間胡斐驚叫一聲，左手刀已被

他夾手奪去。王劍傑將鋼刀往地下一摔，仍是空手對刀。他在掌法上浸淫二十餘年，使將出

來果然凌厲已極。商寶震在旁瞧得又是沮喪又是喜歡，沮喪的是自己自幼苦學，只道已窺堂奧，但與這位師叔相較，不知何年何月方能練到他這樣的功夫，喜歡的是本門武功如此神妙，只要不斷修習，前途自是不可限量。猛聽得王劍傑暴喝一聲：「去！」胡斐紫金刀脫手飛出，忙向後躍開。

王劍傑雙掌一並，排山倒海般擊將過來。胡斐眼見抵擋不住，情急智生，忽地指著他哈哈大笑。王劍傑給他笑得莫名其妙，收掌不發，楞了一楞，罵道：「小子，你笑甚麼？」胡斐笑道：「我是幫手來啦，不再怕你們這許多大人齊心合力欺侮我一個孩子。」王劍傑一愕，自忖：「我是江湖上的成名人物，跟這小鬼頭一般見識，到底該是不該？」胡斐笑道：「我這就接我幫手去，你們都在這裏等著，可別害怕了逃走。」乘著王劍傑遲疑未定，急步向廳門走出，便想乘機溜開。

商老太已拾起紫金八卦刀，縱上攔住，喝道：「小雜種，你想逃麼？」可是她知這小孩的武功在自己之上，卻也不敢十分逼近。

就在此時，忽聽得遠處馬蹄聲響，急馳而來。靜夜之中，蹄聲異常清晰，本來快馬狂奔，蹄聲繁密，也是常事，但說也奇怪，這匹馬落蹄之聲猶如急雨，得得得得，得得得得，比兩匹馬同時奔跑的蹄聲還更緊密。廳上諸人多半是江湖上的大行家，鋼刀快馬，原是家常便飯，但聽得蹄聲截然有異，不禁臉上均現詫異之色。霎時之間，那馬已奔到了堡前，但聽莊丁呼叱聲，堡門推開聲，莊丁翻跌聲，兵刃落地聲接著響起。眾人愕然相顧之際，廳口已多了一人。

蹄聲初起是在三數里外，但頃刻之間，此人已闖進堡來，現身廳口，其迅雷不及掩耳的

神速，真是罕見罕聞，堡中一聞警訊，便要轉個禦敵的念頭也來不及，別說分派人手了。羣

豪聳動之下，目光一齊注視在來人身上。

只見那人五十歲左右年紀，穿一件腰身寬大的布袍，上唇微髭，頭髮已現花白，中等身

材，略見肥胖，笑吟吟的面目甚是慈祥，右手攜著一個十二三歲的女孩。瞧他模樣，就似是

一個鄉下的土財主，又似是小鎮上商店的掌櫃，隨口就要說出「恭喜發財」的話來，雖然略

覺俗氣，卻是神態可親，與進堡時那股剽悍凌厲的勢道全不相符。

胡斐說有幫手到來，原是信口開河，只盼眾人一個不提防，就此溜走，豈知事有湊巧，

剛好有人趕進堡來。他乘著眾人羣相注視那胖子之際，繞到各人背後，慢慢走向廳門。

但旁人一時忘記了他，商老太可沒忘記，她只在胖子初進來時瞧了一眼，目光始終不離

胡斐，見他要逃，立時厲聲呼喝，縱身而前，伸掌往他背心拍去，這一掌正是八卦掌絕招之

一的「背心釘」，只要拍中了，當場要叫他骨斷臟裂，嘔血而死。那胖子見她以如此毒辣手

法對付一個孩子，「噫」了一聲，正要出手相救，卻見胡斐身形一動，左手倒鉤，帶著她手

掌往旁一甩，便將這記絕招化解了。商老太一個踉蹌，跌出三步方才站定。那胖子見胡斐瘦

瘦小小的一個孩子居然有此武功，大是驚奇，不由得連連向他望了幾眼。

王劍英見了這個胖子，依稀有些面熟，一時卻想不起來，抱拳說道：「尊駕高姓大名？

暮夜光臨，有何見教？」那胖子抱拳還禮，說道：「不敢，兄弟姓趙。」王劍英猛地省起，

說道：「啊，原來是紅花會趙三爺光臨，真得恕小弟眼拙。」羣豪一聽，眼前此人竟是紅花會的大頭領千手如來趙半山，無不聳然動容。

六年前紅花會英雄火燒雍和宮，大鬧紫禁城，乃是轟動武林的大事，天下皆知（請參閱拙作「書劍恩仇錄」）。此後紅花會便沒沒無聞，江湖上傳言，羣雄豹隱回疆，不料趙半山突然在此出現。王劍英年輕時曾在鏢局中見過他一面，但事隔二十餘年，趙半山早已非復舊時容顏，因此初見面時竟然難以憶及。此時他加倍留神，滿臉堆歡的說道：「趙三爺是一人前來山東，還是紅花會眾位英雄一齊出山了？先父生前常提及紅花會眾位英雄，好生記掛。」

趙半山性子慈和，胸無城府，跟誰都合得來，隨口答道：「是小弟一人有點私事，來到山東。請問令尊是……」王劍英聽得他只有一人，放下了一大半心，暗道：「若是他會中兄弟傾巢而出，在這裏撞見了可不好辦。」於是答道：「先父是鎮遠鏢局……」趙半山接口道：「啊，原來是王老鏢頭的賢郎，怎麼老鏢頭仙遊了啦？」臉上神色黯然，卻是真正的難過。王劍英道：「先父已去世五年了。這是舍弟劍傑。」他轉頭向王劍傑說道：「趙三爺太極拳、太極劍、暗器功夫，三絕天下無雙，今日真是幸會。」

他正要替各人引見，王劍傑心直口快，已接口道：「這位陳兄也是太極門的，兩位本來相識麼？」說著向太極手陳禹一指。

趙半山「哼」了一聲，慈和的臉上登時現出一層黑氣，向陳禹從頭看到腳，又從腳看到頭，細細打量。陳禹見他臉色忽變，微覺侷促不安，給他這麼一瞧，更是尷尬。趙半山攜來

104

的女孩突然伸手指著他，大聲道：「趙叔叔，就是他，就是他！」聲音尖細，語聲中充滿了憤怒。

陳禹見這小女孩膚色微黑，臉上滿是痛恨之色，自己卻從未見過，當下轉過頭向王劍傑道：「趙三爺是南派溫州太極門，兄弟是直隸廣平府太極門，我們是同派不同宗。趙三爺是我們前輩，兄弟向來仰慕得緊。」說著走近身去，抱拳為禮，轉身向王劍英道：「王兄，兄弟今日來得魯莽，先向各位謝過。」眾人連忙還禮，都道：「好說好說，趙三爺太客氣了。」只把陳禹氣得半身冰涼，拱著的手一時放不下來，僵在當地，心道：「我幾時得罪你了？你名頭雖大，難道我當真怕了你不成？」

王劍英指著胡斐道：「這位小兄弟跟我弟妹有點過節，那也是他上代結下來的樑子。現下我師弟人也過世多年了，我們衝著趙三爺的金面，這件事揭過不提。大家罷手如何？」說著哈哈大笑。原來他與商劍鳴向來不和，本就無意為他報仇，此時更想賣趙半山一個好。趙半山愕然不解。商老太卻叫了起來，罵道：「甚麼趙半山，趙一山，到得商家堡來，誰都別想撒野！」趙半山別理會她。來來來，小弟借花獻佛，敬趙三爺一杯。」王劍英道：「我這弟妹是婦道人家，趙三爺別理會她。來來來，小弟借花獻佛，敬趙三爺一杯。」說著便去斟酒。

胡斐知道再說下去，自己的謊話立時就要拆穿，於是大聲說道：「趙三爺，這些飯桶吹牛，那也罷了。他們卻說紅花會個個都是膿包，又說八卦掌的功夫天下無敵，說他們門中的老英雄單憑一柄八卦刀，打敗了紅花會所有人物。小的聽不過了，因此出來訓斥。他們卻偏

生不服，跟我動手。趙三爺，你說氣人不氣人？這個理要請你來評一評了。」

趙半山全不知他們爭些甚麼，但當年王維揚曾和紅花會對敵，這件事卻是有的，紅花會也沒憑武力勝他，只是使計逼得他服輸，想來王劍英、劍傑兄弟說起此事時，定是誇他父親英雄了得，那也是人情之常，於是便笑了笑，說道：「王老鏢頭武功高強，我們眾兄弟個個都是十分佩服的。」突然間目光如電，射向陳禹，說道：「陳師傅，請你跟我出去，咱們借一步說話。」

陳禹心中一凜，說道：「在下和趙三爺素不相識，不知有何吩咐？這兒各位朋友都是光明磊落的好漢子，有話就請在此明說不妨。」趙半山冷笑一聲，道：「這是我太極門門戶之恥，何必讓旁人知曉？」陳禹臉上變色，退後一步，朗聲道：「你是溫州太極，我是廣平太極。咱們同派不同宗。我管不著你，你也管不著我。」趙半山道：「就只為陳兄手段太過厲害，廣平府太極門沒人敢出頭，兄弟才萬里迢迢的從回疆趕來。兄到了北京，聽說陳兄到山東來啦，一路尋訪而來，總算是天網恢恢。」

眾人聽他用到「天網恢恢」四字，都是吃了一驚，不知陳禹在門戶中幹了甚麼歹事，累得這位趙三當家萬里追尋。

陳禹精明強幹，在江湖上成名多年，名頭固不及趙半山響亮，卻也是北派太極門的佼佼者，何況跟了福公子後，有了極強的靠山，對趙半山毫不畏懼，屬聲道：「我先前尊你一聲前輩，那是瞧在你的年紀份上。你我南北太極各有所長，憑你就能壓得了我嗎？」語聲甫畢，一招「玉女穿梭」，猛向他肩頭拍去。

106

趙半山追奔數月，辛勞萬里，為的就是眼前這一招，一見陳禹出手，從這招「玉女穿梭」之中，於他武功修為已了然於胸，當下身軀微蹲，一招「雲手」，帶住他的手腕向右一引。陳禹立足不定，登時全身受制。要知各派太極，拳招都是大同小異，強弱差別全在各人的悟性與功力不同。

天龍門好手殷仲翔是陳禹至交，當趙陳二人口頭相爭之時，他已拔劍在手，躍躍欲試，眼見陳禹一招即敗，便即挺劍向趙半山身後刺去，喝道：「放手！」趙半山更不回身，順手在陳禹腰間抽出佩劍，回劍一擋。這一下分寸拿揑得恰到好處，雙劍一交，噹的一聲，殷仲翔的長劍已斷成兩截。趙半山右手一送，又將長劍插入陳禹腰間劍鞘。

羣豪見他一招制住太極門好手陳禹，一劍震斷了天龍門好手殷仲翔長劍，制敵拳法之精，拔劍出手之快，斷劍功力之純，還劍眼力之準，皆是生平罕見，不由得盡皆失色。

趙半山向陳禹冷然道：「怎麼？你出不出去？」陳禹臉上青一陣紅一陣，驚惶不定。

突然間金光閃動，七枝金鏢分從上下左右向胡斐急射過去。原來商老太眼見報仇之望行將成空，見眾人注目趙陳二人，正是良機，猛地一口氣同時發出七枝金鏢。她與胡斐相距不過丈許，這一下陡然發難，對方要能將七枝金鏢盡數躲過，當真是千難萬難。她十餘年來處心積慮的要為丈夫復仇，知道苗人鳳與胡一刀武功卓絕，光明正大的動手，絕難取勝，因此鏢上都餵了見血封喉的劇毒。

這一下突如其來，胡斐叫聲：「啊喲！」急忙撲倒，上面三枝鏢雖能避過，打向他小腹和下盤的四枝鏢卻再也無法閃躲。

趙半山跨上一步，伸出長臂，一撈一抄，半路上將七枝鏢盡數接在手中。他外號叫做「千手如來」，「如來」是說他面和心慈，「千手」卻是說他七枝金鏢齊發，他也不放在眼中。燭光下見鏢頭帶著暗紅之色，拿到鼻邊一嗅，果有一股甜香，知道鏢尖帶有劇毒。他是使暗器的大高手，卻最恨旁人在暗器之上餵毒，常言道：「暗器原是正派兵器，以小及遠，與拳腳器械，同為武學三大門之一，只是給無恥小人一餵毒，這才讓人瞧低了。」

他回過頭來，向商老太狠狠望了一眼，說道：「王維揚王老爺子何等英雄，他教人暗器餵毒麼？教人這般卑鄙偷襲麼？更何況以這般手段對付一個小孩。」這幾句話大義凜然，王氏兄弟不由得暗自慚愧。

商老太見王氏兄弟低下了頭，大聲道：「你是甚麼東西，竟然上商家堡來欺人？只可嘆我先夫商劍鳴死後，八卦門中再無英雄好漢。我兒子年幼，老婆子是女流之輩，只好容得你欺侮。」忽然放聲哭道：「劍鳴啊，你一死之後，八卦門就只剩下一批狗熊了，只知道奉承外人，再沒半個有骨氣之人，能給門戶爭一口氣。劍鳴啊，我叫你兒子改投太極門，別讓他在江湖上灰頭土臉，一輩子讓人看輕了。劍鳴啊，想當年你何等英雄，早知今日如此，這柄八卦刀你就該帶入棺材，也免得在這裏出醜露乖。」她哭一聲，罵幾句，將八卦刀拋在地下，又用腳踏，又吐唾沫。只氣得王氏兄弟滿腔怒火，可又不能當著外人之面和她爭吵。

108

趙半山急欲帶著陳禹離去，只是見商老太以如此毒辣手段對付胡斐，自己一去，這小孩必遭毒手。他雖與胡斐毫無瓜葛，但事見不平，焉能袖手不理？向王氏兄弟抱拳道：「這孩子我今日就帶了去，日後再謝二位盛情。」

王劍英還未答話，商老太卻又哭叫起來：「劍鳴啊，你早早死了倒也乾淨，不必見到這般丟人現眼之事。你師弟號稱八卦門高手，卻鬥不過一個十多歲的孩子，連看家門的一柄刀也讓人家奪了。你師兄更加怕那小孩，只盼他快些遠遠離開……」

王劍英給他激得再也忍耐不住，大聲喝道：「住嘴！」轉身向趙半山道：「趙三爺，適才我弟妹之言，你都聽見啦。今日不是在下不給趙三爺這個面子，只是若憑這小孩如此而去，八卦門在江湖再難立足，兄弟也沒臉做人。」趙半山心想：「這話倒也是實情。」於是向胡斐說道：「孩子，你怎地得罪兩位王師傅了？快磕個頭陪了禮，隨我出去。」

趙半山見識老到，這一次卻說錯了話，他見胡斐適才將商老太這一帶，身手雖然不弱，總是個孩子，那知胡斐天生豪邁，豈肯輕易向人低頭？笑道：「趙三爺，你叫他向我磕頭？這個我可不敢當。」趙半山一愣，心道：「這小子怎地如此貧嘴？」

王劍英本想胡斐一陪禮，就此下台，聽他如此回答，心中怒極，但不願在趙半山面前顯得少了涵養，當下仍是不動聲色，說道：「小兄弟，你武功果然不錯，也怪不得你狂妄。來來，王某領教你幾招。」

胡斐躍到廳心，呼的一拳，迎面就往王劍英鼻子上打去。王劍英微微一笑，順手還了一掌。

王劍英這一掌拍出去時輕輕巧巧，但掌到半路，已是挾著一股疾風，向胡斐撲面擊去。

趙半山心道：「這姓王的家學淵源，掌上勁力果然非同凡響。」他生怕這一掌就將胡斐擊得重傷，當即身子微向前傾，預擬於危急之時，出掌拍向王劍英後心，以卸掌力。

那知小胡斐身法奇快，上身一側，王劍英一掌已然打偏。但王劍英是當世八卦門中第一高手，左掌打歪，右掌毫不停留，已自右上向左下斜劈下去。胡斐雙拳一舉，拍的一響，這一掌正好劈在他的拳上。

胡斐叫道：「啊喲，好痛！」驀地裏「沉肘擒拿」，伸手抓他左手「曲池穴」，這一招極其怪異，王劍英一怔，向後躍開一步。商老太與馬行空對望了一眼，心中均道：「怎麼這孩子也會使這怪招？」原來當日閻基劫鏢，與馬行空動武，十餘招怪招之中，就是有這招「沉肘擒拿」。

王劍英一退又進，使招「猛虎伏椿」，探掌切胡斐左臂。胡斐半轉身子，「鉤腿反踢」，又是一記怪招。這一來，馬行空等固然更是詫異，連見多識廣的趙半山也暗覺奇怪。王劍英見他招法中隱含相辱之意，心道：「若不給你點苦頭，可教人家小看了八卦門。」他雖與胡斐動武，心中卻那將這孩子當作對手，一招一式，全是露給身旁的大名家趙半山觀看，因之出手凝重，圓轉如意，不敢失了半點名家的身分，只因心有旁騖，招數上竟是不求狠辣，唯恐讓趙半山小覷了，說一句：「名門高弟，豈能如此浮躁？」這麼一來，他掌法中固然是沒半點破綻，但要數招之間制住對方，竟也不能。

商寶震自幼苦練過八卦掌，只見這位大師伯出手平淡無奇，使的全是八卦掌中最淺近的

招數，還道他忌憚趙半山，存心敷衍，無意真與父親復仇，心下暗暗惱怒。他那知王劍英這些平淡無奇的掌法之中蘊含數十年苦功，怪招迭出，到得後來，已全在對方掌風籠罩之下。王劍英掌力催動，漸漸將胡斐制住，使他每一拳打出，每一腳踢出，立時受到八卦掌掌力的反推。此時他若要發勁打傷胡斐，原已不難，但他有意在趙半山面前顯示身手，要累得胡斐筋疲力盡，跪地求饒，自己卻始終瀟灑自如，行若無事。須知武術最難企及的境界，乃是舉重若輕，要使力而不見費力，發勁而不見用勁。每一個武學名家練到最後，都是向這境界致力。至於吆喝酣鬥，揮汗喘氣，那自是最下乘的了。

趙半山知他用意，心想既然如此，這小孩無性命之憂，且看他支持得幾時。眼見胡斐已是身不由主的為對方掌力帶動，腳步踉蹌，突然間一個觔斗翻出，右手在地下一撐，雙腿同時橫掃。這一下又是一記怪招，王劍英躍起避過，胡斐往地下一坐，雙腿連環上踢，霎時之間竟踢了七八腿，又是詭異，又是迅捷。拳法中原有「連環鴛鴦腿」的招數，但左腳踢出之後，右腳跟著飛踢，再要踢第三腿時，終須一腳先行著地，縱快也有限度，此時胡斐坐在地下，雙腳凌空，彼落此起，出腿如電，竟將王劍英踢了個手忙腳亂。

馬行空與商老太又是互視了一眼，心道：「這記怪招卻非閻基所會，看來這小孩所學的武功，還較閻基為多。」果然不出二人所料，胡斐一翻身，立時雙肘推後，此時他與王劍英背脊對著背脊，他身子既矮，出招又快，這兩下肘錘，竟都撞在王劍英的屁股之上。臀上多肉，他又人小力弱，這兩記肘錘自是傷不到對方，但旁觀眾人卻忍不住失笑。

王劍英大怒，回身呼的一掌，當胸劈去，但見他臉色猙獰，已顧不得甚麼瀟灑，甚麼風

111

度。趙半山心中暗嘆：「威震河朔王維揚的兒子，不及乃父多矣！」他一面觀鬥，眼角間卻

始終沒一刻離開了陳禹，決不容他俟機逃脫。

胡斐見對方雙掌猶如疾風暴雨般襲來，心下也不自禁駭怕，對方究是武林中的一流高

手，自己全靠拳譜中一些家傳怪招，仗著對方不識，出手有所顧忌，這才勉力支撐了這些時

候，已屬極度難能。其實胡家拳譜上這些怪招乃是練功所用，旨在鍛鍊身手，不求克敵制

勝，真正與人動手的招數，錄在拳譜上的最初數頁之後。胡斐功力未到，難以領會，只得施展

這些練功用的紮根基招式。想那飛天狐狸、胡一刀等均是一代大俠，若是與人動手之際也是

這般不倫不類、怪模怪樣，豈非大失身分？

又鬥十餘招，胡斐左支右絀，大感狼狽，突見王劍英左掌往外一穿，當即閃身向右避

過，王劍英右掌「遊空探爪」，斜劈下來。這一下好不勁急，胡斐忙矮身沉肩，雖將這一踢

之力卸下了七成，還是被他掌力震得一交摔倒。

眾人驚呼聲中，王劍英又是一掌劈了下去。趙半山大怒，心道：「虧你也算是個成名人

物，小孩子已給你打倒，怎麼還下毒手？」他太極拳的功夫講究遲出先至，後發制人，敵人

招數越是用老，出手時收效越大，只等王劍英掌緣挨近胡斐身上，立即發招相救。

突然青光一閃，王劍英疾收左掌，側身起腿。原來胡斐跌倒之時，見身旁有半截劍頭，

正是殷仲翔被震折的斷劍，情急之下，伸手抓起，向敵人拍下來的掌心刺去。這一下章法變

幻，若非王劍英躲閃得快，掌心給他刺個窟窿也不希奇。胡斐一招得手，立即一個打滾，左

手在地下一撈，右手用斷劍割下一塊衣襟，裹了折斷的劍刃，笑道：「王大爺，我的手短，

你的手長，咱二人比武太不公平。我把右手接長點兒，你若害怕，就取出八卦刀來好了。」

自從「飛天狐狸」以降，胡家歷傳各代都是智計過人。胡斐心知空手打他不過，乘機拾起斷劍用作兵器，但怕對方使斷兵刃，卻搶先激他一激。王劍英何等身分，明知吃虧，那肯跟他平手對刀，料定他多拿一柄斷劍也管不了用，只哼了一聲，八卦掌中夾著擒拿手，逕來抓他握著斷劍的手腕，左掌發勁，劈向他的面門。

胡斐轉動劍頭，當作蛾眉刺使，一面遞招，左手忽地往頭頂一拉，取下氈帽，笑道：「我右手有劍頭，左手有盾牌，瞧你奈何得了我？」將氈帽當作盾牌，往他左掌一擋。王劍英心道：「臭小子，這麼一擋，你左腕非斷不可。」掌上又加了三分勁道，向破氈帽上擊了下去。

忽聽得王劍英「啊」的一聲大叫，向後躍開丈餘，這一聲叫喊，聲音慘厲，竟似受了重傷模樣。眾人一齊望著他，只見他左掌心中鮮血淋漓，不知因何受的傷。王劍英怒極，戟指胡斐喝道：「你，你……你這爛氈帽中藏著甚麼？」

胡斐將氈帽戴回頭上，左手中赫然握著一枝金鏢，笑道：「這是你八卦門的暗器，須不是我帶來的。我隨手在地下撿了一枝，想偷偷拿回去玩兒，你卻定要揭穿我的底兒，好吧，這一枝小小金鏢我也不希罕。」說著手一揚，對準他胸口射了過去。

王劍英側過身子，伸手一抄，要將金鏢抄在手裏。他先側身，再伸手，那是對胡斐已存了忌憚之意，怕他發鏢的手法又是十分怪異，一個抄接不到，不免打中了胸口。豈知他這一伸手卻接了個空。胡斐手勢是向前發鏢，其實手指上使了一股反勁，將金鏢射向身後。

站在他背後的正是商老太，突見金光一閃，金鏢已到面前，急忙縮頭，噗的一聲，那枝鏢打進她的鬢子，顫巍巍的晃了幾晃。商寶震只嚇得心驚肉跳，撲到母親跟前，叫道：

「媽，可傷著你麼？」

自胡斐出手以來，幾乎每一招每一式都是異想天開，叫人防不勝防，這一下花巧異常的發鏢，更是眩人心目。眼見商老太在間不容髮之中死裏逃生，人人盡皆駭然。趙半山撚鬚微笑，心想這般前揚後發的鏢法，自己原也擅長，若是自己出手，就有十個商老太，也一齊打死了，只是這小孩裝模作樣的逼真神態，卻遠非自己所及。

趙半山隨即想起，叫道：「王師兄，快揑住脈門，鏢上有毒。」商寶震一凜，叫道：「我去取解藥！」說著飛奔入內。

王劍英一副執拗的狠勁，倒與他過世的父親差不多，掌心一受鏢傷，只覺左手麻癢，聽得趙半山這麼一叫，右手拉斷衣帶，緊緊纏住左腕。王劍傑手足關心，搶過來幫他纏腕。王劍英左手一甩，喝道：「走開！」王劍傑不提防給他猛力一甩，退開兩步，愕然相顧。王劍英揮起傷掌，呼的一聲，疾往胡斐頭頂拍到，腳下飛跑，竟然使出「遊身八卦掌」的絕招，此時再不容情，決意要取這可惡的狡童性命。

胡斐學成武藝之後，初次是與商寶震對敵，其後對戰商老太和王劍傑，此時與王劍英對掌，已是第四個對手。越戰得久，他心思越是開朗，怯意既去，盡力弄巧以補功力之不足。這「遊身八卦掌」曾在王劍傑手下領教過，當時手忙腳亂，險些一命喪刀底，此刻已明白其中奧妙所在，心知若是跟他亂轉，必定累得頭暈眼花。晃眼之間，王劍英已轉到自己身後，

114

斗然想起胡家拳譜上有一門「四象步」，步法雖是單純，卻似大可用得，當下不及細加思索，一見敵人轉到身後，立即向前跨了一步。就在這時候，王劍英呼的一掌，也已擊向他的後心。

眾人眼見胡斐背後門戶洞開，全無防禦，不禁為他擔心，不料他輕輕巧巧的大步跨前，王劍英這一掌竟爾打空。那「遊身八卦掌」只要一使動，再無停歇，不管出掌是否打中，腳下絕不停留，一掌掌的連綿發出。胡斐面向廳門，見王劍英搶到右邊，登時向左跨了一步，他腳下跨步，正與王劍英發掌同時而作，使得這一掌又是打空。

要知太極生兩儀，兩儀生四象，四象生八卦，這「四象步」與「八卦掌」，其理原有共通之處。胡家拳譜上的「四象步」乃練習拳腳器械的入門步法，並不能用以傷敵，胡斐早已練得極是純熟。鬥到後來，他索性雙手叉腰，凝神注視對手，也不理王劍英是否發招，只要他奔到左方，就向右一步，奔到前方，就退後一步。不論對方如何忽前忽後，忽東忽西，他總是好整以暇的前一步、後一步、左一步、右一步，來來去去只是四步，妙在拿捏分寸恰到好處，而這步法又與八卦掌步法的八卦方位絲絲入扣，每一跨步，均與對手的行動若合符節，倒似與王劍英長期共習，練成了套子一般。

那「遊身八卦掌」一出手就是連續不斷的四八三十二招，王劍英愈打愈是焦躁，卻連手指尖也碰不到胡斐身上。趙半山看得暗自嘆息：「這人徒學父藝，只知墨守成法，臨敵時不能隨機應變，另創新意，看來王維揚是後繼無人了。」眼見他第二節的三十二招八卦掌也已使完，商寶震取來解藥，叫道：「大師伯，服了藥再收拾那小子。」這時王劍英的左臂已漸

漸不聽使喚，知道毒氣上行，當下躍出圈子，接過解藥吞服。

趙半山道：「王師兄，我瞧……」王劍英知他定是出言勸解，待他話一出口，自己若不聽從，倒顯得不給他面子，當即搖了搖手，搶上前又舉掌向胡斐擊去。只見他步法極小，出掌也甚凝重，原來是使出八卦門中最厲害的「內八卦掌法」來。先前王劍傑只虛使內八卦短架，就制得商寶震無法動手，王劍英的功夫，又比乃弟精湛得多，這內八卦掌法，出手雖短，每一掌都是凌厲狠辣。

胡斐硬接了三招，登感不支，心中暗叫：「糟糕！」眼見對方步子向左跨出，猛地提腳往他左腳背上踩落。王劍英罵道：「你作死麼？」腳一縮，右腳踏出時就錯了八卦方位。王維揚教子習藝之時，規定極為嚴厲，不得有分毫差失，偏生這大兒子又是天性固執，臨敵時腳下定須踏正方位，才肯出招。待他雙腳移正，胡斐又是一腳對準他腳背踩了下去。這般胡鬧的打法，原是任何成名的英雄所不屑為，胡斐卻一味頑皮取鬧，連踩幾腳，王劍英心神微亂。胡斐見到有機可乘，猛地一掌，就往他小腹上擊去。王劍英叫聲：「好！」雙掌齊出，推在他的掌上。

這是硬碰硬的對掌，再無討巧之處，胡斐全身一震，左掌跟著力推，但仍感對方壓力沉重無比，此時若稍一退讓，內臟立為對方掌力所傷，只得奮力抵擋。

趙半山見胡斐已然輸定，笑道：「孩子，你輸啦，還比拚甚麼？」伸手在他背上輕輕一拍，一股內力從他身上傳將過去。王劍英雙臂一酸，胸口微熱，急忙撤掌後退。趙半山道：「王兄，你的功力自比這孩子高得多，那還用比甚麼？」他輕拍胡斐的肩頭，讚道：「了不

起，了不起，再過五六年，連我也不是你的敵手啦。」言下自然是說：你王老兄更加不用提了。

王劍英臉上一熱，自知功夫與趙半山差得太遠，要待交代幾句場面話，跟這孩子卻又不知從何說起，不由得怔在當地，一言不發。王劍傑見兄長的左掌紫黑，中毒甚深，向商老太道：「有沒有外敷的解毒藥？」商老太搖搖頭。趙半山從懷中取出一個紅色小瓶，拔開瓶塞，說道：「兄弟自合的解毒藥，很有點兒功效。」王劍傑知他是使暗器的大行家，身上不帶解毒藥則已，若是攜帶，定然應驗如神，他掛念兄長安危，伸出手掌。趙半山在他掌心倒了少些，笑道：「儘夠用了。」這一來，王氏兄弟無論如何不能再對胡斐留難。

117

第四章

鐵廳烈火

—

趙半山說道：

「小兄弟，你我今日萍水相逢，意氣相投，雖然我年紀大了幾歲，但我見你俠義仁厚，實是相敬。他日你必名揚天下，我何敢以長輩自居？」

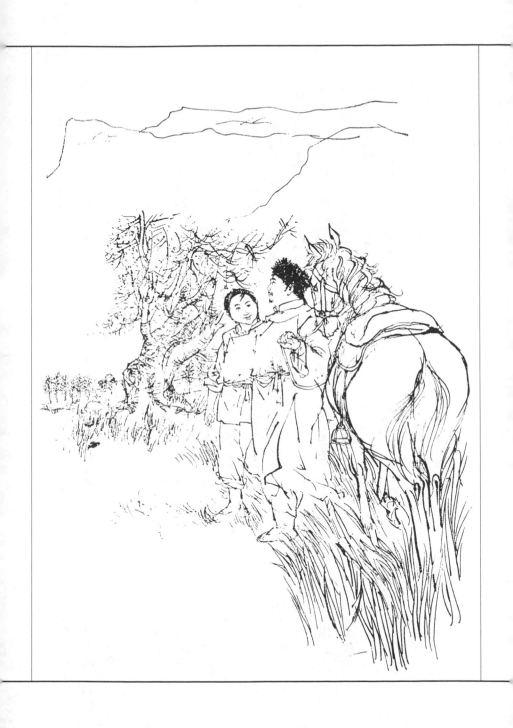

趙半山雙手負在背後，在廳中緩步來去，朗聲說道：「咱們學武的，功夫自然有高有下，但只要心地光明磊落，行事無愧於天地，那麼功夫高的固然好，武藝低也是一般受人敬重。我趙某人生平最恨的就是行事歹毒、卑鄙無恥的小人。」他越說聲音越是嚴厲，雙目瞪著陳禹不動。

陳禹低下了頭，目光不敢與他相接，突然一瞥眼之間，嚇了一跳。原來商老太發出七枝金鏢，給趙半山接往後擲在地下。胡斐用一枝鏢刺傷王劍英後，接著對掌，那枝鏢仍是丟落在地。這時趙半山接往後擲在地下，足下暗暗使勁，竟將七枝金鏢踏得嵌入了方磚之中，鏢與磚齊，甚是平整。眾人見陳禹臉上變色，順著他眼光一看，都是大為驚奇，知道他露這手功夫，一來是警告商老太不得再使歹毒暗器，二來是要逼陳禹出去算帳，叫旁人不敢阻攔。

陳禹四下一望，但見王氏兄弟忙著裹傷，商老太與商寶震咬牙切齒，馬行空微微點頭，殷仲翔臉如死灰，知道沒一個敢出手相助，將心一橫，大聲道：「好啊，平素稱兄道弟，都是好朋友，今日我姓陳的身受巨賊脅迫，好朋友卻到那裏去了？姓趙的，咱們也不用出去，就在這裏動手吧。」趙半山剛說得一個「好」字，忽聽背後風聲響動，知有暗器來襲，接著聽得一聲喝道：「好朋友來啦！」

趙半山也不回頭，反過手去兩指一挾，接住了一把小小的飛刀，但覺那飛刀射來勢道勁急，全是陽剛之力，接在手上時刀身微微一震，和福建莆田少林派發射暗器的手法又自不同，笑道：「這位好朋友原來是嵩山少林寺的，可是不疑大師的高足嗎？」

發射這柄飛刀的，正是嵩山少林派的青年好手古般若。王氏兄弟、殷仲翔、陳禹等都是

120

一驚，但見趙半山並未回身，尚未見到古般若的人影，卻將他的門派師承猜得一點兒不錯。

趙半山心中卻想，我紅花會只僻處回疆數年，離中原並無多時，看來名頭已不及往時的響亮，我要保護一個孩子，叫一個人出外，居然不斷有人前來阻手阻腳，今日若不立威，倒教後生小子們將紅花會瞧得小了，當下朗聲說道：「你這位好朋友站著可別動。」不等古般若回答，雙手向後揚了幾揚，跟著轉過身來，兩手連揮，眾人一陣眼花繚亂，但見飛刀、金鏢、袖箭、背弩、鐵菩提、飛蝗石、鐵蓮子、金錢鏢，叮叮噹噹響聲不絕，齊向古般若射去。

王劍英大駭，叫道：「趙兄手下容情。」趙半山一笑，說道：「不錯，自該手下容情。」眾人瞧古般若時，無不目瞪口呆。但見他背靠牆壁，周身釘滿了暗器，卻無一枚傷到他的身子。古般若半晌驚魂不定，隔了好一陣，這才離開牆壁，回過頭來，只見百餘枚暗器打在牆上，隱隱依著自己身子，嵌成一個人形。他慘然無語，向趙半山一揖到地，直出大門，也不向福公子辭別，逕自走了。

趙半山此手一露，即是處了陳禹死刑，更還有誰敢出頭干預？但陳禹臨死還是強口，說道：「自來官匪不兩立，我一死報答福公子，那便是了。」趙半山大怒，向王劍英等說道：「本來太極門中出此敗類，是在下門戶之羞，原想私下了結，可是他非叫我抖個一清二楚不可。」陳禹自己卻也真不知道，甚麼事上得罪了這位紅花會三當家，要知他為人精明圓滑，原是不易與人結怨的，便接口道：「不錯，天下事抬不過一個理字。你說了出來，請大家評個道理。」

121

趙半山「哼」的一聲，指著那個黑膚大眼的小姑娘，問道：「你不認得這小妹妹麼？」

陳禹搖頭道：「不認得，從來沒見過。」趙半山道：「就可惜你認得她父親。她是廣平府呂希賢的女兒。」

此言一出，陳禹本來慘白的臉色更加白得可怕。眾人「哦」的一聲，齊向這女孩望去。這女孩只有十二三歲，但滿臉風霜，顯是小小的一生之中已受過許多困苦折磨。她指著陳禹，厲聲說道：「你沒見過我，我可見過你。那天晚上你殺我兄弟，殺我爹爹，我在窗外看得清清楚楚。我每天晚上做夢，沒一次不見到你。」這幾句話說得斬釘截鐵，陳禹又是確曾做過那件事，張口結舌的「啊，啊」幾聲，沒再分辯。

趙半山向眾人雙手一拱，說道：「這姓陳的說得好，天下事抬不過一個理字。我把這件事的前因後果，說出來請大家評個道理。各位想必都知道，廣平府太極門師兄弟三人，武功以小師弟呂希賢最強。這姓陳的，你稱呂希賢甚麼啊？」陳禹低下了頭，道：「他是我師叔。」心想趙半山述說往事，也不必跟他分辯，心中暗打脫身逃走的主意。

趙半山道：「不錯，呂希賢是他師叔。說到呂希賢這人，在下可與他素不相識，他是北京王府的教師爺，咱們鄉下人那裏高攀得上？」言下之意，竟是透著十分不滿，只是他存心厚道，又是礙著那小姑娘的面子，只說到此處為止，接著說道：「在下隱居回疆，中原武林的恩怨原本不聞不問，可是有一日這小姑娘尋到了在下，哭拜在地，說要請我主持公道。小姑娘，你將那兩件東西取出來，給各位叔伯們瞧瞧。」

那女孩解下背後的包裹，珍而重之的取出一個布包打開，燭光下各人瞧得明白，赫然是

122

一對乾枯的人手，旁邊還有一塊白布，滿寫著血字。趙半山道：「你說給各位聽吧。」

那小姑娘捧著一雙人手，淚如雨下，哽咽道：「我爹爹生了病，已好久躺著不能起來。

有一天，這姓陳的突然帶了另外三個惡人，半夜裏來到我家，說是奉王爺之命，要爹爹說太極拳甚麼九訣的秘奧，不知怎樣，他們爭吵起來。我弟弟嚇得哭叫出聲，這姓陳的抓住了他，揚起寶劍威嚇我爹爹，說道要是不說，就將我弟弟一劍殺死。我爹爹說了幾句話，我也不懂，他……他……就將我弟弟殺死了。」說到這裏，眼淚更是不絕流下。

胡斐叫道：「這樣的惡人，還不快宰了。」那小姑娘提起衣袖抹抹眼淚，說道：「後來我爹爹跟他們動手，他們人多，我爹爹又生著病，就給這壞人害死了。後來孫伯伯來到我家裏，我就跟他說……」小姑娘不懂武林之中的恩怨關節，說起來有點不明不白。

趙半山插口道：「她說的孫伯伯，就是廣平府太極門的掌門人孫剛峯。」這個人的名頭大家是知道的，於是都點了點頭。

那小姑娘又道：「孫伯伯想了幾天，忽然叫我過去，他拿出刀來，一刀砍下了自己的左手，蘸了血寫成這封血書，又將刀子放在桌子上，用力把右手揮在刀口上，又砍下了右手，叫我……叫我……送去回疆給趙伯伯，說太極門中除了趙伯伯，再無旁人報得我爹爹血仇……」眾人聽得面面相覷，只覺得這真是人間的一件極大慘事，只是那小姑娘說得太不清楚，實在不懂。

趙半山道：「這孫剛峯在下是識得的，當年他瞧不起我趙半山，曾來溫州跟我打過一場架，想不到竟因如此，心中有了我趙某人的影子。」眾人心想：「這一場架，定是孫剛峯輸

123

了。」

趙半山又道：「孫剛峯這封血書上說，他是廣平太極門掌門，自愧無能，收拾不下這姓

陳的叛徒，因此砍下雙手，送給我趙某人，信上說甚麼『久慕趙爺雲天高義，急人之難』云

云。嘿，他送我一對手掌，再加一頂大帽子，趙某人雖跟他沒半點交情，這件事可不能不給

他辦了。」

陳禹慘白著臉，說道：「這封血書，未必是我孫師伯的親筆，我得瞧瞧。」說著慢慢

走到小姑娘身旁，去取血書，突然手腕一翻，寒光閃處，右手中一柄匕首已指著小姑娘的後

心，叫道：「好，那就同歸於盡。」

這一下變生不測，眾人均未料及。趙半山搶上兩步，待要奪人，卻見陳禹左臂緊緊扼在

呂小妹頸中，低沉著嗓子喝道：「你再上前一步，這女娃子的性命就是你害的。」趙半山一

驚，自然而然的倒退一步，一時徬徨無計，心想：「那便如何是好？若是七弟在此，他定有

計較。」要知趙半山忠厚老實，對付奸詐小人實非其長，處當困境，不自禁想起那足智多謀

的七弟諸葛徐天宏來。

陳禹右手的匕首刺破呂小妹後心衣服，刃尖抵及皮肉，要使趙半山無法用暗器打落匕

首，雙目瞪住了趙半山，說道：「趙三爺，你我往日無怨，近日無仇。你就是發暗器打瞎我

這雙招子，姓陳的決不還手。」趙半山手中扣了兩枚錢鏢，本擬射他雙目，只要他矮身一躲

或是伸手一護，就可俟機救人，豈知此人見事得快，先行出言點破了自己的用意。

一時之間大廳上登成僵局。

陳禹目不轉瞬的瞪著趙半山，防他有甚異動，口中卻在對王氏兄弟說話：「王大哥，王

二哥，趙三爺今兒跟兄弟過不去，你二位可知其中原由？」王氏兄弟與他同府當差，雖然並

不怎麼交好，但陳禹生性圓滑，平日人緣甚好，若不是二王忌憚趙半山武功了得，早已出言

勸解。王劍英接口道：「聽趙三爺說，他也是受人之託，未必明白真相。只怕這中間有甚麼

誤會，也是有的。」陳禹冷笑一聲，道：「誤會倒是沒有。王大哥，兄弟進福公子府之前，

是在定親王府當差，這個你是知道的了？」王劍英道：「是啊，你是定王爺推薦給福公子

的。」王爺大大誇你精明能幹哪。」陳禹道：「適才趙三爺說道，兄弟傷了這小姑娘的父親，

這件事是有的。可是兄弟是奉了王爺之命，你我同是吃府門飯的人，主人家有差使交下來，

你能違命麼？」王劍英這才明白，他藉著與自己一問一答，是在向趙半山解說這回事的來龍

去脈，於是又接一句：「這叫做奉命差遣，概不由己，那也怪不得你陳兄弟。」

趙半山在回疆接到孫剛峯的血書，立即帶同呂小妹趕到廣平府，但無法找著孫剛峯，

當下又到北京找人，一查之下，得悉陳禹已隨同福公子南下。他胯下所騎，是駱冰那匹銀霜

逐電駒，不過兩天功夫，已從北京追到商家堡來。陳禹如何害死呂希賢父子，他確是不甚了

了。呂小妹年幼，原已說不明白，多問得幾句，她就眼眶一紅，小嘴一扁，抽抽噎噎的哭個

不停。這時聽陳禹要言明此事根由，正中下懷，道：「好，你曾說過，天下之事抬不過一個

理字。你倒說說看。那呂希賢是你師叔，就算他犯了彌天大罪，也不能由你下手，致他於死

地。」

陳禹此時有恃無恐，料想今日已不難逃命，但趙半山決不肯就此罷手，日後繼續追尋，卻是難以抵擋，心想總須說得他袖手不顧，方無後患，於是說道：「趙三爺，你是光明磊落的英雄好漢，常言道君子可欺以方，你這一回可是上了孫剛峯的大當啦。」趙半山一愕，道：「怎麼？上了甚麼當？」陳禹道：「我們廣平太極門姓孫的祖師爺傳了弟子三人，孫師伯是大弟子，先父居次，呂師叔第三，他師兄弟三人向來不睦，趙三爺你是明白的了？」趙半山本來絲毫不知，但想自己插手管他門戶之事，若說一切不知，未免於理有虧，當下不置可否，道：「那便怎樣？」

陳禹道：「呂師叔是太極北宗一把響噹噹的好手，我對他老人家素來是十分敬仰的。他在定王府當教師爺，太極拳的秘奧卻半點不傳給王爺。定王爺生性好武，見他藏奸，心中自是不快，連問了幾次，呂師叔吃逼不過，竟然辭去了差使。定王爺將在下找去，要我解釋太極拳中的甚麼亂環訣、陰陽訣。可是先父武功本就平常，又逝世得早，沒甚麼功夫傳下來，在下懂得甚麼？定王爺便著落在下，去向呂師叔請問明白。」

趙半山心想：「太極門南北兩宗各有門規，本門武功秘奧不得傳於滿人。呂希賢不授秘訣，此事大致不假。」於是點了點頭。

陳禹臉色顯得十分誠懇，說道：「在下奉王爺之命，與三位當差的兄弟到呂師叔府上去。那時他身上有病，肝火大旺，三言兩語就對我痛下辣手。趙三爺你想，以我這點點稀鬆平常的武功，怎能害得了廣平太極門的第一把好手？」趙半山道：「那他是怎麼死的？」陳禹道：「呂師叔本已有病，在下的言語又重了一些。呂師叔痰氣上湧，失足摔了一交，在下禹道：「呂師叔本已有病，在下的言語又重了一些。呂師叔痰氣上湧，失足摔了一交，在下

126

連忙施救，已自不及。」

這番言語之中破綻甚多，趙半山正待駁斥，呂小妹已叫了起來：「爹爹是他打死的，爹爹是他……」第二句話沒說完，陳禹扼著她脖子的手一緊，將她後半句話制住了。趙半山大怒，喝道：「你既說他有病，怎地又鬥不過他？再說，他小兒子與你無怨無仇，又何以傷害無辜？快放手！」

陳禹道：「趙三爺，你身在萬里之外，怎知我門戶中之事？我勸你還是各人自掃門前雪的好。」他一面說，一面移動身子，慢慢退向廳口。趙半山雙目如要噴火，只是眼見此人心狠手辣，若真上前攔阻，他定要傷害呂小妹性命。這女孩年紀雖小，性格卻極是堅毅，孤身一人，竟然間關萬里、歷盡苦辛的尋到回疆。以這一條路上旅途之艱難，別說是這樣一個小小孤女，就是個壯年漢子，也是十分不易。趙半山毅然插手管這件事，固然是為了孫剛峯斬手相託，可有一小半也瞧在這孤女的孝心份上。後來與她共騎東來，時日一久，已視她猶如女兒一般。

只見陳禹再退幾步，便要出廳，趙半山空有一身暗器，竟爾不敢向他發射一枚，心下盤算：「若用一枚最重的蛇頭錐打他腦門，自能叫他立時喪命，但他臨死之前只要手臂一送，呂小妹就是性命不保了。」

只見他又退了一步，此時桌上一枚大紅燭所結的一個燈花，突然卜的一聲爆了開來，燭光一暗，待得燭火再明，陳禹身後忽已多了一個老者。

只見那老者兩手平舉胸前，

形容枯槁，雙目深陷，顴骨高聳，臉上灰撲撲的甚是怕人。陳禹見眾人一齊望著自己身後，

神情甚是異樣，不由得回過頭去。突見那人的兩根腕骨已伸到自己臉前，險些碰到，一驚之

下，忙讓開了一步，叫道：「孫師伯，是你！」

那人竟不理會，拉起長袍，搶上一步，向趙半山拜了下去，說道：「趙三爺，你的恩

情，孫剛峯只好來生補報了。」趙半山急忙答禮，雙眼卻不離陳禹，正要擁

著呂小妹搶出廳門，孫剛峯身形一晃，搶先堵住了門，喝道：「回去！」陳禹道：「你讓不

讓路？」孫剛峯道：「你已害過呂家二命，姓孫的早就沒想活著。」轉向趙半山道：「趙三

爺，這位陳爺的話，在下在門外已聽得清清楚楚，當真是一派胡言。我呂師弟是為了亂環訣

與陰陽訣而死在這奸賊手下的。」

趙半山向陳禹側目斜睨，哼了一聲，道：「原來陳爺精研我們的這兩大秘訣，兄弟倒要

領教。」孫剛峯道：「這倒不是。這位陳爺知道我太極拳有九大秘訣，而亂環訣與陰陽訣又

是拳法關鍵，只可惜他父親過世得早，沒來得及傳他。他千方百計要我和呂師弟吐露，我師

兄弟知他心術不正，就沒肯說。於是他用定王爺的勢力相壓，呂師弟仍是不說。到後來他乘

著呂師弟有病，夜中闖到呂師弟的病榻之前，抓住他一脈單傳的一個娃兒，說道若不吐露亂

環、陰陽二訣，就將孩子一刀殺了……姓陳的，我這話是真哪，還是假哪？」

陳禹鐵青著臉，一言不發，心中又驚又怒，眼見已可脫身，這姓孫的老傢伙偏偏在這時

候闖了進來。只聽孫剛峯哽咽著又道：「於是一個聰明伶俐的娃兒，便喪生在他利劍之下。」

呂師弟抱病與他拚命，又給他使雲手功夫，拖得精疲力盡，虛脫而死。趙三爺，孫剛峯愧為掌門，年老無能，我北宗又是人才凋零，眼下只有這姓陳的武功最強，只有老著臉皮，請南宗主持公道。」他轉向陳禹道：「陳大爺，我的話沒半句冤你吧？」

趙半山只聽得義憤填膺，大步踏了上去，說道：「要學拳術的秘奧，自古以來只有求師訪友，從來沒聽說過如你這等禽獸之行。」陳禹喝道：「你別動，給我站著。」說著手臂一緊，呂小妹呀的一聲叫了出來。趙半山果然站定腳步，不敢再動。陳禹朗聲道：「姓趙的，你要找我，儘管到北京福公子府來。今日請你叫他讓讓道。」趙半山無奈，只得向孫剛峯道：「孫師兄，今日咱們就暫且饒他！」

孫剛峯大急，說道：「你說今兒⋯⋯今兒饒⋯⋯饒了他？」趙半山道：「孫爺，你放心，趙某既然拉扯上了這回子事，定是有始有終。」孫剛峯急得說不出話來，只說：「你⋯⋯你⋯⋯」趙半山道：「讓路給他吧。姓趙的若是料理不了這回事，我斬這一雙手還你！」這幾句話說得斬釘截鐵，孫剛峯再無話說，身子往旁邊一讓，眼睜睜的盯著陳禹，目光中充滿了怨毒。

陳禹心道：「今日我脫卻此難，立時高飛遠走，天下之大，何處不是容身之所？只要我隱姓埋名，你找一百年也找不著老子。」臉上不自禁露出一絲得意的神色，說道：「趙三爺，你我後會有期。孫師伯說得不錯，我確想學一學太極門中亂環訣與陰陽訣的竅門。你上京來，做兄弟的要好好請你指點指點。」趙半山又是哼了一聲，那去理他。

陳禹不敢轉身，挾著呂小妹妹一步步的倒退，經過孫剛峯身側，微微一笑，左足跨出了

129

門檻。

胡斐自與王劍英比掌之後，一直在旁凝神注視趙半山、陳禹、孫剛峯三人，此時眼見陳

禹狡計得逞，心道：「趙三爺幫了我這個大忙，眼下他遇上難事，我如何不加理會？」他頭

腦靈敏，人又頑皮，心念一動，早有計較，運氣將一泡尿逼到尿道口，解開了褲子，見陳禹

即將踏出廳門，突然端起一張椅子，說道：「陳禹，我有一事請教。」陳禹一呆，卻沒將這

孩子放在眼內，並不理睬。胡斐將椅子在他身前一放，跳上椅子，突然一泡急尿，往他眼中

疾射過去。

陳禹急怒之下，伸左手在眼前一擋，阻住他射過來的尿水，右手一匕首就往胡斐胸口剶

去。胡斐解開褲之前，早就籌劃好了下一步，眼見匕首刺到，雙手握起椅子，身子一躍，人在

半空，椅子已向他頭頂猛砸下去。陳禹伸手格開，怒罵：「小賊！」胡斐人未落地，已向前

一撲，抱住呂小妹一個打滾，滾開半丈。

陳禹大驚，縱上搶奪，胡斐鉤腳反踢，隨即站起身來，施展空手入白刃功夫，搶他手中

匕首。陳禹心知不妙，不敢戀戰，猛戳一刀，立即轉身出廳，卻見趙半山雙手叉腰，神威凜

凜的站在廳口。

胡斐哈哈大笑，說道：「我一泡尿還沒撒完呢！」這一下變化，趙半山固是萬萬猜想

不到，廳上眾人也無一不是大出意料之外。待得各人明白他的用意，呂小妹早已獲救，陳禹

亦已困入重圍。這一來商老太更增恨意，王氏兄弟妒念轉深，馬行空暗叫慚愧，殷仲翔喃喃

怒罵，但不論是恨是妒，是愧是罵，各人心中，均帶著三分驚佩讚嘆：「若非這小子出此怪

招，怎能將陳禹截得下來？」

趙半山心中對胡斐大是感激，臉上卻不動聲色，對陳禹淡淡道：「陳爺，你為了學亂環訣和陰陽訣，傷了兩條人命，其實大可不必這麼費事。這兩篇歌訣，在太極門中也算不得是甚麼了不起的不傳之秘，趙某不才，倒還記得。你說過要向趙某討教，今日就傳了於你，也自不妨。」眾人一呆，均想：「他已難逃你的掌握，卻來說反話。」

卻聽趙半山又道：「我先說亂環訣與你，好好記下了。」於是朗聲唸道：「亂環術法最難通，上下隨合妙無窮。陷敵深入亂環內，四兩能撥千斤動。手腳齊進豎找橫，掌中亂環落不空。欲知環中法何在，發落點對即成功。」

這八句一唸，孫剛峯與陳禹面面相覷，說不出話來。原來這八句詩不像詩、歌不像歌的話，正是太極門中的「亂環訣」。陳禹幼時也依稀聽父親說起過，袛是全然不懂其中奧妙，萬想不到趙半山真能原原本本的唸給自己聽，他把心一橫，生死置之度外，道：「其中含義，還請趙三爺指點。」

趙半山道：「本門太極功夫，出手招招成環。所謂亂環，便是說拳招雖有定型，變化卻存乎其人。手法雖均成環，卻有高低、進退、出入、攻守之別。圈有大圈、小圈、平圈、立圈、斜圈、正圈、有形圈及無形圈之分。臨敵之際，須得以大克小、以斜克正、以無形克有形，每一招發出，均須暗蓄環勁。」他一面說，一面比劃各項圈環的形狀，又道：「我以環形之力，推得敵人進我無形圈內，那時欲其左則左，欲其右則右。然後以四兩微力，撥動敵

131

方千斤，務須以我豎力，擊敵橫側。太極拳勝負之數，在於找對發點，擊準落點。」

他所說的拳理明白淺顯，人人能解，但其中實是含有至理。廳上眾人均是武學好手，聽他口中講述，手腳比擬，無不出神。要知能聽到這樣一位武學名家講述拳理精義，實是一生之中可遇而不可求的良機。

趙半山說的是太極拳秘訣，初時王氏兄弟、商老太、馬行空、殷仲翔等還只存著觀摩與切磋之心，但後來聽他越說越是透徹，許多自幼積在心中的疑難，師父解說不出、自己苦思不明，卻憑他三言兩語，登時豁然而通。

趙半山解畢「亂環訣」，說道：「口訣只是幾句話，這斜圈無形圈使得對不對，發點與落點準不準，可是畢生的功力。你懂了麼？」陳禹盼望這「亂環訣」盼了一生，此時聽得明白，懂得透徹，知道只要再加十餘年苦練，憑此一訣，便可成武學大師，不由得滿心歡喜，又問：「請問趙爺那陰陽陽訣又是如何？」

趙半山道：「陰陽訣也是八句歌，你記好了。」陳禹聽得出神，就似當年聽父親傳授武功一般，隨口應道：「是，孩兒用心記著。」待得一言出口，這才驚覺，不由得滿臉通紅，但眾人都在傾聽趙半山講武，誰也沒留意他說些甚麼，卻無一個失笑。祇聽趙半山朗聲唸道：「太極陰陽少人修，吞吐開合問剛柔。正隅收放任君走，動靜變裏何須愁？生尅二法隨著用。輕重虛實怎的是？重裏現輕勿稍留。」

這口訣陳禹卻從沒聽見過，但他此時全無懷疑，用心記憶。只見趙半山拉開架式，比著拳路，說道：「萬物都分陰陽。拳法中的陰陽包含正反、軟硬、剛柔、伸屈、上下、左右、

132

前後等等。伸是陽，屈是陰；上是陽，下是陰。散手以吞法為先，用剛勁進擊，如蛇吸食；

合手以吐法為先，用柔勁陷入，似牛吐草。均須冷、急、快、脆。至於正，那是四個正面，

隅是四角。臨敵之際，務須以我之正衝敵之隅。倘若正對正，那便沖撞，便是以硬力拚硬

力。若是年幼力弱，功力不及對手，定然吃虧。」

胡斐一直在凝神聽他講解拳理，聽到此處，心中一凜：「難道這句話是說給我聽的麼？

是說我與王劍英以力拚力的錯處麼？」

卻見趙半山一眼不望自己，手腳不停，口中也絲毫不停：「若是以角衝角，拳法上叫

作：『輕對輕，全落空』。必須以我之重，擊敵之輕；以我之輕，避敵之重。再說到『閃進』

二字，當閃避敵方進擊之時，也須同時反攻，這是守中有攻；而自己攻擊之時，也須同時閃

避敵方進招，此所謂『逢閃必進，逢進必閃』。拳訣中言道：『何謂打？何

謂顧？打即顧，顧即打，發手便是。何謂閃？何謂進？進即閃，閃即進，不必遠求。』若是

攻守有別，那便不是上乘的武功。」這番話只將胡斐聽得猶似大夢初醒，心道：「若是我早

知此理，適才與王氏兄弟比武，未必就輸。」心中對趙半山欽佩到了極處。

趙半山又道：「武功中的勁力千變萬化，但大別衹有三般勁，即輕、重、空。用重不如

用輕，用輕不如用空。拳訣言道：『雙重行不通，單重倒成功』。雙重是力與力爭，我欲去，

你欲來，結果是大力制小力。單重卻是以我小力，擊敵無力之處，那便能一發成功。要使得

敵人的大力處處落空，我內力雖小，卻能勝敵，這才算是武學高手。」

衹見他出手比劃，許多拳法竟是胡斐剛才與王劍英對掌時所用。他詳加解釋，這一招如

133

何可使敵招用空，這一招如何方始見功。胡斐聽得此處，方始大悟：「原來趙三爺費了這麼大的力氣，卻是在指點我的武功。」

要知陳禹是叛門犯上的奸徒，趙半山怎能授他太極秘法？只是他見胡斐拳招盡奇妙，臨敵之際卻是憑著一己的聰明生變，拳理的根本尚未明白，想是未遇明師指點。武林之中規矩極多，若是別門別派的弟子，縱使他虛心請益求教，也未便率爾指教，否則極易惹起他本門師長的不快，許多糾紛禍患，常由此而起。他實不知胡斐無師自通，祗憑了祖傳的一部拳經，自行習練而成，眼見他良材美質，未加雕琢，甚是可惜，料想他師長未明武學至理，因此藉著陳禹請問亂環訣與陰陽訣的機會，將武學的基本道理好好解說一通，每一句話都是切中胡斐拳法中的弊端，說得上是傾囊以授。他知胡斐聰明過人，必能體會，至於王劍英、馬行空等人雖也聽到了，但這些人年紀已大，縱明其理，也未必能再下苦功，練到這步田地。

經此一番指點，胡斐日後始得成為一代武學高手，祗是如此傳授功訣，在武林中也可說是別開生面了。

趙半山講解已畢，向陳禹道：「我說的可對麼？」陳禹道：「承蒙指點，茅塞頓開。早知如此，在下也不必向孫呂二人苦苦哀求了。」趙半山冷然道：「是啊，早知如此，那也不必害死兩條人命了。」陳禹一驚，祗覺一道涼意從背脊上直透下去，心想：「他好端端傳我拳訣，怎地又提此事？」向王氏兄弟、殷仲翔等人一望，但見各人臉上均現迷惘之色。

趙半山道：「陳爺，這兩個拳訣我是傳於你了，如何使用，祗怕你還領會不到，來，咱們來推推手。」那推手是太極同門練武的一種尋常手法，陳禹心中雖存疑懼，卻也不便相

134

拒，說道：「趙三爺，在下技藝平常，你多包涵著點兒。」趙半山鐵青著臉道：「太極北宗第一高手呂希賢都死在閣下掌底，怎說得上技藝平常？看招罷！」一招「手揮琵琶」，向他擊去。陳禹一驚，忙以「如封似閉」守住正中，但數招之間，拳路已全受敵人之制。兩人使的太極拳雖有南北之分，拳路其實大同小異，可是功力深淺有別，又拆數招，陳禹的雙掌似乎全給趙半山黏住了。

直到此時，孫剛峯心頭一塊大石方始落地，祗聽趙半山問道：「孫兄，你說呂希賢是給他用『雲手』累死的？」孫剛峯忙道：「是啊。我見到呂師弟的屍首，顯是筋骨脫力。」

陳禹越鬥越驚，說道：「趙三爺，在下不是你的對手，咱們罷手啦。」趙半山道：「好，你再接我一招。」左手帶著他的右手，轉了一個大圈，一圈過後，又是一圈，一股極強的螺旋力帶動他左手，正是太極雲手。這雲手連綿不斷，一圈過後，又是一圈，當日陳禹害死呂希賢，使的正是這一路手法。陳禹想到呂希賢死時的慘狀，想到他連聲哀告而自己卻不絕催勁，想到他連最後一分力氣也給自己逼了出來，不由得汗如雨下。

趙半山見他臉上現出驚懼至極之色，心腸一軟，勁力一鬆，黏力卸去，溫言道：「大丈夫一身作事一身當，既行惡事，自有惡果。你好好想一想罷。」他生性仁善，雖知陳禹死有應得，卻不願見他如呂希賢一般慘受折磨而死。

他轉過身子，負手背後，仰天嘆道：「一個人所以學武，若不能衛國禦侮，也當行俠仗義，濟危扶困。若是以武濟惡，那是遠不如作個尋常農夫，種田過活了。」這幾句其實也是說給胡斐聽的，生怕他日後為聰明所誤，走入歧途。他一生之中，從未見過胡斐這等美質，

135

心中對之愛極，自忖此事一了，隨即西歸回疆，日後未必再能與之相見，因此傳授上乘武學之後，復諄諄相誠，勸其勉力學好。

胡斐如何不懂他言中之意，大聲喝道：「姓陳的，一個人做了惡事，就算旁人不問，也不如自盡了的好，免得玷污了祖宗的英名。」他這幾句其實是答覆趙半山的。

趙半山極是喜慰，轉頭望著他，神色甚是嘉許。胡斐眼中卻滿是感激之情。

正當一老一少惺惺相惜，心情互通之際，陳禹見趙半山後心門戶大開，全無防備，自己與他相距不到二尺，心想：「不是你死，便是我亡！」運勁右臂，奮起全身之力，一招「進步搬攔搥」，往趙半山背心擊去。

陳禹這一拳，乃是他畢生功力之所聚，自知只要這一招若不能制敵於死命，自己就無活命之機，當真是拳去如風，勢若迅雷。

就在這電光石火的一瞬之間，趙半山身子一弓，正是太極拳中「白鶴亮翅」的前半招，陳禹這一拳的勁力登時落空。趙半山腰間一扭，使出「攬雀尾」的前半招，轉過身來，雙掌緩緩推出，用的是太極拳中的「按」勁。他以半招化解敵勢，第二個半招已立即反攻，只兩個半招，陳禹全身已在他掌力籠罩之下。

太極拳乃是極尋常的拳術，武學之士人人識得。眾人見趙半山一守一攻都只使了半招，就能隨心所欲，的是名家手段，非同凡俗，無不大為嘆服。

此時陳禹咬緊牙關，拚著生平所學，與趙半山相抗，初一接招，只覺對方力道也不甚強，於是手上加勁。但發力一增，立覺對方反擊的力道也相應大增，一驚之下，急忙鬆勁，

對方的反力居然也即鬆了，然而要脫出他牽引之力，卻也不能。

胡斐默默想著趙半山適才所授的「亂環訣」與「陰陽訣」，凝神觀看二人過招，印證趙半山所說的拳訣要義。但見陳禹發拳推掌，勁力雖強，可是只要給趙半山一撥一帶，掌勢的方位登時變了，那正是「亂環訣」中所謂「陷敵深入亂環內，四兩能撥千斤動」的應用。他瞧了一會，笑道：「陳老兄，你已經深陷趙三爺的亂環之內了，我瞧你今日要歸位。」

陳禹全神貫注的應付敵招，胡斐這幾句話完全沒有聽見。又拆數招，胡斐瞧出陳禹拳招中露出破綻，叫道：「趙伯伯，他左肋空虛，何不擊他？」趙半山笑道：「正是！」拳隨聲至，攻向他的左肋。陳禹急忙閃避。胡斐又道：「攻他右肩。」趙半山道：「好！」一掌向他右肩拍去。

陳禹沉肩反掌架開。趙半山笑問道：「下一招怎地？」胡斐道：「踢他腰間。」趙半山左掌一帶，陳禹拿勁穩住身子，趙半山果然飛腳踢他腰間。胡斐連叫數下，每一招都說的頭頭是道。趙半山讚道：「小兄弟，你說的大有道理。」胡斐突然叫道：「拍他背心。」這時趙半山正與陳禹相對，心中一怔：「這一招可叫得不對了，我與敵人正面相持，怎能攻他背心？」但微一遲疑，立時省悟：「原來這孩子是出了個難題給我做。」當下身子半斜，右掌向外拖引，陳禹也即斜身應招。趙半山左掌再向右一帶，陳禹的身子又斜了幾分，背心算是賣給了人家。趙半山輕輕一掌拍出，正擊他的背脊。這一掌只要去得稍快，力道略強，陳禹已自斃命，他大駭之下，急忙轉身，臉上慘無人色。

趙半山回頭笑道：「對不對啊？」胡斐大拇指一翹，讚道：「好極了！」

137

陳禹死裏逃生，但究是名家弟子，雖是驚魂未定，卻已見到可乘之機，只見趙半山回身

與胡斐說話，下盤空虛，心想：「我急攻兩招，瞧來就能逃命。」飛腿「轉身蹬腳」，猛向

趙半山踢去，見他側身一退，大喝一聲，一招「手揮琵琶」，斜擊敵人左肩。他這兩招連環

而出，勢如狂風驟雨，用意不在傷敵，只求趙半山再退一步，他就能奪門而逃，自恃年輕力

壯，腿長腳快，趙半山身子肥胖，拳術雖高，說到跑路，總勝不了自己。

趙半山見他起腿，便已猜到他的用意，待他「手揮琵琶」一招打到，竟不後退，踏上

一步，也是一招「手揮琵琶」。這一招以力碰力，招數相同而處於逆勢，原是太極拳中的大

忌，與他適才所說「雙重行不通」的拳理截然相反，即令是高手逢著低手，也是非敗不可。

旁觀眾人倒有半數輕輕「噫」的一聲。陳禹反掌一探，已抓著趙半山的手腕，就勢一帶，將

他龐大的身軀舉了起來，隨即甩了出去。

孫剛峯與呂小妹齊聲大叫：「啊喲！」胡斐卻笑著叫道：「妙極，妙極！」

趙半山身在半空，心中暗嘆：「無怪北宗太極盛極中衰。孫剛峯枉為一派掌門，卻不及

一個小小孩子，竟然瞧不出我此招的妙用。」跟著一陣喜歡：「這孩子領悟了我指點的拳理

精義，立即能夠變通，當真難得。」

陳禹將敵人抓起，心中又驚又喜，這一下成功，卻是他始料所不及，用力一甩之下，滿

擬就算不能傷敵，也可全身而出商家堡了。那知舉臂一揮，趙半山手掌一翻，反而將他手腕

拿住，這一甩竟沒將他摔出。

陳禹一驚，左掌隨即向上揮擊，趙半山居高臨下，右擊按落。拍的一聲，雙掌相交，兩

隻手掌就似用極黏的膠水黏住了。陳禹左掌前伸，趙半山右掌便後縮，陳禹若是回奪，他便跟進，一個胖胖的身軀，卻仍是雙足離地，被陳禹舉在半空。

按照常理，一人身子臨空，失了憑藉，那已是處於必敗之地，但趙半山知己知彼，料定對方功力與自己相差太遠，是以故行險著，要將平生所悟到最精奧的拳理，指點給胡斐知曉，要教他臨敵時不可拘泥一格，用正為根基，用奇為變著，免得如王劍英、王劍傑兄弟一般，膠柱鼓瑟，不懂「出奇制勝」的道理。

他左手與陳禹右手相接，右手與他左手相接，不論陳禹如何狂甩猛摔，始終不能使他有一足著地。

趙半山身子肥胖，二百來斤的份量壓在對方雙臂之上。初時陳禹尚不覺得怎樣，時刻稍久，但覺膀子上的壓力越來越重，就似舉了一塊二百多斤的大石練功一般。若真是極重的一塊大石，也就罷了，但趙半山豈能著了他的道兒，右足早出，撐在柱上。先前他身子在半空，壓在陳禹膀上的只能是自身重量，要加上一兩一錢的力道也是絕不能夠，此時足上借了柱子之力，登時一股強力，如泰山壓頂般蓋將下來。陳禹雙臂格格作響，如欲斷折，暗叫：「不妙！」急忙躍開。

陳禹又支持片刻，已是額頭見汗，猛地一個箭步，縱向柱邊，揮手運力，想將敵人的身子往柱子上揮去。但趙半山人在空中，雙足自由，不絕尋瑕抵隙，踢他頭臉與雙目。

這時他全身大汗淋漓，漸漸濕透衣衫，不論使地堂拳著地打滾，或是縱橫跳躍，趙半山總是身在半空，將自身重量壓在他的身上。

139

胡斐見趙半山的武功如此神妙，不禁又是驚奇，又是喜歡，見他下盤憑虛，全然借敵人之力反擊。只見陳禹身上汗水一滴滴的落在地下，就像是在一場傾盆大雨下淋了半天一般。

不多一會，滿地都是水漬。

胡斐還道他是出盡全力，疲累過甚。馬行空、王劍英等行家，卻知陳禹每流一滴汗水，功力便消耗一分，待得汗水流無可流，那便是油盡燈枯、斃命之時了。

陳禹自己也何嘗不知，只覺得全身酸軟，胸口空洞洞地難受之極，猛地想起：「我使雲手累死呂希賢之時，他身上所受，心中所感，定與我此時一般無疑。這叫做自作自受，眼前報應。」一想到性命難逃，不禁害怕之極，剛勇之氣一衰，再無半分力道與對手相抗，突然間雙膝跪下，叫道：「趙三爺饒命！」

趙半山身在半空，全憑敵人的力氣支持，陳禹斗地氣竭跪倒，他輕輕向後一縱，伸出右掌，喝道：「留著你這奸徒何用？」正要一掌向他天靈蓋擊落，卻見他仰臉哀求，滿面驚懼之色。

趙半山素來心腸仁慈，縱遇窮兇極惡的神奸巨憝，只要不是正好撞到他在胡作非為，常起憐憫之心，擒住了教訓一頓，即行釋放，使他日後能夠改過遷善。此時陳禹筋脈散亂，全身武功已失，已與廢人無異，就算不肯痛改前非，也已不能作惡，眼見他神情可憐，一掌停在半空中卻不擊下，轉頭向孫剛峯道：「孫兄，此人的功夫已經廢了，憑你處置罷。只是小弟求一個情，留他一條性命。」

孫剛峯望望趙半山，又望望陳禹，心下甚是為難，尋思：「這奸賊罪大惡極，我拚著斬

140

斷雙手，方能將你請到，怎可饒他？但這奸賊又是由你制服，你既出言留他性命，我又怎能拒卻？」轉頭看呂小妹時，只見她雙目中噴出怒火，恨恨的瞪著陳禹，登時有了主意，當即撲翻身軀，向趙半山便拜，說道：「趙三爺，今日你為我北宗清理門戶，孫某永感大德。」說著連連磕頭。

趙半山忙也跪下還禮，說道：「孫兄不必多禮。路見不平，拔刀相助，乃是我俠義本份之事。何況你我同門，休戚相關，何勞言謝。」只見孫剛峯站起身來，口中卻橫咬著明晃晃的一柄尖刀。

趙半山站直身子，突然見到尖刀，不禁一驚，退了一步。

原來這柄匕首是陳禹所有，他本來用以指住呂小妹，其後胡斐施巧計救人，相鬥之際，將匕首奪下擲在地上。後來趙半山口授拳訣，一件事緊跟著一件，陳禹始終無暇拾回匕首。孫剛峯沒有雙手，卻乘著磕頭之時，用口啣了起來。他踏前兩步，走到呂小妹身前，彎腰將匕首送了過去。呂小妹伸手握住刀柄，目光中意存詢問。

孫剛峯鬆開牙齒，說道：「趙三爺，你說甚麼，做兄弟的不敢駁回半句。但呂小妹的父親是給這奸賊活活打死的，她兄弟是這奸賊親手殺的。饒不饒人，除了小妹自己，天下再無第二個人做得了主。趙三爺，你說是不是？」

趙半山嘆口氣，點了點頭。

孫剛峯向呂小妹厲聲道：「小妹，你要報仇，有膽子就將這奸賊殺了。你若是心軟害怕，就放他走了罷！」

141

眾人目光一齊注視在呂小妹臉上。有的心想她既有堅志毅力遠赴回疆求援，復仇之心極為堅決，自有膽量殺人；有的卻見她瘦小怯弱，提著明晃晃的一柄尖刀，全身已不住發抖，只怕未必敢去殺陳禹這長大漢子。

呂小妹身子打戰，心中卻無半分遲疑之意，提著尖刀，逕自走向陳禹。她身高還不到陳禹胸口，尖刀向前一送，正好刺向他的小腹。

這時陳禹雖曾練過一些拳腳，究竟武功極淺，給他一縮身，一刀登時刺空，當下提著尖刀，隨後追去。

陳禹腳步蹣跚，奔向廳門，突見大廳之門已於不知何時緊閉，急忙伸手去推，那知大門竟然奇熱，嗤嗤幾聲響，冒出白煙，兩隻手掌已被大門黏住。他大驚之下，奮力回奪，只是全身勁力早失，一個跟蹌，身子反而靠了上去，黏在門上，慘呼一聲，隨即全無聲息。

這一下變故可沒一人料想得到。眾人一呆之下，一齊湧到門前，鼻中只聞到一陣焦臭，原來那廳門竟是一扇極厚的鐵門，不知是誰在外已將門燒得熾熱。陳禹被黏在門上，片刻間已然燙死。

眾人看明真相，驚詫更甚。王劍英叫道：「弟妹，怎麼一回事？」卻不聽見商老太回答，轉身尋人時，不但商老太母子影蹤不見，連廳中傳送酒菜的僕人也已個個躲得不知去向。王劍英臉上斗然遮上一道陰影，急步走向內堂，只見通向內堂之門也已緊閉。那門正中繪了一個八卦，烏沉沉的似乎也是鋼鐵所鑄。他不敢伸手去推，只走上兩步，登覺一股熱氣

142

撲面而至。原來後門也給烤熱了。

王劍傑大聲叫道：「商家嫂子，你在搞甚麼鬼啊，快些出來！」他聲音洪亮，四壁回音反震，更加響亮。眾人自然而然的抬起頭來，但見那廳竟無一扇窗子，前後鐵門一閉，關得密不通風，連蒼蠅也飛不出去。

眾人面面相覷，這才省悟，原來商家堡這座大廳建造之時已是別具用心，門用鐵鑄，不設窗戶，瞧來牆壁也是極其堅厚，非鐵即石了。馬行空提起一條長凳，雙臂運勁，「嘿」的一聲，往牆上撞去，長凳從中斷為兩截，牆上白粉簌簌落下幾塊，露出內裏的花崗石來。

王劍英擺個馬步，運勁於掌，雙掌向牆壁排擊過去。以他這一擊之力，尋常牆壁縱不洞穿，也要打得土崩磚裂，但這牆壁顯是以極厚極重的巖石砌成，在王劍英雙掌併擊之下，卻是紋絲不動。

王劍傑心慌意亂，不住叫嚷：「商家嫂子，你幹甚麼？快開門！快開門！」

趙半山沉住了氣，欲尋出路，但想：「這大廳如此建造，本意就要害人，屋頂上也必布置嚴密，衝不出去。」

王劍傑叫了幾聲，心中害怕起來，住口不叫了，望著兄長，沒半點主意。

這時廳中留著的是趙半山、胡斐、孫剛峯、呂小妹、王氏兄弟、馬行空、徐錚、殷仲翔，一共九人，還加陳禹一具屍體。除了呂小妹外，其餘八人都算得是武林好手，但困在這座鐵鑄石砌的廳中，空有全身武功，卻無半點施展之法，一時你望我，我望你，不知如何是好。

143

忽聽得一個陰惻惻的聲音著地傳來：「你們自命英雄好漢，今日想逃出我商家堡的鐵廳，那叫做千難萬難。這鐵廳是先夫商劍鳴親手所建，他雖死去多年，還能制你們的死命。」說著哈哈大笑。眾人聽得毛骨悚然，不寒而慄。尋聲望去，原來商老太這番話是從牆腳邊一個狗洞中傳進來的。

王劍英俯下身來，對著狗洞叫道：「弟妹，我兄弟與劍鳴師弟同門共師，有恩無仇。你把咱兄弟也關在這裏，那算怎麼一回事？」商老太又是陰惻惻的笑了幾下。狗洞中傳進來柴火爆裂時的畢卜之聲，顯是外面火頭燒得極猛。

只聽商老太枯啞的聲音說道：「劍鳴不幸為奸賊胡一刀所害，你既與他有同門之誼，就該設法報仇。今日遇上仇人之子，你兄弟倆卻怕了外人，袖手不顧，這等不仁不義之人，活在世上何用？」王劍英道：「劍鳴師弟的死訊，我們今日才聽到，更不知是胡一刀所害的。若是早知，自然已為他報了大仇。」商老太冷笑道：「你抹了良心，說這等鬼話。」王劍英說道：「剛才我手上受傷中毒，不也是為了……為了……」一言未畢，只聽廳的一聲，狗洞中射進一枝箭來，若非王劍傑眼快，搶上一步踏住，伏在地下的王劍英還得中箭受傷。

殷仲翔自長劍被趙半山震斷後，一直默不作聲，心想自己與此事全然無涉，卻在這裏陪著送命，也可算得極冤，問道：「商劍鳴造這座鐵廳，想害甚麼人？」王劍英怒道：「這人跟先父學藝之時，為人就不正派，鬼鬼祟祟的起這種房屋，還能安甚麼好心眼了？」

胡斐心想：「那商劍鳴打不過我爹爹，於是造了這座鐵廳想來害他，那知這個膿包還是死在我爹爹手裏。」他心中想到，口裏卻不說話，四下察看，找尋脫身之計。

胡斐的推想卻也錯了。商劍鳴與胡一刀素不相識，他是與苗人鳳結下了深仇，知道這位

號稱「打遍天下無敵手」的金面佛極不好惹，總有一日要找上門來，若是比武不勝，就可用

這鐵廳制他。那知找上門來的不是苗人鳳而是胡一刀。商劍鳴一向自負，全不將胡一刀放在

眼裏，一戰之下，不及使用鐵廳，首級已被割去。

這段仇恨商老太時刻在心，既知胡一刀已死，而他的兒子胡斐武功又極是厲害，眼見大

仇難復，乘著趙半山與陳禹相鬥、眾人凝神觀戰之際，她悄悄與兒子出廳，悄悄關上了前後

鐵門，然後指揮家丁，堆柴焚燒。這座鐵廳門堅牆厚，外面燒火，廳中各人竟未知覺，待得

陳禹燒死在鐵門之上，各人已如籠中之鳥，插翅難飛了。

眾人在廳中繞走徬徨，好在那廳極大，鐵門雖然燒紅，熱氣還可忍耐。趙半山道：「咱

們總不成在這兒生生困死，大夥兒齊心合力，掘一條地道出去。」殷仲翔皺眉道：「此處又

無鐵鏟鋤頭，待得掘出，人都烤熟了。」徐錚一直擔心未婚妻子馬春花隔在廳外，不知有何

凶險，他是個莽夫，空自焦急，想不出半點法子，這時聽趙半山說到掘地道，大聲道：「趙

三爺說得對，總是勝過束手待斃。」拔出單刀，將地下的一塊大青磚挖起，突見一股熱氣冒

將上來。

他嚇了一跳，伸刀在熱氣上升處一擊，只聽噹的一響，竟是金鐵撞擊之聲。眾人更是驚

詫。王劍傑道：「地底也是鐵鑄的？」用刀接連撬起幾塊青磚，果然下面連成一片，整個廳

底乃是一塊大鋼鐵。掘地道固然不用說了，更唬人的是，地面上的熱氣越冒越旺。

徐錚罵道：「媽巴羔子，這老虔婆在地底下生火，這廳子原來是一隻大鐵鑊。」胡斐笑

道：「不錯，老婆子要把咱們九個人煮熟來吃了。」

眾人眼見熱氣嫋嫋上冒，無不心驚。過得片刻，頭頂也見到了熱氣，原來廳頂也是鐵板，上面顯然也堆了柴炭，正在焚燒。

王劍英突然又伏在狗洞之前，叫道：「商家弟妹，你放我們出來，我兄弟為你取那姓胡的小雜種性命。」趙半山低聲道：「這裏大夥兒須得同舟共濟，自己人莫吵，須得先想法子出去，這一踢登時落空。」胡斐聽他出言不遜，提起腳來往他屁股上踢去。趙半山拉住他手臂向後一扯，心想：「只要商老太肯放王氏兄弟，便有脫身之機。」

卻聽商老太說道：「小雜種的性命早已在我手中，何必你假惺惺相助？再過半個時辰，你們人人都化成焦炭。哈哈，這裏面沒一個是好人。姓胡的小雜種，馬老頭子，廳上好風涼罷？」

馬行空皺眉不答。商老太又梟啼般笑了幾聲，叫道：「馬老頭子，你的女兒我會好好照料她，你放心，我給她找一千個一萬個好女婿。」馬行空心如刀割，他年紀已大，對自己性命倒不怎麼顧惜，只是獨生愛女卻落在外面，受這惡毒的老婆子折磨起來，那可是苦不堪言。

王劍英站起身來，在兄弟耳邊說了幾句話，王劍傑點了點頭。王劍英向趙半山拱了拱手，說道：「趙三爺，咱們同在難中，兄弟可有句不中聽的言語。」趙半山拉著胡斐的手，說道：「一切全憑王大哥吩咐。可是要伸手加害這小兄弟，卻辦不到。」原來趙半山見王氏兄弟交頭接耳，已知二人為了活命，想先殺胡斐，再向商老太求情。

王劍英被他一言點破了心事，臉帶殺氣，厲聲道：「趙三爺，商老太的對頭只有這孩子一人。冤有頭，債有主！大夥兒犯不著一齊陪一個鬼。」他向眾人逐一望去，說道：

「各位說冤是不冤？」殷仲翔立即接口：「除了這孩子，大夥兒跟這件事全沒牽連。」王劍英道：「馬老鏢頭，你怎麼說？」馬行空自忖商老太與己有仇，未必能放過自己師徒，但眼前情勢危急異常，只有設法脫身先說，胡斐是死是活，原也不放在心上，於是說道：「王大爺說得是，此事原與旁人無涉。」

王劍英道：「孫大哥，你來趟淌渾水，那更是犯不著。姓陳的已經燒死，你與呂家小妹妹的仇已經報了。」孫剛峯覺得他的話很有理，只是心中極感趙半山之情，實不便公然與他作對，於是勸道：「趙三爺，不是兄弟不顧義氣，倘是你趙三爺……」

趙半山厲聲喝道：「你們有六個，我們只有兩人。咱們倒先瞧瞧，是姓趙姓胡的先死呢，還是你們姓王姓殷的先死。」說著擋在胡斐身前，神威凜凜。他平時面目慈祥，說話溫和，心腸又是極軟，可是面臨生死關頭，「仁俠」二字卻是顧得極緊，這幾句話說得斬釘截鐵，竟不留半分餘地。

王氏兄弟等一來忌他武功了得，二來又覺自己貪生怕死，跡近無義小人，倒也不敢一擁而上動手。但一個人到了生死之際，面目全露，實是半點假借不得。各人只覺腳底越來越是熾熱，再也站立不住，都拖了一張長凳或是椅子，踏在上面。王劍傑八卦刀一揚，叫道：

「趙三爺，兄弟今日要得罪了。」左手向殷仲翔、馬行空、徐錚一招手，喝道：「併肩子上啊！」他知孫剛峯決不能相助自己與趙半山為敵，但己方五人敵他一老一小，也大有可勝之

機。各人兵刃紛紛出手，只待趙半山身子一動，五人的刀劍要同時砍刺出去。

這一番只要動上了手，那是人人拚命，眼見廳中越來越熱，多挨一刻，便是多一分危險。

胡斐心中卻想：「只是為我一人，卻陪上這幾個人，王氏兄弟等死不足惜，趙三爺是大大的英雄好漢，如何能讓他為我而死？這幾人擁將過來，縱然趙三爺和我將他們殺了，我們仍是難逃性命。瞧來只有我自己死在商老太手裏，才能救得趙三爺的性命。」眼見王氏兄弟躍躍欲動，只是無一人敢先發難，當下心念已決，朗聲道：「大家且莫動手。」一俯身，將頭鑽出狗洞，叫道：「商老太，我在這裏不動，你一鏢打死我罷！快開門放趙三爺出來。」

商老太仰天大笑，從懷中掏出金鏢，叫道：「劍鳴，劍鳴，今日我給你親手報仇！」右手一揚，一枚餵有劇毒的金鏢對準胡斐的面門急射過去。

胡斐眼見金光閃動，金鏢向著自己眉心急射過來，雙目一閉，心想：「商老太將我打死，遂了心願。她與趙伯伯無仇，自會放他出來。」就在此時，突覺右足被人一扯，身子向後激射。他睜開眼來，身子已在半空，當即左臂長出，在柱上一抹，輕輕落下地來，只見趙半山手中接了一枝金鏢，原來又是他救了自己性命。

王劍英眼見胡斐捨身救人，趙半山竟從中阻撓，不禁大怒，叫道：「姓趙的，大丈夫恩怨分明，此事原本與你我無干。他既自願就死，又要你橫加插手幹麼？」

趙半山微笑不答，轉頭向胡斐道：「小兄弟，適才你腦袋鑽出了狗洞之外，是麼？」胡斐道：「是啊。」見他神情鎮定，笑容可掬，似乎已有了脫身之計，說道：「趙伯伯，請你

148

吩咐。」趙半山道：「腦袋是硬的，無法縮小，肩膀與身子卻是軟的。」胡斐立時領悟，叫

道：「是了，腦袋既鑽得出，身子便也鑽得出。」當即脫下棉襖，裹成一團，頂在頭上，一

來是易於鑽出，二來是抵擋商老太的餵毒金鏢。

趙半山道：「你且退後，我給你開路。」徐錚叫道：「不行，你這麼肥胖，怎鑽得出

去？」趙半山哈哈一笑，不去理他，俯下身子，右手一揚，一枚袖箭從狗洞中激射而出，只

聽外面一名莊丁大聲呼痛，叫道：「腳，腳，我的腳！」顯是他的腳給袖箭打中了。趙半山

左手微動，又將商老太的金鏢發了出去。

這一次外面卻無動靜，想是各人均已避開。有人叫道：「快，快把狗洞堵死。」商老太

喝道：「不許動，我要聽他們燙死時的呼叫。大家避在一旁便是，暗器能拐彎麼？」趙半山

雙手連揚，十餘枚暗器接連射出，去勢勁急異常，都射出十丈以外。

發到將近二十枚，他左手在胡斐背後輕輕一推。胡斐向前一撲，先將棉襖送了出去。商

老太早已防到這著，火光下見黑黝黝的一團從狗洞中鑽出，紫金八卦刀呼的一刀砍下來，

正中棉襖，但覺著刀之處軟綿綿地，心知不對，急忙提刀。胡斐右手先出，手掌一翻，已抓

住她手腕，跟著腦袋從狗洞中鑽了出去。

商老太大叫一聲。商寶震縱了過來，一刀向著胡斐頭頂砍落。此時胡斐的肩頭也已脫出

狗洞，只是那狗洞極為狹小，挾住他胸口與左手，一時竄不出來，只得借勁將商老太的手腕

揮去，噹的一響，母子倆雙刀相交。這一下手法，正是趙半山適才所授的借力打力功夫，也

是他聰明過人，一學即能使用，否則非喪命於商寶震刀下不可。

趙半山聽到雙刀相交之聲，卻見胡斐身子尚未鑽出，運起太極柔勁，在他大腿上一推。胡斐身不由主，騰空而起。正好商寶震第二刀復又砍下，這一刀勁力好大，正砍在牆基的花崗石上，火星四濺，刃口也捲了起來。胡斐在空中打了個旋子，火光中見商老太橫刀向自己足上削來，急使個「千斤墜」，身子驟落，只聽得呼的一聲，八卦刀從頭頂掠過。他足未落地，左掌翻起，以空手入白刃功夫去奪商老太手中金刀。

商老太見仇人居然死裏逃生，眼都紅了，八卦刀直上直下，狂斫猛劈。胡斐空手搶攻數招，竟是絲毫佔不到便宜，但聽得眾莊丁大聲吶喊，煙火裏商寶震提刀又上。胡斐心想此時廳上已燒得熾熱異常，時候稍長，趙半山等性命難保，廳上八條人命，全憑自己能否於極短時刻之內擊敗商氏母子、殺散莊丁而打開廳門。他心中焦急，一雙肉掌在兩柄大刀之間穿來插去，狠命相撲。商氏母子也知這一戰乃是生死存亡之所繫，雙刀呼呼，就如兩頭大蟲般繞著胡斐圍攻。

大廳中趙半山、王氏兄弟等八人一齊俯耳狗洞之旁，傾聽胡斐與商氏母子相鬥的勝敗。王氏兄弟雖對胡斐頗為憎恨，但此時卻與趙半山的心思並無二致，只盼胡斐快些殺敗商氏母子。廳上熱氣越來越是難熬，桌椅必剝作響，蠟燭遇熱熔盡，登時黑漆一團。突然光光一旺，卻是牆壁上掛著的屏條字畫遇熱燃燒，但片刻燒盡，又是伸手不見五指，再過不久，只怕桌椅也要燒著了。

眾人心中急得也如烈火焚燒，卻是誰也不出聲，凝神傾聽外面三人相鬥的聲音。

王劍英突然在洞口叫道：「胡家小兄弟，快攻商老太下盤。她這路刀法下三路不穩。」

150

他在八卦刀上浸淫數十年，聽著刀風的聲音，便知她如何使刀。

胡斐正苦於一時不能取勝，聽得王劍英的叫聲，心中大喜，身子一弓，伸拳往商老太腿上擊去。商老太竟然不避，舉刀往他背心直劈，她只求傷敵，已然不顧自身。胡斐扭腰側身，讓開了這一刀，商老太第二刀連綿而上。她明聽得王劍英叫敵人攻擊自己下盤，胡斐卻偏偏不去守禦。王劍英大叫：「她是在情急拼命，你奪不下她的金刀的。快想別法吧。」胡斐心想：「這個我早知道，何必你來提醒？遇到這樣一個瘋婆子，有甚麼法子？」

狗洞之外戰鬥激烈，胡斐以一敵二，漸漸佔到上風，但要取勝，只怕還在百餘合之後。商老太瞧出情勢不利，又聽得王劍英不住嚷指點敵人，將破解八卦刀的訣竅，一點一點的說了出來，心中惱怒異常，暗道：「你不給同門師弟報仇，已是大大不該，卻反而來相助敵人，當真是狼心狗肺的奸賊。」她卻不想王劍英身處絕境，若不反助胡斐，性命已活不過一時三刻。她狂怒之下，心想：「這小雜種武藝高強，既然逃了出來，只怕難以殺他。那麼燒死了廳中這批奸人，也稍出我心中惡氣。」於是大聲呼喝莊丁，急速多加柴炭焚燒。

殷仲翔不住跌腳，埋怨胡斐無用。王劍傑道：「趙三爺，快發暗器相助。」趙半山手中早扣了十餘枚暗器，但商老太等三人在狗洞之旁惡鬥，暗器無法拐彎。他的飛燕銀梭等幾種獨門暗器雖能繞成弧形傷人，但胡斐與商氏母子短兵相接，貼身而戰，瞧不見準頭而憑虛發射出去，怎能保得定不會打中胡斐？小胡斐心思機敏，早已想到這節，數次要引商老太到狗洞之外。可是商老太忌憚趙半山暗器了得，始終不上這當。

這時廳上焦臭漸濃，先是各人的頭髮鬍子鬈曲燒焦，接著衣服邊緣都捲了起來。各人呼

吸也漸感艱難。呂小妹抵受不住炙熱，人已半暈。徐錚情急之下，伸頭拚命向狗洞硬擠，但洞小頭大，如何鑽得出去？那狗洞四角均是極厚極重的花崗石，他雙手扳住用力搖撼，竟是動不了半分。

王劍傑猛地想起：「小胡斐若有兵刃，商老太豈是他的敵手？我如何不早想到？」當即伸手去拾自己拋在地下的八卦刀。那知這柄刀的刀頭與地下鐵板碰到，早已烤得炙熱無比，他一抓之下，登時疼得大叫一聲。這時在鐵廳上片刻也延挨不得，他忍著手上燙傷，撕下一塊衣襟，裹在刀柄之上，左手將徐錚拉開，叫道：「小胡斐，兵刃來了，快接著。」手一揮，將鋼刀從狗洞中拋了出去。

胡斐回身來接，商寶震也聽到了叫聲，同時過來搶奪。只聽得兩人同時驚呼一聲，嗆啷一響，兩柄刀都跌在地下。

原來胡斐搶先抓到王劍傑的單刀，但刀柄奇熱，一抓立即撒手。商寶震躍到狗洞之前，卻給趙半山一枝金錢鏢打中手腕，手中鋼刀也拋了下來。胡斐一抓不中，商老太的八卦刀已襲到後心，他身子一側，搶到商寶震身旁，猛地使一招「撲牛喝水」，舉掌撳住他後頸，一運勁，商寶震給他直撳下去，面頰俯地，正好碰到王劍傑那柄燒得半紅的單刀，嗤的一聲，跟著一聲慘呼，半邊俊俏的臉龐上已燙出一條長長的焦痕。

這一聲慘叫，廳上各人都是一喜，只道商寶震已被胡斐打傷。商老太復仇之心與母子之情在胸中略一交戰，竟爾不顧兒子，舉刀急往胡斐肩頭劈下。噹的一聲，胡斐卻不閃避，翻腕橫刀架開，原來他已乘隙將商寶震的八卦刀搶在手中。

152

廳上眾人身處黑暗與奇熱之中，但聽得雙刀相交，叮叮噹噹亂響，知道胡斐已搶得兵刃，正在猛力急攻，心中各自多了一絲指望。王劍英大叫：「砍她右肩，砍她右肩。」馬行空叫道：「先殺散加添柴火的莊丁。」孫剛峯叫道：「別跟老太婆糾纏，設法打開廳門要緊。」徐錚放聲大噪：「熱死啦，熱死啦！」眾人亂成一片。

胡斐何嘗不知設法打開廳門乃是第一要務，但商老太拚死糾纏，始終緩不出手腳。他刀法高出商老太甚多，只是此時局勢特異，他年紀幼小，難以鎮定應付，數次得到可乘之機，卻都給商老太用拚命的狠招解救開去。

二人狠鬥七八合，商老太不住後退。商寶震從家丁手中接過一柄單刀，再行上前夾攻。眾莊丁初見主母與小主人手有兵刃，對付一個空手的孩子，只道穩可得勝，此刻見主母頭髮散亂，不住後退，顯是不敵，各人持刀挺槍，紛紛加入戰團。眾莊丁武藝低微，給胡斐刀砍足踢，霎時間傷了數人，但商家堡的莊丁個個勇悍，負傷之下，仍是拒戰不退。但聽得吶喊聲、兵刃撞擊聲、呼喝斥罵聲、柴火爆裂聲，響成一片。

大廳上各人聽得外面愈打愈亂，心想胡斐一人雖勇，以一個小孩子對敵商家堡全堡上下，如何能勝？於是有的咒罵，有的長嘆，有的悲號，嘈雜之中又加上嘈雜。

忽聽得一個聲音叫道：「小胡斐聽著，以陰陽訣先取主腦，以亂環訣散其附從。」這聲音中氣充沛，蓋過了一切雜聲，一個字一個字說得清清楚楚，正是趙半山的話聲。

胡斐見敵人越戰越多，本已心神煩躁，不知如何是好，忽聽得趙半山這幾句話，心想趙伯伯英雄蓋世，所說必定不錯，不由得精神為之一振，鋼刀呼呼呼三刀，往商老太中盤砍

153

斫。他這刀取自商寶震，刃口雖已捲邊，但只要砍中了，仍能致命。商老太見他來勢猛惡，橫刀急架，雙刀碰撞時噹噹響了兩下，第三下胡斐從剛勁突轉柔勁，自陽變陰，一收一揮，手腕忽地轉了三個圈子。

他是順勢而轉，商老太的手臂卻是逆轉圈子，到第二個圈子時她手臂已轉不過來，但覺肘骨劇痛，只得撒手放刀。那八卦紫金刀激飛而起，射入天空。胡斐「陰陽訣」建功，跟著一刀往她肩頭直劈下去。刀鋒距她肩頭約有半尺，只見她白髮披肩，半邊臉上滿染血污，一個念頭在心中一閃：「這老婆子委實可憐，怎能一刀將她砍死？」疾忙刀身翻轉，想用刀背撞她肩膀，使她無力再鬥，便即趕去開門救人。

不料商老太金刀脫手，心中立時便存了與仇人同歸於盡的念頭，明見胡斐舉刀砍下，毫不閃避，反而搶上一步滾入他的懷裏，右手扣住他前胸「神封穴」，左手扣住他小腹「中注穴」牢牢抓定。胡斐大驚，刀背用力擊下。商老太「嘿」的一聲，肩骨碎裂，但她不顧一切，抓住了胡斐穴道死也不放，同時右足力勾，二人一齊倒地。

胡斐直至此日方有臨敵對戰的經驗，絕不知當敵人拚命之時竟有如此的狠法，被她抓住之後只得出力掙扎。商老太一張口，又咬住了他前胸衣服，幾個打滾，二人竟齊往大火堆中滾去。胡斐大叫：「快放開，你不怕燒死麼？」他心神一亂，竟忘了該使「小擒拿手」卸脫這樣貼身的糾纏，只是猛力回奪。二人又滾兩下，終於滾進了火堆。

商寶震大叫：「媽！」飛身來救，提起單刀的刀柄，對準胡斐天靈蓋鑿了下去。胡斐偏頭一避，這一刀柄還是打中了額角，疼得險些兒暈去。商寶震生怕母親受傷，急忙伸手將二

154

人從火堆中提了出來，看準胡斐背心，一刀疾砍而下。

就在這千鈞一髮的當口，胡斐神智倏地清明，反踢一腳，正中商寶震手腕，第二腿跟著踢出，這一腿出盡全力，竟踢得他跌出五六丈外，一時爬不起來。

胡斐衣服著火，額角又是疼痛欲裂，大喝一聲，雙臂疾振，格格兩響，已擺脫了商老太的糾纏，在地下一個打滾，滾熄衣上火燄。商老太年老，給煙火一燻，已暈了過去。幾名莊丁忙給她打撲身上火頭。

胡斐空手奔入莊丁叢中，心中對自己極是惱怒：「在這捨生忘死、狠命撲鬥的當兒，我還要去可憐敵人，適才沒送了小命，當真是無天理。」此時再不容情，夾手奪過一柄單刀，拳打足踢，刀劈肘撞，猶如虎入羊羣，片刻間將眾莊丁打得東逃西竄。

他奔到廳門之前，從莊丁手中奪過一柄火叉，將堆在門前的柴炭一陣亂撥，只見鐵門已燒得通紅，不禁大驚：「若是門鈕與鐵門燒得釬成一片，這門就打不開了。」危急中不及多想，提起單刀，將全身功勁運於右臂，奮力直砍下去，嗒的一聲，門鈕應手而落，這一砍用力過巨，單刀竟向上翹起，彎成了一把曲尺。他拋下單刀，用火叉鉤住門環向外拉扯，竟然不動。胡斐急得心中怦怦亂跳：「莫要功虧一簣，到最後鐵門竟然拉不開來。」又是用力一拉，但聽得軋軋連聲，鐵門緩緩開了，黑煙夾著火頭，從門中直撲出來。

他想不到廳中已燒得這般厲害，急叫：「趙伯伯，快出來！」只見煙霧瀰漫之中，一人當先搶出，正是王劍英，接著殷仲翔、徐錚、馬行空、孫剛峯先後奔出，最後才是趙半山抱著呂小妹出來。各人衣衫焦爛，狼狽不堪。

這時廳中木材都已著火，桌椅固已燒著，連樑柱也已大火熊熊。這時機真是相差不得片刻，倘若胡斐再遲一盞茶的時分破門，必定有人喪命。

胡斐見趙半山安然無恙，撲了上去，連叫：「趙伯伯，趙伯伯。」趙半山鬚眉盡焦，但仍是鎮定如恆，微微一笑，讚道：「好孩子！」忽聽得王劍英叫道：「劍傑！劍傑！你在那裏？」趙半山四下一瞧，果然不見王劍傑，驚道：「難道他沒出來？」王劍英大叫：「我兄弟沒出來啊，沒出來啊。」此時廳中樑柱東一條西一條，橫七豎八的倒塌，已燒成一個火窟，王劍英雖是手足情殷，卻也不敢進去相救，只是大叫：「劍傑，快出來，快出來！」

趙半山與胡斐同時想到：「他若能夠出來，豈有不出來之理？」他二人俱是天生的俠義心腸，當下更不多想，一老一少，不約而同的衝進火窟之中，冒煙突火，來尋王劍傑。胡斐踏在燒得炙熱的磚上，不禁燙得雙足亂跳。趙半山道：「孩子，你快出去。」胡斐道：「不，趙伯伯，你快出去。」他剛說了這句話，忽地叫道：「在這裏了！」俯身將王劍傑拉起，飛奔出外。原來王劍傑挨不住熾熱，將口鼻湊在狗洞上吸氣，不料一陣黑煙自外衝進，將他燻得暈了過去。

胡斐給煙嗆得大聲咳嗽，王劍傑身材魁梧，難以橫抱，只好拉了他著地拖將出去，將到門口，門外眾人突然大聲驚呼，但見屋頂一根火樑直跌下來，壓向胡斐頭頂。胡斐加緊腳步，想要搶出廳門，但那樑木甚長，其勢已然不及，趙半山哼了一聲，踏上半步，一招「扇通背」，右掌已托住火樑。這樑木本身之重不下四五百斤，從上面跌將下來，勢道更是驚人。趙半山雙腿馬步穩凝不動，右掌這一托，火樑反而向上一抬，那「扇通背」的下半招跟

著發出，左掌搭在樑木上向外一送，只見一條火龍從廳口激飛而出，夭矯入空，直飛出六七丈外，方始落地。

廳門外眾人見他露了這手功夫，呆了半晌，這才震天價響喝起采來，連商家堡的莊丁，也不自禁的站在遠處叫好。

王劍英扶著兄弟，忙著替他撲熄衣上火燄，心中暗自慚愧：「我自己親兄弟有難，卻要旁人相救。」

馬行空與徐錚出了鐵廳，立即找尋馬春花，但東張西望，不見她的影蹤。徐錚心下起疑：「她定是與姓商的小子到甚麼地方搗鬼去了。」他身出火域，心中妒火又旺，叫道：「師父，我去找她。」拔步飛奔。

馬行空年紀一大，究已不如小夥子硬朗，給煙火炙得頭暈眼花，只想找個地方休息一會，突覺背後有掌風襲到。這一下突襲全然出他意料之外，那一掌來得又快又勁，馬行空不及招架，只得吸氣硬接，砰的一響，身子給打得搖搖晃晃，但覺眼前一黑，全身發軟，接著臀上又被人踢了一腿，身不由主的向鐵廳的火窟中跌去，迷糊中只聽得商老太縱聲大笑，叫道：「劍鳴，劍鳴，我終於給你報了一點兒仇……」一陣熱氣裏住全身，登時甚麼也不知道了。

趙半山剛將呂小妹救醒，忽見商老太突然從煙火裏鑽出來，將馬行空打入火窟，不禁一呆。只見商老太弓身走入廳門，對熊熊大火竟是視若無睹，他大叫：「快出來，你這不是送死麼？」

他一言方畢，又是一條極大火樑落了下來，騰的一聲巨響，火燄四下飛舞，已將廳門封住。商老太懷抱紫金八卦刀，臉露笑容，端坐在火燄之中，全身衣服頭髮均已著火，卻竟似不覺痛苦。她心中在想：「復仇的心願雖然難了，我卻不久就可與劍鳴相會了。」

趙半山長嘆一聲，心想此位老太太雖是女流，性子剛烈，勝於鬚眉，又想此番東來之事已了，無意中結識了一個少年英雄，也算此行不虛，見孫剛峯、王劍英等各自正在忙碌，於是轉頭向胡斐道：「小兄弟，咱們走吧，一起走一程如何？」胡斐道：「好極，好極！」

在他幼小的心靈之中，想到了世間許許多多變幻難測之事，想到呂小妹的報仇是如此，而商老太的報仇卻又如此。他與趙半山攜手同行，默默想著心事，走出里許，回頭一望，只見商家堡兀自燒得半天通紅。

趙半山道：「小兄弟，今天的事很慘，是不是？商老太的性子，唉！」說著搖了搖頭。

趙半山轉過頭來，說道：「小兄弟，你我今日萍水相逢，意氣相投，雖然我年紀大了幾歲，但我見你俠義仁厚，實是相敬。他日你必名揚天下，我何敢以長輩自居？」此時東方初白，趙半山的臉色在朝曦照耀之下顯得又是莊嚴，又是誠懇。

胡斐一張小臉上滿是炭灰血漬，聽了他這幾句話，不禁脹得通紅，又道：「趙伯伯……」趙半山搖了搖手，說道：「趙伯伯三字，今後休得再出你口。我與你結義為異姓兄弟，可好？」

胡斐道：「趙伯伯……」

趙半山道：「趙伯伯……」

158

想千手如來趙半山在江湖上是何等的威名，何等的身分，今日竟要與一個十餘歲的孩

童義結金蘭，實是事非尋常。他倒不是瞧在胡斐武功的份上，而是敬重他捨身救人的仁俠心

腸，覺得他年紀雖小，但所作所為，與紅花會眾兄弟已並無二致。

胡斐聽了此言，不由得感激不勝，兩道淚水從眼中流下，撲翻身軀，納頭便拜，叫道：

「趙……趙……」趙半山跪下答禮，說道：「賢弟，從今後你叫我三哥便了。」

於是一老一少兩位英雄，在曠野中撮土為香，拜了八拜。

趙半山心中快慰，撮口長嘯，只聽得西面馬蹄聲急，那白馬奮鬣揚蹄而來，片刻間奔到

了身前。胡斐讚道：「這馬真好。」趙半山心想：「可惜此馬乃四弟妹所有，她愛若性命，

否則經你這麼一讚，我自然送你。」當下微微一笑，也不解釋，問道：「賢弟，你在此間可

還有甚麼未了之事？」胡斐道：「我去跟平四叔說一聲，當送三哥一程。」趙半山也不捨得

立即與他分別，道：「那再好沒有。」牽了韁繩，和胡斐並肩而行。

轉過一個山坡，忽見一株大樹後面站著一人，探頭探腦的在不住窺探。胡斐認得他的

背影，低聲道：「這是徐錚！」心想他師父慘遭焚死，他躲在此處不知鬼鬼祟祟的幹甚麼勾

當，說道：「我過去瞧瞧。」悄悄走上前去，在他身後向前一張。徐錚正瞧得出神，不知身

後來了旁人。

只見前面二十餘丈一株楊樹之下，一男一女，相互偎倚在一起，神情異常親密。胡斐凝

神一看，原來男的是商家堡作客的福公子，女的竟是馬春花。但見福公子一手摟著她腰，不

住親她面頰。馬春花軟洋洋的靠在他懷裏，低聲不知說些甚麼。胡斐年幼，還不大明白男女之事，只是瞧得有趣，心中暗暗好笑：「馬姑娘和這公子只相識一天，便這般要好。」卻聽得徐錚口中發出嘰嘰格格的怪聲，原來是在咬牙切齒，又舉起拳頭，不住搥打自己胸口，已是憤怒到了極點。

胡斐笑道：「徐大哥，你在這裏幹甚麼？」徐錚全神貫注在馬春花身上，對胡斐的話竟是全沒聽見。突然之間，他大叫一聲：「我和你拚了！」拔出腰間單刀，向福公子衝去。

胡斐雖然聰明伶俐，對這種私情糾葛卻是全然不解，隱隱約約只知道馬春花生得美麗，所以前日晚間商寶震對她這樣，而今日福公子和徐錚又是為她打架。

福公子和馬春花在大廳上溜了出來，唯恐給人見到，遠遠躲到這株大楊樹下偎倚密語。男歡女愛，不知東方之既白。商家堡鬧得天翻地覆，他二人竟是半點也不知道，突見徐錚全身燒焦、披頭散髮的提刀殺來，同時大驚站起。

徐錚雙目如欲噴出火來，這一刀砍下去力道極猛。福公子武藝平庸，眼見鋼刀迎頭砍到，急忙後退。徐錚這一刀用力大了，登的一聲卻砍在大楊樹上，急切間拔不出來。馬春花急道：「你幹甚麼？你幹甚麼？」徐錚怒喝：「幹甚麼？我要殺了這小子！」用力一拔，那刀脫卻楊樹，反彈上來，砰的一下，刀背撞上他的額頭。

馬春花吃了一驚，叫道：「小心，可撞痛了麼？」徐錚伸手使勁將她推開，道：「不用你假惺惺做好人。」跟著趕上前去，舉刀又向福公子砍下。馬春花見這個平日對自己從來不敢違拗半點的師哥，此時突然發瘋一般，知他妒火中燒，不可抑制，心中又是羞愧，又是焦

160

急，搶過去攔在他面前，雙手叉腰，說道：「師哥，你要殺人，先殺了我吧。」

徐錚見她一意維護福公子，更是大怒若狂，厲聲道：「我先殺他，再來殺你。」左手在她肩頭一推。馬春花一個踉蹌，險險跌倒，隨手搶起地下一根枯枝，擋架他的單刀，一面轉頭向福公子叫道：「你快走，快走啊。」福公子不知她和徐錚乃是未婚夫婦，大聲道：「這人瘋了，你可要小心。」一面遠遠躲開。

徐錚舞動單刀，數招之間，已將馬春花手中枯枝砍斷，喝道：「你再不讓開，可莫怪我無情了。」馬春花將半截枯枝往地下一丟，轉過了頭，將脖子向著他刀口，說道：「師哥，這一生一世，我終究是不能做你妻子的了。你一刀將我殺了吧。」徐錚滿臉紫脹，怒道：「我……我……」左手用力抓胸，說不出話來。

胡斐見他單刀上下揮盪，神色狂怒，只怕一個克制不住，順手便往馬春花身上砍了下去，當即搶上前去，隔在二人之間，左掌起處，已按在徐錚胸前，微一發勁，將他推得退後三步，笑道：「徐大哥，天下有誰想動馬姑娘一根毫毛，除非先將我胡斐殺了。」徐錚一愕，怒道：「你……你……連你這乳臭未乾的孩子，她也勾搭上了？」

祗聽拍的一聲，馬春花縱上前來打了他一記耳光。徐錚一來是盛怒之下神智不清，二來胡斐夾在中間，擋住了他的眼光，這一巴掌竟是沒能避開，結結實實的，打得他半邊臉頰也腫了。

胡斐卻不懂徐錚這句話是甚麼意思，也不明白馬春花何以大怒。在他心中，自己給商老太擒住拷打之時，馬春花曾向商寶震求情，後來又求他釋放自己，雖然自己已經先脫綑縛，

161

但對她這番眷念之恩，卻是銘感於心。此時馬春花與師哥起了爭執，他自是全力維護。

徐錚見過胡斐與王氏兄弟動手，論到武功，自知與他可差得太遠，但心情激動之下，連性命也不理會了，還顧甚麼勝負？一柄單刀直上直下的往他頭上、頸中、肩頭連連砍去。胡斐既不邁步，亦不後退，祗是站在當地，在他刀縫間側身閃避，突然左手伸出，一拳向他鼻樑打去。徐錚舉刀橫削，斫他手臂。胡斐這一拳打到一半，手臂拐彎，翻掌抓住他手腕，順勢一扭，已將單刀奪在手中，跟著轉過身去，將刀交給馬春花。他將背脊向著徐錚，當真是藝高人膽大，對之絲毫不加提防。

徐錚知道再鬥也是無用，長嘆一聲，再也忍耐不住，忽地大放悲聲，叫道：「師父，師父，你老人家死得好慘。」回身掩面便走。

馬春花猛吃一驚，問道：「你說甚麼？」一路在後面追趕。

問：「爹爹怎麼了？你說甚麼死得好慘？」提刀趕去。徐錚不答，低首疾行。馬春花連叫道：「春妹，春妹，回來，別理他。」馬春花掛念父親，不理會福公子的叫喊，祗是追問福公子站得遠遠的，沒聽清楚他師兄妹的對答，祗見馬春花追趕徐錚而去，心中急了，追出十餘步，忽見一株大樹後轉出一人，五十餘歲年紀，身形微胖，唇留微髭，正是紅花會的三當家千手如來趙半山。

福公子和他一朝相，祗嚇得面如土色，半晌說不出話來。

趙半山笑道：「福公子，你好啊！」福公子雙手一拱，勉強道：「趙三當家，你好。」

162

再也顧不得馬春花如何，轉過身來，飛步便行，一直奔出十餘丈，回頭向趙半山一望，腳步更加快了。

雯時之間，福公子向北，徐錚與馬春花向南，俱已奔得影蹤不見，祇有趙半山臉帶微笑，胡斐神色迷茫，相向站在高坡之上。

胡斐道：「三哥，這福公子認得你啊，他好像很怕你。」趙半山微笑道：「不錯，他曾落在我們手中，很吃了些苦頭。」

原來這福公子，正是當今乾隆皇帝駕前第一紅人福康安。他是乾隆的私生兒子，是以皇帝對他恩遇隆厚，羣臣莫及。他曾被紅花會羣雄擒住，逼得乾隆重修少林寺，不敢與紅花會為難。此時事隔數年，忽然又與趙半山相遇，他祇道紅花會羣雄從回疆大舉東來，不敢與紅花會合後，片刻不敢停留，急急回北京去了。

胡斐見福康安不會武藝，對他未加留意，沒再追問他的來歷。趙半山伸出右手，握住他手，二人攜手同行，走了里許，來到路旁一所茶鋪之前。趙半山道：「賢弟，送君千里，終須一別，你我就此別過。」胡斐雖是戀戀不捨，但他是豁達豪邁之人，說道：「好，三哥，過幾年等我長得幾歲，到回疆來尋你相會。」趙半山點頭道：「我在回疆等你便了。」說著從懷中取出一朵紅絨紮成的大紅花來，說道：「賢弟，天下江湖好漢，一見此花，便知是你三哥的信物。你若遇上急需，要人要錢，憑著此花，向各處朋友儘管要便是。」

胡斐接過了放在懷內，好生羨慕，心想日後學到三哥的本領未必為難，但要學到他朋

163

友遍天下的交情，卻是大大的不易。」二人舉起碗來，仰頭飲乾。

趙半山到茶鋪倒了兩大碗茶，將一碗遞給胡斐，說道：「以茶代酒，你我喝了這碗別酒吧。」

趙半山擱下茶碗，一手牽住馬韁，說道：「賢弟，臨別之際，做哥哥的問你一句話。」

胡斐道：「三哥請問便是。」趙半山道：「除了商家堡之外，賢弟是否還有甚麼厲害的仇人對頭？」胡斐一凜，心道：「我爹爹不知是誰害的，此人既殺得我爹爹，自然武功非同小可。若是三哥知我大仇未報，竟查到我仇人的姓名，他義氣為重，前去找他拚鬥，一來我殺父大仇不能教人代報，二來焉能讓三哥冒此凶險？」他年紀雖小，卻是滿腹的傲氣，仰頭道：「不勞三哥掛懷，便是有甚麼仇敵對頭，小弟也料理得了。」趙半山哈哈大笑，翹起大拇指讚道：「好！」飛身上馬，向西疾馳而去，祇聽他遠遠說道：「石上的小包，哥哥送了給你。」

胡斐回過頭來，祇見大石上放著一個包裹，本來是趙半山掛在白馬背上的。他伸手一提，祇覺沉甸甸的有些壓手，急忙解開，但見金光耀眼，卻是二十枚二十兩重的金錠，一共是黃金四百兩。胡斐哈哈一笑，心道：「我貧你富，若是贈我黃金，我也不能拒卻。三哥怕我推辭，贈金之後急急馳走，未免將我胡斐當作小孩子了。」

回頭望見馬蹄濺起一路塵土，數里不歇，想起今日竟交上這樣一位肝膽相照的好友，不由得喜不自勝，提了黃金，高聲唱著山歌，大踏步而行。

胡斐找著平阿四後，分了二百兩黃金給他，要他回滄州居住，自己卻遨遊天下，每日裏習拳練刀，打熬氣力，參照趙半山所授的武學要訣，鑽研拳經刀譜上的家傳武功。

第五章

血印石

一

鍾四嫂跪在地下，不住向鳳天南磕頭，叫道：「鳳老爺你大仁大義，北帝爺爺保佑你多福多壽。我小三子在閻王爺面前告了你一狀……」

瘋瘋顛顛的又跪又拜，又哭又笑。

數年之間，他身材長高了，力氣長大了，見識武功，也是與日俱進。四海為家，倒也悠然自得，到處行俠仗義，扶危濟困，卻也說不盡這許多。只是他出手豪闊，趙半山所贈的二百兩黃金，卻已使得蕩然無存了。

一日想起，常聽人說，廣東富庶繁盛，頗有豪俠之士，左右無事，於是騎了一匹劣馬，逕往嶺南而來。

這一日到了廣東的大鎮佛山鎮。那佛山自來與朱仙、景德、漢口並稱天下四大鎮，端的是民豐物阜，市塵繁華。胡斐到得鎮上，已是巳末午初，腹中飢餓，見路南有座三開間門面的大酒樓，招牌上寫著「英雄樓」三個金漆大字，兩邊敞著窗戶，酒樓裏刀杓亂響，酒肉香氣陣陣噴出。胡斐心道：「這酒樓的招牌起得倒怪。」一摸身邊，只剩下百十來文錢，心想今日喝酒是不成的了，吃一大碗麵飽飽肚再說。當下將馬拴在酒樓前的木樁上，逕行上樓。

酒樓中伙計見他衣衫敝舊，滿臉的不喜，伸手攔住，說道：「客官，樓上是雅座，你不嫌價錢貴麼？」胡斐一聽，氣往上衝，心道：「你這招牌叫做英雄樓，對待窮朋友卻是這般狗熊氣概。我不吃你一個人仰馬翻，胡斐便枉稱英雄了。」哈哈一笑，道：「只要酒菜精美，卻不怕價錢貴。」那伙計將信將疑，斜著眼由他上樓。

樓上桌椅潔淨。座中客人衣飾豪奢，十九是富商大賈。伙計瞧了他的模樣，料得沒甚油水生發，竟是半天不過來招呼。胡斐暗暗尋思，要生個甚麼念頭，白吃他一頓。忽聽得街心一陣大亂，一個女人聲音哈哈大笑，拍手而來。

胡斐正坐在窗邊，倚窗向街心望去，見一個婦人頭髮散亂，臉上、衣上、手上全是鮮

168

血，手中抓著一柄菜刀，哭一陣，笑一陣，指手劃腳，原來是個瘋子。旁觀之人遠遠站著，臉上或現恐懼，或顯憐憫，無人敢走近她身旁。只見她指著「英雄樓」的招牌拍手大笑，說道：「鳳老爺，你長命百歲，富貴雙全啊，我老婆子給你磕頭，叫老天爺生眼睛保佑你啊。」

說著跪倒在地，登登登的磕頭，撞得額頭全是鮮血，卻似絲毫不覺疼痛，一面磕頭，一面呼叫：「鳳老爺，你日進一斗金，夜進一斗銀，大富大貴，百子千孫啊。」

酒樓中閃出一人，手執長煙袋，似是掌櫃模樣，指著那婦人罵道：「鍾四嫂，你要賣瘋，回自己窩兒去，別在這兒擾了貴客們吃喝的興頭。」那鍾四嫂全沒理會，仍是又哭又笑，向著酒樓磕頭。掌櫃的一揮手，酒樓中走出兩名粗壯漢子，一個夾手搶過她手中菜刀，另一個用力一推。鍾四嫂登時摔了一個觔斗，滾過街心，掙扎著爬起後癡癡呆呆的站著，半晌不言不語，突然搥胸大哭，號叫連聲：「我那小三寶貝兒啊，你死得好苦啊。老天爺生眼睛，你可沒偷人家的鵝吃啊。」

搶了菜刀的那漢子舉起刀來，喝道：「你再在這裏胡說八道，我就給你一刀。」鍾四嫂毫不害怕，仍是哭叫。掌櫃的見街坊眾人臉上都有不以為然之色，呼嚕呼嚕的抽了幾口煙，噴出一股白煙，將手一揮，與兩名漢子回進了酒樓。

胡斐見兩個漢子欺侮一個婦道人家，本感氣惱，但想這婦人是個瘋子，原也不可理喻，忽聽得坐在身後桌邊兩名酒客悄聲議論。一個道：「鳳老爺這件事，做得也太急躁了些，活生生逼死一條人命，只怕將來要遭報應。」胡斐聽到「活生生逼死一條人命」這九個字，心中一凜。只聽另一人道：「那也不能說是鳳老爺的過錯，家裏不見了東西，問一聲也是十分

169

平常。誰教這女人失心瘋了，竟把自己的親生兒子剖開了肚子。」胡斐聽到最後這句話，那裏還忍耐得住，猛地轉過身來。只見說話的二人都是四十左右年紀，一個肥胖，一個瘦削，穿的都是綢緞長袍，瞧這打扮，均是店東富商。二人見他回頭，相視一眼，登時住口不說了。

胡斐知道這種人最是膽小怕事，若是善言相問，必定推說不知，決不肯坦直以告，當下站起身來，作了個揖，滿臉堆笑，說道：「兩位老闆，自在廣州一別，已有數年不見了，兩位好啊？」那二人和他素不相識，聽他口音又是外省人，心中均感奇怪，但生意人講究和氣生財，當即拱手還禮，說道：「你好，你好。」胡斐笑道：「小弟這次到佛山來，帶了一萬兩銀子，想辦一批貨，只是人地生疏，好生為難。今日與兩位巧遇，那再好也沒有了，正好請兩位幫忙。」二人一聽到「一萬兩銀子」五個字，登時從心窩裏笑了出來，雖見他衣著不似有錢人，但「一萬兩銀子」非同小可，豈能交臂失之？齊道：「那是該當的，請過來共飲一杯，慢慢細談如何？」

胡斐正要和他二人說這句話，那裏還有客氣，當即走將過去，打橫裏坐了，開門見山的問道：「適才聽兩位言道，甚麼活生生的逼死了一條人命，倒要請教。」那兩人臉上微微變色，正欲推搪，胡斐伸出左手，在桌底自左至右的一移，已將每人一隻手腕抓住，握在手掌之中，略一用勁，二人「啊」的一聲叫了出來，立時臉色慘白。樓頭的伙計與眾酒客聽到叫聲，一齊回頭過來。胡斐低聲道：「不許出聲！」二人不敢違拗，只得同時苦笑。旁人見無別事，就沒再看。

170

這二人手腕被胡斐抓在掌中，宛如給鐵箍牢牢箍住了一般，那裏還動彈得半分？胡斐低聲道：「我本是個殺人不眨眼的大盜，現下改邪歸正，學做生意，要一萬兩銀子辦貨，可是短了本錢，只得向二位各借五千兩。」二人大吃一驚，齊聲道：「我……我沒有啊。」胡斐道：「好，你們把鳳老爺逼死人命的事，說給我聽。」那一位說得明白仔細，我便不向他借錢。這一萬兩錢子，只好著落在另一位身上。」二人忙道：「我來說，我來說。」先前誰都不肯說，這時生怕獨力負擔，做了單頭債主，竟然爭先恐後起來。

胡斐見這個比賽的法兒收效，微微一笑，聽那胖子說北方話口音較正，便指著他道：「胖的先說，待會再叫瘦的說。」那一位說得不清楚，那便是我的債主老爺了。」說著放脫了二人手腕，取下背上包裹，打了開來，露出一柄明晃晃的鋼刀，拿起桌上一雙象牙筷子，在刀口輕輕一掠，筷子登時斷為四截。這二人面面相覷，張大了口合不攏來，兩顆心卻是怦怦的跳個不住。胡斐伸出雙手，在二人後頸摸了摸，好似在尋找下刀的部位一般，將二人更是嚇得面如土色。胡斐點點頭，自言自語的道：「好，好！」又將包裹包上。

那胖商人忙道：「小爺，我說，保管比……比他說得明白……」那瘦商人搶著道：「那也不見得，讓我先說吧。」胡斐臉一沉，道：「我說過要先聽他說，你忙甚麼？」那瘦商人嚇得魂不附體，胖商人卻忙道：「是，是。」胡斐道：「你不遵我吩咐，要罰！」那瘦商人嚇得魂不附體，胖商人卻臉有得色。

胡斐道：「酒微菜寡，怎是敬客的道理？快叫一桌上等酒席來。」瘦商人一聽處罰甚輕，如逢大赦，忙叫伙計過來，吩咐他即刻做一席五兩銀子的最上等酒菜。那伙計見胡斐和他們

坐在一起，甚是詫異，聽到有五兩銀子的買賣，當即眉花眼笑的連聲答應。

胡斐在窗口探頭一望，見那鍾四嫂披頭散髮的坐在對街地下，抬頭望天，口中喃喃的自言自語，不知說些甚麼。

那胖商人道：「小爺，這件事我說便說了，可不能讓人知道是我說的。」胡斐眉頭一皺，道：「你不說也罷，那就讓他說。」說著轉頭向著瘦商人。胖商人忙道：「我說，我說。小爺，這位鳳老爺名字叫作鳳天南，乃是佛山鎮上的大財主，有一個綽號，叫作⋯⋯」瘦商人接口道：「叫作南霸天。」胡斐喝道：「又不是說相聲，你插口幹麼？」瘦商人低下了頭，不敢再言語了。

那胖商人道：「鳳老爺在佛山鎮上開了一家大典當，叫作英雄當鋪；一家酒樓，便是這家英雄樓；又有一家大賭場，叫作英雄會館。他財雄勢大，交遊廣闊，武藝算得全廣東第一。鎮上的人私下裏還說，每個月有人從粵東、粵西、粵北三處送銀子來孝敬他，聽說他是甚麼五虎派的掌門人，凡是五虎派的弟兄們在各處發財，便得抽個份兒給他。這些江湖上的事，小的也弄不明白。」胡斐點頭道：「是了，他是大財主，又是坐地分贓的大強盜。」二人向他望了一眼，心想：「那你與他是同行哪。」胡斐早已明白他們的心意，笑道：「常言道同行是冤家。我跟這位鳳老爺不是朋友。你們有好說好，有歹說歹，不必隱瞞。」

那胖商人道：「這鳳老爺的宅子一連五進，本來已夠大啦，可是他新近娶了一房七姨太，又要在後進旁邊起一座甚麼七鳳樓，給這位新姨太太住。他看中的地皮，便是鍾四嫂家傳的菜園。這塊地只有兩畝幾分，但鍾阿四種菜為生，一家五口全靠著這菜園子吃飯。鳳老

爺把鍾阿四叫去，說給五兩銀子買他的地。鍾阿四自然不肯。鳳老爺加到十兩。鍾阿四還是

不肯，說道便是一百兩銀子，也吃得完，可是在這菜園子扒扒土、澆澆水，只要力氣花上

去，一家幾口便餓不死了。鳳老爺惱了，將他趕了出來，昨天便起了這偷鵝的事兒。

「原來鳳老爺後院中養了十隻肥鵝，昨天忽然不見了一隻。家丁說是鍾家的小二子、

小三子兄弟倆偷了，尋到他菜園子裏，果然見菜地有許多鵝毛。鍾四嫂叫起屈來，說她兩

個兒子向來規矩，決不會偷人家的東西，這鵝毛準是旁人丟在菜園子裏的。家丁們找小二小

三去問，兩個都說沒偷。鳳老爺問道：『今兒早晨你們吃了甚麼？』小三子道：『吃我，吃

我。』鳳老爺拍桌大罵，說：『小三子自己都招了，還說沒偷？』於是叫人到巡檢衙門去告

了一狀，差役便來將鍾阿四鎖了去。

「鍾四嫂知道自己家裏雖窮，兩個兒子卻乖，平時一家又很懼怕鳳家，決不會去偷他們

的鵝吃，便到鳳家去理論，卻給鳳老爺的家丁踢了出來。她趕到巡檢衙門去叫冤，也給差役

轟出。巡檢老爺受了鳳老爺的囑託，又是板子，又是夾棍，早已將鍾阿四整治得奄奄一息。

鍾四嫂去探監，見丈夫滿身血肉模糊，話也說不出了，只是胡裏胡塗的叫道：『不賣地，不

賣地！沒有偷，沒有偷。』鍾四嫂心裏一急，便橫了心。她趕回家裏，一手拖了小三子，一

手拿了柄菜刀，叫了左右鄉鄰，一齊上祖廟去。鄉鄰們只道她要在神前發誓，便同去作個見

證。小人和她住得近，也跟去瞧瞧熱鬧。

「鍾四嫂在北帝爺爺座前磕了幾個響頭，說道：『北帝爺爺，我孩子決不能偷人家的

鵝。他今年還只四歲，刁嘴拗舌，說不清楚，在財主爺面前說甚麼吃我，吃我！小婦人一家

橫遭不白，贓官受了賄，斷事不明，只有請北帝爺爺伸冤！」說著提起刀來，一刀便將小三

子的肚子剖了。」

胡斐一路聽下來，早已目眥欲裂，聽到此處，不禁大叫一聲，霍地站起，砰的一掌，打

得桌上碗盞躍起，湯汁飛濺，叫道：「竟有此事？」

胖瘦二商人見他神威凜凜，一齊顫聲道：「此事千真萬確！」胡斐右足踏在長凳之上，

從包袱中抽出單刀，插在桌上，叫道：「快說下去！」胖商人道：「這……這不關我事。」

酒樓上的酒客伙計見胡斐兇神惡煞一般，個個膽戰心驚。膽小的酒客不等吃完，一個個

便溜下樓去。眾伙計遠遠站著，誰都不敢過來。

胡斐叫道：「快說，小三子肚中可有鵝肉？」那胖商人道：「沒有鵝肉，沒有鵝肉。

他肚腹之中，全是一顆顆螺肉。原來鍾家家中貧寒，沒甚麼東西裏腹，小二小三哥兒倆就到

田裏摸田螺吃。螺肉很硬，小三子咬不爛，一顆顆都囫圇的吞了下去，因此隔了大半天還沒

化。他說『吃我，吃我！』」卻是說的『吃螺！』唉，好好一個孩子，便這麼死在祖廟之中。

鍾四嫂也就此瘋了。」（按：吃螺誤為吃鵝，祖廟破兒腹明冤，乃確有其事，佛山鎮老人無

一不知。今日佛山祖廟之中，北帝神像之前有血印石一方，尚有隱隱血跡，即為此千古奇冤

之見證。作者曾親眼見到。讀者如赴佛山，可往參觀。唯此事之年代及人物姓名，已年久失

傳。作者當時向佛山鎮上文化界人士詳加打聽，無人知悉，因此書中人名及其他故事均屬虛

構。）

胡斐拔起單刀，叫道：「這姓鳳的住在那裏？」那胖商人還未回答，忽聽得遠處隱隱傳

來一陣犬吠之聲，瘦商人嘆道：「作孽，作孽！」胡斐道：「還有甚麼事？」瘦商人道：「那是鳳老爺的家丁帶了惡狗，正在追拿鍾家的小二子。」胡斐怒道：「冤枉已然辨明，還拿人幹甚麼？」瘦商人道：「鳳老爺言道：小三子既然沒吃，定是小二子吃了，因此要拿他去追問。鄰居知道鳳老爺老羞成怒，非把這件冤枉套在小二子頭上不可，暗暗叫小二子逃走。今日鳳老爺的家丁已到處搜拿了半天呢。」

此時胡斐反而抑住怒氣，笑道：「好好，兩位說得明白，這一萬兩銀子我便向鳳老爺借去。」說著提起酒壺就口便喝，將三壺酒喝得涓滴不賸，一疊聲催伙計拿酒來。

但聽得狗吠聲、吆喝聲越來越近，響到了街頭。胡斐憑到窗口，只見一個十二三歲的孩子從轉角處沒命價奔來。他赤著雙足，衣褲已被惡狗的爪牙撕得稀爛，身後一路滴著鮮血，不知他與眾惡犬如何廝鬥，方能逃到這裏。他身後七八丈遠處，十餘條豺狼般的猛犬狂叫著追來，眼見再過須臾，便要撲到鍾小二身上。

鍾小二此時已是筋疲力盡，突然見到母親，叫一聲：「媽！」雙腿一軟，摔倒在地，再也爬不起來。鍾四嫂雖然神智胡塗，卻認得兒子，猛地站起，衝了過去，擋在眾惡犬之前，護住兒子。眾惡犬登時一齊站定，露出白森森的牙齒，嗚嗚發威。

這些惡犬隻隻兇猛異常，平時跟著鳳老爺打獵，連老虎人熊也敢與之搏鬥，但見了鍾四嫂這股奮不顧身的神態，一時竟然不敢逼近。眾家丁大聲吆喝，催促惡犬。只聽得嗚嗚幾聲，兩頭兇狼般的大犬躍起身來，向臥在地下的鍾小二咬去。

175

鍾四嫂撲在兒子身上。第一頭大犬張開利口，咬住她的肩頭。第二頭惡犬卻咬中她的左腿。雙犬用力拉扯，就似打獵時擒著白兔花鹿一般。眾家丁呼喝助威。鍾四嫂不顧自身疼痛，仍是護住兒子，不讓他受惡犬的侵襲。霎時之間，十餘條惡犬從四面八方圍攻了上去。鍾小二從母親身下爬了出來，一面哭喊，一面和眾惡犬廝打，救護母親。

街頭看熱鬧的閒人雖眾，但迫於鳳老爺的威勢，個個敢怒而不敢言。要知當此情景之下，只要有誰稍稍惹惱了這些家丁，一個手勢之下，眾惡犬立時撲上身來。有的不忍卒睹這場慘劇，掩面避開。眾家丁卻是興高采烈，猶似捕獲到了大獵物一般。

胡斐在酒樓上瞧得清清楚楚，他遲遲不出手救人，是要親眼看明白那鳳天南是否真如這兩個商人所說的那麼歹毒，以免誤信人言，冤枉無辜。初時他聽胖商人述說這件慘事，心中極其惱怒，後來聽說那鳳天南既已平白無端的逼死了一條人命，還派惡犬追捕另一個孩子，覺得世上縱有狠惡之人，亦不該如此過份，倒有些將信將疑起來，這一雙慈母孝子不免死於當場，當子，那時更無懷疑，眼見街頭血肉橫飛，再遲得片刻，直到親見惡犬撲咬鍾氏母抓起桌上三雙筷子，勁透右臂，一枚枚的擲了下去。

但聽得汪汪汪、嗚嗚嗚幾聲慘叫，六頭惡犬均被筷子打中腦門，伏地而死，其餘惡犬呆在當地，不知該當繼續撲咬。還是轉身逃去。胡斐又拿起桌上的酒杯，飛擲下街，當真是差不失寸，勁力透骨，每一隻酒杯的杯底都擊中在每一頭惡犬的鼻頭之上。三頭大狗叫也沒叫一聲，登時翻身而死。餘下幾條惡犬將尾巴挾在後腿之間，轉眼逃得不知去向。

帶狗的家丁共有六人，仗著鳳天南的威勢，在佛山鎮上一向兇橫慣了的，眼見胡斐施展

176

絕技殺狗，竟然不知死活，一齊怒喝：「甚麼人到佛山鎮來撒野？打死了鳳老爺的狗，要你

這小子償命。」各人身上都帶著單刀鐵鍊，登時一陣大亂，紛紛取出，蜂湧著搶上樓來。

眾酒客見到這副陣仗，登時一陣大亂。那「英雄樓」是鳳天南的產業，掌櫃的、站堂

的、送菜的、大廚二廚，一見鳳府家丁上樓拿人，各自抄起火叉、菜刀、鐵棒，都要相幫動

手。胡斐瞧在眼裏，只是微微冷笑。

胡斐心想：「一個鄉紳的家丁，也敢拿鐵鍊鎖人，這姓鳳的府中，難道就是佛山鎮的衙

門？」他也不站起，反手一掌，正中那家丁的左臉，手掌縮回時，順手在他前頸「紫宮」、

後腦「風府」兩穴各點了一下。這是人身的兩處大穴，那家丁登時呆呆站著，動彈不得。

其時第二、第三個家丁尚未瞧得明白，各挺單刀從左右襲上。胡斐見二人雙刀砍來時頗

有勁力，顯是練過幾年武功，倒非尋常狐假虎威的惡奴可比，正是如此，更可想見那鳳天南

的兇橫，當下如法炮製，拍拍兩記巴掌，打得那兩名家丁楞楞的站著。餘下三名家丁瞧出勢

頭不對，一個轉身欲走，另一個叫道：「鳳七爺，你來瞧瞧這是甚麼邪門。」

那鳳七是鳳天南的遠房族弟，就在這英雄酒樓當掌櫃，武功是沒有甚麼，為人卻極是機

靈，這時已站在樓頭，瞧出胡斐武功甚是了得，當即搶上兩步，抱拳說道：「原來今日英雄

駕到，恕鳳某有眼不識泰山……」

胡斐見三名家丁慢慢向樓頭移步，想乘機溜走，當即從身邊站著不動的家丁手中取過鐵

鍊，著地捲去，回勁一扯，鐵鍊已捲住三名家丁六隻腳，但聽得「啊喲，啊喲」聲中，三個

人橫倒在地，跌成一堆，一齊給他拖將過來。胡斐拿起鐵鍊兩端，打了一個死結，對鳳七毫不理睬，自斟自飲。

英雄樓眾伙計雖見胡斐出手厲害，但想好漢敵不過人多，各執傢伙，布成陣勢，只待鳳七一聲令下，便即一擁而上。

胡斐喝了一杯酒，問道：「鳳天南是你甚麼人？」鳳七笑道：「鳳老爺是在下的族兄，尊駕可認得他麼？」胡斐道：「不認得，你去叫他來見我。」鳳七心中有氣，暗道：「憑你這小子也請得動鳳老爺，也不知他老人家見不見你呢？」但臉上仍是笑嘻嘻的道：「請教尊駕貴姓大名，好得通報。」

胡斐道：「我姓拔，殺雞拔毛的拔。」鳳七暗自嘀咕：「怎麼有這個怪姓兒？」陪笑道：「原來是拔爺，物以稀為貴，拔爺的姓數，南方倒是少有。」胡斐道：「是啊，俗語道物以稀為貴，掉句文便是『鳳毛麟角』，在下的名字便叫作『鳳毛』。」鳳七笑道：「高雅，高雅！」突然轉念：「不對，他這『拔鳳毛』三字，豈不是有意來尋晦氣，找岔子？」臉色一變，厲聲道：「尊駕到底是誰？到佛山鎮有何貴幹？」胡斐笑道：「早就聽說佛山鎮有幾隻惡鳳凰，我既然名叫拔鳳毛，便得來拔幾根毛兒耍耍。」

鳳七退後一步，嗆啷一響，從腰間取出一條軟鞭，左手一擺，叫手下眾人小心在意，右腕抖動，軟鞭挾著一股勁風，向胡斐頭上猛擊下來。

胡斐心中盤算已定：「單憑鳳天南一人，也不能如此作惡多端。他手下的幫兇之輩，個個個死有餘辜。今日下手不必容情。」眼見軟鞭打到，反手一帶，已抓住鞭頭，輕輕向內一

178

扯。鳳七立足不住，向前衝了過來。胡斐左手在他肩頭一拍，鳳七但覺一股極大力量往他身

迫，不由自主的雙膝一軟，跪倒在地。胡斐笑道：「不敢當！」順手將那十三節軟鞭往他身

上一捲，已將他縛在一張八仙桌桌腳上。

酒樓眾伙計正要撲上動手，突見如此變故，嚇得一齊停步。

胡斐指著一個肥肥的廚子叫道：「喂，將菜刀拿來。」那肥廚子張大了嘴，不敢違拗，

將手中握著的菜刀遞了過去。胡斐道：「炒裏脊用甚麼材料？」肥廚子道：「用豬背上脊骨

兩旁的上好精肉。你是要吃糖醋、椒鹽、油炸，還是清炒？」胡斐伸手一扯，嗤的一響，將

鳳七背上的衣服撕破，露出肥肥白白的背脊來，摸摸他的脊樑，道：「是不是這裏下刀？」

那肥廚子的大口張得更大，那敢回答？鳳七連連磕頭，叫道：「英雄饒命！」胡斐心想：「饒

你性命可以，但不給你吃些苦頭，豈不是作惡沒有報應？」菜刀一起，在他脊骨旁劃了一條

長長的傷口，問道：「半斤夠了麼？」廚子獃頭獃腦的道：「一個人吃，已經夠啦！」

鳳七嚇得魂飛天外，但覺背上劇痛，只道真的已給他割了半斤裏脊肉去，只聽胡斐又

問：「炒豬肝用甚麼作料？清蒸豬腦用甚麼作料？」鳳七心想：「炒裏脊那還罷了，這炒豬

肝、蒸豬腦兩樣一作，我這條老命，還剩得下麼？」拚命的磕頭，只把樓板磕得鼕鼕直響，

叫道：「英雄有事便請吩咐，只求饒了小人一命。」

胡斐見嚇得他也夠了，喝道：「你還敢幫那鳳天南作惡麼？」鳳七忙道：「小人不敢。」

胡斐道：「好，快趕走樓上與雅座的客人，大堂與樓下的客人一個也不許走。」鳳七叫道：

「伙計，快遵照這位好漢爺的吩咐。快！快！」

179

樓上眾酒客不是財主，便是商富，個個怕事，一見打架，早想溜走，苦於梯口給手執兵刃的眾伙計守住，欲行不得，這時也不用人趕，早心急慌忙的走了。樓下大堂的客人都是窮漢，十個中倒有七八個吃過鳳七的虧，見今日有人上門尋事，實在說不出的痛快，都要留下來瞧瞧熱鬧。

胡斐叫道：「今日我請客，朋友們的酒飯錢，都算在我帳上，你不許收一文錢，快抬酒罈子出來，做最好的菜餚敬客，把街上九隻惡狗宰了，燒狗肉請大家吃。」他吩咐一句，鳳七答應一句。眾伙計行動稍遲，胡斐便揚起菜刀，問那肥廚子：「紅燒大腸用甚麼作料？」那廚子據實回答，用的是大腸一副，腰子兩枚。只把鳳七驚得臉無人色，不住口的催促。

那六名家丁見胡斐如此兇狠，不知他要如何對付自己，心中都如十五隻吊桶打水，七上八落，偷瞧胡斐的臉色一眼，又互相對望一眼，心中只是焦急：「鳳老爺怎地還不過來救人？再遲片刻，這兇神便要來對付我們了。」胡斐見眾伙計已照自己吩咐，一一辦理不誤，大步走到樓下，倒了一大碗酒，說道：「今日小弟請客，各位放量飲酒，想吃甚麼，便叫甚麼，酒樓上若有絲毫怠慢，回頭我一把火將它燒了。」眾酒客歡然吃喝，只是在鳳家積威之下，誰也不敢接口。

胡斐回到樓上，解開了三名家丁的穴道，將鐵鍊分別套在各人頸裏，連著另外三名家丁，將六個人一齊拉下樓來，問道：「鳳天南開的當鋪在那裏？我要當六隻惡狗。」便有酒

180

客指點途徑，說道：「向東再過三條橫街，那一堵高牆便是。」胡斐說聲：「多謝！」牽了六人便走。一羣瞧熱鬧的人遠遠跟著，要瞧活人如何當法。

胡斐一手拉住六根鐵鍊，來到「英雄典當」之前，大聲喝道：「英雄當狗來啦！」牽了六名家丁，走到高高的櫃臺之前，說道：「朝奉，當六條惡狗，每條一千兩銀子。」

坐櫃的朝奉大吃一驚，佛山鎮上人人知道，這「英雄典當」是鳳老爺所開，十多年來誰也不敢前來胡混，怎麼今日竟有個失心瘋的漢子來當人？凝神一看，認出那六個被他牽著的竟是鳳府家丁，這一來更是驚訝，說道：「你……你……你當甚麼？」胡斐喝道：「你生不生耳朵？我當六條惡狗，每條一千兩，共是六千兩銀子。這筆生意便宜你啦。」

那朝奉知他有意來混鬧，悄聲向旁邊的朝奉說了一聲，命他快去呼喚護院武師來打發這瘋子，一面向胡斐客客氣氣的道：「典當的行規，活東西是不能當的，請尊駕原諒。」胡斐道：「好，活狗你們不收，那我便當死狗。」六名家丁大驚，一齊叫道：「俞師爺，你快收下來，救命要緊。」

但典當的朝奉做事何等精明把細，豈肯隨隨便便的送六千兩銀子出去，只是陪笑道：「你老請坐啊，用杯茶不用？」胡斐道：「先把活狗弄成死狗，再喝你的茶。」四下一瞧，心下已有了計較，兩步走到大門旁，抓住門緣向上一托，已將一扇黑漆大門抬了下來。那俞朝奉見事情越鬧加不對，叫道：「喂，喂，你這位客人幹甚麼啊？」胡斐不去理他，左一腿，右一腿，將六名家丁踢倒在地，橫轉門板，壓在六人身上。俞朝奉叫道：「唉，不要胡鬧，你可知這是甚麼地方？這典當是誰的產業？」

胡斐心想：「瞧你這副尖酸刻薄的樣兒，佛山鎮上定有不少窮人吃過你的苦頭。」走到櫃臺之前，夾手一把抓住他的辮子，從高高的櫃臺後面揪將出來，也壓在門板之下，接著走到門口，抱起門邊那隻又高又大的石鼓，砰的一聲，摔上了門板。門板下七人齊聲慘呼，有的更是痛得屎尿齊流。門外閒人與櫃臺內的眾朝奉也是同聲驚叫起來。

胡斐又抱起另一隻石鼓，叫道：「惡狗還沒死，再得加一個石鼓！」說著將那石鼓往空中一拋，眼看又要往門板上落去，但聽得眾人齊聲大叫，他雙手環抱，倏地將石鼓抱住，又壓在門板之上。這時門板上已壓了一千餘斤，雖由七人分擔，但人人已壓得筋骨欲斷。俞朝奉身子瘦弱，早已給壓得上氣不接下氣，忙道：「不……不……我是叫當裏取銀子出來……」

胡斐大叫道：「好漢爺饒命！快取銀子出來！」胡斐道：「甚麼？你還要我取銀子出來？」俞朝奉身子瘦弱，早已給壓得上氣不接下氣，忙道：「不……不……我是叫當裏取銀子出來……」

典當裏眾眾朝奉見情勢險惡，只得將一封封銀子捧了出來，一百兩一封，共是六十封，胡斐將銀子都堆在門板之上，說道：「六條惡狗當六千兩，還有一個朝奉呢？難道堂堂英雄典當的一位大朝奉，還不及一條惡犬嗎？至少得當三千兩。」這六千兩銀子，足足有三百七十餘斤，又壓在門板上，下面七人更是抵受不住。

正亂間，忽然門外有人叫道：「那一個雜種吃了豹子膽，來鳳老爺的鋪子混鬧？」人羣往兩旁一分，闖進來兩條漢子。兩人一般的高大魁偉，黑衣黑褲，密排白色釦子，武師打扮。胡斐身形一晃，竄到兩人背後，一手一個，已抓住了兩人後頸。那兩人正是英雄典當的

182

護院，閒著無事，卻在賭場賭博，聽得當鋪中有人混鬧，這才匆匆趕回，那知還沒瞧清楚對手的身形面目，已被他抓住要害，提了起來。

胡斐雙手一抖，一個身上落下七八張天九牌，另一個手中卻掉下兩粒骰子。胡斐笑道：

「好啊，原來是兩個賭鬼！」將兩人頭對頭一撞，騰騰兩聲，將兩人摔在門板之上。這兩個護院武師武功雖然平平，身子的重量卻是足斤加三。門板上又加了四百來斤，只壓得下面七人想呻吟一句也是有聲無氣。

典當的大掌櫃只怕鬧出人命，忙命伙計又捧出三千兩銀子來，不住向胡斐打躬作揖，陪笑說好話，心下納悶：「怎地鳳老爺不親來料理？」

胡斐在酒樓中命人烹狗，到典當中來當人，用意本是要激鳳天南出來。他自從少年時在商家堡鐵廳遇險之後，行事極為謹慎，心想這鳳天南既然號稱「南霸天」，家中的布置只怕比商家堡更為厲害，常言道：「強龍不鬥地頭蛇。」若是趕上門去與他為難，只怕中了他的毒計，是以先鬧酒樓，再鬧當鋪，那知鳳天南始終不露面，倒也大出意料之外。他見又有三千兩銀子搬到，頭一擺，道：「一齊放在門板上。」眾伙計明知一放上去，又是加上一百八九十斤，但不敢違拗，只得一包包輕輕的放了上去。

胡斐叫道：「你們這典當是皇帝老子開的麼？怎樣做事這等橫法？」大掌櫃陪笑道：「不敢，不敢。好漢爺還有甚麼吩咐？」胡斐道：「當東西的沒當票麼？」那大掌櫃心想這六個家丁皮粗肉厚，壓一會兒還不怎樣，這俞朝奉只怕轉眼就要一命嗚呼，一疊連聲的叫道：

「快寫當票。」

櫃面的朝奉不知如何落筆，見大掌櫃催得緊，只得提筆寫道：「今押到鳳府家丁六名，俞朝奉一名，皮破肉爛，手足殘缺，當足色紋銀九千兩正。年息二分，憑票取贖。蟲蟻鼠咬，兵火損失，各安天命，不得爭論。三年為期，不贖斷當。」原來天下當鋪的規矩，就算你當的是全新完整之物，他也要寫上「殘缺破爛」的字樣，以免贖當時有所爭執。當鋪當活人，那是從所未有之事，那朝奉寫得慣了，也給加上「皮破肉爛，手足殘缺」八字評語。

大掌櫃將當票恭恭敬敬遞了過去，胡斐一笑收下，提起兩條大漢，喝道：「將石鼓取下來。」兩名武師兀自頭暈眼花，卻自知一人搬一個石鼓不夠力氣，只得二人合力，一個個的抬了下來。胡斐道：「好，咱們到賭場去逛逛。你兩條大漢，抬著本錢跟我來。」

兩名武師給他治得服服貼貼，一前一後抬著門板，跟在胡斐後面。

看熱鬧的閒人見他隻手空拳，鬥贏了佛山鎮上第一家大典當，無不興高采烈，但怕鳳老爺見怪，卻不敢走近和他說話，聽他說還要去大鬧賭場，更是人人精神百倍，跟在後面的人越來越多。

那賭場開設在佛山鎮頭一座破敗的廟宇裏，大門上寫著「英雄會館」四個大字。胡斐大踏步走進門去，只見大殿上圍著黑壓壓一堆人，正在擲骰子押大小。

開寶的寶官濃眉大眼，穿著佛山鎮的名產膠綢衫褲，敞開胸膛，露出黑黝黝的兩叢長毛，見到胡斐進來，後面跟著兩名武師，抬著一塊大門板，放著近百封銀子，心裏一怔，叫道：「蛇皮張，你做甚麼？」

那姓張的武師努一努嘴，道：「這位好漢爺要來玩一手。」

184

那寶官聽蛇皮張說得恭敬，素知鳳鳥老爺交遊廣闊，眼前這人年紀雖輕，多半是他老人家的朋友，心想：「好哇，你是抬了銀子給我們場裏送來啦。開飯店的不怕大肚漢，開賭場的豈怕財主爺？再抬了兩門板來也不嫌多。」咧嘴一笑，說道：「這位朋友貴姓？請坐請坐。」

胡斐大剌剌的坐了下來，說道：「我姓拔，名字叫作鳳毛。」那寶官一楞，心道：「啊，你是存心來跟我們過不去了。」拿起骰盅一搖，放下來合在桌上，四周數十名賭客紛紛下注，有的押「大」，有的押「小」。

胡斐心想：胡斐有意要延捱時刻，等那鳳天南親自出來，好與他相鬥，當下笑嘻嘻的坐著，並不下注。只見寶官揭開盅來，三枚骰子共是十一點，買「大」的賭客紛紛歡呼，買小的卻是垂頭喪氣。那寶官連開三次，都是「大」。

胡斐心想：「十賭九騙，這鳳天南既然如此橫法，所開的賭場鬼花樣必多，待我查出弊端，大鬧他一場。」當下注目看那骰子落下的聲音，要查究盅中是否灌鉛，聽了片刻，覺得骰子倒無花巧。他練過暗器聽風術，耳音極精，縱在黑暗之中，若有暗器來襲，一聽聲音，立知暗器來勢方位，是何種類，手勁如何。如趙半山這等大行家，當日在商家堡中一聽身後暗器射到，即猜到對方是嵩山少林寺不疑大師的弟子，暗器聽風之術，一精至斯。胡斐的耳音較之趙半山雖然尚有不及，但聽了一陣，竟已聽出三枚骰子向天的是甚麼點數。要知骰子共有六面，每面點數不同，一點的一面與六點的一面落下之時，聲音略有差別，雖然所差微細之極，但在內力精深、暗器功夫極佳之人聽來，自能分辨。

胡斐又讓他開了幾盅，試得無誤，笑道：「寶官，限注麼？」那寶官大聲道：「廣東

通省都知，南霸天的賭場決不限注，否則還能叫英雄會館麼？」胡斐微微一笑，伸出大拇指一翹，道：「是啊，若是限注，豈不成了狗熊會館？」聽他骰子落定，乃是十六點，回頭叫道：「蛇皮張，押一千兩『大』。」

那寶官雖在賭場中混了數十年，但骰子到底開大開小，也是要到揭盅才知，見他一押便是一千兩，不由得一怔，揭開盅來，只見三枚骰子兩枚六點，一枚四點，不由得臉都白了，當下由下手賠了一千兩。接下去搖骰時聲音錯落，胡斐聽不明白，袖手不下，開出來是個八點小。跟著他押了二千兩「小」，盅子揭起，果然是四點「小」。

如此只押得五六次，場中已賠了一萬一千兩。那寶官滿手是汗，舉起骰盅猛搖。胡斐聽得明白。盅中正是十四點，說道：「蛇皮張，把二萬兩都押上『大』！」兩名武師將門板上的銀子一封封的儘往桌上送。寶官掀起骰盅一邊，眼角一張，已看到骰子共是十四點。他手腳也真利落，小指在盅邊輕輕一推，盅邊在骰子上一碰，一枚六點的骰子翻了一轉，十四點變成九點，那是「小」了。這一記手法，若不是數十年苦功，也真不能練成，比之於武功，可算得是厲害之極的絕招。

那寶官見他渾然不覺，心想這次勝定你了，得意洋洋的道：「大家下定注了？」胡斐左手將一大堆銀子往桌子中心一推，說道：「這裏是二萬兩銀子，是『小』你便盡數吃去。」

寶官叫道：「好！好！吃了！」揭開寶盅，不禁張大了口合不攏來，只見三枚骰子共是十二點。

眾賭客早已罷手不賭，望著桌上這數十封銀兩，無不驚心動魄，突見開出來的是

186

「大」，不約而同的齊聲驚呼：「啊！」這聲音中又是驚奇，又是艷羨。要知他們一生之中，從未見過如此的大賭。胡斐哈哈大笑，一隻腳提起來踏在凳上，叫道：「二萬兩銀子，快賠來！」

原來那寶官作弊之時，手腳雖快，卻那裏瞞得過胡斐的眼光？他雖瞧不出那寶官如何搗鬼，但料定三枚骰子定是給他從「大」換成了「小」，他左手推動銀兩之際，右手伸到桌底，隔著桌面在盅底輕輕一彈。三枚骰子本來一枚是三、一枚是一、一枚是五，合共九點。他這一彈力道用得恰到好處。三枚骰子一齊翻了個身，變成四點、六點、兩點，合成十二點「大」。

那寶官臉如土色，砰的一下，伸手在桌上一拍，喝道：「蛇皮張，這人是甚麼路數？到鳳老爺的場子來攪局？」蛇皮張哭喪著臉道：「我……我……也不知道啊。」胡斐道：「快賠，快賠，二萬兩銀子，收手不賭啦！」那寶官不明白他罵人的言語，料想決非好話，笑道：「契弟，你搞鬼出老千，當老子不知道麼？」胡斐雖不明白他罵人的言語，料想決非好話，笑道：「好，你愛拍桌子，咱們賭拍桌子也成！」右手在桌子角上一拍，桌子角兒應手而落，跟著左手一拍，另一隻角又掉在地下。

這一手驚人武功顯了出來，這寶官那裏還敢兒橫？突然飛起一腳，要想將桌子踢翻，乘亂溜走。幾個地痞賭客跟著起轟：「搶銀子啊！」胡斐右手一伸，已將寶官踢出的一腳抓住，倒提起來，將他頭頂往桌面一椿。這一下力道奇重，桌面登時給他腦門撞破一洞，腦袋插到了桌面之下，肩膀以上的身子卻倒栽在桌上，手腳亂舞，蔚為奇觀。

眾賭客齊聲驚叫，紛紛退開。突然大門中搶進一個青年，二十歲上下年紀，身穿藍綢長衫，右手搖著摺扇，叫道：「是那一個好朋友光降，小可未曾遠迎，要請恕罪啊！」胡斐見這人步履輕捷，臉上英氣勃勃，顯是武功不弱，不覺微微一怔。

那少年收攏摺扇，向胡斐一揖，說道：「尊兄貴姓大名？」胡斐見他彬彬有禮，便還了一揖，道：「沒請教閣下尊姓。」那少年道：「小弟姓鳳。」胡斐雙眉一豎，哈哈笑道：「如此說道，在下的姓名未免失敬了。我姓拔，名叫鳳毛。老兄與鳳天南怎生稱呼？」那少年道：「那是家父。家父聽說尊駕光臨，本該親來迎接，不巧恰有要務纏身，特命小弟前來屈駕，請到舍下喝一杯水酒。」

他轉頭向英雄當鋪的兩名護院喝道：「定是你們對拔爺無禮，惹得他老人家生氣，還不賠罪？」那兩位護院喏喏連聲，一齊打躬請安，道：「小人有眼不識泰山。」胡斐微微冷笑，心想：「瞧你們鬧些甚麼玄虛？」

那寶官的腦袋插在賭桌上，兀自雙腳亂舞，啊啊大叫。那少年抓住他背心，輕輕向上一提，將他倒過身來，那桌子卻仍舊連在他項頸之中，只是四隻桌腳向天，猶似頸中戴了一個大枷。那寶官雙手托住桌子，這情狀當真是十分滑稽，十分狼狽，向那少年道：「大爺，你來得正好，他……他……」眼望胡斐，卻不敢再說下去了。

胡斐道：「你不賭了，是不是？那也成，我贏的錢呢？」那少年罵寶官道：「拔爺贏了多少銀子，快取出來！慢吞吞的幹甚麼？」說著抓住桌子兩角，雙手向

188

外一分，喀的一響，桌面竟被他撕成了兩邊。這一手功夫甚是乾淨利落，賭場中各人一齊喝采。

那寶官有小主撐腰，膽子又大了起來，向胡斐惡狠狠的望了一眼，道：「這人出老千。」

那少年叱道：「胡說！人家是英雄好漢，怎會出老千？館裏銀子夠麼？若是不夠，快叫人往當鋪取去。」胡斐不懂「出老千」三字是何意思，但想來多半是「欺騙作弊」之意，心想：「這少年武功不弱，行事也有擔當，我可不能絲毫大意了。」只聽那少年道：「拔爺的銀子，決不敢短了半文。這些市井小人目光如豆，從來沒見過真好漢大英雄的氣概，拔爺不必理會。現下便請拔爺移玉舍下如何？」

他明知「拔鳳毛」三字決非真名，乃是存心來向鳳家尋事生非，但還是拔爺前，拔爺後，絲毫不以為意。胡斐道：「你們這裏鳳凰太多，不知大爺的尊號如何稱呼？」那少年似乎沒聽出他言語中意含譏諷，連說：「不敢，不敢。小弟名叫一鳴。」胡斐道：「在下賭興起，還要在這裏玩幾個時辰，不如請你爸爸到這裏會面吧。」那寶官聽他說還要賭，嚇得面如土色，忙道：「不，不……」

鳳一鳴臉一沉，叱道：「我們在說話，也有你插嘴的份兒？」轉頭向胡斐陪笑道：「家父對朋友從來不敢失禮，得知拔爺光臨佛山，心中喜歡得了不得，恨不得立時過來相見，只是恰好今日京中來了兩位御前侍衛，家父須得陪伴，實是分身不開。請拔爺包涵原諒。」胡斐冷笑一聲，道：「御前侍衛，果然是好大的官兒。」一鳴兒，小弟在江湖上有個外號，你想必知道。」鳳一鳴正自嘀咕：「不知此人真姓名究是甚麼，若能摸清他幾分底細，對付起來

189

就容易得多了。」聽他提起外號，忙道：「小弟孤陋寡聞，請拔爺告知。」胡斐「哼」的一聲，道：「虧你也是武林中人，怎地連大名鼎鼎的『殺官毆吏拔鳳毛』也不知道？」鳳一鳴一怔，道：「取笑了。」

胡斐左手倏地伸出，抓住他的衣襟，喝道：「咦，好大的膽子！你怎敢將我的一塊鳳凰肉吃下了肚中。」鳳一鳴再也忍耐不住，右手虛出一掌，左手便來拿他手腕。胡斐手掌疾翻，當真快如電火，叫人猝不及防，拍的一聲，鳳一鳴左頰已吃了一記巴掌，順手將他右手拿住，喝道：「還我的鳳凰肉來。」

鳳一鳴家學淵源，武功竟自不弱，只覺自己右掌宛似落入了一雙鐵鉗之中，筋骨都欲碎裂，急忙飛起右足，向胡斐小腹上踢去。胡斐提起腳來，從空一足踏落，正好踏住他的足背。鳳一鳴腳上又如被鐵錘一擊，忍不住「啊」的一聲叫了出來。胡斐左手反手一掌，鳳一鳴右頰早著，雙頰就如豬肝般又紅又腫。

胡斐大聲叫道：「各位好朋友聽著，我千里迢迢的從北方來到佛山，向這裏的鍾阿四鍾老兄買到一塊鳳凰肉，卻讓這廝一口偷吃了。你們說該打不該打？」賭場中眾人面面相覷，不敢說話，心中都知他是在為被逼死的鍾小三出氣伸冤。鳳一鳴給他踏住一足，握住一手，已是全身無法動彈。

只見人叢中轉出一個老者，手中拿者一根短煙袋，正是英雄當鋪的大掌櫃。他給胡斐逼去了九千兩銀子，那裏便肯罷休？一面命人急報鳳天南，一面悄悄跟到英雄會館來瞧他的動靜，這時見小主人被擒，忙上前陪笑道：「好漢爺，這是我們鳳老爺的獨生愛子，鳳老爺當

190

他猶如性命一般。好漢爺要銀子使用，可請快放了我們少主人。」胡斐道：「誰叫他偷吃了我的鳳凰肉？是鳳老爺的獨生愛子，便能偷吃人家東西麼？」大掌櫃笑道：「好漢取笑了。天下那有甚麼鳳凰肉？便算有，我們小主人也決不會偷吃。」胡斐喝道：「這鳳凰肉乃大補之劑，真是無價之寶，一吃下肚，立時滿面通紅，肥胖起來。你們大家看，他的臉是否比平時紅了胖了？還說沒偷吃我的鳳凰肉麼？」大掌櫃陪笑道：「這是好漢爺下手打腫的，不與鳳凰肉相干。」胡斐道：「大家來評個理，這小子可偷吃了我的鳳凰肉？」

在賭場中胡混之人，一小半是鳳天南的手下，另一半不是地痞流氓，便是破落戶子弟，人人畏懼鳳天南的威勢，聽胡斐如此詢問，七嘴八舌的說道：「沒見到你有甚麼鳳凰肉。」

「鳳大爺決不能偷你東西吃。」「鳳老爺府上的東西還怕少了麼？怎能偷人東西？」「笑話！」「好漢快放了他，別鬧出大事來。」

胡斐道：「好，你們大家說他沒偷吃，我難道賴了他？咱們到北帝廟判個理去。」

眾人一怔，立時想起鍾四嫂在北帝廟中刀剖兒腹之事。那大掌櫃暗暗吃驚，心想：「一到北帝廟，那可要鬧得不可收拾。」不住向胡斐打躬作揖，道：「好漢爺說的對，我們都錯了。少主人吃了好漢的鳳凰肉，好漢要怎麼賠，便怎樣賠就是。」胡斐冷笑道：「你倒說得容易。這裏人人不服，不到北帝廟評個明白，我今後還有臉見人麼？」說著將鳳一鳴挾在腋下，銀子也不要了，大踏步走出賭場，向途人問了路，逕向北帝廟而來。

那北帝廟建構宏偉，好大一座神祠，進門院子中一個大水塘，塘中石龜石蛇，昂然盤踞。

胡斐拉著鳳一鳴來到大殿，只見神像石板上血跡殷然，想起鍾四嫂被逼切剖兒腹的慘事，胸間熱血上衝，將鳳一鳴往地下一推，抬頭向著北帝神像，朗聲說道：「北帝爺，北帝爺，你威靈顯赫，替小民有冤伸冤，有仇報仇。這賊廝鳥偷吃了我的鳳凰肉，但旁人都說他沒吃……」

他話未說完，猛覺背後風聲颯然，左右有人雙雙來襲。他頭一低，身子一縮，那二人已然撲空。他雙手分別在二人背上一推，砰的一聲，二人臉對臉猛地一撞，登時暈去。只聽得一人高聲怒吼，又撲了上來。

胡斐聽他腳步沉重，來勢威猛，心想：「這人功夫倒也不弱。」一側身間，乘勢一帶，只見刀光閃動，一條肥水牯似的粗壯大漢已在身旁掠過，一刀砍向鳳一鳴頭頂砍落。總算他武功不低，危急之際手臂一偏，一刀砍在地下青磚之上，磚屑紛飛。胡斐叫道：「妙極！」

左足伸出，已踏住他的手肘。

那大漢狂吼一聲，放手撤刀。胡斐右足一挑，單刀飛將起來，順手接過，笑道：「我正愁沒刀剖他肚子，你巴巴的趕來送刀，當真有勞了。」

那大漢怒極，使力掙扎。胡斐左腿一鬆，雙被他翻身躍起，原來這大漢蠻力過人。他右足一撐，雙手十指如鉤，在空中逕向胡斐撲到。胡斐一轉身，已繞到他的身後，左手搭他肥臀之上，借力一送，喝道：「上天吧！」這一送有八成倒是借了那大漢本身縱躍之勢。那大漢身不由主，向上疾飛，旁觀眾人大叫聲中，眼見要穿破廟頂而出。他忙伸出雙手，抱住了大殿正中的橫樑，總算沒撞破腦門，但就這麼掛在半空，向下一望，離地數丈。他沒練過輕

功，身子又重，外家硬功雖然不弱，卻不敢躍下。這大漢在五虎門中位居第三，乃是鳳天南的得力助手，佛山鎮上人人懼怕，這時掛在樑上，上不得，下不來，極是狼狽。

胡斐拉住鳳一鳴的衣襟，向上一扯，嗤的一響，露出肚腹肌膚，橫過刀鋒，向擠在殿上的眾人叫道：「他是否吃了鳳凰肉，大家睜大眼睛瞧個明白，別說我冤枉了好人。」

旁邊四五個鄉紳模樣的人一齊來勸，都道：「好漢爺高抬貴手，若是剖了肚子，人死不能復生，那可不得了。」胡斐心想：「這些人鬼鬼祟祟，定與鳳天南一鼻孔出氣。」回頭怒喝：「那鍾四嫂剖孩子肚子，你們何以便不勸了？有錢子弟的性命值錢，窮人的孩子便不是性命？你們快回家去，每人把自己的兒子送一個來，若不送到，我自己上門找尋。我的鳳凰肉若不是他吃的，便是你們兒子吃了，我一個個剖開肚子來，查個明白。」這幾句話只把那幾個鄉紳嚇得魂不附體，再也不敢開口。

正亂間，廟門外一陣喧譁，搶進一羣人來。當先一人身材高大，穿一件古銅色緞袍，雙手一分，大殿上已有七八人向兩旁跌出數尺。

胡斐見了他這等氣派威勢，又是如此橫法，心想：「啊哈，正點子終於到了。」眼光向他從頭上瞧到腳下，又從腳下看到頭上。只見他上唇留著兩撇花白小髭，約莫五十來歲年紀，右腕戴一隻漢玉鐲，左手拿著一個翡翠鼻煙壺，儼然是個養尊處優的大鄉紳模樣，實不似個坐地分贓的武林惡霸，只是腳步凝穩，雙目有威，多半武功高強。

這人正是五虎門掌門人南霸天鳳天南，他陪著京裏來的兩名侍衛在府內飲宴，聽得下人

193

一連串的來報，有人混鬧酒樓、當鋪、賭場。他不願在御前侍衛跟前失了氣派，一直置之不理，心想這些小事，手下人定能打發，直聽到兒子遭擒，被拿到北帝廟中要開膛剖肚，這才匆匆趕來。他還道是極厲害的對頭來到尋仇，那知一看胡斐，竟是個素不相識的鄉下少年，當下更不打話，俯身便要扶起兒子。

胡斐心想：「這老傢伙好狂，竟將我視如無物。」待他彎腰俯身，一掌便往他腰間拍去。鳳天南竟不回身，左手迴掌，想將他手掌格開。胡斐一催勁力，拍的一聲，雙掌相交，鳳天南身子一晃，險些跌在兒子身上，才知這鄉下少年原來是個勁敵。當下顧不得去扶兒子，右手橫拳，猛擊胡斐腰眼。

胡斐見他變招迅捷，拳來如風，果然是名家身手，揮刀往他頭上疾砍下去。這一刀雖然兇猛，鳳天南也只須一縮手便能避過，但鳳一鳴橫臥在地，他縮手不打緊，兒子卻要受了這一刀。當此危急之際，他應變倒也奇速，一扯神壇前的桌披，倒捲上來，格開了一刀。胡斐叫道：「好！」左手伸出，已抓住桌披一端。兩人同時向外拉扯，拉的一響，桌披從中斷為兩截。

此時鳳天南那裏還有半點小覷之心？向後躍開半丈，早有弟子將他的兵刃黃金棍送在手中。這金棍長達七尺，徑一寸有半，通體黃金鑄成，可算得武林中第一豪闊富麗的沉重兵器。他將金棍一抖，指著胡斐說道：「閣下是那一位老師的門下？胡某甚麼地方得罪了閣下，卻要請教。」胡斐道：「我一塊鳳凰肉給你兒子偷吃了，非剖開他肚子瞧個明白不可。」鳳天南憑一條熟銅棍打遍嶺南無敵手，這才手創五虎門，在佛山鎮定居，家業大發之

後，將熟銅棍改為黃金棍。武家所用之棍，以齊眉最為尋常，依身材伸縮，短者五尺不足，長者六尺有餘，鳳天南這條棍卻長達七尺，黃金又較鑌鐵重近兩倍，仗著他膂力過人，使開來兩丈之內一團黃光，端的是厲害之極。

他聽了胡斐之言，知道今日已不能善罷，金棍起處，手腕抖了兩抖，棍端將神壇上兩點燭火點熄了，叫道：「在下素來愛交朋友，與尊駕素不相識，何苦為一個窮家小子傷了江湖義氣？是友是敵，但憑尊駕一言而決。」

要知金棍乃極沉重的兵器，他一抖棍花而打滅燭火，妙在不碰損半點蠟燭，燭台毫不搖晃，手法之準，可說是極罕見的功夫。他言語中軟裏帶硬，要胡斐知難而退，不必多管閒事。胡斐笑道：「是啊，你的話再對也沒有，你只須割一塊鳳凰肉賠我，我立即拍拍灰塵走路，你看可好？」鳳天南臉一沉，喝道：「既是如此，咱們兵刃上分高下便了。」說著提棍躍向院子。

胡斐提起鳳一鳴往地下一摔，將單刀插在他的身旁，喝道：「你若是逃走，便要你老子抵命！」空手走出，大聲道：「老爺行不改姓，坐不改名，大名鼎鼎『殺官殿吏拔鳳毛』便是。鳳毛拔不了，臭雞臭鴨的屁股毛拔幾根也是好的。大家瞧清楚了。」一言甫畢，突然左手探出，逕來抓對方棍頭。鳳天南知他武功厲害，心想你自己托大，不用兵刃，那可怪不得我，眼見他出手便奪兵刃，竟對自己藐視已極，當下棍尾抖起，一招「驅雲掃月」，向他頭頸橫掃過來。

這一招雖以橫掃為主，但後著中有點有打，有纏有挑，所謂「單頭雙頭纏頭，頭頭是

195

道；正面側面背面，面面皆靈」，的是武學中的極上乘棍法。胡斐身隨棍轉，還了一掌。

眾人凝神屏息，注視二人激鬥。鳳天南手下人數雖眾，但不得他的示意，誰也不敢插手

相助，何況二人縱躍如風，旁人武功遠遠不及，便要相助，也是無從著手。

二人惡鬥正酣，廟門中又闖進三個人來。當先一個婦人亂髮披身，滿身血污，正是鍾四

嫂。她一路磕頭，一路爬著進來，身後跟著二人，一個是她丈夫鍾阿四，一個是她兒子鍾

小二。

鍾四嫂跪在地下，不住向鳳天南磕頭，哈哈大笑，叫道：「鳳老爺你大仁大義，北帝爺

爺保佑你多福多壽，保佑你金玉滿堂，四季發財。我小三子在閻王爺面前告了你一狀，閻王

爺說你大富大貴，後福無窮哪。」她瘋瘋顛顛的又跪又拜，又哭又笑。鍾阿四卻鐵青著臉，

一聲不作。

鳳天南與胡斐拆了十餘招，早已全然落在下風。金棍揮成的圈子越來越小，見鍾四嫂似

瘋非瘋的向著自己跪拜，更是心神不寧，知道再鬥下去定要一敗不可收拾，當下勁貫雙臂，

使一招「揚眉吐氣」，往胡斐下顎挑去。

這一棍勢夾勁風，金光耀眼，胡斐卻不閃不縮，伸手竟然硬奪他的金棍。鳳天南又驚又

喜，心想：「你這隻手爪子就算是鐵鑄的，也打折了你。」當下力透手腕，急挑之力更大。

胡斐手掌與棍頭一搭著，輕輕向後一縮，已將他挑力卸去，手指彎過，抓住了棍頭。總算鳳

天南在這條棍上已下了三十餘年苦功，忙使一招「上滑下劫」，跟著一招「翻天徹地」，以

極剛猛的外勁硬奪回去。胡斐叫道：「拔臭雞毛了！」雙手自外向內圈轉，卻來捏他咽喉，

196

也不知他如何移動身形，竟在這一抓一奪之際，順勢攻進了門戶。鳳天南的金棍反在外檔，已然打他不著。

鳳天南大駭之下，急忙低頭，同時伸出手護頸。胡斐左手在他天靈蓋上輕輕一拍，除下他的帽子，右手已抓住他的辮子尾端，叫道：「這一掌暫不殺你！」左手已然抓住辮根，雙手向外一分，蹦的一聲，一條辮子斷成了兩截。鳳天南嚇得面如土色，急忙躍開。胡斐右手一揚，鳳天南的帽子飛出，剛好套在石蛇頭上，跟著踏上兩步，一掌擊在石龜昂起的頭頂，砰的一響，水花四濺，石龜之頭齊頸而斷，落入水塘。胡斐哈哈一笑，將鳳天南那條長辮繞在石龜頸中，雙手彈一彈身上灰塵，笑道：「還打麼？」

旁觀眾人見他顯了這手功夫，人人臉上變色。鳳天南知他適才這一掌確是手下留情，否則以掌擊石龜之力擊在自己頭頂，那裏還有命在？但斷辮繞龜，飛帽戴蛇，如此的奇恥大辱如何忍耐得了？舞動金棍，一招「青龍捲尾」，猛掃而至。這時他已是性命相拚，再非以掌門人身分與人比武過招。

胡斐心想：「此人平素橫得可以，今日若不掃盡他的顏面，佛山一鎮之人冤氣難出。」見他金棍上威力雖增，棍法卻已不如適才靈動，空手拆了幾招，見他使一招「鐵牛耕地」，著地捲到，當下看準棍端，右足一腳踹了下去，棍頭著地，給他踏在腳下。鳳天南急忙運勁後奪，胡斐出腳奇快，剛覺右腳下有些鬆動，左足已踏在棍腰，猛力住下一蹬。鳳天南再也拿揑不住，雙手一鬆，棍尾正好打中他右足足背，兩根小骨登時斷折。

這一下痛得他臉如金紙，但他咬緊牙關，一聲不哼，雙手反在背後，朗聲說道：「我學

197

藝不精，無話可說。你要殺要剮，悉聽尊便。」鍾四嫂卻還是不住向他磕頭，哭叫：「多謝鳳老爺成全了我家小三子，他真是偷吃了你的鵝麼？」

胡斐見鳳天南敗得如此狼狽，心想這南霸天除了此事之外，這許多年來定是更有不少惡行，既撞在我的手裏，豈能輕饒？當下大踏步過去，將鳳一鳴一把提起，拔起插在地下的單刀，轉頭向鳳天南道：「鳳老爺，我和你無冤無仇，可是令郎偷吃了我的鳳凰肉，實在太不講理。這裏佛山鎮上的人都護著你，我冤屈難明，只好剖開令郎的肚子，讓列位瞧瞧。」說著刀鋒在鳳一鳴的肚子上輕輕一拖，雪白的肌膚上登時現出一條血痕。

鳳天南固然作惡多端，卻頗有江湖漢子的氣概，敗在胡斐手下之後，仍是十分剛硬，不失掌門人的身分，但一見獨生愛子要慘被他開膛剖腹，不由得威風盡失，傲氣全消，叫過：「且慢！」從身旁手下人手中，搶過一柄單刀。

胡斐笑道：「你還不服氣，要待再打一場？」鳳天南慘然道：「一身做事一身當，鳳某行事不當，惹得尊駕打這個抱不平，這與小兒可不相干。鳳某不敢再活，但求饒了小兒性命。」說著橫過單刀，便往頸中刎去。

忽聽得屋樑上一人大叫：「鳳大哥，使不得！」原來那個粗壯大漢兀自雙手抱住橫樑，懸身半空。

鳳天南臉樑苦笑，揮刀急砍。眾人大吃一驚之下，誰也不敢阻攔，眼見他單刀橫頸，立時要血濺當場、屍橫祖廟，忽聽得嗤嗤聲響，一件暗器從殿門外自高而下的飛射過來，錚的

198

一聲，在單刀上一碰。鳳天南手一盪，單刀歪了，但還是在左肩上劃了一道口子，鮮血迸流。

胡斐定睛一看，只見射下的暗器卻是一枚女子手上所戴的指環。鳳天南臂力甚強，這小小一枚首飾，居然能將他手中單刀盪開，那投擲指環之人的武功，只怕不在自己之下。他心中驚詫，縱身搶到天井，躍上屋頂，但見西南角上人影一閃，倏忽間失了蹤跡。胡斐右足一點，撲了過去，暮色蒼茫之中，四顧悄然，竟無人影。他心中嘀咕：「這背影小巧苗條，似是女子模樣，難道世間女子之中，竟有這等高手？」

他生怕鳳天南父子逃走，不敢在屋頂久躭，隨即轉身回殿，只見鳳天南父子摟抱在一起。

胡斐見了這副情景，倒起了饒恕他父子之意。鳳天南放脫兒子，走到胡斐跟前，撲地跪下，說道：「我這條老命交在你手裏，但望高抬貴手，饒了我兒子性命。」鳳一鳴搶上來說道：「不，不！你殺我好了。你要替姓鍾的報仇，剖我肚子便是。」

胡斐一時倒不知如何發落，若要殺了二人，有些不忍下手，倘是給他父子倆一哭一跪，便即饒恕，又未免太便宜了他們。正自躊躇，鍾阿四突然走上前來，向胡斐道：「好漢爺救了小人的妻兒，又替小人一家明冤雪恨，大恩大德，小人粉身難報。」一面說，一面撲翻在地，礮礮礮礮，礚了幾個響頭。胡斐連忙扶起。

鍾阿四轉過身來，臉色鐵青，望著鳳天南道：「鳳老爺，今日在北帝爺爺神前，你憑良心說一句，我家小三子有沒偷你的鵝吃？」鳳天南為胡斐的威勢所懾，低頭道：「沒有。」

鍾阿四又道：「鳳老爺，你再憑良心說，你叫官府打我關我，逼死我是……是我弄錯了。」

199

的兒子，全是為了要佔我的菜園，是不是？」

鳳天南向他臉上望了一眼，只見這個平時忠厚老實的菜農，咬緊牙關，目噴怒火，神情極是可怕，不由得低下了頭，不敢回答。鍾阿四道：「你快說，是也不是？」鳳天南抬起頭來，道：「不錯，殺人償命，你殺我便了。」

忽聽廟門外一人高聲叫道：「自稱拔鳳毛的小賊，你敢不敢出來鬥三百回合？你在北帝廟中縮頭縮頸，幹麼不敢出來啊？」這幾句話極是響亮，大殿上人人相顧愕然，聽那聲音粗魯重濁，滿是無賴地痞的口氣。

胡斐一怔之下，搶出廟門，只見前面三騎馬向西急馳，馬上一人回頭叫道：「縮頭烏龜，料你也不敢和老子動手。」胡斐大怒，見廟門旁一株大紅棉樹下繫著兩匹馬，縱身過去一躍上馬，拉斷韁繩，雙腿一夾，催動坐騎，向那三人急追下去。

遠遠望見三乘馬向西沿著河岸急奔，瞧那三人坐在馬背上的姿式，手腳笨拙，騎術更劣，不知是否有意做作，但胯下所乘卻是良馬，胡斐趕出里許，始終沒能追上。聽那三人不時高聲叫罵，肆無忌憚，對自己毫不畏懼，實似背後有極厲害之人撐腰，他焦躁起來，俯身在地下抓起幾塊石子，手腕抖處，五六塊石子飛了出去，只聽得「啊喲」「媽呀」之聲不絕，三個漢子同時打中，一齊摔下馬來。

兩個人一跌下來，爬在地下大叫，第三人卻左足套在馬鐙之中，被馬拖著直奔，霎時之間已轉入柳陰深處。

胡斐跳下馬來，只見那二人按住腰臀，哼哼唧唧的叫痛。胡斐在一人身上踢了一腳，喝

道：「你說要和我鬥三百回合，怎不起身來鬥？」那人爬起身來，說道：「欠了賭債不還，還這麼橫！總有一日鳳老爺親自收拾你。」胡斐一怔，問道：「誰欠了賭債不還？」

另一人猛地裏跳將起來，迎面一拳往胡斐擊去。這一拳雖有幾斤蠻力，但出拳不成章法，顯是全無武功。胡斐微微一笑，揮手輕帶。那人一拳打偏，砰的一聲，正好打中同伴的鼻子，登時鼻血長流。出拳之人嚇了一跳，不明白怎地這一拳去勢全然不對，只撫著拳頭發呆。被擊之人大怒，喝道：「狗娘養的，打起老子來啦！」飛起一腿，踢在他的腰裏。那人回手相毆，砰砰嘭嘭，登時打得十分熱鬧，不再理會胡斐。

胡斐見這二人確實不會武功，居然敢向自己叫陣，其中大有蹊蹺，雙手分別抓住兩人頭頸，往後一扯，將兩人分了開來。但兩人打得眼紅了，不住口的污言穢語互相辱罵，一個罵對方專偷人家蘿蔔，另一個說對方是佛山的偷雞好手，看來兩人都是市井無賴，心中越加起疑，大聲喝道：「誰叫你們來罵我的？」說著雙手一擺，砰的一下，將兩人額角對額角的一撞，登時變了兩條怒目相向的獨角龍。

那偷雞賊膽子極小，一吃到苦頭，連聲：「爺爺，公公，我是你老人家的灰孫子。」胡斐喝道：「呸，我有你這等賤孫子？快說。」那偷雞賊道：「英雄會館開寶的郎寶官說，你欠了會館裏的賭債不還，教我們三個引你出來打一頓。他給了我們每人五錢銀子，這坐騎也是他借的。你賭債還不還，不關我事……」

胡斐聽到這處，「啊」的一聲大叫，心道：「糟啦，糟啦！我怎地胡塗，竟中了敵人調虎離山之計。」雙手往外一送，將兩名無賴雙雙跌了個狗吃屎，飛身上馬背，急往來路馳

201

回，心想：「鳳天南父子定然躲了起來，偌大一座佛山鎮，我卻往那裏找去？好在他搜刮霸佔的產業甚多，我一處處的鬧將過去，攪他個天翻地覆，瞧他躲得到幾時？」

不多時已回到北帝廟前，廟外本有許多人圍著瞧熱鬧，這時已走得乾乾淨淨，連孩子也沒留下一個。胡斐心想：「那鳳天南果然走了。」翻身下馬，大踏步走向廟中，一步跨進大殿，不由得倒抽一口涼氣，胸口呼吸登時搖搖擺擺，險些要坐倒在地。

原來北帝廟大殿上滿地鮮血，血泊中三具屍身，正是鍾阿四、鍾四嫂、鍾小二三人。每人身上都是亂刀砍斬的傷口，血肉模糊，慘不忍睹。

胡斐呆了半晌，一股熱血從胸間直衝上來，禁不住伏在大殿地上，放聲大哭，叫道：「鍾四哥四嫂，是我胡斐無能，竟然害了你們性命。」他站起身來，指著北帝神像說道：「北帝爺爺，今日要你作個見證，我胡斐若不殺鳳天南父子給鍾家滿門報仇，我回來在你座前自刎。」說著砰的一掌，將神案一角打得粉碎，案上供奉的香爐燭臺都震在地下。

他定神一想，到廟門外牽進馬匹，將三具屍身都放上馬背，心中悔恨不已：「我年幼無知，不明江湖上的鬼蜮伎倆，卻來出頭打抱不平，枉自害了三條人命。」那姓鳳的家中便是布滿了刀山油鍋，今日也要闖進去殺他個落花流水。」當下牽了馬匹，往大街而來。

但見家家店鋪都關上了大門，街上靜悄悄的竟無一個人影，只聽得馬蹄得得，在石板路上一路響將過去。

胡斐來到英雄當鋪和英雄酒樓，逐一踢開大門，均是寂然無人，似乎霎時之間，佛山

鎮上數萬人忽地盡數消失，只是當鋪與酒樓各處堆滿柴草，不知是何用意。再去賭場，也是一個人也沒有，成萬兩銀子卻兀自放在門板之上，沒一人敢動。胡斐隨手取了幾百兩放入包袱，心中暗暗驚訝：「這鳳天南定然擺下鬼計，對付於我，彼眾我寡，莫要再上他的當。」

他步步留神，沿街走去，轉了幾個彎，只見一座白牆黑瓦的大宅第，門上懸著一面大匾，寫著「南海鳳第」四個大字。那宅第一連五進，氣象宏偉。大門、中門一扇扇都大開著，宅中空蕩蕩的似乎也無一人。胡斐心道：「就算你機關萬千，我一把火燒了你的龜洞，瞧你出不出來。」正要去覓柴草放火，忽見屋子後進和兩側都有煙火冒將上來，一怔之間，已明其理：「這鳳天南好厲害的手段，竟然捨卻家業不要，自己一把火燒個乾淨。如此看來，他定要高飛遠走。若不急速追趕，只怕給他躲得無影無蹤。」

於是將馬匹牽到鳳宅旁鍾家菜園，找了一柄鋤頭，將鍾阿四夫婦父子三人葬了。只見菜園中蘿蔔白菜長得甚為肥美，菜畦旁丟著一頂小孩帽子，一個粗陶娃娃。胡斐越看越是傷心惱怒，伏地拜了幾拜，暗暗祝禱：「鍾家兄嫂，你若在天有靈，務須助我，不能讓那兇手走脫了。」

忽聽得街上腳步聲響，數十人齊聲吶喊：「捉拿殺人放火的兇手！」「莫走了無法無天的江洋大盜！」「那小強盜便在這裏。」

胡斐繞到一株大樹之後，向外一張，只見二三十名衙役兵丁，手執弓箭刀槍、鐵尺鐵鍊，在鳳宅外虛張聲勢的叫喊。他凝神一看，人叢中並無鳳家父子在內，心道：「這鳳天南驚動官府，明知拿我不住，卻是要擋我一陣。」當下縱身上馬，向荒僻處疾馳出去。

203

出得鎮來，回頭望時，只見鳳宅的火燄越竄越高，同時當鋪、酒樓、賭場各處也均冒上火頭。看來鳳天南決意將佛山鎮上的基業盡數毀卻，那是永遠不再回頭的了。胡斐心中惱恨，卻也不禁佩服這人陰鷙狠辣，勇斷明決，竟然不惜將十來年的經營付之一炬，心想：「此人這般工於心計，定有藏身避禍的妙策，該當到何處找他才是？」一時立馬佛山鎮外，徬徨不定。

遠遠聽得人聲嘈雜，救火水龍在石板路上隆隆奔馳。胡斐心想：「適才追那三個無賴，來去不到半個時辰。這鳳天南家業大，豈能在片刻之間料理清楚？他今晚若不親自回來分斷，定有心腹親信去他藏身的所在請示。我只守住路口便了。」

料想白日定然無人露面，於是在僻靜處找了株大樹，爬上樹去閉目養神，想到鍾家四口被害的慘狀，悲憤難平，心中翻來覆去的起誓：「若不殺那鳳賊全家，我胡斐枉自生於天地之間。」

等到暮色蒼茫，他走到大路之旁，伏在長草中守候，睜大了眼四處觀望，幾個時辰過去，竟是沒點動靜，直到天色大明，除了賣菜挑糞的鄉農之外，無人進出佛山。

正感氣沮，忽聽馬蹄聲響，兩乘快馬從鎮上奔了出來，馬上乘客穿著武官服色，卻是京中侍衛的打扮。

胡斐心中一動，記起鳳一鳴曾道，他父親因要陪伴御前侍衛，不能分身來見，這兩名侍衛定與鳳天南有所干連。心念甫起，兩騎馬已掠過他伏身之所，當即撿起一塊小石，伸指彈出，波的一聲輕響，一匹馬的後腿早著。石子正好打中那馬後腿的關節，那馬奔跑正速，突

然後腿一曲，向後坐倒，那腿登時斷折。

馬上乘客騎術甚精，這一下變故突起，他提身躍起，輕輕落在道旁，見馬匹斷了後腿，連聲哀鳴，不由得皺起眉頭，叫道：「糟糕，糟糕。」

胡斐離著他有七八丈遠，只見另一名侍衛勒馬回頭，問道：「怎麼啦？」那侍衛道：「這畜牲忽然失蹄，折斷了腿，只怕不中用啦。」胡斐聽了他說話的聽音，猛然想起這人姓何，數年前在商家堡中曾經見過。

那侍衛道：「咱們回佛山去吧。」另一名侍衛道：「咱們回佛山去，另要一頭牲口了？」何思豪道：「他毀家避禍，怎能回去？」那侍衛道：「鳳天南走得不知去向，佛山鎮上亂成一團，沒人理事，還是去向南海縣要馬吧。」說著拔出匕首，在馬腦袋中一劍插進，免得那馬多受痛苦。

一架的何思豪，說道：「鳳天南走得不知去向，佛山鎮上亂成一團，沒人理事，還是去向南海縣要馬吧。」說著拔出匕首，在馬腦袋中一劍插進，免得那馬多受痛苦。

何思豪跨上馬背，說道：「也不一定是白辛苦。福大帥府裏的天下掌門人大會，是何等盛事，鳳天南是五虎門掌門，未必不到。」說著伸手在馬臀上一拍。那馬背上乘了兩人，不能快跑，只有邁步緩行。

那姓何的侍衛正是當年和徐錚打過一架的何思豪，說道：「鳳天南走得不知去向，佛山鎮上亂成一團，沒人理事，還是去向南海縣要馬吧。」

何大哥，你說鳳天南當真不回佛山了？」何思豪道：「他毀家避禍，怎能回去？」那侍衛道：「這次南來，不但白辛苦一趟，還害死了你一匹好馬。」

胡斐聽了「福大帥府裏的天下掌門人大會」這幾個字，心裏一喜，暗想：「天下掌門人聚會，那可熱鬧得緊哪。鳳天南便算不去，他落腳何方，多少也能在會中打聽到一些消息。但不知那福大帥邀會各派掌門人，卻是為了何事？」

205

第六章

紫衣女郎

—

突見松樹上一個人影落了下來，

正好騎在白馬背上，

袁紫衣這時那裏再容他逃脫，

雙足在馬鐙上一登，躍在半空。

胡斐回到大樹底下牽過馬匹，縱騎向北，一路上留心鳳天南和五虎門的蹤跡，卻是半點影子也無。這一日過了五嶺，已入湖南省境，只見沿路都是紅土，較之嶺南風物，大異其趣。

胡斐縱馬疾馳，過馬家鋪後，將至樓鳳渡口，猛聽得身後傳來一陣迅捷異常的馬蹄聲響，回頭一望，只見一匹白馬奮鬣揚蹄，風馳而來，當即勒馬讓在道旁。剛站定，耳畔呼的一響，那白馬已從身旁一竄而過，四蹄竟似不著地一般。馬背上乘著一個紫衣女子，只因那馬實在跑得太快，女子的面貌沒瞧清楚，但見她背影苗條，穩穩的端坐馬背。

胡斐吃了一驚：「這白馬似是趙三哥的坐騎，怎麼又來到中原？」他心中記掛趙半山，想要追上去問個明白，剛張口叫了聲：「喂！」那白馬已奔得遠了，垂柳影下，依稀見那紫衣女子回頭望了一眼，白馬腳步不停，片刻之間，已奔得無影無蹤。

胡斐好生奇怪，催馬趕路，但白馬腳程如此迅速，縱然自己的坐騎再快一倍，就算日夜不停奔馳，也決計趕她不上，催馬追趕，也只是聊盡人事而已。

第三日到了衡陽。那衡陽是湘南重鎮，離南嶽衡山已不在遠。一路上古松夾道，白雲繞山，令人胸襟為之一爽。

胡斐剛入衡陽南門，突見一家飯鋪廊下繫著一匹白馬，身長腿高，貌相神駿，正是途中所遇的那匹快馬。胡斐少年時與趙半山締交，對他的白馬瞧得極是仔細，此時一見，儼是故物，不禁大喜，忙走到飯鋪中，想找那紫衣女子，卻是不見人影。

胡斐要待向店夥詢問，轉念一想，公然打探一個不相識女子的行蹤，大是不便，於是坐

在門口，要了酒飯。

少停酒菜送上，湖南人吃飯，筷極長，碗極大，無菜不辣，每味皆濃，頗有豪邁之風，很配胡斐的性子。他慢慢喝酒，尋思少待如何啟齒和那紫衣女子說話，何不將趙三哥所贈的紅花放在桌上，猛地想起：「此人既乘趙三哥的白馬，必和他有極深的淵源，她自會來尋我說話。」他右手拿著酒杯，反伸左手去取包袱，卻摸了個空，回過頭一看，包袱竟已不知去向。

包袱明明放在身後桌上，怎地一轉眼便不見了？向飯鋪中各人一望，並無異樣人物，心中暗暗稱奇：「若是尋常盜賊順手牽羊，我決不能不知。此人既能無聲無息的取去，倘在背後突施暗算，我也必遭毒手，瞧來今日是在湖南遇上高人了。」當下問店夥道：「我的包袱放在桌旁，怎地不見了？你見到有人取去沒有？」

那店夥聽說客人少了東西，登時大起忙頭，說道：「貴客錢物，概請自理，除非交在櫃上，否則小店恕不負責。」胡斐笑道：「誰要你賠了？我只問你瞧見有人拿了沒有。」那店夥道：「沒有，沒有。我們店裏怎會有賊？客官千萬不可亂說。」胡斐知道跟他纏不清楚，又想連自己也沒察覺，那店夥怎能瞧見？正自沉吟，那店夥道：「客官所用酒飯，共是一錢五分銀子，請會鈔吧。」

那包袱之中，尚有從鳳天南賭場中取來的數百兩銀子，他身畔可是不名一文，見店夥催帳，不由得一窘。那店夥冷笑道：「客官若是手頭不便，也不用賴說不見了包袱啊。」胡斐懶得和他分辯，到廊下去牽過自己坐騎，卻見那匹白馬已不知去向，不由得一怔：

「這白馬跟偷我包袱之人必有干連。」這麼一來，對那紫衣女子登時多了一層戒備之心，於是將坐騎交給店夥，說道：「這頭牲口少說也值得八九兩銀子，且押在櫃上，待我取得銀子，連牲口的草料錢一併來贖。」那店夥立時換了一副臉色，陪笑道：「不忙不忙，客官走好。」

胡斐正要去追尋白馬的蹤跡，那店夥趕了上來，笑道：「客官，今日你也無錢吃飯，我指點你一條路，包你有吃有住。」胡斐嫌他囉唆，正要斥退，轉念一想：「甚麼路子？是指點我去尋包袱麼？」於是點了點頭。

那店夥笑道：「這種事情一百年也未必遇得上，偏生客官交了運，楓葉莊萬老拳師不遲不早，剛好在七日前去世，今日正是頭七開喪。」胡斐道：「那跟我有甚相干？」那店夥笑道：「大大的相干。」轉身到櫃上取了一對素燭，一筒線香，交給胡斐，說道：「從此一直向北，不到三里地，幾百棵楓樹圍著一座大莊院，便是楓葉莊了。客官拿這副香燭去弔喪，在萬老拳師的靈前磕幾個響頭，莊上非管吃管住不可。明兒你說短了盤纏，莊上少說也得送你一兩銀子路費。」

胡斐聽說死者叫做「萬老拳師」，心想同是武林一脈，先有幾分願意，問道：「那楓葉莊怎地如此好客？」那店夥道：「湘南幾百里內，誰不知萬老拳師慷慨仗義？不過他生前專愛結交英雄好漢，像客官不會武藝，正好乘他死後去打打秋風了。」胡斐先怒後笑，抱拳笑道：「多承指點。」問道：「那麼萬老拳師生前的英雄朋友，今天都要趕來弔喪了？」那店夥道：「誰說不是呢？客官便去開開眼界也是好的。」胡斐一聽正中下懷，接過素燭線香，

逕往北去。

不出三里，果如那店夥所言，數百株楓樹環抱著一座大莊院，莊外懸著白底藍字的燈籠，大門上釘了麻布。

胡斐一進門，鼓手吹起迎賓樂曲。但見好大一座靈堂，兩廂掛滿素幛輓聯。他走到靈前，跪下磕頭，心想：「不管你是誰，總是武林前輩，受我幾個頭想來也當得起。」

他跪拜之時，三個披麻穿白的孝子跪在地下磕頭還禮。胡斐站起身來，三個孝子向他作揖致謝。胡斐也是一揖，只見三人中兩個身材粗壯，另一人短小精悍，相貌各不相同，心道：「萬老拳師這三個兒子，定然不是一母所生，多半是三個妻妾各產一子了。」回身過來，並無一個相識，只見大廳上擠滿了弔客，一小半似是當地的鄉鄰士紳，大半則是武林豪士。胡斐逐一看去，那紫衣女子也無影蹤，尋思：「此間羣豪聚會，我若留神，或能聽到一些五虎門鳳家父子的消息。」

但見大廳上擠滿了弔客，一小半似是當地的鄉鄰士紳，大半則是武林豪士。胡斐逐一看去，那紫衣女子也無影蹤，尋思：「此間羣豪聚會，我若留神，或能聽到一些五虎門鳳家父子的消息。」

少頃開出素席，大廳與東西廂廳上一共開了七十來桌。胡斐坐在偏席，留心眾弔客的動靜。但見年老的多帶戚容哀色，年輕的卻高談闊論，言笑自若，想是夠不上跟萬老拳師有甚麼交情，也不因他逝世而悲傷了。

正瞧間，只見三個孝子恭恭敬敬的陪著兩個武官，讓向首席，坐了向外的兩個首座。兩個武官穿的是御前侍衛服色。胡斐一怔，認得這二人正是何思豪和他同伴。首席上另外還坐了三個老年武師，想來均是武林中的前輩。三個孝子坐在下首作陪。

211

眾客坐定後，那身材矮小的孝子站起身來，舉杯謝客人弔喪。他謝過之後，第二個孝子也謝一遍，接著第三個又謝一遍，言辭舉動一模一樣，眾客人一而再、再而三的起立還禮，不由得頗感膩煩。

胡斐正覺古怪，聽得同桌一個後生低聲道：「三個孝子一齊謝一次也就夠了，倘若萬老拳師有十個兒子，這般幹法，不是要連謝十次麼？」一個中年武師冷笑道：「萬鶴聲有一個兒子也就好了，還說十個？」那後生奇道：「難道這三個孝子不是他兒子麼？」中年武師道：「原來小哥跟萬老拳師非親非故，居然前來弔喪，這份古道熱腸，可真是難得之極了。」那後生脹紅了臉，低下頭不再說話。胡斐暗暗好笑：「此君和我一般，也是打秋風吃白食來的。」

那中年武師道：「說給你聽也不妨，免得有人問起，你全然接不上筍頭，那可臉上下不來。萬老拳師名成業就，就可惜膝下無兒。他收了三個徒弟，那身材矮小的叫做孫伏虎，是老拳師的大弟子。這白臉膛的漢子名叫尉遲連，是二弟子。紅臉膛酒糟鼻的大漢，名叫楊賓，是他的第三弟子。這三人各得老拳師之一藝，武功是很不差的，只是粗人不明禮節，是以大師兄謝了，二師兄也謝，三師弟怕失禮，跟著也來謝一次。」那後生紅著臉，點頭領教。

其實三個師兄弟各謝一次，真正的原因卻並不是粗人不明禮節。

胡斐跟首席坐得雖不甚近，但留神傾聽，盼望兩名侍衛在談話之中會提到五虎門，透露一些鳳天南父子行蹤的線索。只聽何思豪朗聲道：「兄弟奉福大帥之命，來請威震湘南的萬老拳師進京，參與天下掌門人大會，好讓少林韋陀門的武功在天下武師之前大大露臉。想

212

不到萬老拳師一病不起，當真可惜之極了。」眾人附和嘆息。何思豪又道：「萬老拳師雖然過世，但少林韋陀門是武林中有名的宗派，掌門人不可不到。不知貴門的掌門人由那一位繼任？」

孫伏虎等師兄弟三人互視一眼，各不作聲。過了半晌，三師弟楊賓說道：「師父得的是中風之症，一發作便人事不知，是以沒留下遺言。」另一名侍衛道：「嗯，嗯。貴門的前輩尊長，定是有一番主意了。」二弟子尉遲連道：「我們幾位師伯叔散處各地，向來不通音問。」那侍衛道：「如此說來，立掌門之事，倒還得費一番周折。福大帥主持的掌門人大會，定在八月中秋，距今還有兩個月，貴門須得及早為計才好。」師兄弟三人齊聲稱是。

一名老武師道：「自來不立賢便立長，萬老拳師既無遺言，那掌門一席，自非大弟子孫師兄莫屬。」孫伏虎笑了笑，神色之間甚是得意。另一名老武師道：「立長之言是不錯的。可是孫師兄雖然入門較早，論年歲卻是這位尉遲師兄大著一歲。尉遲師兄老成精幹，韋陀門若是由他接掌，定能發揚光大，萬老拳師在天之靈，也必極為欣慰了。」尉遲連伸袖擦了擦眼，顯得懷念師父，心中悲戚。第三名老武師連連搖手，說道：「不然不然，若在平日，老朽原無話可說。但這番北京大會，各門各派齊顯當場，韋陀門掌門人如不能藝壓當場，豈不是壞了韋陀門數百年的英名？因此以老朽之見，這位掌門人須得是韋陀門中武功第一的好手，方能擔當。」這番話說得眾人連連點首，齊聲稱是。

那老武師又道：「三位師兄都是萬老拳師的得意門生，各擅絕藝，武林中人人都是十分欽佩的。不過說到出乎其類，拔乎其萃，那還是後來居上，須推小師弟楊賓了。」第一名老

213

武師哼了一聲，道：「那也未必。武學之道，多練一年，功夫便深一年。楊師兄雖然天資聰穎，但就功力而言，那是遠遠不及孫師兄了。刀槍拳腳上見功夫，這是絲毫勉強不來的。」

第二名老武師道：「說到臨陣取勝，鬥智為上，鬥力其次。兄弟雖是外人，但平心而論，足智多謀，還該推尉遲師兄。」

他三人你一句，我一句，起初言語中都還客氣，到後來漸漸面紅耳赤，聲音也越說越大。幾十桌的客人停杯不飲，聽他三人爭論。胡斐心道：「原來三個老武師都是受人之託，來作說客的，說不定還分別受了三名弟子的好處。」

弔客之中，有百餘人是韋陀門的門人，大都是萬老拳師的再傳弟子，各人擁戴自己師父，先是低聲譏諷爭辯，到後來忍不住大聲吵嚷起來。各親朋賓客或分解勸阻，或各抒己見，或袒護交好，大廳上登時亂成一片。有幾個脾氣暴躁、互有心病之人，竟拍桌相罵起來，眼見便要掄刀使拳。萬老拳師屍骨未寒，門下的徒弟便要為掌門一席而同室操戈了。

那坐在首席的侍衛聽著各人爭吵，並不說話，望著萬老拳師的靈位，只是微笑，眼見各人越鬧越是厲害，突然站起身來，說道：「各位且莫爭吵，請聽兄弟一言。」眾人敬他是官，一齊住口。

那侍衛道：「適才這位老師說得不錯，韋陀門掌門人，須得是本門武功之首，這一節各位都是贊同的了？」大家齊聲稱是。那侍衛道：「武功誰高誰低，嘴巴裏是爭不出來的。好在三位是同門師兄弟，不論勝負，都不會失了和氣，更不刀槍拳腳一比，立時便判強弱。

會折了韋陀門的威風。咱們便請萬老拳師的靈位主持這場比武，由他老人家在天之靈擇定掌門，倒是一段武林佳話呢。」

眾人聽了，一齊喝采，紛紛道：「這個最公平不過。」「讓大家見識見識韋陀門的絕藝。」「憑武功分勝敗，事後再無爭論。」「究竟是北京來的侍衛老爺，見識高人一等。」

那侍衛見眾人一致附和其說，神情甚是得意，說道：「同門師兄弟較藝比武，那是平常之極的事，兄弟卻要請三位當眾答允一件事。」尉遲連在師兄弟三人之中最是精明幹練，當即說道：「但憑大人吩咐，我們師兄弟自當遵從。」那侍衛道：「既是憑武功分上下，那麼武功最高的便為掌門，事後任誰不得再有異言，更起紛爭。」三人齊聲道：「這個自然。」他三人武功各有所長，常言道：「文無第一，武無第二。」各人自忖雖然並無必勝把握，但奮力一戰，未始便不能壓服兩個同門。

那侍衛道：「既是如此，大夥兒便挪地方出來，讓大家瞻仰韋陀門的精妙功夫。」眾人七手八腳搬開桌椅，在靈位前騰出老大一片空地。眼見好戲當前，各人均已無心飲食，只有少數饕餮之徒，兀自低頭大嚼。

那侍衛道：「那兩位先上？是孫師兄與尉遲師兄麼？」孫伏虎說道：「好，兄弟獻醜。」早有他弟子送上一柄單刀。孫伏虎接刀在手，走到師父靈前磕了三個頭，轉身說道：「尉遲師弟請上吧。」

尉遲連心想若是先與大師兄動手，勝了之後還得對付三師弟，不如讓他們二人先鬥個筋疲力盡，自己再來下莊刺虎，撿個現成，於是拱手道：「兄弟武藝既不及師兄，也不及師

弟，這個掌門原是不敢爭的。只是各位老師有命，不得不勉強陪師兄師弟餵招，還是楊師弟先上吧。」

楊賓脾氣暴躁，大聲道：「好，由我先上便了。」從弟子手中接過單刀，大踏步上前。他也不知該當先向師父靈位磕頭，當下立個門戶，右手持刀橫置左肩，左手成鉤，勁坐右腿，左腳虛出，乃是六合刀法的起手「護肩刀」。

少林韋陀門拳、刀、槍三絕，全守六合之法。所謂六合，「手眼身」為外三合，「精氣神」為內三合，其用為「眼與心合，心與氣合，氣與身合，身與手合，手與腳合，腳與胯合。」全身內外，渾然一體。賓客中有不少是武學行家，見楊賓橫刀一立，神定氣凝，均想：「此人武功不弱。」孫伏虎刀藏右側，左手成掌，自懷裏翻出，使一招「滾手刺扎」，說道：「師弟請！」

與胡斐同桌的那中年武師賣弄內行，向身旁後生道：「單刀看的是手，雙刀看的是走。使單刀的右手有刀，刀有刀法，左手無物，那便安頓為難。因此看一人的刀上功夫，只要瞧他左手出掌是否厲害，便知高低。你瞧孫師兄這一掌翻將出來，守中有攻，功力何等深厚？」胡斐聽他說得不錯，微微點頭。

說話之間，師兄弟倆已交上了手，雙刀相碰，不時發出叮噹之聲。那中年武師又道：「這二人刀法，用的都是『展、抹、鉤、剁、砍、劈』六字訣，法度是很不錯的。」那後生道：「甚麼叫做鑽母鉤肚？」中年武師冷笑一聲道：「刀法之中，還有鑽他媽媽，鉤你肚子麼？刃口向外叫做展，向內為抹，曲刃為鉤，過頂為砍，雙手舉刀下斬叫做劈，平手下斬稱

為剁。」那後生脹紅了臉，再也不敢多問。

胡斐雖然刀法精奇，但他祖傳刀譜之中，全不提這些細緻分別，注重的只是護身傷敵諸般精妙變招，這時聽那中年武師說得頭頭是道，心道：「原來刀法之中還有這許多講究。但瞧這師兄弟倆的刀招，也無甚麼特異之處。」

眼見二人越鬥越緊，孫伏虎矯捷靈活，楊賓卻勝在腕力沉雄，一時倒也難分上下。正鬥之間，大門外突然走進一人，尖聲說道：「韋陀門的刀法，那有這等膿包的，快別現世了吧！」孫楊二人一驚，同時收刀躍開。

胡斐早已看清來人是個妙齡少女，但見她身穿紫衣，身材苗條，正是途中所遇那個騎白馬的女子。她背上負著一個包袱，卻不是自己在飯鋪中所失的是甚麼？只見她一張瓜子臉，雙眉修長，膚色雖然微黑，卻掩不了姿形秀麗，容光照人，不禁大是驚訝：「這女子年紀和我相若，難道便有一身極高武功，如此輕輕巧巧的取去包袱，竟使我絲毫不覺？」

孫楊二人聽來人口出狂言，本來均已大怒，但停刀一看，卻是個娉娉嫋嫋的女郎，愕然之下，說不出話來。

那女郎道：「六合刀法，精要全在『虛、實、巧、打』四字。你們這般笨劈蠻砍，還提甚麼韋陀門？甚麼六合刀？想不到萬老拳師英名遠播，竟調教了這等弟子出來。」她聲音爽脆清亮，人人均覺動聽之至。

說這番話的如是一個漢子，孫楊二人早已發話動手，然而見這女郎纖腰削肩，宛似弱不禁風，那裏是個會武之人？但聽她說出六合刀法那「虛、實、巧、打」四字訣，卻又一點不

217

錯，一時不知如何對答。

尉遲連走上前去，抱拳說道：「請教姑娘尊姓大名。」那女郎哼了一聲，並不回答。尉遲連道：「敝門今日在先師靈前選立掌門。請姑娘上坐觀禮。」說著右手一伸，請她就坐。

那女郎秀眉微蹙，說道：「少林韋陀門是武林中有名門派，卻從這些人中選立掌門，豈不墮了無相大師以下列祖的威名？」此言一出，廳上江湖前輩都是微微一驚。原來無相大師是少林寺的得道高僧，當年精研韋陀杵和六合拳法，乃是韋陀門的開山祖師，想不到這一個弱質少女，竟也知道這件武林掌故。

尉遲連抱拳道：「姑娘奉那一位前輩之命而來？對敝門有何指教？」他一直說話客氣，但孫伏虎與楊賓早已大不耐煩，只是聽那女郎出語驚人，這才暫不發作。

那女郎道：「我自己要來便來，何必奉人之命？我和韋陀門有點兒淵源，見這裏鬧得太不成話，不得不來說幾句話。」

這時楊賓再也忍耐不住，大聲道：「你跟韋陀門有甚麼淵源？誰也不認得你是老幾。我們正有要事，快站開些，別在這兒礙手礙腳！」轉頭向孫伏虎道：「大師兄，咱哥兒倆勝敗未分，再來吧。」左步踏出，單刀平置腰際，便欲出招。

那女郎道：「這一招『橫身攔腰斬』，虛步踏得太實，凝步又站得不穩，目光不看對方，卻斜視瞧著我。錯了，錯了。」孫伏虎、尉遲連、楊賓三人均是一怔，心想：「這幾句話對門對路，正如當日師父教招的說話，莫非她真會六合刀法嗎？」

何思豪聽那女郎與尉遲連對答，一直默不作聲，這時插口說道：「姑娘來此有何貴幹？

218

尊師是那一位?」那女郎並不回答他的問話,卻反問道:「今日少林韋陀門選立掌門,是也

不是?」何思豪道:「是啊!」那女郎又道:「只要是本門中人,誰的武功最強,誰便執掌

門派,旁人不得異言,是也不是?」何思豪道:「正是!」那女郎道:「很好!我今日是搶

韋陀門的掌門人來啦。」

眾人見她臉色鄭重,說得一本正經,不禁愕然相顧。何思豪見這女郎生得美麗,倒起了

一番惜玉憐香之意,笑道:「姑娘若是也練過武藝,待會請你演一路拳腳,好讓大家開開眼

界。現下先讓他們三位師兄弟分個高低如何?」

那女郎哼了一聲,道:「他們不必再比了,一個個跟我比便是。」她手指韋陀門的一名

弟子,說道:「把刀借給我一用。」她雖年輕纖弱,但說話的神態之中自有一股威嚴,竟令

人不易抗拒。那弟子稍一遲疑,將刀遞了過去,可是他並非倒轉刀柄,而是刀尖向著女郎。

那女郎伸出兩指,輕輕挾住刀背,輕輕提起,一根小指微微翹出,倒似是閨中刺繡時的

蘭花手一般。

她兩指懸空提著單刀,冷然道:「是兩位一起上麼?」

楊賓雖然魯莽,但自來瞧不起女子,心想好男不與女鬥,我堂堂男子漢,豈能跟娘兒們

動手?何況這女郎瘋瘋顛顛,倒有幾分邪門,還是別理她為妙,於是提刀退開,說道:「大

師哥,你打發了她吧!」孫伏虎也自猶豫,道:「不,不……」

他一言未畢,那女郎叫道:「燕子掠水!」右手兩根手指一鬆,單刀下掉,手掌一沉,

已抓住了刀柄,左手扶著右腕,刃口自下向上掠起,左手成鉤,身子微微向後一坐。這一刀

正是韋陀門正宗的六合刀法。

孫伏虎料不到她出招如此迅捷，但這一路刀法他浸淫二十餘年，已練得熟到無可再熟，當下還了一招「金鎖墜地」。那女郎道：「關平獻印。」翻轉刀刃，向上挺舉。按理她既使了「燕子掠水」單刀自下向上，那麼接下去的第二招萬萬不該再使「關平獻印」，仍是自下向上。那知她這一招刀身微斜，舉刀過頂，突然生出奇招，刃口陡橫。孫伏虎嚇了一跳，急忙低頭。那女郎又叫道：「鳳凰旋窩！」左手倏出，在孫伏虎手腕上一擊，單刀自上向下急斬。

只聽噹的一聲，孫伏虎單刀落地，女郎的單刀卻已架在他的頸中。旁觀眾人「啊」的一下，齊聲驚呼，眼見她一刀急斬，孫伏虎便要人頭落地。那知這一刀疾揮而下，勢道極猛烈，卻忽地收住，刃口剛好與他頭頸相觸，連頸皮也不劃破半點。這手功夫真是匪夷所思。

胡斐只瞧得心中怦怦亂跳，自忖要三招之內打敗孫伏虎並不為難，但最後一刀勁力拿捏如此之準，自己只怕尚是有所不及。廳上眾人之中，本來只有他一人知道那女郎武功了得，但經此三招，人人撟舌不下。

孫伏虎頭一沉，想要避開刃鋒，豈知女郎的單刀順勢跟了下來。孫伏虎本已彎腰低頭，此時額角幾欲觸地，猶似向那女郎磕頭。他空有一身武功，利刃加頸，竟是半分動彈不得。

那女郎向眾人環視一眼，收起單刀，道：「你練過『鳳凰旋窩』這一招沒有？」孫伏虎站直身子，低頭道：「練過。」心想：「這一招我生平不知使過幾千幾萬遍，但從來沒這樣用法。」驚疑之下，心中亂成一片，提刀退開。

220

楊賓見那女郎三招便將大師兄制服，突然起了疑心：「莫非大師兄擺下詭計，要奪掌門，故意和這女子串通了來裝神裝鬼？」他越想越對，大聲質問道：「大師哥，你三招便讓了人家，那是甚麼意思？我韋陀門的威名也不顧了嗎？」孫伏虎驚魂未定，也不知怎地胡裏胡塗的便讓人家制在地下，一時無言可答，只是結結巴巴的道：「我……我……」楊賓怒道：「我甚麼？」提刀躍出，戟指喝道：「你這……」

只說了兩個字，眼前突見白光一閃，那女郎的單刀自下而上掠了過來，她刀法太快，竟是瞧不清楚，依稀似是一招「燕子掠水」。楊賓忙亂之中，順手還了一招「金鎖墜地」，這是他在師門中練熟了的套子。那女郎不等雙刃相交，單刀又是一舉，變為「關平獻印」，跟著斜刀橫出。楊賓嚇了一跳，大叫道：「鳳凰旋窩。」語聲未畢，只覺手腕一麻，手中單刀落地，對方的鋼刀已架在自己頸上。

那女郎這三招與適才對付孫伏虎的刀法一模一樣，只是出手更快，更是令人猝不及防，而這一刀斬下，離地不到三尺，楊賓的額頭幾欲觸及地下。

那女郎冷然道：「服不服了？」楊賓滿腔怒火，大聲道：「不服。」那女郎手上微微使勁，刀刃向下稍壓。豈知楊賓極是強項，心道：「你便是將我腦袋斬下，我額頭也不點地。」

頭頸反而一挺。

那女郎無意傷他性命，將單刀稍稍提起，道：「你要怎地才肯服了？」楊賓心想她的刀法有些邪門，但真實武功決計不能勝我，於是大聲道：「你有膽子，就跟我比槍。」那女郎道：「好！」收起單刀，向借刀的弟子拋了過去，說道：「我瞧瞧你的六合槍法練得如何？」

221

楊賓跳起身來，他臉色本紅，這時盛怒之下，更是脹得紫醬一般，大叫道：「快取槍來，快取槍來！」一名弟子到練武廳去取了一柄槍來。楊賓大怒若狂，反手便是一個耳括子，罵道：「這女人要和我比槍法，你沒聽見麼？」這弟子給他一巴掌打得昏頭昏腦，一時會不過意來。另一名弟子怕他再伸手打人，忙道：「弟子去再拿一把。」奔入內堂，又取了一把槍來。

那女郎接過長槍，說道：「接招吧！」提槍向前一送，使的是一招「四夷賓服」。這一招是六合槍中最精妙的招數，稱為二十四式之首，其中妙變無窮，乃是中平槍法。

胡斐精研單刀拳腳，對其餘兵刃均不熟悉，向那中年武師望了一眼，目光中含有請教之意。這武師武功平平，但跟隨萬老拳師多年，對六合門的器械拳腳卻看得多、聽得多了，於是背誦歌訣道：「中平槍，槍中王，高低遠近都不妨；去如箭，來如線……」他歌訣尚未背完，但見楊賓還了一招。那女郎槍尖向下一壓。那武師道：「這招『美人認針』，招數也還平平，她槍法只怕不及楊師兄……」突見那女郎雙手一捺，槍尖向下，已將楊賓的槍頭壓住，正是六合槍法中的「靈貓捕鼠」。這一招稱為「無中生有槍」，乃是從虛式之中，變出極厲害的家數。

只三招之間，楊賓又已被制。他力透雙臂，吼聲如雷，猛力舉槍上崩。那女郎提槍一抖，喀的一聲，楊賓槍頭已被震斷。那女郎槍尖翻起，指在他小腹之上，輕聲道：「怎麼？」

眾人的眼光一齊望著楊賓，但見他豬肝般的臉上倏地血色全無，慘白如紙，身子一顫，

222

拍的一聲，將槍桿拋在地下，叫道：「罷了，罷了！」轉身向外急奔。他一名弟子叫道：「師父，師父！」追近身去。楊賓飛起一腿，將弟子踢了個觔斗，頭也不回的奔出大門去了。

大廳上眾人無不驚訝莫名。這女郎所使刀法槍法，確是韋陀門正宗武功。孫伏虎與楊賓都是韋陀門中著名好手，但不論刀槍，都是不過三招，便給她制得更無招架餘地。

尉遲連早收起了對那女郎的輕視之意，心中打定了主意，抱拳上前，說道：「姑娘武功精妙絕倫，在下自然不是對手，不過……」那女郎秀眉微蹙，道：「你話兒很多，我也不耐煩聽。你若是口服心服，便擁我為掌門，若是不服，爽爽快快的動手便是。」尉遲連臉上微微一紅，心道：「這女子手上辣，口上也辣得緊。」於是說道：「我師兄師弟都已服輸，在下不獻獻醜是不成的了……」

那女郎截住話頭，道：「好，你愛比甚麼？」尉遲連道：「韋陀門自來號稱拳刀槍三絕……」那女郎也真爽快，將大槍一拋，道：「唔，那你是要比拳腳了，來吧！」尉遲連道：「咱們正宗的六合拳是不用比了，我自然和姑娘差得遠，在下想請教一套赤尻……」那女郎臉色更是不豫，道：「哼，你精研赤尻連拳，那也成！」右掌一起，便向他肩頭琵琶骨上斬了下去。

原來這「赤尻連拳」也是韋陀門的拳法之一，以六合拳為根基，以猴拳為形，乃是一套近身纏鬥的小擒拿手法，每一招不是拿抓勾鎖，便是點穴打穴。尉遲連見她刀槍招數厲害，自恃這套赤尻連拳練得極是純熟，心想她武功再強，小姑娘膂力總不及我，何況貼身近戰，女孩兒家有許多顧忌之處，自己便可乘機取勝。

223

那女郎知道他的心意，一起手便出掌而斬。尉遲連左手揮出，想格開她右掌，順手回點肩井穴。那女郎手腕竟不與他相碰，手掌一偏，指頭已偏向左側，逕點他左胸穴道。尉遲連大喜，右掌回格，左手拿向她的腰間。那女郎右腿突然從後繞過自己左腿，砰的一腿，將他踢得直飛出去，摔在天井的石板之上，臉頰上鮮血長流。那女郎使的招式正是赤尻連拳，但竟是不容他近身。三個師兄弟之中，倒是這尉遲連受傷見血。

何思豪見那女郎武功如此高強，心中甚喜，滿滿斟了一杯酒，恭恭敬敬的送過去，說道：「姑娘藝壓當場，即令萬老拳師復生，也未必有此武功。姑娘今日出任掌門，眼見韋陀門大大興旺。實是可喜可賀。」

那女郎接過酒杯，正要放到口邊，廳角忽有一人怪聲怪氣的說道：「這位姑娘是韋陀門的麼？我看不見得吧。」那女郎轉頭往聲音來處看去，只見人人坐著，隔得遠了，不知說話的是誰，於是冷笑道：「那一位不服，請出來說話。」

隔了片刻，廳角中寂然無聲。何思豪道：「咱們話已說明在先，掌門人一席憑武功而定。這位姑娘使的是韋陀門正宗功夫，刀槍拳腳，大家都親眼見到了，可沒一點含糊。本門弟子之中，有誰自信勝得過這位姑娘的，儘可上來比試。兄弟奉福大師之命，邀請天下英雄豪傑進京，邀到的人武藝越高，兄弟越有面子，這中間可決無偏祖啊。」說著乾笑了幾聲。

他見無人接口，向那女郎道：「眾人既無異言，這掌門一席，自是姑娘的了。」

中，各門各派的掌門人兄弟也見過不少，可是從無一位如此年輕，如此美……咳咳，如此年

224

輕之人，當真是英雄出在年少，有志不在年高。咱們說了半天話，還沒請教姑娘尊姓大名

呢。」

那女郎微一遲疑，想要說話，卻又停口，何思豪道：「韋陀門的弟子，今天到了十之

八九，待會便要拜見掌門，姑娘的大名，他們可不能不知啊。」那女郎點頭道：「你說的是。

我姓袁……名叫……名叫紫衣。」何思豪武功平平，卻是見多識廣，瞧她說話的神情，心想

這未必是真名，她身穿紫衫，隨口便謅了「紫衣」兩字，但也不便說破，笑道：「袁姑娘便

請上座，我這首席要讓給你才是呢。」

按照禮數，何思豪既是京中職位不小的武官，又是韋陀門的客人，袁紫衣便算接任掌

門，也得在末座主位相陪。但她毫不謙遜，見何思豪讓座，當即大模大樣的在首席位上坐

下了。

忽聽廳角中那怪聲怪氣的聲音哭了起來，一面哭，一面說道：「韋陀門昔年威震當世，

今日怎地如此衰敗？竟讓一個乳臭未乾的女娃娃上門欺侮啊！哦哦，哇哇哇！」他哭得真情

流露，倒並不是有意調侃。

袁紫衣大聲道：「你說我乳臭未乾，出來見過高低便了。」這一次她瞧清楚了發話之人，

是個六十來歲的老者，身形枯瘦，留著一撮鼠尾鬚，頭戴瓜皮小帽，腦後拖著一根稀稀鬆鬆

的小辮子，頭髮已白了九成。他伏在桌上，號啕大哭，叫道：「萬鶴聲啊萬鶴聲，人家說你

便是死而復生，也敵不過這位如此年輕、如此貌美的姑娘，當真是佳人出在年少，貌美不可

年高啊。」

他最後這幾句話，顯是譏刺何思豪的了。廳中幾個年輕人忍不住笑出聲來。只聽這老者又哭道：「武林之中，各門各派的英雄好漢兄弟也見過不少，可是從無一位如此不要臉的官老爺啊！」這兩句話一說，廳上羣情聳動，人人知他是出言正面向何思豪挑戰了。

何思豪如何忍得，大聲喝道：「有種的便滾出來，鬼鬼祟祟的縮在屋角做烏龜麼？」

那老者仍是放聲而哭，說道：「兄弟奉閻羅王之命，邀請官老爺們到陰世大會，邀到的人官兒做得越大，兄弟越有面子啊。」何思豪霍地站起，向廳角急奔過去，左掌虛晃，右手便往的一聲，摔在當地，正是何思豪。那老者哭聲不停，突然一道黑影從廳角裏直飛出來，砰老者頭頸裏抓去。廳上登時一陣大亂，但見黑影一晃，風聲響處，這侍衛又是砰的一聲摔拔出腰刀搶上前去，眾人都沒瞧明白他是如何摔的。另一名侍衛見同伴失利，在席前。眾人站起來看時，見這二人摔得狼狽，隔了好一陣方才爬起，心

胡斐一直在留神那老者，見他摔跌這兩名侍衛手法乾淨利落，使的便是尉遲連與袁紫衣適才過招的「赤尻連拳」，看來這老者也是韋陀門的，只是他武功高出尉遲連何止倍蓰，定是他們本門的名手。他對清廷侍衛素無好感，見這二人摔得狼狽，隔了好一陣方才爬起，心中暗自高興。

袁紫衣見到了勁敵，離席而起，說道：「你有何見教，爽爽快快的說吧，我可見不得人裝神弄鬼。」那老者從廳角裏緩緩出來，臉上仍是一把眼淚一把鼻涕。袁紫衣見他面容枯黃，顴骨高起，雙頰深陷，倒似是個陳年的癆病鬼，但雙目炯炯有神，當下不敢怠慢，凝神以待。

226

那老者不再譏刺，正色說道：「姑娘，你不是我門中人。韋陀門跟你無冤無仇，你何苦來拆這個檔子？」袁紫衣道：「難道你便是韋陀門的？你姓甚麼？叫甚麼名字？」那老者道：「我姓劉，名叫劉鶴真。」袁紫衣道：「『韋陀雙鶴』的名頭你聽見過麼？我若不是韋陀門的弟子，怎能與萬鶴聲合稱『韋陀雙鶴』？」

「韋陀雙鶴」這四個字，廳上年歲較大之人倒都聽見過的，但大半只認得萬鶴聲，都知他為人任俠好義，江湖上聲名甚好，另一隻「鶴」是誰，就不大了然。這時聽這個糟老頭兒自稱是「雙鶴」之一，又親眼見他一舉手便將兩個侍衛打得動彈不得，一時羣相注目，竊竊私議。只是誰都不知他的底細，也說不出一個所以然來。

袁紫衣搖頭道：「甚麼雙鶴雙鴨，沒聽見過。你要想做掌門，是不是？」劉鶴真道：「不是，千萬不可冤枉。我是師兄，萬鶴聲是師弟。我要做掌門，當年便做了，何必等到今日？」袁紫衣小嘴一扁，道：「哼，胡說八道，誰信你的話？那你要幹甚麼？」劉鶴真道：「第一，韋陀門的掌門，該由本門真正的弟子來當。第二、不論誰當掌門，不許趨炎附勢，到京裏結交權貴。我們是學武的粗人，鄉巴老兒，怎配跟官老爺們交朋友哪？」他一雙三角眼向眾人橫掃了一眼，說道：「第三、以武功定掌門，這話先就不通。不論學文學武，都是人品第一。若是一個卑鄙小人武功最強，大夥兒也推他做掌門麼？」此言一出，人羣中便有許多人暗暗點頭，覺得他雖然行止古怪，形貌委瑣，說的話倒頗有道理。

袁紫衣冷笑道：「你這第一、第二、第三，我一件也不依，那便怎樣？」劉鶴真道：「那

又能怎樣了？只好讓我幾根枯瘦精乾的老骨頭，來挨姑娘的粉拳罷啦！」

胡斐見二人說僵了便要動手，他自長成以來，遊俠江湖，數見清廷官吏欺壓百姓，橫暴貪虐，心中素來恨惡，這時見劉鶴真公然折辱清廷侍衛，言語之中頗有正氣，暗暗盼他得勝。只是那紫衣少女出手敏捷，實是個極厲害的好手，生怕劉鶴真未必敵得她過。

袁紫衣神色傲慢，竟是全不將劉鶴真放在眼內，冷然說道：「你要比拳腳呢，還是比刀槍？」劉鶴真道：「姑娘既然自稱是少林韋陀門的弟子，咱們就比韋陀門的鎮門之寶。」袁紫衣道：「甚麼鎮門之寶？說話爽爽快快，我最討厭兜著圈子磨耗。」劉鶴真仰天打個哈哈，道：「連本門的鎮門之寶也不知道，怎能擔當掌門？」

袁紫衣臉上微露窘態，但這只是一瞬間之事，立即平靜如恆，道：「本門武功博大精深，練到最高境界，即令是最平常的一招一式，也能橫行天下。六合刀也好，六合槍也好，那一件不是本門之寶？」

劉鶴真不禁暗自佩服，她明明不知本門的鎮門之寶是甚麼武功，然而這番話冠冕堂皇，令人難以辯駁，想來本門弟子人人聽得心服，於是左手摸了摸上唇焦黃的鬍髭，說道：「好吧，我教你一個乖。本門的鎮門之寶，乃是天罡梅花樁。你總練過吧？」

袁紫衣冷笑道：「嘿嘿，這也算是甚麼寶貝了？我教你一個乖。武功之中，越是大路平實的，越是貴重有用。甚麼梅花樁，尖刀陣，這些花巧把式，都是嚇唬人、騙孩子的玩意兒。不過不跟你試試，諒你心中不服。你的梅花樁擺在那兒？」

劉鶴真拿起桌上一隻酒碗，仰脖子喝乾，隨手往地下一摔。眾人都是一怔，均想這一下

228

定是嗆啷一響，打得粉碎，那知他這一摔勁力用得恰到好處，酒碗在地下輕輕一滑，下掉的

力道登時消了，平平穩穩的合在廳堂的方磚之上，竟是絲毫無損。他一摔之後，隨即又拿起

第二隻酒碗往地下摔去，雙手接連不斷，倘是空碗，便順手拋出，碗中若是有酒，不論是滿

碗還是半碗，都是一口喝乾。

片刻之間，地下已佈滿了酒碗，共是三十六隻碗散置覆合。眾人見他摔碗的手法固然巧

勁驚人，而酒量也是大得異乎尋常，這一番連喝連摔，少說也喝了十二三碗烈酒。但見他酒

越喝得多，臉色越黃，身子一晃，輕飄飄縱出，右足虛提，左足踏在一隻酒碗的碗底，雙手

一拱，說道：「領教。」

袁紫衣實不知這天罡梅花樁是如何練法，但仗著輕功造詣甚高，心下並不畏懼，左足

一點，也躍上了一隻酒碗的碗底。她逕自站在上首，雙手微抬，卻不發招，要瞧對方如何出

手，這才隨機應變，只是見了他摔擲酒碗這番巧勁，知他與孫伏虎等不可同日而語，已無半

分輕敵之意。

劉鶴真見她右足踏上一步，右拳劈面向袁紫衣打到，正是六合拳「三環套月」中的第一式。

袁紫衣見對方右拳到，自食指以至小指，四指握得參差不齊，生出三片稜角，知道這三角拳

法用以擊打人身穴道，此人自是打穴好手，當下左足斜退一步，還了一招六合拳中的「裁

錘」，右手握的也是三角拳。

劉鶴真見她身法、步法、拳法、外形，無一不是本門正宗功夫，但適才折服孫伏虎等三

人，所使變化心法，絕非本門所傳，只不過其中差異，若非本門的一流高手卻也瞧不出來，

229

心中又是驚異，又是惱怒，當下踏上左步，擊出一招「反躬自省」。這一拳以手背擊人，在

六合拳中稱為「苦惱拳」，因拳法極難，練習之際苦惱異常，故有此名。

這苦惱拳練至具有極大威力，非十餘年以上功力不辦，袁紫衣無此修為，於是避難趨

易，還了一招「摔手穿掌」，右手出的是摔碑手，左手出的是柳葉掌，那也是六合拳中的正

宗功夫。

兩人在三十六隻酒碗碗底之上盤旋來去，使的都是六合拳法。在這天罡梅花椿上動手

過招，要旨是搶得中椿，將敵手逼至外緣，如是則一有機會，出手稍重，敵手無路可退，只

有跌落椿下。劉鶴真自幼便對這路武功深有心得，在這椿上已苦練數十年，左右進退，每一

步踏下去實無分毫之差，數招之間，便已搶得中椿，於是拳力逐步加重。他知這少女年紀雖

輕，武功實得高人傳授，卻也不敢貿然進犯，心想只要守住中椿，便已穩操勝算。

袁紫衣與孫伏虎、尉遲連等動手，雖說是三招取勝，其實在第一招中已是制敵機先，但

此時在梅花椿上與劉鶴真比拳，每一掌每一拳擊將出去，均遇到極重極厚的力道反擊。她足

底踏的是酒碗，只要著力稍重，酒碗立破，這場比武便算是輸了，因此上一沾即走，從無一

招敢稍稍用老，眼見敵人守得極穩，難以撼動，只得以上乘輕功點踏酒碗，圍著對手身周遊

動，只盼找到敵方破綻。兩人拆到三十餘招，一套六合拳法的招數均已使完，但見劉鶴真瘦

瘦的身形屹立如山，拳風漸響，顯見勁力正自加強。

各門武功之中，均有椿上比武之法，只是椿子卻變異百端，或豎立木椿，或植以青竹，

或疊積磚石，甚至是以利刃插地，但這般在地下覆碗以代梅花椿，廳上眾武師卻從未見過。

劉鶴真這三十六隻碗似乎散放亂置，並非整整齊齊的列成梅花之形，但其中自有規範，他早已習練純熟，即使閉目而鬥，也是一步不會踏錯。袁紫衣卻是每一步都須先向地下一望，瞧定酒碗方位，這才出足。如此時候一長，拳腳上竟是漸落下風。

劉鶴真心中暗喜，拳法漸變，右手三角拳著著打向對方身上各處大穴，左手苦惱拳卻以厚重之力，攔封橫鬥，使的全是截手法。袁紫衣眼見不敵，左手斗然間自掌變指，倏地向前刺出，竟是六合槍法中的「四夷賓服」。劉鶴真吃了一驚，不及思索，急忙側身避過，豈知袁紫衣右手橫斬，出招是六合刀法中的一招「鉤掛進步連環刀」。劉鶴真想不到她拳法竟會一變而成刀法，微一慌亂，肩頭已被斬中。他肩頭急沉，於瞬息之間將斬力卸去了八成，跟著還擊一拳。袁紫衣左手「白猿獻桃」自下而上削出，那是雙手都使刀法，所用的不但是單刀，且是雙刀了。

這一下掌刀斬至，劉鶴真再難避過，砰的一響，脅下中掌，身子一晃，跌下碗來。

胡斐在旁瞧得明白，心想這位武學高手如此敗於對方怪招之下，大是可惜，隨手抓起席上兩隻空酒碗，學著劉鶴真的手法，向地下斜摔過去。兩隻酒碗輕輕一滑，正好停在劉鶴真的腳下。

劉鶴真這一跌下梅花樁來，只道已然敗定，猛覺得腳底多了兩隻酒碗，一怔之下，已知有高人自旁暗助。眾人目光都集於相鬥的兩人，胡斐輕擲酒碗，竟沒一人留意。

袁紫衣以指化槍，以手變刀，出的雖然仍是六合槍、六合刀的功夫，但是韋陀門之中，從無如此怪異的招數。劉鶴真驚疑不定，抱拳說道：「姑娘武功神妙，在下從所未見，敢問

姑娘是那一門那一派高人所授？」袁紫衣道：「哼，你定然不認我是本門弟子。也罷，倘若我只用六合拳勝你，那便怎地？」

劉鶴真正要她說這句話，恭恭敬敬的答道：「姑娘如真用本門武功折服在下，那是光大本門的天大喜事。小老兒便是跟姑娘提馬鞭兒，也所甘願。」他適才領教了袁紫衣的武功，狂傲之氣登斂，跟著轉頭向胡斐那方位拱手說道：「小老兒獻醜。」這一拱手是相謝胡斐擲碗之德，他雖不知援手的是誰，但知這兩隻酒碗是從該處擲來。

袁紫衣當劉鶴真追問她門派之時，已想好了勝他之法，見劉鶴真抱拳歸一，踏步又搶中椿，當即出一招「滾手虎坐」，使的果然是六合拳正路武功。

數招一過，劉鶴真又漸搶上風。此時他出拳抬腿之際，比先前更加了一分小心謹慎，生怕她在拳招之中又起花樣，再拆數招，見對方拳法無變，心中略感寬慰，眼見她使的是一招「打虎式」，當即右足向前虛點，出一招「烏龍探海」，突覺右腳下有些異樣，眼光向下一瞥，不由得一驚。只見本來合覆著的酒碗，不知如何這時竟轉而仰天。幸好他右足只是虛點，這一步若是踏實了，勢必踏在碗心，酒碗固然非破不可，同時身子向前一衝，焉得不敗？

他一驚之下，急忙半空移步，另踏一碗，身子晃動，背上已出了一身冷汗。斜眼看時，只見袁紫衣左足提起時將酒碗輕輕帶起，也不知她足底如何使勁，放下時那酒碗已翻了過來。她左足順勢踏在碗口，右足提起，又將另一隻酒碗翻轉，這一手輕功自己如何能及？心想：「只有急使重手，乘著她未將酒碗盡數翻轉，先將她打下椿去。」當下催動掌力，加快

232

進逼。那知袁紫衣不再與他正面對拳，只是來往遊走，身法快捷異常，在碗口上一著足立即換步，竟無霎時之間停留，片刻之間，已將三十八隻酒碗翻了三十六隻，只剩下劉鶴真雙腳所踏的兩隻尚未翻轉。若不是胡斐適才擲了兩隻碗過去，他是連立足之處也沒有了。

當此情勢，劉鶴真只要一出足立時踏破酒碗，只有站在兩隻酒碗之上，不能移動半步，呆立半時，臉色淒慘，說道：「是姑娘勝了。」舉步落地，臉上更是黃得宛如金紙一般。

袁紫衣大是得意，問道：「這掌門是我做了吧？」劉鶴真黯然道：「小老兒是服了你啦，但不知旁人有何話說？」袁紫衣正要發言詢問眾人，忽聽得門外馬蹄聲急促異常，向北疾馳。

聽這馬蹄落地之聲，世間除了自己的白馬之外，更無別駒。她臉色微變，搶步出門，只見白馬的背影剛在楓林邊轉過，馬背上騎著一個灰衣男子，正是自己偷了他包袱的胡斐。

她縱聲大叫：「偷馬賊，快停下！」胡斐回頭笑道：「偷包賊，咱們掉換了吧！」說著哈哈大笑，策馬急馳。

袁紫衣大怒，提氣狂奔。她輕功雖然了得，卻怎及得上這匹日行千里的快馬？奔了一陣，但見人馬的影子越來越小，終於再也瞧不見了。

這一個挫折，將她連勝韋陀門四名好手的得意之情登時消得乾乾淨淨。她心下氣惱，卻又奇怪：「這白馬大有靈性，怎能容這小賊偷了便跑，毫不反抗？」

她奔出數里，來到一個小鎮，知道再也趕不上白馬，要待找家茶鋪喝茶休息，忽聽得鎮

233

頭一聲長嘶，聲音甚熟，正是白馬的叫聲。她急步趨去，轉了一個彎，但見胡斐騎著白馬，回頭向她微笑招手。

袁紫衣拾起一塊石子，向他背心投擲過去。胡斐除下頭上帽子，反手一兜，將石子兜在帽中，笑道：「你還我包袱不還？」袁紫衣縱身向前，要去搶奪白馬，突聽呼的一響，一件暗器來勢勁急，迎面擲將過來。

她伸左手接住，正是自己投過去的那塊石子，就這麼緩緩得一緩，只見胡斐雙腿一夾，白馬奔騰而起，倏忽已在十數丈外。

袁紫衣怒極，心想：「這小子如此可惡。」她不怪自己先盜人家包袱，卻惱他兩次戲弄，只恨白馬腳程太快，否則追上了他，奪還白馬不算，不狠狠揍他一頓，也真難出心頭之氣。

只見一座屋子簷下繫著一匹青馬，她不管三七二十一，奔過去解開韁繩，飛身而上，向胡斐的去路疾追，待得馬主驚覺，大叫大罵的追出來時，她早已去得遠了。

袁紫衣雖有坐騎，但說要追上胡斐，卻是休想，一口氣全出在牲口身上，不住的亂鞭亂踢。那青馬其實已是竭盡全力，她仍嫌跑得太慢。馳出數里，青馬呼呼喘氣，漸感不支。將近一片樹林，只見一棵大松樹下有一件白色之物，待得馳近，卻不是那白馬是甚麼？

她心中大喜，但怕胡斐安排下詭計，引自己上當，四下裏一望，不見此人影蹤，這才縱馬往松樹下奔去。離那白馬約有數丈，突見松樹上一個人影落了下來，正好騎在白馬背上，哈哈大笑，說道：「袁姑娘，咱們再賽一程。」這時袁紫衣那再容他逃脫，雙足在馬鐙上一登，身子斗地飛起，如一隻大鳥般向胡斐撲了過去。

胡斐料不到她竟敢如此行險，在空中飛撲而至，若是自己擊出一掌，她在半空中如何能避開？當即一勒馬韁，要坐騎向旁避開。豈知白馬認主，口中低聲歡嘶，非但不避，反而向前迎上兩步。

袁紫衣在半空中右掌向胡斐頭頂擊落，左手往他肩頭抓去。胡斐一生之中，從未和年輕女子動過手，這次盜她白馬，一來認得這是趙半山的坐騎，要問她一個明白，二來怪她要去自己包袱，顯有輕侮之意，要小小報復一下，但突然見她當真動手，不禁臉上一紅，身子一偏，躍離馬背，從她身旁掠過，已騎上了青馬。

二人在空中交差而過。胡斐右手伸出，潛運指力，扯斷她背上包袱的繫繩，已將包袱取在手中。袁紫衣奪還白馬，餘怒未消，又見包袱給他取回，叫道：「小胡斐，你怎敢如此無禮？」胡斐一驚，問道：「你怎知我名字？」袁紫衣小嘴微扁，冷笑道：「趙三叔誇你英雄了得，我瞧也稀鬆平常。」

胡斐聽到「趙三叔」三字，心中大喜，忙道：「你識得趙半山趙三哥麼？他在那裏？」

袁紫衣俏臉上更增了一層怒氣，喝道：「姓胡的小子，你敢討我便宜？」胡斐愕然道：「我討甚麼便宜了？」袁紫衣道：「怎麼我叫趙三叔，你便叫趙三哥，這不是想做我長輩麼？」

胡斐自小便生性滑稽，伸了伸舌頭，笑道：「不敢，不敢！你當真叫他趙三叔？」袁紫衣道：「難道騙你了？」胡斐將臉一板，道：「好，那我便長你一輩。你叫我胡叔叔吧，喂，紫衣，趙三哥在那裏啊？」

袁紫衣卻從來不愛旁人開她玩笑，她雖知胡斐與趙半山義結兄弟，乃是千真萬確之事，

只見他年紀與自己相若，卻厚起臉皮與趙半山稱兄道弟，強居長輩，更是有氣，刷的一聲，從腰間抽出一條軟鞭，喝道：「這小子胡說八道，我教訓教訓你。」

胡斐見她這條軟鞭乃銀絲纏就，鞭端有一枚小小金球，模樣甚是美觀。她將軟鞭在空中揮了個圈子，太陽照射之下，金銀閃燦，變幻奇麗。她本想下馬和胡斐動手，但一轉念間，怕胡斐詭計多端，又要奪馬，於是催馬上前，揮鞭往胡斐頭頂擊落。這軟鞭展開來有一丈一尺長，繞過胡斐身後，鞭頭彎轉，金球逕自擊向他背心上的「大椎穴」。

胡斐上身一彎，伏在馬背，只道依著軟鞭這一掠之勢，鞭子必在背脊上掠過。猛聽得風聲有異，知道不妙，左手抽出單刀，不及回頭瞧那軟鞭來勢，隨手一刀反揮，噹的一聲，單刀與金球相撞，已將袁紫衣的軟鞭反盪了開去。

原來她軟鞭掠過胡斐背心，跟著手腕一沉，金球忽地轉向，打向他右肩的「巨骨穴」。那知他聽風出招，竟似背後生了眼睛，刀鞭相交，祇震得她手臂微微酸麻。

胡斐抬起頭來，嘻嘻一笑，心中卻驚異這女郎的武功好生了得，她以軟鞭鞭梢打穴，已是武學中十分難得的功夫，何況中途變招，將一條又長又軟的兵刃使得宛如手指一般，擊打穴道，竟無毫釐之差，同時不禁暗自慚愧，幸好她打穴功夫極其高強，自己才不受傷。

原來他雖見袁紫衣連敗韋陀門四好手，武功高強，但仍道她藝不如己，對招之際，不免存了三分輕視之心，豈知她軟鞭打穴，過背迴肩，著著大出於自己意料之外，適才反手這一刀，料定她是擊向自己巨骨穴，這才得以將她鞭梢盪開，若是她技藝略差，打穴稍有不準，

236

這一刀自是砍不中她鞭梢，那麼自己背上便會重重吃了一下，雖然不中穴道，一下劇痛勢必難免。

袁紫衣但見他神色自若，實不知他心中已是大為吃驚，不由得微感氣餒，長鞭在半空中一抖，吧的一聲爆響，鞭梢又向他頭上擊去。

胡斐心念一動：「我要向她打聽趙三哥的消息，眼見這姑娘性兒高傲，若不佔些便宜，怎肯明白跟我說出？說不得，瞧在趙三哥面上，便讓她一招。」見鞭梢堪堪擊到頭頂，將頭向左一讓，這一讓方位是恰到好處，時刻卻略遲一霎之間，但聽得波的一聲，頭上帽子已被鞭梢捲下。胡斐雙腿一夾，縱馬竄開丈許，還刀入鞘，回頭笑道：「姑娘軟鞭神技，胡斐佩服得很。趙三哥他身子可好？他眼下是在回疆呢還是到了中原？」

他若是真心相讓，袁紫衣勝了這一招，心中一得意，說不定便將趙半山的訊息相告。偏生他年少氣盛，也是個極好勝之人，這一招是讓了，卻讓得太過明顯，待她鞭到臨頭，方才閃避，而帽子被捲，臉上不露絲毫羞愧之色，反而含笑相詢，簡直有點長輩戲耍小輩模樣。袁紫衣早已一眼看出，冷然道：「你故意相讓，當我不知道麼？帽子還你吧！」說著長鞭輕輕一抖，捲著帽子往他頭上戴去。

胡斐心想：「她若能用軟鞭又將帽子給我戴上，這分功夫也就奇妙得緊。我如伸手去接，反而阻了她的興頭。」於是含笑不動，瞧她是否真能將這丈餘長的銀絲軟鞭，運用得如臂使手。但見鞭梢捲著帽子，順著他胸口從下而上兜將上來，祇因上勢太慢，將與他臉平之時，鞭梢上兜的勁力已衰，鞭尾一軟，帽子下落。胡斐忙伸手去接，突見眼前白光一閃，心

237

知不妙，只聽拍的一響，眼前金星亂冒，半邊臉頰奇痛透骨。他知已中了暗算，立即右足力撐，左足一鬆，人已從左方鑽到了馬腹之下，但聽得拍的一響，木屑紛飛，馬鞍已被軟鞭擊得粉碎，那馬吃痛哀嘶。

胡斐在馬腹底避過她這連環一擊，順勢抽出單刀，待得從馬右翻上馬背，單刀已從左手交向右手，右頰兀自劇痛，伸手一摸，只見滿手鮮血，這一鞭實是打得不輕。

袁紫衣冷笑道：「你還敢冒充長輩麼？姑娘這一鞭若不是手下留情，不打下你十七八顆牙齒才怪。」

這句話倒非虛語，她偷襲成功，這一鞭倘是使上全力，胡斐顴骨非碎不可，左邊牙齒也勢必盡數打落，但饒是如此，已是他藝成以來從所未有之大敗，不由得怒火直衝，圓睜雙目，舉刀往她肩頭直劈下去。袁紫衣心中微感害怕，知道對手實非易與，這一次他吃了大虧，動起手來定然全力施為，於是舞動長鞭，勁透鞭梢，將胡斐擋在兩丈之外，要教他欺不近身來。

就在此時，只聽得大路上鸞鈴響動，三騎馬緩緩馳來，見到有人動手，一齊駐馬而觀。

胡斐和袁紫衣同時向三人望了一眼，只見兩個穿的是清廷侍衛服色，中間一人穿的是常服，身材魁偉，約莫四十來歲年紀。

鞭長刀短，兵刃上胡斐先已吃虧，何況他騎的又是一匹受了傷的劣馬。袁紫衣的坐騎卻是神駿無倫，她騎術又精，竟似從小便在馬背上長大一般，因此拆到十招以外，胡斐仍是欺

238

不近身去。

他刀法一變，正要全力搶攻，忽聽得一個侍衛說道：「這女娃子模樣兒既妙，手下也很來得啊。」另一個侍衛笑道：「曹大哥你若是瞧上了，不如就伸手，別讓這小子先得了甜頭。」那姓曹的侍衛仰天哈哈大笑。

胡斐惱這兩人出言輕薄，怒目橫了他們一眼。袁紫衣乘隙揮鞭擊到，胡斐頭一低，從軟鞭底下鑽進，搶前數尺。只見袁紫衣纖腰一扭，那白馬猛地向左疾衝。

這一下去勢極快，但見銀光閃爍，那姓曹的侍衛肩上已重重吃了一鞭。她迴鞭抽向胡斐頭頂，胡斐橫刀架開。那白馬一衝之勢力道奇大，她並不使力，順手已將那侍衛拉下馬來，摔在地下。她也不回身，長鞭從肩頭甩過，向後抽擊第三個大漢。

這四下兔起鵲落，迅捷無倫，胡斐心中不禁暗暗喝了聲采，心想這大漢雖然未出一聲，但既與這兩名侍衛結伴同行，少不免也要受一鞭無妄之災。那知道這大漢只是一勒馬頭，空手竟來抓她銀鞭的鞭頭。

袁紫衣見他出手如鉤，竟是個勁敵，當即手腕一振，鞭梢甩起，冷笑道：「閣下可是去京師參與掌門人大會麼？」

那大漢一愕，道：「姑娘何以知道？」袁紫衣道：「瞧你模樣，稍稍有點掌門人的味兒。」這兩句話問得無禮之極，那大漢哼了一聲，並不理會。那姓曹的侍衛狼狽爬起，大叫道：「藍師父，教訓教訓這臭女娃子！」

你叫甚麼名字，是那一門那一派的掌門？

239

袁紫衣腿上微微使勁，白馬斗地向那姓曹的侍衛衝去。白馬這一下突然發足，直是教人出其不意。姓曹侍衛大駭，急忙向左避讓，袁紫衣的銀鞭卻已打到背心。那大漢見情勢急迫，抽出腰中短劍，一招「攔腰取水四門劍」，以斜推正，已將鞭梢撥開。

袁紫衣足尖點著鐙輕輕向後一推，白馬猛地後退數步。這馬疾趨疾退，竟是同樣的迅捷。

那大漢高聲喝采：「好馬！」

袁紫衣冷笑道：「我道是誰，原來是廣西梧州八仙劍的掌門人藍秦。」

這大漢正是藍秦，眼見這少女不過二十左右年紀，容色如花，雖然出手迅捷，但能有多大江湖閱歷，怎地只見一招，便道出自己的姓名身分？他心中驚詫，一面卻也不禁得意，暗道：「藍某雖然僻處南疆，居然連一個年輕少女也知我威名。」微微一笑，問道：「姑娘怎知在下姓名？」袁紫衣道：「我正要找你，在這裏撞見，那是再好也沒有。」藍秦更是摸不著頭腦，問道：「此話怎講？」袁紫衣道：「我叫你心想我和你素不相識啊，問道：「姑娘高姓大名，找藍某有何指教？」袁紫衣道：「我叫你不用上京去啦，由我代你去便是。」藍秦更是感奇怪，

「哼，這還不明白？我叫你把八仙劍的掌門之位讓了給我！」

藍秦聽她言語無禮，不由得大是惱怒，但適才見她連襲四人，手法巧妙之極，連自己也沒瞧清，否則便能護住身旁侍衛，不讓他如此狼狽的摔下馬來。他生性謹細，心想她口出大言，必有所恃，當下卻不發作，抱拳說道：「姑娘尊姓大名？令師是誰？」

袁紫衣道：「我又不跟你套交情，問我姓名幹麼？我師父的名頭更加不能說給你知。我師父曾跟你有一面之緣。若是提起往事，我倒不便硬要你讓這掌門之位了。」

240

藍秦眉頭緊蹙，想不起相識的武林名宿之中，有那一位是使軟鞭的能手。

兩名侍衛一個吃了一鞭，一個被扯下馬，自是均極惱怒。他們一向橫行慣了的，吃了這

虧那肯就此罷休？兩人齊聲嗯哨，一個馬上，一個步下，同時向袁紫衣撲去。兩人手中本來

空著，當下一個拔刀，一個便伸手去抽腰中長劍。

袁紫衣軟鞭晃動，拍的一響，拔刀的侍衛右腕上已重重吃了一記。他手指抓住刀柄，但

覺手腕劇痛入骨，再也無力拔出腰刀。袁紫衣這銀絲軟鞭又長又細，與一般軟鞭大不相同，

一招打中那侍衛的手腕，鞭梢毫不停留，快如電光石火般一吐，又已捲住了那姓曹侍衛的劍

柄，順勢上提。這一下真是快得出奇，比那侍衛伸手去握劍還要搶先一步。姓曹的但見銀光

一閃，自己手指尚未碰到劍柄，劍已出鞘，大駭之下，急忙揮手外甩，饒是如此，劍鋒已在

他手掌心劃過，登時鮮血淋漓。

袁紫衣軟鞭一振，長劍激飛上天，竟有數十丈高，她將軟鞭纏回腰間，便如紫衣外繫了

一條銀色絲縧，旁人一瞥之下，那知這是一件厲害兵刃？她並不抬頭看劍，卻向藍秦問道：

「你這掌門之位到底讓是不讓？」

藍秦正仰頭望著天空急落而下的長劍，聽她說話，隨口道：「甚麼？」袁紫衣道：「我

要你讓這八仙劍掌門之位。」這時長劍已落到她跟前，袁紫衣一面說話，一面聽風辨器，一

伸手便抓住了劍柄。長劍從數十丈高處落將下來，勢道何等凌厲，何況這劍除了劍柄之外，

通身是鋒利的刃口，她竟眼角也沒斜一下，隨隨便便就拿住了劍柄。

這一手功夫不但藍秦大為震驚，連旁觀的胡斐也暗自佩服，心想：「她適才奪了少林韋

241

陀門的掌門，何以又要奪八仙劍的掌門？」但見她正當妙齡，武功卻如此了得，生平除趙半山外，從未見過如此武學的高手，心中一起讚佩之意，臉上的鞭傷似乎也不怎麼疼痛了。

藍秦見她露了這手絕技，更不敢貿然從事，想用言語套問出她的底細，說道：「姑娘這手聽風辨器的功夫，似是山西佟家的絕藝啊。」袁紫衣一笑，道：「你眼光倒好。那麼我這手擲劍上天的功夫呢？」說著右手一揮，長劍又飛向天空。這一次卻不是劍尖向上的直昇，而是一路翻著觔斗，舞成個銀色光圈，冉冉上升，雖然去勢不急，但形狀特異，蔚為奇觀。

藍秦抬頭觀劍，猛聽得風聲微動，身前有異，急忙一個倒縱步退開丈許，只見金光一閃，袁紫衣銀絲軟鞭上的小金球剛從自己腰間掠過，若不是見機得快，身上佩劍又已被她搶去。

原來袁紫衣知他武功高出兩個侍衛甚多，是以故意擲劍成圈，引開他的目光，再突然出手搶劍，那知還是給他驚覺避開。她心中連叫可惜，藍秦卻已暗呼慚愧。他雄霸西南，門徒遍及兩廣雲貴，二十年來從未遇到挫折，想不到這樣一個黃毛丫頭今日竟來如此輕侮於己，這時再也難以忍耐，刷的一聲，長劍出手，叫道：「好，我便領教姑娘的高招。」

這時空中長劍去勢已盡，筆直下墮。袁紫衣軟鞭甩上，鞭頭捲住劍柄，倏地向前一送，劍尖距他胸口已不及一尺，就如一條丈許長的長臂抓住劍柄，突然向他刺到一般。這一招藍秦又是出其不意，一驚之下，急忙橫劍封擋。

袁紫衣叫道：「湘子吹簫！」藍秦這一招正是八仙劍法中的「湘子吹簫」。八仙劍在西

242

南各省甚為盛行，他想你識得我的招數有何希罕，要瞧你是否擋得住了，雙眉一揚，喝道：

「是『湘子吹簫』便怎地？」袁紫衣道：「陰陽寶劍！」一語未畢，軟鞭捲著長劍，向他左胸右胸分刺一劍，正是八仙劍的正宗劍法「漢鍾離陰陽寶扇」。

藍秦又是一驚，心想她會使八仙劍法並不出奇，奇在以軟鞭使劍，居然力透劍尖，刃直如矢，當下踏上一步，要待搶攻，心想她以軟鞭使劍，劍上力道虛浮，只要雙劍一交，還不將她長劍擊下地來。那知他長劍一提，手勢剛起，袁紫衣叫道：「采和獻花！」忽地地收轉軟鞭。此時鞭上勢道已完，長劍下落，她左手接劍，右手持鞭，笑吟吟的望著對手。

藍秦又給她叫破一招，暗想鞭長劍短，馬高步低，自己雙重不利，何況她怪招百出，一味戲耍糾纏，自己只要稍有疏神，著了她的道兒，豈非一世威名付於流水？當下按劍橫胸，正色說道：「如此兒戲，那算甚麼？姑娘倘若真以八仙劍賜招，在下便奉陪走走。」

袁紫衣道：「好，若不用正宗八仙劍法勝你，諒你也不甘讓那掌門之位。」說著一躍下馬，便在下馬之時，已將軟鞭纏回腰間。

藍秦劍尖微斜，左手捏個劍訣，使的是半招「鐵拐李葫蘆繫腰」，只待對手出劍，下半招立時發出。

袁紫衣長劍一抖，待要進招，回眸朝胡斐望了一眼，向藍秦道：「跟你比試一下不打緊，我這寶馬可別讓馬賊盜了去。」胡斐道：「當你跟人動手之時，我不打你這馬兒的主意便是。」袁紫衣道：「哼，小胡斐詭計多端，誰信了他誰便上當。」左手拉住馬韁，噓的一聲，金刀帶風，一招「張果老倒騎驢」斜斜刺出。

243

藍秦見她左手牽馬，右手使劍，暗想這是你自己找死，可怪不得旁人，當即「撥雲見日」、「仙人指路」、「魁星點元」，拆了一招卻還了兩劍。

袁紫衣見他劍招凌厲，臉上雖是仍含微笑，心中卻登時收起輕視之意，暗想師父所言非虛，八仙劍法果是劍中一絕，此人使將出來，比我的功力可要深厚得多了，於是也以八仙劍法見招拆招。她左手拉著馬韁，既不能轉身搶攻，也難以大縱大躍，自是諸多受制。但她門戶守得甚是嚴密，藍秦卻也找不到破綻，只見她所使劍法果是本門嫡派，不由得暗暗稱異，心想本門之中，怎能出了如此人物？

鬥劍之處，正當衡陽南北來往的官道大路，兩人祇拆得十餘招，北邊來了一隊推著小車的鹽販，跟著南邊大道上也來了幾輛騾車。眾商販眼見路上有人相鬥，一齊停下觀看。不多時南北兩端又到了些行旅客商。眾人一來見鬥得熱鬧，二來畏懼兩個朝廷武官，都候在路上靜靜旁觀。

又鬥一陣，藍秦已瞧出對方雖然學過八仙劍術，但劍法中許多精微奧妙之處，卻並未體會得到，祇是她武功甚雜，每到危急之際，便突然使一招似是而非的八仙劍法，將自己的殺著化解了開去，因此一時倒也不易取勝。他見旁觀者眾，對手非但是個少女，而且左手牽馬，顯是以半力與自己周旋，縱使和她打成平手，也已沒臉面上京參與掌門人之會了，當下催動劍力，將數十年來鑽研而得的心法一招招使將出來。旁觀眾人見他越鬥越勇，劍光霍霍，繞著袁紫衣身周急攻，不由得都為她擔心。祇有那兩名侍衛卻盼藍秦得勝，好代他們一雪受辱之恥。

袁紫衣久戰不下，偶一轉身，見到胡斐臉上似笑非笑，似有譏嘲之意，心想：「好小子，你笑我來著，教你瞧瞧姑娘手段！」但這番鬥劍限於只使八仙劍，其餘武功盡數使不出來，左手又牽著白馬，若是鬥了一會將馬韁放開，憑輕功取勝，那還是教胡斐小看了。她好勝心切，眼見藍秦招招力爭上風，自己劍勢已被他長劍籠住，倏地左手輕輕向前一帶。那白馬極有靈性，受到主人指引，猛然一衝，人立起來，似要往藍秦的頭上踏落。

藍秦一驚，側身避讓，突覺手腕一麻，手中長劍已脫手飛上天空。他全神閃避馬蹄，竟沒防到手中兵刃遭了對方暗算。他在武林中雖不算得是一流高手，但數十年來事事小心，這才長保威名，想不到一生謹慎，到頭來還是百密一疏，敗在一個少女的手下。藍秦兵刃脫手，立時一個箭步，搶到自己坐騎之旁，又從鞍旁取出一柄長劍，原來此人做事細之極，連長劍也多帶了一把。斗見白光一閃，袁紫衣將手中長劍也擲上了天空，雙劍在空中相交，噹的一聲響，藍秦那柄劍竟在空中斷成兩截。

她這震劍斷刃的手法全是一股巧勁，否則雙劍在空中均無著力之處，如何能將純鋼長劍震斷？她使此手法，意在譁眾取寵，便如變戲法一般，料想旁人非喝采不可，這采聲一作，藍秦心中惱怒，再鬥便易勝過他了。

果然旁觀眾人齊聲喝采。藍秦一呆之下，臉色大變。袁紫衣接住空中落下的長劍，分心刺到，叫道：「曹國舅拍板！」藍秦提劍擋格，噹的一響，長劍又自斷為兩截。

這一下仍是袁紫衣取巧，她出招雖是八仙劍法，但雙劍相交之際，劍身微微一抖，已然變招。藍秦一劍落空，被她驀地裏凌空拍擊，殊無半點力道相抗，待得運勁，劍身早斷，拆

穿了說，不過是他橫著劍身，任由對方斬斷而已。只是袁紫衣心念如閃電，出招似奔雷，一計甫過，二計又生，實是叫他防不勝防。

旁觀眾人見那美貌少女連斷兩劍，又是轟雷似的一聲大采。

藍秦心下琢磨：「這女子雖未能以八仙劍法勝我，但她武功甚博，詭異百端，我再跟她動手也是枉然。」眼見她洋洋自得，翻身上了馬背，便拱手道：「佩服，佩服！」彎腰拾起三截斷劍，說道：「在下這便還鄉，終身不提劍字。只是旁人問起，在下輸在那一派那一位英雄豪傑劍底，卻教在下如何回答？」

袁紫衣道：「我姓袁名紫衣，至於家師的名諱……」縱馬走到藍秦耳旁，湊近身去，在他耳邊輕說了幾個字。

藍秦一聽之下，臉色又變，臉上沮喪惱恨之色立消，變為惶恐恭順，說道：「早知如此，小人如何敢與姑娘動手？姑娘見到尊師之時，便說梧州藍某向他老人家請安。」說著牽馬倒退三步，候在道旁。

袁紫衣在白馬鞍上輕輕一拍，笑道：「得罪了！」回頭向胡斐嫣然一笑，一提馬韁。那白馬並未起步，斗然躍起，在空中越過了十餘輛鹽車，向北疾馳，片刻間已不見了影蹤。大道上數十對眼睛一齊望著她的背影。一人一馬早已不見，眾人仍是呆呆的遙望。

袁紫衣一日之間連敗南方兩大武學宗派的高手，這份得意之情，實是難以言宣，但見道旁樹木不絕從身邊飛快倒退，情不自禁，縱聲唱起歌來。

只唱得兩句，突覺背上熱烘烘的有些異狀，忙伸手去摸，衹聽轟的一聲，身上登時著火。這一來如何不驚？一招「乳燕投林」，從馬背飛身躍起，跳入了道旁的河中，背上火燄方始熄滅。她急從河中爬起，一摸背心，衣衫上已燒了一個大洞，雖未著肉，但裏衣也已燒焦。

她氣惱異常，低聲罵道：「小賊胡斐，定是你又使鬼計。」當下從衣囊中取出一件外衫，待要更換，一瞥間只見白馬左臀上又黑又腫，兩隻大蠍子爬著正自吮血。袁紫衣大吃一驚，用馬鞭將蠍子挑下，拾起一塊石頭砸得稀爛。這兩隻大蠍毒性厲害，馬臀上黑腫之處不住的慢慢擴展。白馬雖然神駿，這時也已抵受不住痛楚，縱聲哀鳴，前腿一跪，臥倒在地。

袁紫衣徬徨無計，口中只罵：「小賊胡斐，胡斐小賊！」顧不得更換身上濕衣，伸手想去替白馬擠出毒液。白馬怕痛，只是閃避。正狼狽間，忽聽南方馬蹄聲響，三乘馬快步奔來，當先一人正是胡斐。

銀光一閃，袁紫衣軟鞭在手，飛身迎上，揮鞭向胡斐夾頭夾腦劈去，罵道：「小賊，暗箭傷人，算甚麼好漢？」

胡斐舉起單刀，噹的一下將她軟鞭格開，笑道：「我怎地暗箭傷人了？」

袁紫衣只覺手臂微微酸麻，心想這小賊武功果然不弱，倒也不可輕敵，罵道：「你用毒物傷我坐騎，這不是下三濫的卑鄙行徑嗎？」胡斐笑道：「姑娘罵得很是，可怎知是我胡斐下的手？」

袁紫衣一怔，只見他身後兩匹馬上，坐的是那兩個本來伴著藍秦的侍衛。兩人垂頭喪

247

氣，雙手均被繩子縛著。胡斐手中牽著兩條長繩，繩子另一端分別繫住兩人的馬韁，原來兩名侍衛被他擒著而來。袁紫衣心念一動，已猜到了三分，便道：「難道是這兩個傢伙？」

胡斐笑道：「他二位的尊姓大名，江湖上的名號，姑娘不妨先勞神問問。」袁紫衣白了他一眼，道：「你既知道了，便說給我聽。」胡斐道：「好，在下來給袁姑娘引見兩位武林中的成名人物。這位是小祝融曹猛，這位是鐵蠍子崔百勝。你們三位多親近親近。」

袁紫衣一聽兩人的渾號，立時恍然，「小祝融」自是擅使火器，鐵蠍子當然會放毒物，定是這二人受了折辱，心中不忿，乘著自己與藍秦激鬥之時，偷偷下手相害。當即拍拍拍、拍拍拍，連響六下，在每人頭上抽了三馬鞭，只打得兩人滿頭滿臉都是鮮血。她指著鐵蠍子喝道：「快取解藥治好我的馬兒。否則再吃我三鞭，這一次可是用這條鞭子了！」說著軟鞭一揚，喀喇一聲響，將道旁一株大柳樹的枝幹打下了一截。

鐵蠍子嚇了一跳，將綁縛著的雙手提了一提，道：「我怎能……」胡斐不等他說完，單刀一揮，擦的一聲，割斷了他手上繩索。這一刀疾劈而下，繩索應刃而斷，妙在出刀恰到好處，沒傷到他半分肌膚。

袁紫衣橫了他一眼，鼻中微微一哼，心道：「顯本事麼？那也沒甚麼了不起。」

鐵蠍子從懷中取出解藥，給白馬敷上，低聲道：「有我的獨門解藥，便不礙事。」稍稍一頓，又道：「只是這性口三天中不能急跑，以免傷了筋骨。」

袁紫衣道：「你去給小祝融解了綁縛。」鐵蠍子心中甚喜，暗想：「雖然吃了三馬鞭，幸喜除曹大哥外並無熟人瞧見。他自己也吃三鞭，自然不會將此事張揚出去。」要知他們這

248

些做武官的，身上吃些苦頭倒沒甚麼，最怕是折了威風，給同伴們瞧低了。他走過去給曹猛

解了綁縛，正待要走，袁紫衣道：「這便走了麼？世間上可有這等便宜事情？」

崔曹兩人向她望了一眼，又互瞧一眼。他二人給胡斐手到擒來，單是胡斐一人已非敵

手，何況加上這個武藝高強的女子，只得勒馬不動，靜候發落。

袁紫衣道：「小祝融把身邊的火器都取出來，鐵蠍了把毒物取出來，只要留下了一件，

小心姑娘的鞭子。」說著軟鞭揮出，一抖一捲，在空中拍的一聲大響。

兩人無奈，心想：「你要繳了我們的成名暗器，以解你心頭之恨，那也叫做無法可想。」

只得將暗器取出。

小祝融的火器是一個裝有彈簧的鐵匣。鐵蠍子手裏卻拿著一個竹筒，筒中自然盛放著蠍

子了，這竹筒精光滑溜，起了一層黃油，自己使用多年。袁紫衣一見，想起筒中毛茸茸的毒

物，不禁心中發毛，說道：「你們兩人竟敢對姑娘下毒手，可算得大膽之極。今日原是非

死不可，幸虧姑娘生平有個慣例，一天之中只殺一人，總算你們運氣……」崔曹二人相望一

眼，均想：「不知你今天已殺過了人沒有。」卻聽袁紫衣接著道：「……二人之中只須死一

個便夠。到底那一個死，那一個活，我也難以決定。這樣吧，你們互相發射暗器，誰身上先

中了，那便該死；躲得過的，就饒了他性命。我素來說一不二，求也無用。一、二、三！動

手吧！」

曹崔二人心中猶豫，不知她這番話是真是假，但隨即想起：「若是給他先動了手，我豈

非枉送了性命？」二人均是心狠手辣之輩，心念甫動，立即出手，只見火光一閃，兩人齊聲

慘呼。小祝融頸中被一隻大蠍咬住，鐵蠍子胸前火球亂舞，鬍子著火。

袁紫衣格格嬌笑，說道：「好，不分勝敗！姑娘這口惡氣也出了，都給我滾吧！」曹崔

二人身上雖然劇痛，這兩句話卻都聽得清清楚楚，當下顧不得毒蠍在頸，鬚上著火，一齊縱

馬便奔，直到馳出老遠，這才互相救援，解毒滅火。

袁紫衣笑聲不絕，一陣風過來，猛覺背上涼颸颸地，登時想起衣衫已破，一轉眼，只見

胡斐笑嘻嘻的望著自己，不由得大羞，紅暈雙頰，喝道：「你瞧甚麼？」胡斐將頭轉開，笑

道：「我在想幸虧那蠍子沒咬到姑娘。」袁紫衣不由得打個寒噤，心想：「這話倒也不錯，

給蠍子咬到了，那還得了？」說道：「我要換衣衫了，你走開些。」胡斐道：「你便在這大

道之上換衣衫麼？」袁紫衣又生氣又好笑，心想自己一著急，出言不慎，於是又狠狠的瞪了

他一眼，走到道旁樹叢之後，急忙除下外衣，換了件杏黃色的衫子，內衣仍濕，卻也顧不得

了。燒破的衣衫也不要了，捲成一團，拋入河中。

胡斐眼望著紫衣隨波逐流而去，說道：「姑娘高姓大名，可是叫作袁黃衫？」袁紫衣

哼了一聲，知他料到「袁紫衣」三字並非自己真名，忽然尖叫一聲：「啊喲，有一隻蠍子咬

我。」伸手按住了背心。

胡斐一驚，叫道：「當真？」縱身過去想幫她打下蠍子。那料到袁紫衣這一叫實是相

欺，胡斐身在半空，袁紫衣忽地伸手用力一推。這一招來得無蹤無影，他又全沒提防，登時

一個觔斗摔了出去，跌向河邊的一個臭泥塘中。他在半空時身子雖已轉直，但雙足一落，臭

泥直沒至胸口。袁紫衣拍手嬉笑，叫道：「閣下高姓大名，可是叫做小泥鰍胡斐？」

胡斐這一下真是哭笑不得，自己一片好心，那料到她會突然出手，足底又是軟軟的全不受力，無法縱躍，只得一步一頓，拖泥帶水的走了上來。這時已不由得他不怒，但見袁紫衣笑靨如花盛放，心中又微微感到一些甜意，張開滿是臭泥的雙掌，撲了過去，喝道：「小丫頭，我叫你改名袁泥衫！」

袁紫衣嚇了一跳，拔腳想逃。那知胡斐的輕功甚是了得，她東竄西躍，卻始終給他張開雙臂攔住去路。但見他一縱一跳，不住的伸臂撲來，她又不敢和他動手拆招，只要一還手，身上非濺滿臭泥不可。這一來既逃不得，眼見胡斐和身縱上，自己已無法閃避，一下便要給他抱住，索性站定身子，俏臉一板，道：「你敢碰我？」

胡斐張臂縱躍，本來只是嚇她，這時見她立定，也即停步，鼻中聞到一股淡淡的幽香，忙退出數步，說道：「我好意相助，你怎地見狗咬呂洞賓？」袁紫衣笑道：「這是八仙劍中的一招，叫作呂洞賓推狗。你若不信，可去問那個姓藍的。」胡斐道：「以怨報德，沒良心啊，沒良心！」袁紫衣道：「呸！還說於我有德呢，這叫做市恩，最壞的傢伙才是如此。我問你，你怎知這兩個傢伙放火下毒，擒來給我？」

這句話登時將胡斐問得語塞。原來兩名侍衛在她背上暗落火種，在她馬臀上偷放毒蠍，胡斐確是在旁瞧得清楚，當時並未點破，待袁紫衣去後，這才擒了兩人隨後趕來。

袁紫衣道：「是麼？所以我才不叫破，待擒了兩人隨後趕來。」她取出一塊手帕，掩住鼻子，皺眉道：「這麼說，

「你身上好臭，知不知道？」胡斐道：「這是拜呂洞賓之賜。」袁紫衣微笑道：「這麼說，

251

你自己認是小狗啦。」她向四下一望，笑道：「快下河去洗個乾淨，我再跟你說趙三……趙半山那小子的事。」她本想說「趙三叔」，但怕胡斐又自居長輩，索性改口叫「趙半山那小子」。

胡斐大喜，道：「好好。你請到那邊歇一會兒，我洗得很快。」袁紫衣道：「洗得快了，臭氣不除。」胡斐一笑，一招「一鶴沖天」，拔起身子，向河中落下。

袁紫衣看看白馬的傷處，那鐵蠍子的解藥果然靈驗，這不多時之間，腫勢似已略退，白馬不再嘶叫，想來痛楚已減。她遙遙向胡斐望了一眼，只見他衣服鞋襪都堆在岸邊，卻游到遠遠十餘丈之外去洗身上泥污，想是赤身露體，生怕給自己見到。

袁紫衣心念一動，從包裹中取出一件舊衫，悄悄過去罩在胡斐的衣衫之上，將他沾滿了泥漿的衣服鞋襪一古腦兒包在舊衫之中，抱在手裏，過去騎上了青馬，牽了白馬，向北緩緩而行，大聲叫道：「你這樣慢！我身有要事，可等不及了！」說著策馬而行，生怕胡斐就此赤身爬起來追趕，始終不敢回頭。但聽得身後胡斐大叫：「喂，喂！袁姑娘！我認栽啦，你把我衣服留下。」叫聲越來越遠，顯是他不敢出河追趕。

袁紫衣一路上越想越是好笑，接連數次，忍不住笑出聲來，又想最後一次作弄胡斐不免行險，若他冒冒失失，不顧一切，就此搶上岸來追趕，反要使自己尷尬。

這日只走了十餘里，就在道旁找個小客店歇了。她跟自己說：「白馬中了毒，鐵蠍子那混蛋說的，若是跑動，便要傷了筋骨。」但在內心深處，卻極盼胡斐趕來跟自己理論爭鬧。

一晚平安過去，胡斐竟沒蹤影。次晨緩緩而行，心中想像胡斐不知如何上岸，如何去弄

衣衫穿，想了一會，忍不住又好笑起來。她每天只行五六十里路程，但胡斐始終沒追上來，芳心可可，竟是儘記著這個渾身臭泥的小泥鰍胡斐。

第七章

風雨深宵古廟

一

胡斐道：

「我先前只道回疆是沙漠荒蕪之地，那知竟有姑娘這般美女。」

袁紫衣臉上一紅，「哐」了一聲，道：「你瞎說甚麼？」

這一日到了湘潭以北的易家灣，離省城長沙已不在遠，袁紫衣正要找飯店打尖，只聽得碼頭旁人聲喧譁。但見湘江中停泊著一艘大船，船頭站著一個老者，拱手與碼頭上送行的諸人為禮。她一瞥之下，見送行的大都是武林中人，個個腰挺背直，精神奕奕，老者身後站著兩名朝廷的武官。

她見了這一副勢派，心中一動：「莫非又是那一派的掌門人，到北京去參與福大帥的大會？」凝神瞧那老者時，見他兩鬢蒼蒼，頷下老大一部花白鬍子，但滿臉紅光，衣飾華貴，左手手指上戴著一隻碧玉扳指，遠遠望去，在陽光下發出晶瑩之色，只聽他大聲說道：「各位賢弟請回吧！」抱拳一拱，身形端凝，當真是穩若泰山。

岸上諸人齊聲說道：「恭祝老師一路順風，為我九龍派揚威京師。」那老者微微一笑，說道：「揚威京師是當不起的，只盼九龍派的名頭不在我手裏砸了，也就是啦。」袁紫衣聽他聲音洪亮，中氣充沛，這幾句話似是謙遜，但語氣間其實甚是自負。

只聽得劈啪聲響，震耳欲聾，湘江中紅色紙屑飛舞，原來岸上船中一齊放起鞭炮。

袁紫衣知道鞭炮一完，大船便要開行，於是輕輕躍下馬來，拾起兩片石子，往鞭炮上擲去。兩串鞭炮都是長逾兩丈，石片擲到，登時從中斷絕，嗤嗤聲響，燃著的鞭炮墮入湘江，立時熄滅了。

這一來，岸上船中，人人聳動。鞭炮斷滅，那是最大的不祥之兆。六七名大漢立即奔近身去，將她團團圍住，大聲喝問：「你是誰？」「誰派你來搗亂混鬧？」「打斷鞭炮，是甚麼意思？」「當真是吃了豹子膽，老虎心，

竟敢來惹九龍派的易老師。」若非見她只是孤身的美貌少女，早就老拳齊揮，一擁而上了。

袁紫衣深知韋陀門與八仙劍的武功底細，出手時成竹在胸，並不畏懼，這九龍派卻不知是甚麼來歷，眼見眾人聲勢洶洶，只得微笑道：「我用石子打水上的雀兒，不料失手打斷了炮仗，實在過意不去。」

眾人聽她語聲清脆，一口外路口音，大家又七張八嘴的道：「失手打斷一串，也還罷了，豈有兩串一齊打斷之理？」「你叫甚麼名字？」「到易家灣來幹麼？」「今日是黃道吉日，給你這麼一混鬧，唉，易老師可有多不痛快！」

袁紫衣笑道：「兩串炮仗有甚麼稀罕？再去買過兩串來放放也就是了。」說著從懷中取出一錠黃金，約莫有二兩來重，托在掌中，這錠金子便是買一千串鞭炮也已足夠。眾人面面相覷，均覺這少女十分古怪，無人伸手來接。

袁紫衣笑道：「各位都是九龍派的弟子嗎？這位易老師是貴派的掌門人，是不是？他要到北京去參與福大帥的天下掌門人大會，是不是？」她問一句，眾人便點一點頭。袁紫衣搖頭道：「炮仗熄滅，那是大大的不祥。易老師還是乘早別去，在家安居納福的好。」

人羣中一個漢子忍不住問道：「為甚麼？」袁紫衣神色鄭重，說道：「我瞧易老師氣色不正，印堂上深透黑霧，殺紋直沖眉梢。若是到了京師，不但九龍派威名墮地，易老師還有殺身之禍。」眾人一聽，不由得相顧變色。有的在地下直吐口水，有的高聲怒罵，也有的竊竊私議，只怕這女子會看相，這話說不定還真有幾分道理。

眾人站立之處與大船船頭相去不遠，她又語音清亮，每一句話都傳入了那易老師耳中。

他細細打量袁紫衣，見她身材苗條，體態婀娜，似乎並不會武，但適才用石片打斷鞭炮，出手巧妙，勁道不弱，又見她所乘白馬神駿英偉，實非常物，料想此人定是有所為而來，於是拱手說道：「姑娘貴姓，請借一步上船說話。」袁紫衣道：「我姓袁，還是易老師上岸來吧。」

當時湘人風俗，乘船遠行，登船之後，船未開行而再回頭上岸，於此行極為不利。那易老師眉頭微皺，沉吟不語。他雖武功深厚，做到一派掌門，但生平對星相卜占、風水堪輿等說極是崇信，眼見這年輕女子打滅，又說甚麼殺身之禍等等不祥言語，心想她越說越是難聽，還不如置之不理，於是對船家說道：「開船吧！」喃喃自語：「陰人不祥，待到了省城，咱們再買福物，請神沖煞。」船家高聲答應，有的拉起鐵錨，有的便拔篙子。

袁紫衣見他不理自己，竟要開船，大聲叫道：「慢來慢來！你若不聽我勸告，不出百里便要檣斷舟覆，全船人等盡數死於非命。」易老師臉色更是陰沉，厲聲道：「我瞧你年紀輕輕，不來跟你一般見識。若再胡說八道，可莫怪我不再容情。」

袁紫衣一躍上船，微笑道：「我全是一片好意，易老師何必動怒？請問易老師大名如何稱呼，我再跟你拆一個字，對你大有好處。」易老師哼了一聲，道：「不須了！」袁紫衣道：「好，易老師既不肯以尊號相示，我便拆一拆你這個姓。『易』字上面是個『日』字，下面是個『勿』字，『勿日』便是『不日』，意思是命不久矣。易老師此行乘船，走的是水路，『易』字加『一』加『水』，便成為『湯』，『赴湯』蹈火，此行大為凶險。舟為器皿之象，『湯』字之上加

『湯』下加『皿』為『盪』，所謂『盪然無存』，全船人等，性命難保。『湯』字之上加

『草』為『蕩』，古詩云：『蕩子行不歸』，易老師這一次只怕要死於異鄉客地了。」

易老師聽到此處，再也忍耐不住，伸手在桅桿上用力一拍，砰的一聲，一條粗大的桅桿

不住搖晃，喝道：「你有完沒完？」

袁紫衣笑道：「易老師此行，百事須求吉利，那個『完』字，是萬萬說不得的。易老

師，你到北京是去爭雄圖霸，不是動拳腳，便要動刀槍。『易』字加『足』為『踢』，加

『刀』為『剔』，因此你不但自己給人踢死，九龍派還給人剔除。」

易老師越聽越怒，但聽她說得頭頭是道，也不由得暗自心驚，強言道：「我單名一個

『吉』字，早便吉祥吉利了，你還有何話說？」袁紫衣搖頭道：「大凶大險。這個『吉』字

本來甚好，但偏偏對易老師甚為不祥。『易』者，換也，將吉祥更換了去，那是甚麼？自然

是不吉了。」易吉默然。

袁紫衣又道：「這『吉』字拆將開來，是『十一口』三字。易老師啊，凡人只有一口，

你卻有十一口。多出來的十口是甚麼口？那自然是傷口，是刀口了。由此觀之，你此番上北

京去，命中注定要身中十刀，屍骨不歸故鄉。」

越是迷信之人，越是聽不得不祥之言。易吉本來雍容寬宏，面團團的一副富家翁氣象，

此時眉間斗現煞氣，斜目橫睨袁紫衣，冷笑道：「好，袁姑娘，多謝金玉良言。你是那一位

老師門下？令尊是誰？」

袁紫衣笑道：「你也要給我算命拆字麼？何必要查我的師承來歷？」易吉冷笑道：「瞧

你年紀輕輕，咱們又素不相識，你定是受人指使，來踢易某的盤子來著。姓易的大不與小

鬥，男不與女爭，你叫你背後那人出來，瞧瞧到底是誰身中十刀，屍骨不歸故鄉。」他伸手指著她臉，大聲道：「你背後那人是誰？」

袁紫衣笑道：「我背後的人麼？」假裝回頭一看，不由得一驚，只見岸邊站著一人，穿一身粗布青衣，打扮作鄉農模樣，正是胡斐，心想不知他何時到了此處，自己全神貫注的給易吉拆字，竟沒察覺。她不動聲色，回過頭來，笑道：「我背後這人麼？我瞧他是個看牛挑糞的鄉下小子。」

易吉怒道：「你莫裝胡羊。我說的是在背後給你撐腰、叫你來搗鬼的那人，是男子漢大丈夫，何必藏頭露尾，鬼鬼祟祟？」他料定是仇家暗中指使袁紫衣前來混鬧，好使自己出行不利，此人必然熟知自己的性情忌諱，否則她何以儘說不吉之言？

其實袁紫衣存心搗亂，見他越是怕聽不吉利的說話，便越是儘揀凶險災禍來說，當下正色道：「易老師，常言道良藥苦口利於病，忠言逆耳利於行。我這番逆耳忠言，聽不聽也由得你。至於九龍派嘛，你若不去，由小女子代你去便了。」

當袁紫衣躍上船頭不久，胡斐即已跟蹤而至。那日他在河裏洗澡時衣服被奪，赤身露體的不便出來，好在為時已晚，不久天便黑了，這才到鄉農家去偷了一身衣服。他最關懷的是那本家傳拳經刀譜。這刀譜放在貼肉衣服袋中，竟給她連衣帶書，一起取了去，心想這女子先偷我包袱，又取我衣服，定是為了這本刀譜，心中十分憂急。當日便追上了她，但見她勒馬緩緩而行，卻又不是偷了刀譜便即遠走高飛的模樣。他愈想愈疑，無法推測這女子真意何在，心想若是動手強搶，未必能夠得手，於是暗暗在後窺伺，要瞧她有何動

260

靜，另有何人接應。但跟了數日，始終不見有何異狀。這日在易家灣湘江之畔，卻見她向易吉起覺，竟是又要搶奪掌門人的模樣。

胡斐暗暗稱奇：「這位姑娘竟是有一味掌門人癖。她遇到了掌門人便搶，為的是在江湖上闖萬立威呢，還是另有深意？看來兩人說僵了便要動手，且讓他們鷸蚌相爭，我便來個漁翁得利，設法奪回刀譜。此時牽她白馬，易如反掌，但好曲子不唱第二遍，重施故技，未免顯得我小泥鰍胡斐太也笨蛋。」於是慢慢走近船頭，等候機會搶奪她背上包袱。

只見易吉一張紅堂堂的臉膛由紅轉紫，嘶啞著嗓子說道：「姑娘這麼說，那是罵易某無能，不配作九龍派的掌門人？」袁紫衣微笑道：「那也不是。易老師既然此行不利，性命可不是鬧著玩的，不如把九龍派的掌門人讓與我吧。小女子一片好心，純係為你著想……」

她話未說完，突見船艙中鑽出兩條漢子，手中各持一條九節軟鞭。一個中年大漢道：「這女子瘋瘋顛顛，師父不必理她。待弟子趕她上岸，莫誤了開船的吉時。」說著左手伸出，便去推袁紫衣的肩頭。袁紫衣伸指在他手臂上輕輕一彈，說道：「吉時早已誤了！」那漢子登覺臂彎中一麻，手掌沒碰到她肩頭，上臂便已軟軟的垂了下來。另一個漢子喝道：

「大師哥，動傢伙吧！」

兩人齊聲呼哨，嗆啷啷一陣響亮，兩條九節軟鞭同時向袁紫衣膝頭打去。他們不想傷她性命，是以軟鞭所指之處並非要害。

袁紫衣見兩人都使九節鞭，心念一動：「是了，他們叫做九龍派，大概最擅長的便是九節鞭。」她與易吉東拉西扯，一來是要他心煩意亂，二來是想探聽他的武功家數，這時見雙

261

鞭擊到，心中大喜：「好啊，你們遇上使軟鞭的老祖宗啦。」雙手伸出，快速無倫的抓住兩根軟鞭鞭頭，相互一纏，打成結形，身子毫不移動，微笑著站在當地。

兩名漢子尚未察覺，見鞭頭並未打到她身上，反而雙鞭互纏，各自用力一扯，這一來正中了袁紫衣之計，雙鞭鞭頭本來鬆鬆搭著，一扯之下，登成死結。兩人驚得呆了，又是用力一扯。師兄弟倆膂力相當，誰也扯不動誰，兩條軟鞭卻纏得更加緊了。

易吉喝道：「莽撞之徒！快退開了。」雙手抓住長袍衣襟，向外一抖，喀喇喇一陣響，袍子上七個軟扣一齊拉脫，左手反到身後一扯，長袍登時除了下來，露出袍內的勁裝結束。這一手乾淨利落，威風十足。岸上站著的大都是他的弟子親友，也有不少閒人，登時齊聲喝了個大采。

袁紫衣搖頭道：「口采不好。這一手『脫袍讓位』，脫袍不打緊，讓位嘛，卻是注定把掌門人之位讓給我啦。」易吉心中一凜，果覺這一手也是不祥之兆，右手伸到腰間，輕輕一抖，手中已多了一條晶光閃亮的九節鞭。

這一抖寂然無聲，鋼鞭的九節互相竟無半點碰撞。袁紫衣暗叫：「啊喲，不好！這手功夫我可不會，今日只怕要糟！」只見他這條鞭子每一節均有雞蛋粗細，他身材又極魁梧，便如船頭上立了一座鐵塔，拿著這條大鞭，當真是威風凜凜。

這時船家已收起了鐵錨，船身在江中搖晃不定。易吉手臂一抖，九節鞭飛出去捲住了船頭鐵錨，跟著一揮，撲通聲響，水花四濺，鐵錨又已落入江中，船身登時穩住。這一手若非臂上有六七百斤膂力，焉能如此揮灑自如？眼見他這條九節鞭並有軟鞭與鋼鞭之長，內外兼

修，非同小可。

袁紫衣心想。

袁紫衣心想：「他膂力強大，揮鞭無聲。此人只可智取，不能力敵。」見他身材魁梧，年紀又大，想來功力雖深，手腳就未必靈便，於是心生一計，說道：「易老師，我是女子，如在船頭跟你相鬥，不論勝負，都於你此行不利。咱們總得另覓一個地方較量才是。」易吉心覺此言有理，可是又不願上岸。

袁紫衣又道：「易老師，咱們話得說在前頭，若是我勝了你，你這九龍派掌門人之位，自得拱手相讓，不知你門下的弟子們服是不服？」易吉氣得紫臉泛白，喝道：「不服也得服。但若你輸了呢？」袁紫衣嬌笑道：「我跟你磕頭，叫你做乾爹，請你多疼我這乾女兒啊。」說著倏地躍起，右足在桅索上一撐，左足已踏上了帆底的橫桿，腰中銀絲鞭揮出，向上一抖，捲住了桅桿，手上使勁，帶動身子向上躍高。

她左臂剛抱住桅桿，右手又揮出銀絲鞭再向上一捲，最後一招「一鶴沖天」，身子已高過桅桿，輕輕巧巧的落將下來，站在帆頂。這幾下輕靈之極，碼頭上旁觀的閒人無不喝采。九龍派的弟子中卻有人叫了起來：「喂，玩這手有甚麼意思？有種的便下來，領教領教易老師威震三湘的九龍鞭功夫。」袁紫衣大聲道：「在上邊比武，大夥兒都瞧得清楚些。」

易吉哼了一聲，將九龍鞭在腰間一盤，左手抓住桅桿，身子已離地二尺，跟著右手一搭，身子又上升二尺。那桅桿比大碗的碗口還粗，一手原是無法握住，但他手指勁力厲害，掌力又極沉雄，雙手交互握抓，身子竟平平穩穩的上升，雖無袁紫衣的快捷剽悍，但在行家看來，這手功夫既穩且狠，實是非同小可。

袁紫衣眼見他離桅頂尚有丈餘，心想一給他爬上，就不好鬥，只有居高臨下，先制止他上升，當下銀絲鞭一晃，喝道：「我這是十八龍鞭，多了你九龍。」鞭梢在空中抖動，摟頭蓋將下來。

易吉雙手不空，如何抵擋？若要閃避，只有溜下桅桿，如此一招不交，已然輸了，碼頭上的眾弟子又高聲叫罵起來：「不要臉！」「這那是公平交手？」「兀那婆娘，你下來動手！」卻見易吉將頭一偏，左臂抱住桅桿，右手揮動九節鋼鞭，竟自下迎上，往銀絲鞭上砸去。

袁紫衣生怕雙鞭相交，若是給纏住了，拉扯起來，自己力小，必定吃虧，於是抖手揚鞭，避開他的兵刃，待要迴轉再擊，那知易吉使一招「插花蓋頂」，舞動鋼鞭護住頭臉，左臂一鬆一緊，身子一縱一提，四五個起落，已穩穩坐上桅桿之頂，但聽得碼頭上歡聲大起，鼓掌如雷。

他這一來佔得了有利地勢，袁紫衣心中卻反而放寬，見他適才出鞭，力道雖猛，招數中卻無特異變化，遠不及自己鞭法的精微巧妙，當下身子向左一探，刷的一聲，銀絲鞭自右環擊而至。易吉穩穩坐著，九節鞭回轉，將對方軟鞭擋開。

這時陽光照耀，湘江中泛出萬道金波，兩人在五六丈高處相鬥，兩條軟鞭猶似靈蛇盤旋，的是好看煞人。岸邊人眾愈聚愈多，湘江中上上下下的船舶也多收帆停舵，船中水手乘客，一齊仰首觀鬥。

易吉自知輕身功夫不如對方，只是穩坐帆頂，雙足挾住桅桿，先佔了個不敗之地。袁紫

264

衣卻是東竄西躍，在帆頂的橫桁上忽進忽退。她銀絲鞭比對手的九龍鞭長了一倍有餘，只有她攻擊易吉的份兒，易吉卻無法反擊。拆到六十餘招後，她手中一條長鞭如銀蛇飛舞，招數愈出愈奇。易吉來來去去卻只是七八招，密密護住了全身，俟機去纏對方軟鞭。

一眼看來，袁紫衣似是佔盡了上風，但她如此打法極是吃力，只要久攻不下，鞭法中稍有破綻，或是足下一滑一絆，那便輸了。原來易吉的用心，正是孫子兵法中所謂「先為不可勝，以待敵之可勝」。袁紫衣早知他的心意，但不論如何變招進攻，他這七八招守護全身，竟是嚴密異常，無隙可乘。如在平地，她自可凌空下擊，或是著地滾進，但自己引他高空相鬥，反給他佔了地利，卻非始料之所及了。

又鬥片刻，情勢仍無變化，袁紫衣微感氣息粗重，縱躍之際，已稍不及初時輕捷。易吉瞧出轉機已至，待她長鞭掠到面前，突出左手，逕去抓她鞭上金球。袁紫衣一驚，軟鞭下沉，那知易吉的九龍鞭反過來一壓一鉤，若非她銀絲鞭閃避得快，雙鞭已纏在一起。易吉得理不讓人，瞧準了她鞭頭回起之處，九龍鞭一招「青藤纏葫蘆」，大喝一聲，已將銀絲鞭纏住。

袁紫衣只覺手臂一痠，手中長鞭給一股強力往外急拉，知道若與對方蠻奪，自己必輸，她心思轉得好快，危急中倏出險招，右手猛地一甩，銀絲鞭的鞭柄脫手飛出，繞著桅桿急轉圈子，但見銀光閃動，刷喇喇一陣響，九節鋼鞭和銀絲軟鞭兩條軟鞭，竟將易吉雙腿連同右臂一齊繞在桅桿之上。

這一下變生不測，易吉怎料想得到？大驚之下，忙伸左手去解鞭，倏見袁紫衣撲到身

265

前，左手探出，便來挖他眼球。易吉左手急忙放脫軟鞭，舉手擋架。那知袁紫衣這一下乃是虛招，左掌在空中微一停頓，牽制他的左掌，右手疾出，早已點中了他左腋下的「淵腋穴」。這一招在旁人看來，簡直是易吉自舉手臂，露出腋底任由對方點穴一般。他穴道被點，左臂軟軟下垂，雙腿與右臂卻又給縛在桅上，再無回手之力。

胡斐在地下見她敗中取勝，這一手贏得巧妙無比，剛叫了聲好，忽見黃光閃動，九枚金錢鏢急向桅桿上飛去，射向袁紫衣後心。

袁紫衣將易吉打得如此狼狽，心中大是得意，正要在高處誇言幾句，逼他親口許諾讓了掌門，這才放他，沒料到下面竟然有人偷襲。這九枚金錢鏢來得既快，部位又四下分散，她身在橫桁之下，只要向左或是向右踏出半步，立時從五六丈高處摔將下來，卻又如何避得？情急智生，身子向後一仰，登時摔下，九枚錢鏢齊從帆頂掠過。船頭岸上眾人驚呼聲中，只見她雙足鈎住橫桁，身子掛在半空。

岸上偷發暗器之人一不做，二不休，跟著又是三枚錢鏢射出，這一次卻是一枚襲她身子，兩枚射向橫桁，只要她身子向上翻起，剛好是自行湊向錢鏢。胡斐知道這一下袁紫衣再也無法避讓，立即也是三枚制錢射出。他出手雖後，但手勁凌厲，錢鏢去勢卻快，六枚銅錢在空中互撞，錚錚錚三聲，一齊斜飛，落入了江中。

袁紫衣背上驚出了一身冷汗，剛欲翻身而起，胡斐大叫一聲：「這算甚麼？」躍上了船頭，只聽喀喇、喀喇兩聲巨響，橫桁斷折。袁紫衣跟著橫桁向江中跌落，而易吉處身所在的桅桿，卻也從中斷絕。袁紫衣當時頭下腳上，親眼見到何人發射暗器偷襲，胡斐如何出手相

救，但橫桁怎地斷折，卻未瞧見。

原來易吉左脅穴道被點，半身動彈不得，右手卻尚可用力，忙從雙鞭纏繞之中脫出手臂，眼見袁紫衣倒掛桁上，當即將全身勁力運於掌上，發掌擊向橫桁。他脅力好大，連擊三掌，桁斷人落。

就在此時，胡斐也已躍上了船頭，心想若是袁姑娘落水，這姓易的反而安坐桅頂，待他慢慢溜將下來，豈非是他勝了？當即背靠桅桿，運勁向後力撞，這桅桿又堅又粗，一撞之下只晃了幾下。胡斐心中急了，拔出單刀，刷的一刀，劈斷了桅桿。

眼見袁紫衣與易吉各自隨著一段巨木往江中跌落，只是袁紫衣的橫桁先斷，身在半截桅桿之下，若是給斷桅擊中，性命可憂，胡斐當即抓起船頭拉縴用的竹索，對準袁紫衣身前揮將過去，大喝道：「抓住了！」竹索飛出，有如一條極長的軟鞭。

袁紫衣身在半空，心中忙亂，她雖識得水性，但想在眾目睽睽之下落水，待會濕淋淋的爬起，豈非狼狽萬狀？突見竹索飛到，急忙伸手抓住。胡斐一揮一拉，袁紫衣借勢躍起，輕巧巧的落在船頭。

她雙足剛落上船板，只聽得撲通一聲巨響，水花四濺，無數水珠飛到了她頭上臉上，正是易吉與斷桅一齊落水。岸上人眾大聲呼叫，撲通撲通響聲不絕。原來易吉不會水性，九龍派的十七八名弟子紛紛躍入湘江，爭先恐後的去救師父。

袁紫衣向胡斐嫣然一笑，道：「胡大哥，謝謝你啦！」胡斐笑道：「我這『胡』字拆開來是『月十口』三字，看來我每月之中，要身中九刀。」

267

袁紫衣笑得更是歡暢，心想我適才給那易吉拆字，原來都教他偷聽去啦，笑道：「幸好你名字中有個『非』字，這一『非也非也』，那九刀之厄就逢凶化吉了。」胡斐笑道：「多謝姑娘金口。」

袁紫衣與他重逢，心中極是高興，又承他出手相救，有意與他修好，又笑道：「你這『斐』字是文采斐然，那不必說了。『非』字下加『羽』字為『翡』，主得金玉翡翠；加『草』字頭為『菲』，主芬芳華美；加絞絲旁為『緋』，紅袍玉帶，主做大官。」胡斐伸了伸舌頭，道：「升官發財，可了不起！」

兩人在船頭說笑，旁若無人。忽聽得碼頭上一陣大亂，九龍派眾門人將易吉連著斷桅，七手八腳的抬上岸來。他年老肥胖，又不通水性，吃了幾口水，一氣一怒，竟自暈了過去。袁紫衣暗暗心驚：「莫要弄出人命，這事情可鬧大了。」低聲道：「胡大哥，咱們快走吧！」說著一躍上岸，伸手去取那纏在斷桅上的銀絲軟鞭。

九龍派眾門人紛紛怒喝，六七條軟鞭往她身上擊了下來。只聽得嗆啷啷啷響成一片，六七條軟鞭互相撞擊，便似一道鐵網般當頭蓋到。她銀絲軟鞭在手，借力打力，一鞭從頭頂橫過，身子已斜竄出去。她偷眼再向易吉望了一眼，只見他一個胖胖的身軀橫臥地下，一動不動，也不知是死是活。胡斐翻身再向馬上，右手牽著白馬，叫道：「九龍派掌門人不大吉利，不當也罷。」袁紫衣笑道：「那就聽你吩咐啦！」躍起身來，上了馬背。

九龍派的眾弟子大聲叫嚷，紛紛趕來阻截。兩條軟鞭著地橫掃，往馬足上打去。袁紫衣回身一鞭，已將兩條軟鞭的鞭頭纏住，右手一提馬韁，白馬向前疾奔。這馬神駿非凡，腳步

固然迅捷無比，力氣也是大得異常，發力衝刺，登時將那兩名手持軟鞭的漢子拖倒。

這一下變起不意，兩名漢子大驚之下，身子已被白馬在地下拖了六七丈遠。兩人急欲站起，但白馬去勢何等快速，兩人上身剛抬起，立時又被拖倒，驚惶之中竟自想不起拋掉兵刃，仍是死死的抓住鞭柄。

袁紫衣在馬上瞧得好笑，倏地勒馬停步，待那兩名漢子站起身來，只見兩人目青鼻腫，手足顏面全為地下沙礫擦傷，問道：「你們的軟鞭中有寶麼？怎地不捨得放手？」兩句話剛問完，不等他們回答，右足足尖在馬腹上輕輕一點。白馬向前一衝，又將兩人拖倒。這時兩人方始省悟，撒手棄鞭，耳聽得袁紫衣格格嬌笑，與胡斐並肩馳去。

易家灣九龍派弟子眾多，聲勢甚大，此日為老師送行，均會聚在碼頭之上，眼見易吉受挫，原要一擁而上。袁紫衣與胡斐武功雖強，終究是好漢敵不過人多。幸好袁紫衣臨去施一手迴鞭拉人，事勢奇幻，眾弟子瞧得目瞪口呆，一時會不過意來，待要搶上圍攻，二人已馳馬遠去。這時易吉悠悠醒轉，眾弟子七張八嘴的上前慰問，痛罵袁紫衣使奸行詐，紛紛議論，卻誰也不知她的來歷，於是九龍派所有的對頭，個個成了她背後指使之人。

袁紫衣馳出老遠，直至回頭望不見易家灣的房屋，才將奪來的兩根九節鋼鞭拋在地下。她轉眼瞧瞧胡斐，見他穿著一身鄉農的衣服，土頭土腦，憨裏憨氣，忍不住好笑，但想適才若不是他出手救援，多半自己已將一條小命送在易家灣，此刻回思，不禁暗自心驚。

兩人並騎走了一陣，胡斐道：「袁姑娘，天下武學，共有多少門派？」袁紫衣笑道：「不

269

知道啊，你說有多少門派？」胡斐搖頭道：「我說不上，這才請教。你現下已當了韋陀門、

八仙劍、九龍派三家的大掌門啦。還得再做幾家的掌門人呢，實在是當得十分勉強的。至於少林、

武當、太極這些大門派的掌門人，我是不敢去搶的。再收十家破銅爛鐵，也就夠啦。」胡斐

伸了伸舌頭，道：「武林十三家總掌門，這名頭可夠威風啊。」

袁紫衣笑道：「胡大哥，你武藝這般強，何不也搶幾家掌門人做做？咱們一路過去，

你收一家，我收一家，輪流著張羅。到得北京，我是十三家總掌門，你也是十三家總掌門。

咱哥兒倆一同去參與福大帥的甚麼天下掌門人大會，豈不有趣？」

胡斐連連搖手，道：「我可沒這個膽子，更沒姑娘的好武藝。多半掌門人半個也沒搶

著，便給人家一招『呂洞賓推狗』，摔在河裏，變成了一條拖泥帶水的落水狗。若是單做泥

鰍派掌門人呢，可又不大光彩。」袁紫衣笑彎了腰，抱拳道：「胡大哥，小妹這裏跟你陪不

是啦。」胡斐抱拳還禮，一本正經的道：「三家大掌門老爺，小的可不敢當。」

袁紫衣見他模樣老實，說話卻甚是風趣，心中更增了幾分喜歡，笑道：「怪不得趙半山

那老小子誇你不錯！」袁紫衣笑道：「你追得我上，便跟你說。」伸足尖在馬腹上輕輕一碰。

甚麼來著？」胡斐心中對趙半山一直念念不忘，忙問：「趙三哥怎麼啦？他跟你說

胡斐心想你這白馬一跑，我那裏還追得上？眼見白馬後腿一撐，便要發力，急忙騰身

躍起，左掌在白馬臀上一按，身子已落在白馬的馬背，正好坐在袁紫衣身後。那白馬背上多

了一人，竟是毫不在意，仍是放開四蹄，追風逐電般向前飛奔。那匹青馬在後跟著，雖然空

270

鞍，但片刻之間，已與白馬相距數十丈之遙。

袁紫衣微微聞到背後胡斐身上的男子氣息，臉上一熱，待要說話，卻又住口。奔馳了一陣，猛聽得半空中一個霹靂，抬頭一望，烏雲已將半邊天遮沒。此時正當盛暑，陣雨說來便來，她一提馬韁，白馬奔得更加快了。

不到一盞茶時分，西風轉勁，黃豆大的雨點已灑將下來。一眼望去，大路旁並無房屋，只左邊山坳中露出一角黃牆，袁紫衣縱馬馳近，原來是一座古廟，破匾上寫著「湘妃神祠」四個大字，泥金剝落，顯已久失修。

胡斐躍下馬來，推開廟門，顧不得細看，先將白馬拉了進去。這時半空中焦雷一個接著一個，閃電連晃，袁紫衣雖然武藝高強，禁不住臉上露出畏懼之色。

胡斐到後殿去瞧了一下，廟中人影也無，回到前殿，說道：「還是後殿乾淨些。」找了些稻草，打掃出半邊地方，道：「這雨下不長，待會雨收了，今天準能趕到長沙。」

袁紫衣「嗯」了一聲，不再說話。兩人本來一直說說笑笑，但自同騎共馳一陣之後，袁紫衣心中微感異樣，瞧著胡斐，突然間同時轉過頭來，目光相觸，微微一笑，各自把頭轉了開去。

兩人並肩坐著，瞧著胡斐，不自禁的有些覥腆，有些尷尬。

隔了一會，胡斐問道：「趙三哥身子安好吧？」袁紫衣道：「好啊！他會有甚麼不好？」

胡斐道：「他在那裏？我想念他得緊，真想見見他。」袁紫衣道：「那你到回疆去啊。只要你不死，他不死，準能見著。」

胡斐一笑，道：「你是剛從回疆來吧？」袁紫衣回眸微笑，道：「是啊。你瞧我這副模

271

樣像不像？」胡斐搖頭道：「我不知道。我先前只道回疆是沙漠荒蕪之地，那知竟有姑娘這般美女。」

胡斐一言既出，心中微覺後悔，暗想孤男寡女在這枯廟之中，說話可千萬輕浮不得，於是岔開話題，問道：「福大帥開這個天下掌門人大會，到底是為了甚麼，姑娘能見告麼？」

袁紫衣聽他語氣突轉端莊，不禁向他望了一眼，說道：「他王公貴人，吃飽了飯沒事幹，找些武林好手消遣消遣，還不跟鬥雞鬥蟋蟀一般。只可嘆天下無數武學高手，受了他的愚弄，竟不自知。」

胡斐一拍大腿，大聲道：「姑娘說的一點也不錯。如此高見，令我好生佩服。原來姑娘一路搶那掌門人之位，是給這個福大帥搗亂來著。」袁紫衣笑道：「不如咱二人齊心合力，把天下掌門人之位先搶他一半。這麼一來，福大帥那大會便七零八落，不成氣候。咱們再到會上給他一鬧，教他從此不敢小覷天下武學之士。」胡斐連連鼓掌，說道：「好，就這麼辦。姑娘領頭，我跟著你出點微力。」袁紫衣道：「你武功遠勝於我，何必客氣。」

兩人說得高興，卻見大雨始終不止，反而越下越大，廟後是一條山澗，山水沖下來，轟轟隆隆，竟似潮水一般。那古廟年久破敗，到處漏水。胡斐與袁紫衣縮在屋角之中，眼見天色漸黑，烏雲竟要似壓到頭頂一般，看來已是無法上路。胡斐到灶間找了些柴枝，在地下點燃了作燈，笑道：「大雨不止，咱們只好挨一晚餓了。」

火光映在袁紫衣臉上，紅紅的愈增嬌艷。她自回疆萬里東來，在荒山野地歇宿視作尋常，但是孤身與一個青年男子共處古廟，卻是從所未有的經歷，心頭不禁有一股說不出的

272

滋味。

胡斐找些稻草，在神壇上鋪好，又在遠離神壇的地下堆了些稻草，笑道：「呂洞賓睡天上，落水狗睡地下。」說著在地下稻草堆裏一躺，翻身向壁，閉上了眼睛。袁紫衣暗暗點頭，心想他果然是個守禮君子，笑道：「落水狗，明天見。」躍上了神壇。

她睡下後心神不定，耳聽著急雨打在屋瓦之上，嘩啦啦的亂響，直過了半個多時辰，才矇矓睡去。

睡到半夜，隱隱聽得有馬蹄之聲，漸漸奔近，袁紫衣翻身坐起。胡斐也已聽到，低聲道：「呂洞賓，有人來啦。」

只聽馬蹄聲越奔越近，還夾雜著車輪之聲。胡斐心想：「這場大雨自下午落起，中間一直不停，怎地有人冒著大雨，連夜趕路？」只聽得車馬到了廟外，一齊停歇。袁紫衣道：「他們要進廟來！」從神壇躍下，坐在胡斐身邊。

果然廟門呀的一聲推開了，車馬都牽到了前殿廊下。跟著兩名車夫手持火把，走到後殿，見到胡袁二人，道：「這兒有人，我們在前殿歇。」當即回了出去。只聽得前殿人聲嘈雜，約有二十來人，有的劈柴生火，有的洗米煮飯，說的話大都是廣東口音。亂了一陣，漸漸安靜下來。

忽聽一人說道：「不用鋪床。吃過飯後，不管雨大雨小，還是乘黑趕路。」胡斐聽了這口音，心中一凜。這時後殿點的柴枝尚未熄滅，火光下只見袁紫衣也是微微變色。

273

又聽前殿另一人道：「老爺子也太把細啦，這麼大雨……」這時雨聲直響，把他下面的話聲淹沒了。先前說話的那人卻是中氣充沛，語音洪亮，聲音隔著院子，在大雨中仍是清清楚楚的傳來：「黑夜之中又有大雨，正好趕路。莫要貪得一時安逸，卻把全家性命送了，此處離大路不遠，別鬼使神差的撞在小賊手裏。」

聽到此處，胡斐再無懷疑，心下大喜，暗道：「當真是鬼使神差，撞在我手裏。」低聲道：「呂洞賓，外邊又是一位掌門人到了，這次就讓我來搶。」袁紫衣「嗯」了一聲，卻不說話。胡斐見她並無喜容，於是緊了緊腰帶，將單刀插在腰帶裏，大踏步走向前殿。

只見東廂邊七八個人席地而坐，其中一人身材高大，坐在地下，比旁人高出了半個頭，身子向外。胡斐一見他的側影，認得他正是佛山鎮的大惡霸鳳天南。只見他將那條黃金棍倚在身上，呆呆出神，不知是在懷念佛山鎮那一份偌大的家業，還是在籌劃對付敵人、重振雄風的方策？胡斐從神龕後的暗影中出來，前殿諸人全沒在意。

西邊殿上生著好大一堆柴火，火上吊著一口大鐵鍋，正在煮飯。胡斐走上前去，飛起一腿，嗆啷啷一聲響亮，將那口鐵鍋踢得飛入院中，白米撒了一地。

眾人一驚，一齊轉頭。鳳天南、鳳一鳴父子等認得他的，無不變色。空手的人忙搶著去抄兵刃。

胡斐見了鳳天南那張白白胖胖的臉膛，想起北帝廟中鍾阿四全家慘死的情狀，氣極反笑，說道：「鳳老爺，這裏是湘妃廟，風雅得很啊。」

274

鳳天南殺了鍾阿四一家三口，立即毀家出走，一路上晝宿夜行，儘揀偏僻小道行走。他做事也真乾淨利落，胡斐雖然機伶，畢竟江湖上閱歷甚淺，沒能查出絲毫痕跡。這日若非遭遇大雨，陰差陽錯，決不會在這古廟中相逢。

鳳天南眼見對頭突然出現，不由得心中一寒，暗道：「看來這湘妃廟是鳳某歸天之處了。」但臉上仍是十分鎮定，緩緩站起身來，向兒子招了招手，叫他走近身去，有話吩咐。

胡斐橫刀堵住廟門，笑道：「鳳老爺，也不用囑咐甚麼。你殺鍾阿四一家，我便殺你鳳老爺一家。咱們一刀一個，決不含糊。你鳳老爺與眾不同，留在最後，免得你放心不下，還怕世上有你家人贖著。」

鳳天南背脊上一涼，想不到此人小小年紀，做事也居然如此辣手，將黃金棍一擺，說道：「好漢一人做事一身當，多說廢話幹麼？你要鳳某的性命，拿去便是。」說著搶上一步，呼的一聲，一招「摟頭蓋頂」，便往胡斐腦門擊下，左手卻向後急揮，示意兒子快走。

鳳一鳴知道父親決不是敵人對手，危急之際那肯自己逃命？大聲叫道：「大夥兒齊上！」只盼倚多為勝，說著挺起單刀，縱到了胡斐左側。隨著鳳天南出亡的家人親信、弟子門人，一共有十六七人，其中大半均會武藝，聽得鳳一鳴呼叫，有八九人手執兵刃，圍將上來。

鳳天南眉頭一皺，心想：「咳！當真是不識好歹。若是人多便能打勝，我佛山鎮上人還不夠多？又何必千里迢迢的背井離鄉，逃亡在外？」但事到臨頭，也已別無他法，只有決一死戰。他心中存了拚個同歸於盡的念頭，出手反而冷靜，一棍擊出，不等招數用老，金棍斜

275

掠，拉回橫掃。

胡斐心想此人罪大惡極，如果一刀送了他性命，刑罰遠不足以抵償過惡，眼見金棍掃到，單刀往上一拋，伸手便去硬抓棍尾，竟是一出手便是將敵人視若無物。鳳天南暗想我一生闖蕩江湖，還沒給人如此輕視過，不由得怒火直衝胸臆，但佛山鎮上一番交手，知對方武功實非己所能敵，手上絲毫不敢大意，急速收棍，退後一步。只聽得頭頂禿的一響，眾人雖然大敵當前，還是忍不住抬頭一看，原來胡斐那柄單刀拋擲上去，斬住了屋樑，留在樑上不再掉下。

胡斐縱聲長笑，斗然插入人羣之中，雙手忽起忽落，將鳳天南八九名門人弟子盡數點中了穴道，或手臂斜振，或提足橫掃，一一甩在兩旁。霎時之間，大殿中心空空蕩蕩，只賸下鳳氏父子與胡斐三人。

鳳天南一咬牙，低聲喝道：「鳴兒你還不走，真要鳳家絕子絕孫麼？」鳳一鳴兀自遲疑，提著單刀，不知該當上前夾擊，還是奪路逃生？

胡斐身形一晃，已搶到了鳳一鳴背後，鳳天南一聲大喝，金棍揮出，上前截攔。胡斐頭一低，從鳳一鳴腋下鑽了過去，輕輕一掌，在他肩頭一推，鳳一鳴站立不穩，身子後仰，便向棍上撞去。鳳天南大驚，急收金棍，總算他在這棍上下了數十年苦功，在千鈞一髮之際硬生生收回，才沒將兒子打得腦漿迸裂。

胡斐一招得手，心想用這法子鬥他，倒也絕妙，不待鳳一鳴站穩，右手抓住了他後頸，提起左掌，便往他腦門拍落。鳳天南想起他在北帝廟中擊斷石龜頭頸的掌力，這一掌落在兒

子腦門之上，怎能還有命在？急忙金棍遞出，猛點胡斐左腰，迫使他回掌自救。

胡斐左掌舉在半空，稍一停留，待金棍將到腰間，右手抓著鳳一鳴腦袋，猛地往棍頭急送。鳳天南立即變招，改為「挑袍撩衣」，自下向上抄起，攻敵下盤。胡斐叫道：「好！」

左掌在鳳一鳴背上一推，用他身子去抵擋棍招。

如此數招一過，鳳一鳴變成了胡斐手中的一件兵器。胡斐不是拿他腦袋去和金棍碰撞，便是用他四肢來格架金棍。鳳天南出手稍慢，欲待罷鬥，胡斐便舉起手掌，作勢欲擊鳳一鳴要害，教他不得不救，但一救之下，總是處處危機，沒一招不是令他險些親手擊斃了兒子。又鬥數招，鳳天南心力交瘁，斗地向後退開三步，將金棍往地下一擲，噹的一聲巨響，地下青磚碎了數塊，慘然不語。

胡斐厲聲喝道：「鳳天南，你便有愛子之心，人家兒子卻又怎地？」

鳳天南微微一怔，隨即強悍之氣又盛，大聲說道：「鳳某橫行嶺南，做到五虎派掌門，生平殺人無算。我這兒子手下也殺過三四十條人命，今日死在你手裏，又算得了甚麼？你還不動手，囉裏囉唆的幹麼？」胡斐喝道：「那你自己了斷便是，不用小爺多費手腳。」鳳天南拾起金棍，哈哈一笑，迴轉棍端，便往自己頭頂砸去。

突然間銀光閃動，一條極長的軟鞭自胡斐背後飛出，捲住金棍，往外一奪。鳳天南臂力甚強，硬功了得，這一奪金棍竟沒脫手，但迴擊之勢，卻也止了。這揮鞭奪棍的正是袁紫衣，她手上用力，向裏一拉，鳳天南金棍仍是凝住不動，她卻已借勢躍了出來。

277

袁紫衣笑道：「胡大哥，咱們只奪掌門之位，可不能殺傷人命。」胡斐咬牙切齒的道：

「袁姑娘你不知道，這人罪惡滔天，非一般掌門人可比。」袁紫衣搖頭道：「我搶奪掌門，師父知道了不過一笑。若是傷了人命，他老人家可是要大大怪罪。」胡斐道：「這人是我殺的，跟姑娘毫無干係。」袁紫衣答道：「不對，不對，不對！搶奪掌門之事，因我而起。這人是五虎派掌門，怎能說跟我沒有干係。」胡斐道：「我從廣東直追到湖南，便是追趕這惡賊。

他是掌門人也好，不是掌門人也好，今日非殺了他不可。」

袁紫衣正色道：「胡大哥，我跟你說正經話，你好好聽著了。」胡斐點了點頭。袁紫衣道：「你不知我師父是誰，是不是？」胡斐道：「我不知道。姑娘這般好身手，尊師定是一位名震江湖的大俠，請問他老人家大名怎生稱呼。」

袁紫衣道：「我師父的名字，日後你必知道。現下我只跟你說，我離回疆之時，我師父對我說道：『你去中原，不管怎麼胡鬧，我都不管，但只要殺了一個人，我立時取你的小命。』我師父向來說一是一，說二是二，決沒半分含糊。」胡斐道：「難道十惡不赦的壞人，也不許殺麼？」袁紫衣說道：「照啊！那時我也這般問我師父。他老人家道：『壞人本來該殺。但世情變幻，一人到底是好是壞，你小小年紀怎能分辨清楚？世上有笑面老虎，也有虎面菩薩。人死不能復生，只要殺錯一個人，那便終身遺恨。』」胡斐點頭道：「話是不錯。

但這人親口自認殺人無算，他在佛山鎮上殺害良善，又是我親眼見到，決計錯不了。」袁紫衣道：「我是迫於師命，事出無奈。胡大哥，你瞧在我份上，高抬貴手，就此算了吧！」

胡斐聽她言辭懇切，確是真心相求，自與她相識以來，從未聽過她以這般語氣說話，不

278

由得心中一動，但隨即想起鍾阿四夫婦父子死亡枕藉的慘狀，想起北帝神像座前石上小兒剖腹的血跡，想起佛山街頭惡犬撲咬鍾小二的狠態，一股熱血湧上心頭，大聲道：「袁姑娘，這兒的事你只當沒碰上，請你先行一步，咱們到長沙再見。」

袁紫衣臉色一沉，慍道：「我生平從未如此低聲下氣的求過別人，你卻定是不依。這人與你又無深仇大怨，你也不過是為了旁人之事，路見不平而已。他毀家逃亡，晝宿夜行，也算是怕得你厲害了。胡大哥，為人不可趕盡殺絕，須留三分餘地。」胡斐朗聲說道：「袁姑娘，這人我是非殺不可。我先跟你陪個不是，日後尊師若是怪責，我甘願獨自領罪。」說著一揖到地。

只聽得刷的一響，袁紫衣銀鞭揮起，捲住了屋樑上胡斐那柄單刀，一扯落下，輕輕一送，捲到了他面前，說道：「接著！」胡斐伸手抓住刀柄，只聽她道：「胡大哥，你先打敗我，再殺他全家，那時師父便怪我不得。」胡斐怒道：「你一意從中阻攔，定有別情。尊師是堂堂大俠，前輩高人，難道就不講情理？」

袁紫衣輕嘆一聲，柔聲道：「胡大哥，你當真不給我一點兒面子麼？」火光映照之下，嬌臉如花，低語央求，胡斐不由得心腸一軟，但越是見她如此懇切相求，越是想到其中必有詐謀，心道：「胡斐啊胡斐，你若惑於美色，不顧大義，枉為英雄好漢。你爹爹胡一刀一世豪傑，豈能有你這等不肖子孫？」眼見若不動武，已難以誅奸殺惡，叫道：「如此便得罪了。」單刀一起，一招「大三拍」，刀光閃閃，已將袁紫衣上盤罩住，左手揚處，一錠紋銀往鳳天南心口打去。

279

袁紫衣見他癡癡的望著自己，似乎已答應自己所求，心中正自喜歡，那知道他竟會突然出手。兩人相距不遠，這一招「大三拍」來得猛惡，銀絲鞭又長又軟，本已不易抵擋，而他左手又發暗器，但聽風聲勁急，顯是這暗器出手極是沉重，只怕鳳天南未必擋得住。袁紫衣心念一閃：「他不會傷我！」長鞭甩出，急追上去，噹的一聲，將那錠紋銀打落，對胡斐的刀招竟是不封不架。

原來胡斐知她武功決不在己之下，只要一動上手，便非片時可決，鳳天南父子不免逃走，是以突然發難，但身邊暗器只有錢鏢，便是打中也不能致命，於是將一錠五兩重的紋銀發了出去，這一下手勁既重，去勢又怪，眼見定可成功，豈料袁紫衣竟然冒險不護自身，反而去相救旁人。他刀鋒離她頭頂不及數寸，凝臂停住，喝道：「這為甚麼？」袁紫衣道：「迫不得已！」身形霍地向後縱開丈餘，銀鞭回甩，叫道：「看招罷！」

胡斐舉刀一擋，待要俟機再向鳳天南襲擊，但袁紫衣的銀絲軟鞭一展開，招招殺著，竟是不容他有絲毫緩手之機，只得全神貫注，見招拆招。大殿上只見軟鞭化成一個銀光大圈，單刀舞成一個銀光小圈，兩個銀圈盤旋衝擊，騰挪閃躍，偶然發出幾下刀鞭撞擊之聲。

鬥到分際，袁紫衣軟鞭橫甩，將神壇上點著的蠟燭擊落地下。胡斐心念一動：「她要打滅燭火，好讓那姓鳳的逃走。」可是雖知她的用意，一時卻無應付之策，只有展開祖傳胡家刀法中精妙之招，著著進攻。袁紫衣叫道：「好刀法！」鞭身橫過，架開了一刀，鞭頭已捲住了西殿地下點燃著的一根柴火，向他擲去。

煮飯的鐵鍋雖被胡斐踢翻，燒得正旺的二三十根柴火卻兀自未熄。胡斐見她長鞭捲起柴

火擲來，不敢用刀去砸，只怕火星濺開，傷了頭臉，於是躍開閃避，這一閃一避，便不能再向前進擊。袁紫衣緩出手來，將火堆中燃著的柴火隨捲隨擲，一根甫出，二根繼至，一時之間，黑暗中閃過一道道火光。

胡斐見柴火不斷擲來，又多又快，只得展開輕功，在殿中四下遊走。眼見鳳天南的家人子弟、車夫僕從一個個溜向後殿，點中了穴道的也給人抱走，鳳天南父子卻目露兇光，站在一旁。他生怕鳳天南乘機奪路脫逃，刀光霍霍，身子竟是不離廟門。

鬥了一會，空中飛舞的柴火漸少，掉在地下的也漸次熄滅。

袁紫衣笑道：「胡大哥，今日難得有興，咱們便分個強弱如何？」說著軟鞭揮動，甫點胡斐前胸，隨即轉而打向右脅。胡斐舉刀架開了前一招，第二招來得怪異，急忙在地下一個打滾，這才避開。

袁紫衣笑道：「不用忙，我不會傷你。」這句話觸動了胡斐的傲氣，心想：「難道我便真的輸於你了？」催動刀法，步步進逼。此時大殿正中只餘一段柴火，兀自燃燒，只見袁紫衣道：「我這路鞭法招數奇特，你可要小心了！」突然風雷之聲大作，轟轟隆隆，不知她軟鞭之中，如何竟能發出如此怪聲。胡斐叫了聲：「好！先自緊閉門戶，要瞧明白她鞭法的要旨，再謀進擊。忽聽得必卜一聲，殿中的一段柴火爆裂開來，火花四濺，霎時之間，火花隱滅，殿中黑漆一團。

這時雨下得更加大了，打在屋瓦之上，刷刷作聲，袁紫衣的鞭聲夾在其間，更是隆隆震耳。胡斐雖然大膽，當此情景，心中也不禁慄慄自危，猛地裏一個念頭如電光石火般在心中

一轉：「那日在佛山北帝廟中，鳳天南要舉刀自殺，有一女子用指環打落他的單刀。瞧那女子的身形手法，定是這位袁姑娘了。」不知怎地，心中感到的不是驚懼，而是一陣失望和淒涼，意念稍分，手上竟也略懈，刀頭給軟鞭一捲，險險脫手，急忙運力往裏迴奪。

袁紫衣究是女子，招數雖精，膂力卻遠不及胡斐，給他一奪之下，手臂發麻，當即手腕外抖，軟鞭鬆開了刀頭，鞭梢兜轉，順勢便點他膝彎的「陰谷穴」。胡斐閃身避過，還了一刀。

這時古廟中黑漆一團，兩人只憑對方兵刃風聲招架。胡斐更是全神戒備，心想：「單是這位袁姑娘，我已難勝，何況還有鳳天南父子相助。」此時他料定袁紫衣與鳳天南乃是一黨。今日顯是落入了敵人的圈套之中。

兩人又拆數招，都是每一近身便遇凶險。胡斐刷的一刀，翻腕急砍，袁紫衣身子急仰，袁紫衣笑道：「你不睬我，好大的架子！」突然軟鞭甩出，勾他足踝。這一鞭來得無聲無息，胡斐猝不及防，躍起已自不及，忙伸刀在地下一拄，欲待擋開她的軟鞭，不料那軟鞭一捲之後隨即向旁急帶，卸開了胡斐手上的抓力，輕輕巧巧便將單刀奪了過去。

只覺冷森森的刀鋒掠面而過，相距不過數寸，不禁嚇了一跳，察覺他下手已毫不容情，說道：「胡大哥，你真生氣了麼？」軟鞭輕抖，向後躍開。

胡斐不答，凝神傾聽鳳天南父子的所在，防他們暗中忽施襲擊。

這一下奪刀，招數狡猾，勁力巧妙，胡斐暗叫不好，兵刃脫手，今日莫要喪生在這古廟

282

之中，當下不守反攻，縱身前撲，直欺進身，伸掌抓她喉頭。這一招「鷹爪鉤手」招數極是狠辣，他雖依拳譜所示練熟，但生平從未用過。袁紫衣只覺得一股熱氣湊近，敵人手指竟已伸到了自己喉頭，此時軟鞭已在外緣，若要迴轉擋架，那裏還來得及？只得將手一鬆，身子後仰，嗆啷啷一響，刀鞭同時摔在地下。

胡斐一抓得手，第二招「進步連環」，跟著追擊。袁紫衣反手一指，戳中在胡斐右臂外緣，黑暗之中瞧不清對方穴道，這一指戳在他肌肉堅厚之處，手指一拗，「啊喲」一聲呼痛。胡斐暗叫：「慚愧！幸好她瞧不清我身形，進攻少，一面打，一面便俟機去搶地下兵刃。

兩人在黑暗之中赤手搏拳，均是守禦多，進攻少，一面打，一面便俟機去搶地下兵刃。袁紫衣但覺對方越打越狠，全不是比武較量的模樣，心下也是越來越驚，暗想：「他怎地忽然如此兇狠？」她自出回疆以來，會過不少好手，卻以今晚這一役最稱惡鬥，只守住了門戶，側變，四下遊走，再不讓胡斐近身。胡斐見對方既不緊逼，當下也不追擊，只守住了門戶，側耳靜聽，要查知鳳天南父子躲在何處，立即發掌先將兩人擊斃。但袁紫衣奔跑迅速，衣襟帶風，掌力發出來也是呼呼有聲，竟聽不出鳳天南父子的呼吸之聲。

胡斐心生一計：「她既四下遊走，我便來個依樣葫蘆。」當下從東至西，自南趨北，依著「大四象方位」，斜行直衝，隨手胡亂發掌，只要鳳天南父子撞上了，不死也得重傷，便算不撞上，只要一架一閃，立時便可發覺他父子藏身之所。

兩人本來近身互搏，此時突然各自盲打瞎撞，似乎互不相關，但只要有誰躍近兵刃跌落之處，另一人立即衝上阻擋，數招一過，又各避開。

283

胡斐在殿上轉了一圈，沒發覺鳳天南父子的蹤跡，心想：「莫非他已溜到了後殿？不對不對！眼下彼強我弱，以他眾人之力，一擁而上，足可制我死命。定是他正在暗中另佈陷阱，誘我入彀。大丈夫見機而作，今日先行脫身，再圖後計。」於是慢慢走向殿門，要待躍出。忽聽得呼喇一響，一股極猛烈的勁風撲面而來，黑暗中隱約瞧來，正是一個魁梧的人形撲到。胡斐大喜，叫道：「來得好！」雙掌齊出，砰的一聲，正擊在那人胸前。這兩掌他用上了十成之力，鳳天南當場便得筋折骨斷，立時斃命。

但手掌甫與那人相觸，已知上當，只覺著手處又硬又冷，掌力既發，便收不回來，四下裏泥屑紛飛，瑟瑟亂響，原來撲過來的竟是廟中的神像。只聽得又是砰嘭一聲巨響，那神像直跌出去，撞在牆上，登時碎成數截。袁紫衣笑道：「好重的掌力！」這聲音發自山門之外，跟著嗆啷啷一響，卻是軟鞭與單刀都已被她搶在手中。

胡斐尋思：「兵刃已被她奪去，該當上前續戰，還是先求脫身？」對方雖是個妙齡少女，但武功之強，實在絲毫忽不得，各持兵刃相鬥，一時難分上下，眼下她有軟鞭在手，自己只餘空手，那就非她之敵，何況她尚有幫手，這念頭甫在心中一轉，忽聽得馬蹄聲響，袁紫衣叫道：「喂，南霸天，你怎麼就走了？可太不夠朋友了！」雨聲中馬蹄聲又響，聽得她上馬追去。

胡斐暗叫：「罷了，罷了！」這一下可說是一敗塗地。雖想鳳天南的家人弟子尚在左近，若要出氣，定可追上殺死一批，但罪魁已去，卻去尋這些人的晦氣，不是英雄所為。

他從懷中取出火摺，點燃了適才熄滅的柴火，環顧殿中，只見那湘妃神像頭斷臂折，碎成數塊，四下裏白米柴草撒滿了一地。廟外大雨兀自未止。他瞧著這番惡鬥的遺跡，想起適才的凶險，不由得暗自心驚，看了一會，坐在神壇前的木拜墊上，望著一團火光，呆呆出神。

心想：「袁姑娘與鳳天南必有瓜葛，那是確定無疑的了。這南霸天既有如此強援，再加上佛山鎮上人多勢眾，制我足足有餘，卻何以要毀家出走？他們今日在這古廟中設伏，我已然中計，若是齊上圍攻，我大有性命之憂，何以既佔上風，反而退走？瞧那鳳天南的神情，兩次自戕，半點不假，那麼袁姑娘暗中相助，他事先是不知的了。」

再想起袁紫衣武功淵博，智計百出，每次與她較量，總是給她搶了先著。適才黑暗中激鬥，唯恐慘敗，將她視作大敵，此時回想，嘴角邊忽露微笑，胸中柔情暗生。

不自禁想到：「我跟她狠鬥之時，出手當真是毫不留情？」這一問連自己也難以回答，似乎確已出了全力，但似乎又未真下殺手。「當她撲近劈掌之時，我那『穿心錐』的厲害殺著為何不用？我一招『上馬刀』砍出，她低頭避過，我為甚麼不跟著使『霸王卸甲』？胡斐啊胡斐，你是怕傷著她啊。」突然間心中一動：「她那一鞭剛要打到我肩頭，忽地收了回去，那是有意相讓呢，還是不過湊巧？還有，那一腳踢中了我左腿，何以立時收力？」

回憶適才的招數，細細析解，心中登時感到一絲絲的甜意……「她決不想傷我性命！她決不想傷我性命。」想到這裏，不敢再往下想，只覺得腹中飢餓，提起適才踢翻了的鐵鍋，鍋中還賸著一些白米，於是將倒瀉在地的白米抓起幾把，在大雨中沖去泥

285

污，放入鍋中，生火煮了起來。

過不多時，鍋中漸漸透出飯香，他嘆了一口長氣，心想：「若是此刻我和她並肩共炊，那是何等風光？偏生鳳天南這惡賊闖進廟來。」轉念一想：「與鳳天南狹路相逢，原是佳事。

我胡思亂想，可莫誤入了歧途。」

心中暗自警惕，但袁紫衣巧笑嫣然的容貌，總是在腦海中盤旋來去，米飯漸焦，竟自不覺。

就在此時，廟門外腳步聲響，啊的一聲，廟門輕輕推開。胡斐又驚又喜，躍起身來，心道：「她回來了！」

火光下卻見進來兩人，一個是五十歲左右的老者，臉色枯黃，形容瘦削，正是在衡陽楓葉莊見過的劉鶴真，另一人是個二十餘歲的少婦。

那劉鶴真一隻手用青布纏著，掛在頸中，顯是受了傷。那少婦走路一蹺一拐，腿上受傷也自不輕。兩人全身盡濕，模樣甚是狼狽。胡斐正待開口招呼，劉鶴真漠然向他望了一眼，向那少婦道：「你到裏邊瞧瞧！」那少婦道：「是！」從腰間拔出單刀，走向後殿。劉鶴真靠在神壇上喘息幾下，突然坐倒，臉上神色是在傾聽廟外聲息。

胡斐見他並未認出自己，心想：「那日楓葉莊比武，人人都認得他和袁姑娘。我雜在人叢之中，這樣一個鄉下小子，他自是不會認得了。」揭開鍋蓋，焦氣撲鼻，卻有半鍋飯煮得焦了。胡斐微微一笑，伸手抓了個飯團，塞在口中大嚼，料想劉鶴真見了自己這副吃飯的粗

魯模樣，更是不在意下。

過了片刻，那少婦從後殿出來，手中執著一根點燃的柴火，向劉鶴真道：「沒甚麼。」

劉鶴真吁了口氣，顯是戒備之心稍懈，閉目倚著神壇養神，衣服上的雨水在地下流成了一條小溪流，水中混著鮮血。那少婦也是筋疲力盡，與他偎倚在一起，動也不動。瞧兩人神情，似是一對夫婦，只是老夫少妻，年紀不稱。

胡斐心想：「憑著劉鶴真的功夫，武林中該當已少敵手，怎會敗得如此狼狽？可見江湖間天上有天，人上有人，實是大意不得。」便在此時，隱隱聽得遠處又有馬蹄聲傳來。

劉鶴真霍地站起，伸手到腰間一拉，取出一件兵刃，卻是一條鏈子短槍，說道：「仲萍，你快走！我留在這兒跟他們拚了。」又從懷裏取出一包尺來長之物，交在她的手裏，低聲道：「你送去給他。」

那少婦眼圈兒一紅，說道：「不，要死大家死在一起。」劉鶴真怒道：「咱們千辛萬苦，負傷力戰，為的是何來？此事若不辦到，我死不瞑目，你快從後門逃走，我纏住敵人。」那少婦兀自戀戀不肯便行，哭道：「老爺子，你我夫妻一場，我沒好好服侍你，便這麼……這麼……」劉鶴真頓足道：「你給我辦妥這件大事，比甚麼服侍都強。」左手急揮，道：「快走，快走！」

胡斐見他夫妻情重，難分難捨，心中不忍，暗想：「這劉鶴真為人正派，不知是甚麼人跟他為難，既教我撞見了，可不能不理。」

便在此時，馬蹄聲已在廟門外停住，聽聲音共是三匹坐騎，兩匹停在門前，一匹卻繞到

287

了廟後。

劉鶴真臉現怒色，道：「給人家堵住了後門，走不了啦。」那少婦四下一望，扶著丈夫手臂，爬上神壇，躲入了神龕之中，向胡斐做個手勢，滿臉求懇之色，教他千萬不可洩漏。

兩人向胡斐瞧了瞧，並不理會。原來當兩人前後搜查之際，堵住後門那人已躍到了屋頂監視。瞧他形貌，與先前兩人無大差別，一望而知三人是同胞兄弟。

三人除下身上披著的油布雨衣，胡斐又是一驚，原來三人披麻帶孝，穿的是毛邊粗布孝衣，草繩束腰，麻布圍頸，便似剛死了父母一般。大殿上全憑一根柴火照明，雨聲淅瀝，涼風颯颯，吹得火光忽明忽暗，將三個人影映照在牆壁之上，倏大倏小，宛似鬼魅。

只聽最後進來那人道：「大哥，男女兩個都受了傷，又沒坐騎，照理不會走遠，左近又無人家，卻躲去了那裏？」年紀最大的人道：「多半躲在甚麼山洞草叢之中。咱們休嫌煩勞，便到外面搜去。他們雖然傷了手足，但傷勢不重，那老頭手下著實厲害，大家須得小心。」另一人轉身正要走出，突然停步，問胡斐道：「喂，小子，你有沒見到一個老頭和一個年輕堂客？」胡斐口中嚼飯，惘然搖了搖頭。

神龕前的黃幔垂下了不久，廟門中便走進兩個人來。胡斐仍是坐在地下，抓著飯團慢慢咀嚼，斜目向那兩人瞧去，饒是他江湖上的怪人見過不少，此刻也不禁一驚。但見這兩人雙目向下斜垂，眼成三角，一大一小，鼻子大而且扁，鼻孔朝天，相貌實是奇醜。

兩人向胡斐瞧了瞧，一左一右，走到了後殿，過不多時重又出來，院子中輕輕一響，一人從屋頂躍下。

胡斐心道：「這人的輕功好生了得！」但見人影一晃，那人也走進殿來。

288

那大哥四下瞧了瞧，見地下七零八落的散滿了箱籠衣物，一具神像又在牆腳下碎成數

塊，心中起疑，仔細察看地下的帶水足印。

劉鶴真夫婦冒雨進廟，足底下自然拖泥帶水。胡斐眼光微斜，已見到神壇上的足跡，

忙道：「剛才有好幾個人在這裏打架，有男有女，有老有少，把湘妃娘娘也打在地下。有的

逃，有的追，都騎馬走了。」

那三弟走到廊下，果見有許多馬蹄和車輪的泥印，兀自未乾，相信胡斐之言不假，回

進來問道：「他們朝那一邊去的？」胡斐道：「好像是往北去的。小的躲在桌子底下，也不

敢多瞧……」那三弟點點頭，道：「是了！」取出一小錠銀子，約莫有四五錢重，拋在胡斐

身前，道：「給你吧！」胡斐連稱：「多謝。」拾起銀子不住撫摸，臉上顯得喜不自勝，心

中卻想：「這三人惡鬼一般，武功不弱，若是追上了鳳天南他們，亂打一氣，倒也是一場好

戲。」

那二哥道：「老大，老三，走吧！」三人披上雨衣，走出廟門。胡斐依稀聽到一人說

道：「這中間的詭計定然厲害，無論如何不能讓他搶在前頭……」又一人道：「若是截攔不

住，不如趕去報信。」先前那人道：「唉，咱們的說話，他怎肯相信？何況……」這時三人

走入大雨之中，以後的說話給雨聲掩沒，再也聽不見了。

胡斐心中奇怪：「不知是甚麼厲害的詭計？又要去給誰報信了？」聽得神龕中喀喇幾

聲，那少婦扶著劉鶴真爬下神壇。日前見他在楓葉莊與袁紫衣比武，身手何等矯捷，此時便

爬下一張矮矮的神壇，也是顫巍巍的唯恐摔跌，胡斐心想：「怪不得他受傷如此沉重。那三

個惡鬼聯手進攻，原也難敵。」

劉鶴真下了神壇，向胡斐行下禮去，說道：「多謝小哥救命大恩。」胡斐連忙還禮，他不欲透露身分，仍是裝作鄉農模樣，笑道：「那三個傢伙強橫霸道，兇神惡煞一般，開口便是小子長、小子短的，我才不跟他們說真話呢。」劉鶴真道：「我姓劉，名叫鶴真，她是我老婆。小哥你貴姓啊？」

胡斐心想：「你既跟我說真姓名，我也不能瞞你。但我的名字不像鄉農，須得稍稍變上一變。」於是說道：「我姓胡，叫做胡阿大。」他想爹媽只生我一人，自稱阿大，也非說謊。

劉鶴真道：「小哥心地好，將來定是後福無窮……」說到這裏，眉頭一皺，咬牙忍痛。

那少婦急道：「老爺子，你怎麼啦？」劉鶴真搖了搖頭，倚在神壇上只是喘氣。胡斐心想他夫婦二人必有話說，自己在旁不便，於是道：「劉老爺子，我到後邊睡去。」說著點了一根柴火，便到後殿。

他望著鋪在神壇上的那堆稻草，不禁呆呆出神，沒多時之前，袁紫衣還睡在這稻草上，想不到變故陡起，玉人遠去，只賸下荒山淒淒，古廟寂寂，不知日後是否尚能相見一面？

過了良久，手中柴火爆了個火花，才將思路打斷，猛然想起：「啊喲不好，我那本拳經刀譜已給她盜了去！此刻我尚能與她打成平手。等她瞧了我的拳經刀譜，那時我每一招每一式她均了然於胸，豈非一動手便能制我死命？」滿胸柔情，登時化為懼意，將柴火一拋，頰

290

然倒在地下稻草之中。

一躺下去，剛好壓在自己的包袱之上，只覺包袱有異，似乎大了許多，他本來將包袱當作枕頭，後來聽到鳳天南說話之聲，出去尋仇，那包袱並未移動，現在卻移到了腰下。胡斐大是奇怪，心想：「劉鶴真夫婦與那三兄弟都到後殿來過，難道是他們動了我的包袱。」於是晃火摺再點燃柴火，打開包袱一看，不由得呆了。

只見除了原來的衣物之外，多了一套外衣，一套襯裏衣褲，一雙鞋子，一雙襪子。這些衣褲鞋襪本是他的，那日被袁紫衣推入泥塘，下河洗澡時除了下來，便都給她取了去。想不到此時衣褲鞋襪盡已洗得乾乾淨淨，衣襟上原有的兩個破孔也已縫補整齊。他翻開衣服，那本拳經刀譜正在其下，刀譜旁另有一隻三寸來長的碧玉鳳凰。

這玉鳳凰雕刻得極是精緻，紋路細密，通體晶瑩，觸手生溫。

胡斐呆了半晌，包上包袱，那隻玉鳳凰卻拿在手中，吹滅柴火，躺在稻草堆裏，思潮起伏：「若說她對我好，何以要救鳳天南，竭力和我作對？若道對我不好，這玉鳳凰，這洗乾淨、縫補好的衣服鞋襪又為了甚麼？」

在黑暗中睜大了雙眼，那裏還睡得著？

第八章

江湖風波惡

——

胡斐躺在稻草之中，

隱約聞到一股淡淡的幽香，

也不知是出於自己想像，

還是袁紫衣當真留下了香澤，

不由得心中又喜又愁。

突然殿門口火光閃動，劉鶴真手執柴火，靠在妻子臂上，緩緩走進後殿，說道：「還是

在這兒睡一忽罷。」說著逕往神壇走去，瞧模樣便要睡在袁紫衣剛才睡過的稻草之中。

胡斐是少年人心性，一見大急，忙道：「劉老爺子，你爬上爬下不便，在地下睡方便得

多，我的鋪位讓你。」說著提起包袱，奔到神壇旁邊，伸腳跨上，搶先在稻草堆中躺下了。

劉鶴真謝道：「小哥真是心好。」

胡斐躺在稻草之中，隱約聞到一股淡淡的幽香，也不知是出於自己想像，還是袁紫衣當

真留下了香澤，心中又喜又愁，又伸手去摸懷中的那隻玉鳳凰。

睡了一會，忽聽得劉鶴真低聲道：「仲萍，這位小哥為人真好，咱夫婦倆須得好好報答

他才是。」那名叫仲萍的少婦道：「是啊，若不是他一力遮掩，這廟中躺著的，那就是咱夫

妻的兩具屍首啦。」劉鶴真嘆了口氣，說道：「適才真險到了極處，鍾氏三兄弟若要為難

這位小哥，我便是拚了老命不要，也得救他。」仲萍道：「這個自然，別人以俠義心腸相待，

我們便得以俠義心腸報答。這位小哥雖是不會武藝，但為人卻勝過不少江湖豪傑呢。」劉鶴

真道：「低聲！莫吵醒了他。」接著低低喚了幾聲：「小哥！小哥！」

胡斐並沒睡著，但聽他們極力誇讚自己，料知他又要開口稱謝，未免不好意思，於是假

裝睡熟，並不答應。

仲萍低聲道：「他睡著了。」劉鶴真道：「嗯！」隔了一會，又低聲道：「仲萍，剛

才我叫你獨自逃走，你怎麼不走？」語氣之中，大有責備之意。仲萍黯然道：「唉！你傷勢

這麼重，我怎能棄你不顧？」劉鶴真道：「自從我那老伴死後，我只道從此是一世孤苦伶仃

294

了。不料會有你跟著我，對我又是這般恩愛。我又怎捨得跟你分開？可是你知道這封書信干係何等重大，若不送到金面佛苗大俠手中，不知有多少仁人義士要死於非命……」

胡斐聽到「金面佛苗大俠」六字，心中一凜，險些兒「啊」的一聲，驚呼出來。他知苗人鳳與自己父親生前有莫大牽連，據江湖傳言，自己父親便死在他手中，但每次詢問撫養自己長大的平四叔，他總說此事截然不確，現下自己年紀尚小，將來定會原原本本的告知。胡斐當年在商家堡中，曾與苗人鳳有過一面之緣，但覺他神威凜凜，當時幼小的心靈之中，對他大為欽服。直到此時，生平遇到的人物之中，真正令他心折的，也只趙半山與苗人鳳兩人而已。趙半山和他拜了把子，苗人鳳卻是沒跟他說過一句話，甚至連眼角也沒瞥過他一下，然而每次想到此人，總覺為人該當如此，才算是英雄豪傑。

只聽仲萍低聲道：「禁聲！此事機密萬分，便在無人之處，也不可再說。」劉鶴真道：「是啦！咱們這番奔走，是為了無數仁人義士，實無半點私心在內。皇天有靈，定須保佑咱們成功。」這幾句話說得正氣凜然。胡斐暗暗佩服，心道：「這是俠義之事，不管苗人鳳於我有恩還是有仇，我定當相助劉鶴真將信送到。」

兩夫妻此後不再開口。過了良久，胡斐矇矇朧朧，微有睡意，合上眼正要入睡，忽聽北面又有馬蹄聲響，鍾氏兄弟三乘去而復回。胡斐微微一驚：「這三人再回廟來，此番劉鶴真定難躲過，不如我到廟外去打發了他們。便算不敵，也好讓劉氏夫婦乘機逃走，去送那封要函。」於是將包袱縛在背上，輕輕溜下神壇，走出廟門，向鍾氏三兄弟的坐騎迎去。

此時大雨已停，路面積水盈尺，胡斐踐水奔行，片刻之間，黑暗中見三騎馬頭尾相接的奔來。他在路中一站，雙手張開，大聲喝道：「此山是我開，此樹是我栽，若要從此過，留下買路錢！」

當頭的鍾老三啞然失笑，喝道：「那裏鑽出來的小毛賊！」一提馬韁，便往胡斐身上衝來。胡斐左手倏地伸出，抓住馬韁一勒，那馬這一衝不下數百斤之力，但被他一勒，登時倒退了幾步。他跟著使出借力之技，順著那馬倒退之勢，一送一掀，一匹高頭大馬竟然站立不定，砰的一聲，翻倒在地。總算鍾老三見機得快，先自躍在路邊。

這一來，鍾氏三兄弟盡皆駭然，鍾老大與鍾老二同時下馬，三人手中已各持了一件奇形兵刃。這時即將黎明，但破曉之前，有一段短短時光天色更暗，兼之大雨雖停，滿天黑雲尚未消散，胡斐雖睜大了眼睛，仍瞧不清三人手中持的是甚麼兵刃。

只聽得一人粗聲粗氣的說道：「鄂北鍾氏兄弟行經貴地，未曾登門拜訪，極是失禮。請教閣下尊姓大名。」他三人聽胡斐口音稚嫩，知他年歲不大，本來絲毫沒放在心上，待見他一勒一推，竟將一匹健馬掀翻在地，這功夫實是非同小可，不由得聳然改容。老大鍾兆英出口叫字號，言語之中頗具禮敬。

胡斐雖然滑稽多智，生性卻非輕浮，聽得對方說話客氣，便道：「在下姓胡，沒請教三位大號。」

鍾兆英心想：「我鍾氏三雄名滿天下，武林中人誰不知聞？你聽了『鄂北鍾氏兄弟』六字，還要詢問名號，見識也忒淺了。」於是答道：「在下草字兆英，這是我二弟兆文，三弟

296

兆能。我三兄弟有急事在身，請胡大哥讓道。胡大哥既在此處開山立櫃，我們兄弟回來，定當專誠道謝。」說著將手一拱。以他一個江湖上的成名人物，對後輩說話如此謙恭，也算是難得之極，只因他見胡斐一出手便顯露了極強的武功，知道此人極是難鬥，又想他未必只是孤身一人，若是另有師友在側，那就更加棘手了。

胡斐抱拳還禮，說道：「鍾老師太過多禮。三位可是去找那劉鶴真夫婦麼？」

這時天色漸明，鍾氏三雄已認出這眼前之人，便是適才在湘妃廟所見的鄉下少年。三兄弟互瞧了一眼，均想：「這次可走了眼啦，原來這小子跟劉鶴真是一路。」

晨光熹微之中，胡斐也已瞧明白鍾氏三兄弟手中的奇形兵刃。但見鍾兆英手執一塊尺許長的鐵牌，上面隱約刻得有字；鍾兆文拿的是一根哭喪棒；鍾兆能手持之物更是奇怪，竟是一桿插在死人靈座上的招魂幡，在晨風之中一飄一盪，模樣詭奇無比。三人相貌醜陋，衣著怪異，再經這三件凶險的兵刃的厲害之處，當下全神戒備，不敢稍有怠忽。

己可不知這三件奇門兵刃的厲害之處，不用動手已令人氣為之奪。胡斐只怕他們突然發難，自饒人處且饒人。劉老師夫婦既已受傷，三位便容讓幾分如何？」

鍾兆英道：「閣下跟劉鶴真老師怎生稱呼？」胡斐道：「在下和劉老師今日是第二次見面，素無淵源。只是見三位相逼過甚，想代他說一個情。常言道得好：能罷手時便罷手，得饒人處且饒人。劉老師夫婦既已受傷，三位便容讓幾分如何？」

鍾兆文心中急躁，暗想在此耗時已久，莫要給劉鶴真乘機走了，當下向大哥使個眼色，慢慢移步。

胡斐雙手一伸，說道：「三位跟劉老師有甚過節，在下全不知情。但那劉老師有要事在

297

身，且讓他辦完之後，三位再找他晦氣如何？那時在下事不干己，自然不敢冒昧打擾。」鍾兆文怒道：「我們就是不許他去辦這件事。你到底讓不讓去？」

胡斐想起劉鶴真夫婦對答之言，說那通書信千連著無數仁人義士的性命，眼見這鍾氏三兄弟形貌兇狠，顯然生平作惡多端，料想今日若不動手，此事難以善罷，於是哈哈一笑，說道：「要讓路那也不難，只須買路錢三百兩。」

鍾兆文大怒，一擺哭喪棒，上前便要動手。鍾兆英左手一攔，說道：「二弟且慢！」探手入懷，取出四隻元寶，道：「這裏三百兩銀子足足有餘，便請取去。」鍾兆文叫道：「大哥，你幹甚麼？」他想鍾氏三雄縱橫荊楚，怎能對一個後輩如此示弱？但鍾兆英知道事機急迫，非儘快將劉鶴真截下不可，事有輕重緩急，胡斐這樣一個無名少年，合三兄弟之力勝之不武，但稍有耽擱，那便誤了大事，因此他說要買路錢，便取三百兩銀子給他。

這一著卻也大出胡斐的意料之外，他笑嘻嘻的搖了搖頭，並不伸手去接，說道：「多謝，多謝！鍾老師說這四隻元寶不止三百兩，可是晚輩的定價只是一百兩銀子一位，三位共是三百兩，倘若多取，未免太不公道。這樣吧，咱們同到前面市鎮，找一家銀鋪，請掌櫃的仔細秤過，晚輩只要三百兩，不敢多取一分一毫……」

鍾氏三雄聽到此處，垂下的眉毛都豎了上來。鍾兆英將銀子往懷裏一放，說道：「二弟，三弟，你們先走。」向胡斐叫道：「亮兵刃吧。在下討教老弟的高招。」

胡斐見他神閒氣定，實是個勁敵，自己單刀已給袁紫衣搶走，此時赤手空拳鬥他三人，只怕難以取勝。他一想到袁紫衣，心中微微一甜，但隨即牙齒一咬，心想若非你取去我的兵

刃，此時也不致處此險境，眼見鍾兆文、兆能兄弟要從自己身側繞過，卻如何阻擋？心念動處，倏地側身搶上兩步，右拳伸出，砰的一聲，擊在鍾兆英所乘的黃馬鼻上。這一拳他用了重手法，正是胡家拳譜中所傳極厲害的殺著。那黃馬立時腦骨碎裂，委頓在地，一動也不動的死了。

這一下先聲奪人，鍾氏三雄都是一呆。胡斐順手抓起黃馬的馬鞍，微一用力，馬肚帶已然迸斷，他將馬鞍擋在胸前，雙手各持一根鐙帶，說道：「得罪了！只因在下未攜兵刃，只好借這馬鞍一用。」說著左手的鐵鐙揮出，襲向鍾兆文的面門，右手鐵鐙橫擊鍾兆能右脅，雙鐙齊出，已攔住兩人去路。

鍾氏三雄又驚又怒。三兄弟本來都使判官筆，但八年前敗於苗人鳳手下，引為奇恥大辱，從此棄筆不用，三人各自練了一件奇形兵刃，八年苦功，武功大進，滿心要去和苗人鳳再決雌雄，豈知在這窮鄉僻壤之間，竟受這無名少年的折辱？鍾兆英一聲呼嘯，兆文、兆能齊嘯相應，嘯聲中陰風側側，寒氣森森。胡斐聽了，不由得心驚，只見三人舉起鐵靈牌、哭喪棒、招魂幡，分自三面攻上，當即將馬鞍護在胸前當作盾牌，雙手舞動鐵鐙，便似使著一對流星鎚，居然有攻有守。

他拳腳和刀法雖精，卻不似袁紫衣般精通多家門派武功，這流星鎚的功夫他從未練過，只是仗著心靈手快，武學根底高人一等，這才用以施展抵擋。雖說一法通，萬法通，武學高強之士即是一竹一木在手，亦能用以克敵護身，但鍾氏三雄究是一流好手，以本身功力而論，每人均較他深厚。幸好他全然不會流星鎚的招數，這才與三人拆了二三十招，尚未

落敗。

原來鍾氏三雄見多識廣，見胡斐拿了兩隻馬鐙當作流星鎚使，即便著意辨認他的武功家數。只見他右手馬鐙橫擊而至，心想這是山東青州張家流星鎚法中的一招「白虹貫日」，左手馬鐙也必順勢橫擊。那知胡斐見鍾兆文的哭喪棒正自下向上挑起，頭頂露出空隙，當即抖動馬鐙，當頭壓落。鍾氏三雄心中奇怪：「這是甚麼家數？」

胡斐見鍾文舉棒封格，右手馬鐙逕向鍾兆能掃去。三兄弟暗暗點頭，心想：「是了，原來他是陝西延州褚十鎚的門下，這一下『揚眉吐氣』，下半招定是將雙鐙當胸直盪過來了。」三人見過他推馬擊馬，齎力極其沉雄，若是雙鎚當胸直盪，倒是大意不得，當下三人各舉兵刃挺在胸間，齊運真力，要硬接硬架他這一盪。不料胡斐全不知「揚眉吐氣」是甚麼招數，眼見三人舉兵刃護胸，雙鐙驀地下掠，擊向三人下盤。三兄弟嚇了一跳：「怎麼用起『翻天覆地』的招數來？」

鍾兆能一面招架，一面叫道：「喂，太原府『流星趕月』童老師是你甚麼人？莫非大水沖倒龍王廟麼？」原來山西太原府童老師童懷道善使流星雙鎚，外號人稱「流星趕月」，和鍾氏三雄是莫逆之交，那「翻天覆地」的招數，正是他門中的單傳絕技，別家使流星鎚的決不會用。胡斐打誤撞，他聽鍾兆能相詢，笑道：「童老師是我師弟。」跟著雙鐙直揮過去。鍾兆能「呸」的一聲，罵道：「混小子胡說八道！」三人見他馬鐙的招數神出鬼沒，沒法摸準他武學師承，均自奇怪：「我們數十年來足跡遍天下，那一家那一派的流星鎚沒見過？這小子卻真是邪門。」

本來動手比武，若能識得對方的武功家數，自能佔敵機先，處處搶得上風，但鍾氏三雄連猜幾次全都猜錯，心神一亂，所使的招數竟然大不管用。這皆因胡斐神拳斃馬，使得三人心有所忌，否則也用不著辨認他家數門派，一上手便各展絕招，胡斐早已糟了。

二十餘招之後，鍾氏三雄見他雙鐧的招數雖然奇特，威力卻也不強，於是各展八年來苦練的絕技，牌、棒、幡三件奇形兵刃的怪招源源而至。鍾兆英的靈牌是鑌鐵鑄成，走的全是剛猛路子，硬打硬砸，胡斐此時看得清楚，牌上寫的是「一見生財」四字。鍾兆能的招魂幡卻全是柔功，那幡子布不像布，革不像革，馬鐧打上去時全不受力，但若給幡子拂中身體，想來滋味定然極不好受。鍾兆文的哭喪棒卻是介乎剛柔之間，大致是桿棒的路子，卻又雜著鞭鐧的家數。三兄弟兵刃不同，但三件兵刃的木柄仍是當判官筆使，剛柔相濟，互輔互成。

胡斐暗暗叫苦，知道再鬥片刻，非敗不可，突然雙掌回轉，托在馬鞍之後，向外急推。這一推之力勢道不小，呼的一聲響，馬鞍疾飛而前。

鍾氏三雄急躍閃開，不知他又要出甚麼怪招。

胡斐大聲說道：「在下本是好心勸架，並沒跟三位動手之意，因此赤手空拳，沒帶兵器，用這馬鞍子怎能夠鬥得過三位當世英雄？今日算我認輸便是。」說著閃身讓在道旁。

鍾氏三雄明知他出言相激，但因有要事在身，不願跟他糾纏。鍾兆能便道：「好罷，下次你取得趁手兵刃，我們再領教高招。」說著拔足便走。

胡斐笑道：「下次，下次，好一個下次！原來鍾氏三兄弟是如此這般的人物。」鍾兆文怒道：「甚麼如此這般？你自己沒兵刃，又怪得誰來？」胡斐道：「我倒有個妙法，就只恐

301

你們不敢跟我比試。」鍾氏三雄經他一激再激，再也忍耐不住，齊聲道：「你劃下道兒吧！」

鍾兆英跟著說道：「我兩位兄弟在這裏領教，在下卻要少陪。」說著縱身躍起。

胡斐跟著躍起，雙手在空中一攔。鍾兆英沒想到他身法竟是如此迅捷，鐵牌一抖，迎面打去。胡斐拳腳功夫卻勝他甚多，當下不閃不避，身子尚未落地，右手已跟著迴轉，抓住了他右腕，一抖一扭，鍾兆英手中的鐵牌竟險些給他奪去。

兆文、兆能齊吃一驚，分自左右攻到，相助大哥。胡斐一聲長笑，向後躍開丈許，順勢在道旁一株松樹上折了根樹枝，說道：「三位敢不敢試試我的刀法？」

鍾兆英這一下雖沒給他奪去鐵牌，但手腕已給抓得隱隱生疼，心中更是加了三分疑懼，暗想：「這少年實非尋常之輩，我若孤身去追劉鶴真，留下二弟三弟在此，實是放心不下，須得合兄弟三人之力，先料理了他。縱有耽擱，也說不得了。」鍾兆文見胡斐手中拿了一根四尺來長的松枝，不知搗甚麼鬼，眼望大哥，聽他的主意。

鍾兆英沉住了氣，說道：「閣下要比刀法，可惜我們也沒攜得單刀，否則倒也可奉借。」

胡斐道：「咱們素不相識，自無深仇大怨，比武只求點到為止，是也不是？」鍾兆英道：「不錯！」胡斐用左手去折去松枝上的椏叉細條，只賸下光禿禿的一根枝條，說道：「這松枝便算是一柄刀，三位請一齊上來。咱們話說在先頭，這松枝砍在何處，便算是鋼刀砍中。鍾氏三兄弟說話算數不算數？」

鍾兆英見他如此托大，心中更是有氣，大聲道：「鍾氏三雄信義之名早遍江湖，那時你這位小兄弟可還沒出世呢。」

302

胡斐道：「如此最好，看刀吧！」舉起松枝，刷的一招橫砍。鍾兆文自後搶上，提棒便打。

胡斐斜躍避開，松枝已斬向鍾兆能頸中。鍾兆能倒轉幡桿，往他松枝上砸去，同時鍾兆英的鐵牌也已打到。

那胡家刀法真有鬼神莫測之變，鍾氏三雄武功雖強，但胡斐一將那松枝當作刀使，立時三雄愈鬥愈奇，在三人之間穿插來去，砍削斬劈，一根小小的松枝，竟然顯出了無窮威力。鍾氏三雄愈鬥愈奇，只見他這松枝決不與三般兵刃碰撞，但乘瑕抵隙，招招都殺向自己的要害。

被松枝擊中雖然無礙，但有約在先，決不能讓它碰到身體。鍾兆文焦躁起來，揮棒橫掃，猛砸胡斐脛骨。他三兄弟每一招都是互有呼應，只待胡斐躍起相避，鍾兆能的招魂幡便從他頭頂蓋落，兆英的鐵牌卻猛擊他的右腰。那知胡斐並不躍起，反而搶前一步，直欺入懷，手起枝落，松枝已擊中鍾兆文的左肩。

這一招凌厲之極，那松枝如換成了鋼刀，鍾兆文的一條左臂已立時被卸了下來。這松枝的一擊自然傷他不著甚麼，但鍾兆文面色大變，叫道：「罷了，罷了！」將哭喪棒往地下一拋，垂手退開。

鍾兆英、兆能兄弟心中一寒，牌幡卻舞得更加緊了，各施殺著，只盼能將胡斐打中，扯個平手。但過不數招，鍾兆英頸中給松枝一拖而過，鍾兆能卻是右腿上被松枝劃了一下。兩人相顧慘然，一齊拋下兵刃。突然間鍾兆英「哇」的一聲，噴出一大口鮮血。

胡斐見他們信守約言，暗想這三兄弟雖然兇惡，說話倒是作得準，他自知並未下手打傷鍾兆英，他口吐鮮血，定是急怒攻心所致，心下頗感歉仄，雙手一拱，待要說幾句來交代。

303

鍾兆能哼了一聲，說道：「閣下武技驚人，佩服佩服！只是年紀輕輕，不走正途。可惜了一副好身手。」胡斐愕然道：「我怎地不走正途了？」鍾兆文怒道：「三弟，還跟他說些甚麼？」扶起鍾兆英騎上馬背，牽著韁繩便走。

三件奇門兵刃拋在水坑之中，誰都沒再去拾。

胡斐眼見三人掉頭不顧而去，地下躺下一匹死馬，三件兵刃，心中頗有感觸，瞧了好一陣子，這才回向古廟。

走進廟中，前殿後殿都不見劉鶴真夫婦的人影，知他二人已乘機遠去，想起剛才做了一件好事，心中也不禁有得意之感，又想：「那苗人鳳不知住在何處？此人號稱『打遍天下無敵手』，武功不知如何了得？」這人與自己過世了的父親有莫大關連，當日商家堡一見，自己拳經刀譜的頭上兩頁，也是憑著他的威風才從閻基手中取回，此後時念及，此刻很想跟著劉鶴真夫婦去瞧瞧，但那鳳天南雖然逃去，去必不遠，此仇不報，非丈夫也，到底是追蹤那一個好，一時竟自打不定主意。

他低頭尋思，又從故道而回，走到適才與鍾氏三雄動手之處，只見地下的三件奇門兵刃已然不見，那匹死馬卻兀自橫臥在地。他大是奇怪：「我這一來一去，只是片刻間的事，這時天色尚早，不會有過路之人順手撿了去，難道鍾氏兄弟去而復回麼？」

他在四處巡視，不見有異，一路察看，終於在離相鬥處十餘丈的一株大樹幹上，看到一個污泥的足印。這足印離地約莫一丈三尺高，印在樹幹不向道路的一面，若非細心檢視，決

304

不會看到。足印的污泥甚濕，當是留下不久，而足印的鞋底纖小，又顯是女子的鞋印。

他心中一動：「難道是她？我和鍾氏三雄相鬥之時，她便躲在樹上旁觀？」想到這裏，一顆心怦怦亂跳，立即縱身而起，攀往一根樹幹翻身上樹，果然在一根橫枝之上，又見到一個並列的女子濕泥足印，在橫枝之旁，卻有一根粗大的樹枝被踏斷了，斷痕甚新。他反感疑惑：「倘若是袁姑娘，以她的輕身功夫，決不會踏斷這根樹枝。」再攀上一看，只見另一根橫枝上又有兩隻並列的男子腳印。他心中疑竇立時盡去，卻不由得感到一陣失望：「原來是劉鶴真夫婦在這裏偷看。」

然而心中剛明白了一個疑竇，第二個、第三個疑竇跟著而來：「他二人身負重傷，怎能竄高躲在此處，我竟絲毫沒有察覺？鍾氏三雄既去，他們怎又不出聲跟我招呼？」轉念一想：「啊，是了。他們本來只道我不會武藝，但突見我打敗鍾氏三雄，心中起疑，只怕我於他們有所不利，是以不敢露面。江湖間風波險惡，處處小心在意，原是前輩的風範。又何況他們有要事在身，怎能大意？」想到這裏，便即釋然，只見兩排帶泥足印在草叢間向東北而去，他起了好奇之心，便順著足印向前追蹤。

整夜大雨之後遍地泥濘，這一男一女的足印甚是清晰，跟隨時毫不費力，但見兩對足印始終避開道路，在草叢間曲曲折折的穿行。跟了一個多時辰，到了一個小市鎮，鎮外足跡雜沓，再也分不清楚。

胡斐心想：「他二人餓了一晚，此時必要打尖，就只怕他們只買些饅頭點心，便穿鎮而去，那便不易追尋。」於是在鎮口的山貨店裏買了一件簑衣一頂斗笠，穿戴起來，將大半個

305

臉都遮住了，走到鎮上幾家飯店和驛馬行去探視。

瞧了幾家都不見影蹤，這市鎮不大，轉眼便到了鎮頭，正要回過身來，自行去買飯吃，忽聽一個女子的聲音說道：「大嫂，有針線請相借一使。」正是劉鶴真之妻的聲音。

他低頭從斗笠下斜眼看去，見話聲是從一家民居中發出，心想：「他夫婦怕敵人跟蹤，是以不敢住店。」又想：「瞧他們這等嚴加防備的模樣，只怕除了鍾氏兄弟，尚有極厲害的對頭和他們為難。一不做，二不休，我索性暗中保護，務必讓他們將書信送到苗大俠手中。」回頭不到七八家門面，便是一家小客店，於是找一個房住了，一直注視劉鶴真借住的那家人家。

直到傍晚，劉鶴真夫婦始終沒有露面。胡斐心想：「前輩做事真是仔細，他們定要待天黑透了方才啟程。」果然待到二更天時，望見劉鶴真夫婦從那民居中出來，疾奔出鎮，腳步迅捷，顯然身上並未受傷。

胡斐心想：「原來他們先前的受傷全是假裝，不但瞞過了鍾氏兄弟，連我也給瞞過了。」

他不敢怠慢，躍出窗戶，跟隨在後。只見劉鶴真腋下挾著一個長長的包裹，不知包著甚麼東西。他的輕身功夫比劉鶴真高明得多，悄悄跟隨在後，料想劉氏夫婦定然毫不知覺。

跟著二人走了五六里路，來到孤另另的一所小屋之前，只見劉鶴真打個手勢，命妻子伏在草叢之中，走上幾步，朗聲道：「金面佛苗大俠在家麼？有朋友遠道來訪。」

只聽屋中一人說道：「是那一位朋友？恕苗人鳳眼生，素不相識。」這話聲並不十分響亮，胡斐聽在耳中只覺又是蒼涼，又是醇厚。

劉鶴真道：「小人姓鍾，奉鄂北鬼見愁鍾氏兄弟之命，有要函一通送交苗大俠。」胡斐

大是驚奇：「怎麼那信是鍾氏兄弟的？他們卻何以又要攔阻？」只聽苗人鳳道：「請進吧！」

屋中點起燈火，呀的一聲，木門打開。胡斐伏在一株栗樹之後，但見一個極高極瘦的人影站

在門框之間，頭頂幾要碰到門框，右手執著一隻燭台。

劉鶴真拱手行禮，走進屋中。胡斐待兩人進屋，便悄悄繞到左邊窗戶下偷瞧。苗人鳳

道：「另外兩位不進來麼？」劉鶴真心道：「那裏還有兩位？」口中含糊答應。

胡斐一聽苗人鳳說到「另外兩位」，心中一驚：「這苗人鳳果然厲害之極，我腳步聲雖

輕，他卻早知共有三人同來。」心想在此偷看，他也必定知覺，正想退開，忽聽劉鶴真道：

「鍾氏兄弟八年前領教了苗大俠的高招，佩服得五體投地，現下另行練了三件兵刃，特命小

人先送給苗大俠瞧瞧，以免動手之際，苗大俠說他們兵刃怪異，佔了便宜。」說著打開包

裏，嗆啷啷幾聲響，將三件兵器抖在桌上。

胡斐覺得他的舉動越來越是不可思議，俯眼到窗縫上向內張望，但見桌上三件兵器正是

那鐵靈牌、哭喪棒和招魂幡，兵刃上泥污斑斑，兀自未擦乾淨。

苗人鳳哼了一聲，向三件兵刃瞧了一眼，並不答話。劉鶴真從懷裏摸出一封書信，雙手

遞了上去，說道：「請苗大俠拆看，小人信已送到，這便告辭。」說著雙手一拱，就要退出。

苗人鳳接過信來，說道：「慢著。我瞧信之後，煩你帶一句回話。」他心知這封定是戰書，

當下撕開封皮，取出信來。

胡斐乘苗人鳳看信，仔細打量他的形貌，但見他比之數年前在商家堡相見之時，似已老了許多，臉上神色也大是憔悴。苗人鳳看著書信，雙眉登蹙，眼中發出憤怒之極的光芒。胡斐瞧得害怕，正想退開，突見他雙手抓住書信，嗤的一下，撕成兩半。

書信一破，忽然間他面前出現一團黃色濃煙，苗人鳳叫聲：「啊喲！」雙手揉眼，臉現痛苦之色。劉鶴真急縱向後，躍出丈餘。

這變故起於俄頃，但便在這一霎之間，胡斐心中已然雪亮：「原來這劉鶴真在信中暗藏毒藥，毒害苗大俠的雙目。」他大叫：「狗賊休走！」飛身向劉鶴真撲去。

劉鶴真挫膝沉肘，從腰間拔出鏈子槍，回手便戳。胡斐心中愧怒交攻，側身閃避，伸手去奪他鏈子槍，猛覺背後風聲勁急，一股剛猛無比的掌力直撲自己背心，只得雙掌反擊，運力相卸。

他知道苗人鳳急怒之下，這掌力定然非同小可，不敢硬接硬架，當下使出趙半山所授的太極拳妙術「陰陽訣」，想卸開對方掌力，豈知雙手與對方手掌甫接，登時眼前一黑，胸口氣塞，騰騰騰連退三步，苗人鳳的掌力只卸去了一半，餘一半還是硬接了過來。胡斐叫道：

「苗大俠，我幫你拿賊……」

兩人這一交掌，劉鶴真已乘空溜走。

苗人鳳只覺雙目劇痛，宛似數十枚金針同時攢刺，他與胡斐交了一招，覺得此人武功甚強，實是個勁敵，不由得暗自心驚，胡斐那句「我幫你拿賊」的話竟沒聽見。

胡斐眼見劉鶴真夫婦往西逃去，正要拔步追趕，忽見大路上三人快步奔來。這三人披麻

戴孝，不用瞧面目，便知是鍾氏三雄了。

胡斐回過頭來，見苗人鳳雙手按住眼睛，臉上神情痛楚，待要上前救助，又怕他突然發

掌，於是朗聲說道：「苗大俠，我雖不是你朋友，可也決計不會加害，你信也不信？」

這幾句話說得極是誠懇。苗人鳳雖未見到他的面目，自己又剛中了奸人暗算，雙目痛如

刀劍，但一聽此言，自然而然覺得這少年絕非壞人，真所謂英雄識英雄，片言之間，已是意

氣相投，於是說道：「你給我擋住門外的奸人。」他不答胡斐「信也不信？」的問話，但叫

他擋住外敵，那便是當他至交好友一般。

胡斐胸口一熱，但覺這話豪氣干雲，若非胸襟寬博的大英雄大豪傑，決不能說得出口，

當真是有白頭如新，有傾蓋如故，苗人鳳只一句話，胡斐立時甘願為他赴湯蹈火，眼見鍾氏

三兄弟相距屋門尚有二十來丈，當即拿起燭台，奔至後進廚房中，拿水瓢在水缸中舀了一瓢

水，遞給苗人鳳，道：「快洗洗眼睛。」

苗人鳳眼睛雖痛，心智仍極清明，聽得正面大路上有三人奔來，另有四個人從屋後竄上

了屋頂。他接過水瓢，走進內房，先在床上抱起了小女兒，這才低頭到水瓢中洗眼。這毒藥

實是猛惡之極，經水一洗，更是劇痛透骨鑽心。

那小女孩睡得迷迷糊糊，說道：「爹爹，你同蘭兒玩麼？」苗人鳳道：「嗯，乖蘭兒，

爹抱著你，別睜開眼睛，好好的睡著。」那女孩道：「那老狼真的沒吃了小白羊嗎？」苗人

鳳道：「自然沒有，獵人來了，老狼就逃走啦！」那女孩安心地嘆了口氣，將臉蛋兒靠在父

親胸口，又睡著了。

胡斐聽他父女倆對答，微微一怔，隨即明白，女孩在睡覺之前，曾聽父親說過老狼想吃小白羊的故事，在睡夢之中兀自記著。

此時鍾氏兄弟距大門已不到十丈，只聽得噗噗兩聲，兩個人從屋頂躍入了院子。胡斐關上大門，拖過桌子頂住，叫鍾氏兄弟不能立即入屋，以免前後受攻，跟著左手一煽，燭火熄滅。

躍入院子的兩人見屋中沒了火光，不敢立時闖進。

苗人鳳低聲道：「讓四個人都進來。」胡斐道：「好！」取出火刀火石，又點燃了蠟燭，將燭台放在桌上。

只聽得大門外鍾兆英叫道：「鄂北鍾兆英、兆文、兆能三兄弟拜見苗大俠，有急事奉告。」

苗人鳳「哼」了一聲，並不理睬。

院子中的兩人一人執刀，另一人拿著一條三節棍，眼見苗人鳳雙目緊閉，睜不開來，但震於「打遍天下無敵手」的威名，那敢貿然進屋？那持刀的人向屋上一招手，叫道：「他眼睛瞎了！」屋上兩人大喜，一齊躍下。

胡斐瞧這兩人身手矯捷，比先前兩人強得多，當下身形一閃，搶到了兩人背後，雙掌向前推出，喝道：「進去！」這一推力道剛猛，兩人不敢硬接，向前急衝了幾步，跨過門檻，進了客堂。

胡斐守在邊門之外，輕輕吸一口氣，猛力一吐，波的一聲，一丈多外的燭火登時又滅了。客堂中黑漆一團。

來襲的四人嚇了一跳，一怔之下，各挺兵刃向苗人鳳攻了上去。

那女孩睡在苗人鳳懷中，轉了過身，問道：「爹，甚麼聲音？是老狼來了麼？」苗人鳳道：「不是老狼，只是四隻小耗子。」聽到兵刃劈風之聲襲向頭頂，右手倏地伸出，抓住三節棍的棍頭一抖，擊在他腰眼之上。那人「啊」的一聲，手臂酸麻，三節棍已然脫手。苗人鳳順手揮出，拍的一響，那人立時閉氣，暈了過去。其餘兩人使刀，一人使一條鐵鞭，默不作聲的分從三面攻上。三人知道苗人鳳視力已失，全憑聽覺辨敵，是以不敢稍有聲響。

那女孩道：「爹，耗子會咬人麼？」苗人鳳道：「耗子想偷偷摸摸的來咬人，不過見到老貓，耗子便只好逃走了。」那女孩道：「甚麼聲音響？是颳大風嗎？爹，是不是要下雨了？」苗人鳳道：「是啊！待會兒還要打雷呢！」那女孩道：「雷公菩薩只打惡人，不打好人，是不是？」苗人鳳道：「是啊！雷公菩薩喜歡乖女孩兒。」苗人鳳單手拆解三般兵刃，口中和女兒一問一答，竟沒將身旁三個敵人放在心上。

那三人連出狠招，都給苗人鳳伸右手搶攻化解。一個使刀的害怕起來，叫道：「風緊，扯呼！」轉身出外，衝到門邊時，胡斐左腿掃出，將他踢倒在地，順手將他的單刀奪了過來。

苗人鳳道：「乖寶貝，你聽，要打雷啦！」一拳擊出，正中那使鐵鞭的下顎，砰的一聲，這人飛了起來，越過胡斐頭頂，摔在院子之中。另一個使刀的武功最強，手腳滑溜，苗人鳳連發兩拳，竟都給他避開。苗人鳳生怕驚嚇了女兒，只是坐在椅上，並不起身追出。

311

那人這時已明白苗人鳳眼睛雖瞎，自己可奈何他不得，又知守在門口那人也是個極屬害的腳色，自己困在小屋之中，變成了甕中之鱉，難道束手待斃不成？突然向苗人鳳猛砍一刀，乘他側身避讓，一閃身進了臥室，他晃亮火摺，點燃了床上的紗帳，跟著從窗中竄出，上了屋頂。

紗帳著火極快，轉瞬之間，已是濃煙滿屋。

鍾兆英在門外叫道：「苗大俠，我三兄弟是來找你比武較量，但此時決不乘人之危，你放心便是。」鍾兆文見窗中透出火光，叫道：「起火，起火！」鍾兆能叫道：「賊子如此卑鄙。大哥，咱們先救火要緊。」三兄弟躍上屋頂。

胡斐知道鍾氏兄弟武功了得，非適才四人可比，苗人鳳本事再強，總是雙目不能見物，懷中又抱著女兒，定然難以抵敵，須得自己出手助他打發，於是大聲喝道：「無恥奸徒，不許進來！」

那女孩道：「爹，好熱！」苗人鳳推開桌子，一足踢出，門板向外飛出四五丈。他抱著女孩踏出大門，向屋頂上的鍾氏兄弟招招手，說道：「下來動手便是。」他怕驚嚇了女兒，雖對敵人說話，仍是低聲細氣。

心中不自禁想到：八年之前，也是與鍾氏三雄對敵，也是屋中起火，也是自己身上有傷，只是陪著自己的卻不是女兒，而是後來成為自己妻子的姑娘。不，她沒有陪，是在危急之際先逃出去了……

胡斐眼見火勢猛烈，轉眼便要成災，料想苗人鳳必可支持得一時，倒是先救火要緊，

拋下單刀奔進廚房，見灶旁並列著三隻七石缸，缸中都貯著清水，於是伸臂抱住了一隻，喝一聲：「起！」一隻裝了五六百斤水的大缸竟給他抱了起來。饒是他此時功力已臻第一流好手之境，也不禁腳步蹣跚。他不敢透氣，奮力將水缸抱到臥室之外，連缸帶水，一併擲了進去。

火頭給這缸水一澆，登時小了，但兀自未熄。胡斐又去抱了一缸水，走到臥室門外，正要奮力擲出，忽聽背後呼的一響，有人偷襲。原來先前被他踢倒的那人拾起地下單刀，向他背心砍落。

胡斐雙手抱著水缸，無法擋格躲閃，急忙反腳向後勾踢。這一踢怪異之極，當年闖基學得這一招，連馬行空這等著名武師都難以拆解，這時胡斐反腳踢出，正中那人小腹。砰的一響，那人連刀帶人飛了起來，掠過胡斐頭頂，跌在他抱著的水缸之中。

他抱著那口七石缸本已十分吃力，手上突然又加了一百五六十斤重量，如何支持得住？順手一推，水缸與人一齊飛入火中。水缸破裂，只割得那人滿身是傷，好在火頭已熄，才不致葬身火窟。

胡斐將火救熄，正要出去相助苗人鳳，忽聽屋後傳來大聲喝罵，又有拳打足踢之聲，有兩人鬥得極是激烈，聽那喝罵的聲音，卻是劉鶴真所發，只聽他喝道：「好奸賊，給我上這個大當！」

胡斐心想：「他與誰動手？此人是罪魁禍首，說甚麼也得將他抓住。」從後門奔將出去，只見劉鶴真正和一人近身糾纏，赤手廝打。瞧這人身形，便是縱火的那人。胡斐大是奇怪，

313

心想今日之事當真難以索解，這兩人明明是一路，怎麼自相火拚起來了？反正兩個都不是好人，當下縱身而前，施展大擒拿手，一抓下去便擒住了兩人後心要穴。兩人正自惡鬥，分不出手相抗，否則二人武功都頗不弱，也不能給他一拿便即得手。

胡斐側耳沒聽到大門外有相鬥的聲音，生怕苗人鳳目光不便，遭了鍾氏兄弟的毒手，眼見身旁有一口井，於是一手一個，將劉鶴真和那人都投入井中，又到廚房中抱出第三口大缸壓在井上，這才繞過屋子，奔到前門。

但見鍾氏兄弟已躍在地下，與苗人鳳相隔七八丈，手中各拿著一對判官筆，卻不欺近動手。胡斐道：「苗大俠，我給你抱孩子。」

苗人鳳正想自己雙目已瞎，縱然退得眼前的鍾氏三兄弟，但由於「打遍天下無敵手」這個外號太惡，生平結下仇家無數，只要江湖上一傳開自己眼睛瞎了，強仇紛至沓來，那時如何抵禦？看來性命難以保全，最放心不下的便是這個女兒。他以耳代目，聽得胡斐卻敵救火，乾淨利落，智勇兼全，這人素不相識，居然如此義氣，女兒實可託付給他，於是問道：

「小兄弟，你尊姓大名，與我可有淵源？」

胡斐心想我爹爹不知到底是不是死在他的手下，此刻不便提起，當下說道：「丈夫結交，但重意氣，只須肝膽相照，何必提名道姓？苗大俠若是信託得過，在下便是粉身碎骨，也要保護令愛周全。」

苗人鳳道：「好，苗人鳳獨來獨往，生平只有兩個知交，一個是遼東大俠胡一刀，另一個便是你這位不知姓名、沒見過面的小兄弟。」說著抱起女兒，遞了過去。

314

胡斐雖與他一見心折，但唯恐他是殺父仇人，恩仇之際，實所難處，待聽他說自己父親是他生平知交，心頭一喜，雙手接過女孩，只見她約莫六七歲年紀，抱在手裏，又輕又軟，淡淡星光之下見她合眼睡著，呼吸低微，嘴角邊露著一絲微笑。

鍾氏三雄見胡斐也在此處，又與苗人鳳如此對答，心中都感奇怪。

苗人鳳撕下一塊衣襟，包在眼上，雙手負在背後，低沉著嗓子道：「無恥奸賊，一齊上吧。我女兒睡著了，可莫大聲吵醒了她。」

鍾兆英踏上一步，怒道：「苗大俠，當年我徒兒死在你手下，我三兄弟來跟你算帳，後來得知我徒兒覬覦別人利器，行止不端，死有應得，這事還得多謝你助我清理門戶。」苗人鳳「哼」了一聲，道：「說話小聲些，我聽得見。」

鍾兆英怒氣更增，大聲道：「只是那時你腿上受傷，我三兄弟仍非敵手，心中不服，苦練了八年武功之後，今日再要來討教。在途中得悉有奸人要對你暗算，我兄弟兼程趕來，要請你提防。眼下奸人已去，你肯不肯賜教，但憑於你，何以口出惡言？又何以自縛雙眼，難道我鍾氏三雄如此不肖，你連一眼都不屑看麼？還是你自以為武功精絕，閉著眼睛也能打敗我三兄弟？」

苗人鳳聽他語氣，似乎自己雙目中毒之事，他並不知情，沉著嗓子道：「我眼睛瞎了！」

鍾兆英大驚，顫聲道：「啊唷，這可錯怪了你苗大俠，我兄弟苦練八年，武功也沒甚麼長進，跟你討教之事，那不用提了。你可知韋陀門有個名叫劉鶴真之人嗎？適才你打走的

315

人中，並沒有他在內。此人一兩日內，定會來訪。苗大俠你眼睛不便，此人來時，務須小心在意。」

胡斐插口說道：「鍾大爺，那劉鶴真下毒之事，你當真不知情麼？」鍾兆英道：「你跟苗大俠到底是友是敵？咱們要阻截那劉鶴真，你何以反而極力助他？」胡斐道：「此事說來慚愧，其中原委曲折，小弟也弄不明白。好在那劉鶴真已給小弟擒住，壓在後面井中。咱們一問便知端的。」轉頭問苗人鳳道：「鍾氏三兄弟到底是好人，還是壞人？」苗人鳳道：「鍾氏三雄並非卑鄙小人。」

鍾兆文冷冷的道：「我們既不行俠仗義，又不濟貧助孤，算甚麼好人？」三兄弟聽了苗人鳳這句品評，心中大喜。當真是一言之褒，榮於華袞。三張醜臉都是顯得又喜歡又感激。

兆文、兆能兄弟倆繞到屋後，抬開井上的水缸，喝道：「跳上來吧！」只聽得井中哼哼唧唧，竟有兩個人的聲音，砰的一響，又是拍的一聲，還夾著稀裏嘩啦的水聲，那兩人似乎正在拚命相鬥。在這井中一個人轉折都是不便，兩人竟擠著互毆，狼狽之情，可想而知。鍾兆文將井邊的吊桶垂了下去，喝道：「抓住吊桶。我吊你們上來。」覺得繩上一緊，下面已經抓住，於是使勁收繩，果然濕淋淋的吊起兩人。

劉鶴真腳未著地，一掌便向另一人拍了過去。那人武功不及他，在井中已吃了不少苦頭，給他按著喝飽了水，已然昏昏沉沉。鍾兆文眼見這一掌能致他死命，忙伸手格開。鍾兆能一對判官筆分點兩人後心，喝道：「要命的便不許動。」兄弟倆將兩人抓到屋中。

這時胡斐已將那女孩交回給苗人鳳，點亮了燭台。臥室中燒得一塌胡塗，滿地是水，竟

316

無立足之處。苗人鳳將女兒放在廂房中自己床上，回身出來時，鍾氏兄弟已將劉鶴真和另一人抓到。

苗人鳳輕輕嘆了口氣，說道：「『韋陀雙鶴』的名頭，我二十多年前便已聽到過。劉師兄和萬師兄兩位，江湖上的聲名並不算壞啊。」劉鶴真道：「苗大俠，我上了奸人的當，追悔莫及。你眼睛的傷重麼？」鍾氏三兄弟一齊「啊」的一聲。他們不知苗人鳳眼睛受傷，原來還只適才之事。

苗人鳳不答，向那使刀之人說道：「你是田歸農的弟子吧？天龍門的武功也學到七成火候了。」那人嚇得魂不附體，突然雙膝跪倒，連連叩頭，說道：「苗大俠，小人是受命差遣，概不由己，請你老人家高抬貴手。」猛地裏「哇、哇」兩聲，吐出幾口水來。

劉鶴真罵道：「奸賊，你騙得我好苦！」撲上去又要動手。鍾兆英伸手一攔，道：「有話好好說，到底是怎地？」

劉鶴真也是武林中的成名人物，只因上了別人的大當，這才氣急敗壞，難以自制，給鍾兆英這麼一攔，想起自己既做了錯事，又給人拋在井裏，弄得如此狼狽，實是生平的奇恥大辱，眼前一黑，頹然坐倒在地，說道：「罷了，罷了！苗大俠，真正對你不住。」

苗人鳳道：「一個人一生之中，不免要受小人的欺騙，那又算得了甚麼？定是這人騙你來送信給我了。」他雙目中毒，顯已瞎了，說話卻仍是如此輕描淡寫，胡斐和鍾氏兄弟等都好生佩服，均想如此定力，人所難及。

劉鶴真道：「這人我是在衡陽楓葉莊上識得的。他自稱名叫張飛雄，說以前受過萬師弟

的恩惠，得知萬師弟的死訊後十分難過，趕來弔喪。」苗人鳳道：「萬鶴聲老師死了？」劉鶴真道：「是啊。我見這姓張的說話誠懇，他又著意和我結納，也就沒起疑心，兩人結伴北上。他在途中見到鍾氏三雄，顯得很是害怕，當晚在客店中我和他同室而睡，聽得他說起夢話來，說甚麼這封信若不送到，便害了無數仁人義士的性命。我想此事不能袖手旁觀，便用言語探問。他說：『劉老師，我見你跟朝廷的侍衛為難，大是英雄豪傑，這話也不用瞞你。』於是取出一封信來，說必須送到金面佛苗大俠手中，請他出手相救，否則有幾十位義士要給朝廷害死。」

苗人鳳不置一詞。劉鶴真續道：「這姓張的奸賊又說，鍾氏三雄與苗大俠有仇，定要設法截阻。他不是鍾氏三雄的敵手，請我相助一臂之力。我想這件事義不容辭，當下一力承當。但途中和鍾氏三雄一交手，我這老兒還是栽了觔斗。後來內人王氏趕到相助，仍是不敵。也是事當湊巧，在湘妃廟中遇上了這位小兄弟。我在楓葉莊上曾得他之助，後來又見他連顯身手，武功實在高強，於是我夫婦倆假裝受傷，安排機關，請他阻擋鍾氏三雄。這位小兄弟果然上了我的當，我卻又上了這奸賊的當。」說著圓睜雙目，髭鬚翹動，氣憤難平。

胡斐默想經過，心道：「這人的話倒似不假，原來我和袁姑娘一路上之事，有許多都給他瞧見了。」想到此處，臉上微微一熱，瞥眼見到桌上放著的三件兵刃，問道：「那你拿了鍾氏三雄的兵刃，又來幹麼？」

劉鶴真道：「鍾氏三雄前來尋仇，苗大俠未必知道。我先行給他報個訊息，教他好有所防備。送這兵刃前來，是取信的意思。至於我說這信是鍾氏兄弟送來，那是說給你小兄弟

318

聽的。我知你緊緊跟隨在後，怕你不利於我，這麼一說，盼你心中疑惑難明，便不會貿然動手，反正苗大俠一看信便知端的，豈知、豈知……」胸口氣塞，再也說不下去了。

鍾兆英道：「我兄弟無意之中，聽到了這姓張的奸謀，又見劉老師跟他鬼鬼祟祟，定是要來暗算苗大俠，想不到中間尚有這許多過節。苗大俠，你眼睛怎麼受的傷？」

苗人鳳不答，將蒲扇般的大手揮了揮，道：「過去之事，那也不用提了。」

胡斐眼光四下掃動，要找他撕破的信箋，果見兩片破紙尚在屋角落中，有一半已被浸濕。他怕紙上尚有劇毒，不敢走近，放眼望去，見紙上只有寥寥三行字，每個字都有核桃大小。他眼光在兩片破紙上掃來掃去，見那信寫道：

「人鳳我兄：令愛資質嬌貴。我兄一介武夫，相處甚不合宜，有誤令愛教養。茲命人相迎，由弟撫養可也。弟田歸農頓首。」

想苗人鳳對這女兒愛逾性命，田歸農拐誘了他妻子私奔，這時竟然連女兒也想要了去，毒藥暗藏在信箋的夾層之中，信箋一破，立時飛揚，再快的身手也是躲閃不了。田歸農這一條計策，也可算得厲害之極了。胡斐回想昔年在商家堡中所見苗人鳳、苗夫人、苗家小女孩以及田歸農四人之間的情狀，恨不得立時去找到田歸農，將他一刀殺了。

劉鶴真越想越氣，叫道：「姓張的，你便是奉了師命，要暗算苗大俠，自己送信來便是了，何以偏偏瞧上了我姓劉的？」

張飛雄囁嚅道：「我怕……怕苗大俠瞧破我是天龍門弟子，有了提防……又害怕……害怕苗大俠的神威……」劉鶴真恨恨的道：「你怕萬一奸計敗露，逃走不及。好小子，好小子！」他轉頭向苗人鳳道：「劉老師，這種小人，也犯不著跟他計較。張飛雄，這院子中還有你的兩個同伴，受傷都不算輕，你帶了他們走吧。你去跟你師父說……」他尋思要說甚麼話，沉吟半晌，揮手道：「沒甚麼可說的，你走吧！」

苗人鳳緩緩的道：「苗大俠，我向你討個情，這小子交給我！」

張飛雄只道這次弄瞎了苗人鳳雙眼，定是性命難保，豈知他寬宏大量，竟然並不追究，當真是大出意料之外，心中感激，當即跪倒，連連磕頭。

他同來一共四人，原想乘苗人鳳眼瞎後將他害死，再將他女兒劫走，那料到竟有胡斐這樣一個好手橫加干預，使他們的毒計只成功了第一步。給胡斐摔入臥室、遍身鱗傷那人已乘亂逃走，另外給苗人鳳用三節棍及拳力打傷的兩人卻傷勢極重，一個暈著兀自未醒，一個低聲呻吟，有氣無力。

劉鶴真尋思：「苗人鳳假意饒這三人，卻不知要用甚麼毒計來折磨他們？」他久歷江湖，曾見許多人擒住敵人後不即殺死，要作弄個夠，使敵人痛苦難當，求生不得，求死不能，這才慢慢處死。只見張飛雄扶起受傷的兩個師弟，一步步走出門外，逐漸遠去，苗人鳳始終沒有出手，眼見三人已隱沒在黑暗之中，忍不住說道：「苗大俠，可以提回來啦，那姓張的小子手腳滑溜，再放得遠，只怕當真給他走了，又捉回來作甚？」他微微一頓，說道：「他們和我素不相識，是別人差使來的。」

劉鶴真又驚又愧，霍地站起身來，說道：「苗大俠，我劉鶴真素不負人，今日沒生眼珠，累你不淺。」左手一抬，食指中提伸出，戳向自己的眼睛。

胡斐忙搶過去，伸手想格，終究遲了一步，只見他直挺挺的站著，臉上兩行鮮血流下，已然自毀雙目。鍾氏兄弟大驚，一齊站起身來。苗人鳳道：「劉老師何苦如此？在下毫沒見怪之意。」劉鶴真哈哈一笑，手臂一抖，大踏步走出屋門，順手在道旁折了一根樹枝，點著道路，逕自去了。過不多時，只聽一個女子聲音驚呼起來，卻是他的妻子王氏。

屋中五人均覺慘然，萬料不到此人竟然剛烈至此。

苗人鳳只怕胡斐也有自疚之意，說道：「小兄弟，你答應照顧我的女兒，可別忘了。」

胡斐知他心意，昂然道：「做錯了事，應當盡力設法補救。劉老師自毀肢體，心中雖安，卻不免無益於事。」鍾兆英道：「不錯！但這位劉老師也算得是一位響噹噹的好漢子！」

五人相對而坐，良久不語。過了好一會，胡斐道：「苗大俠，你眼睛怎樣？再用水洗一洗吧！」苗人鳳道：「不用了，只是痛得厲害。」站起身來，向鍾氏三雄道：「三位遠來，無以待客，當真簡慢得緊。我要進去躺一躺，請勿見怪。」

鍾兆英道：「苗大俠請便，不用客氣。」三人打個手勢，分在前門後門守住，只怕田歸農不肯就此罷手，又再派人來襲。

胡斐手執燭台，跟著苗人鳳走進廂房，見他躺上了床，取被給他蓋上。那小女孩在裏床睡得甚沉，這一晚屋中吵得天翻地覆，她竟始終不知。

胡斐正要退出，忽聽腳步聲響，有人急奔而來。鍾兆能喝道：「好小子，你又來啦！」

接著嗆的一聲，兵刃相交。張飛雄的聲音叫道：「我有句話跟苗大俠說，實無歹意。」鍾兆

能低聲道：「苗大俠睡了，有話明天再說。」

張飛雄道：「好，那我跟你說。苗大俠大仁大義，饒我性命，這句話不能不說。苗大俠

眼中所染的毒藥，乃是斷腸草的粉末，是我師父從毒手藥王那裏得來的。小人一路尋思，若

是求毒手藥王救治，或能解得。我本該自己去求，只不過小人是無名之輩，這事決計無力辦

到。」鍾兆能「哦」的一聲。

胡斐一聽大喜，從廂房飛步奔出，高聲問道：「這位毒手藥王住在那裏？」鍾兆英道：

「他在洞庭湖畔隱居，不過……不過……」胡斐道：「怎麼？」鍾兆英低聲說道：「求這怪

人救治，只怕不易。」胡斐道：「咱們好歹也得將他請到，他要甚麼便給他甚麼。」鍾兆英

搖頭道：「便難在他甚麼也不要。」胡斐道：「軟求不成，那便蠻來。」鍾兆英沉吟不語。

胡斐道：「事不宜遲，小弟這便動身。三位在這裏守護，以防再有敵人前來。」他奔回

廂房，向苗人鳳道：「苗大俠，我給你請醫生去。」苗人鳳搖頭道：「請毒手藥王？那是

徒勞往返，不用去了。」

胡斐道：「不，天下無難事！」說著轉身出房，道：「三位鍾爺，這位藥王叫甚麼名字？

他住的地方怎麼去法？」

鍾兆文道：「好，我陪你走一遭！他的事咱們路上慢慢再說。」對兆英、兆能二人道：

「大哥，三弟，你們在這裏瞧著。」

鍾兆英、兆能兩人臉上微微變色，均有恐懼之意，隨即同聲說道：「千萬小心。」

322

事在迫切，胡鍾兩人展開輕身功夫，向北疾奔。天明後在市集上各買了一匹馬，上馬急馳。

第九章

毒手藥王

一

胡斐伸手接住了兩棵藍花。

那村女道：

「你們要去藥王莊，

還是向東北方去的好。」

兩人都知苗人鳳這次受毒不輕，單單聽了那「斷腸草」三字，便知是厲害之極的毒藥，眼睛又是人身最嬌嫩柔軟的器官，縱然請得名醫，時候一長，也必無救，因此早治得一刻便好一刻。兩人除了讓坐騎喝水吃草之外，不敢有片刻躭擱，沿途買些饅頭點心，便在馬背上胡亂吃了充飢。

如此不眠不休的趕路，鍾胡兩人武功精湛，雖然兩日兩晚沒睡，儘自支持得住，胯下的坐騎在途中已換過兩匹，但這一日趕下來，也已腳步踉蹌，眼見再跑下去，非在道上倒斃不可。鍾兆文道：「小兄弟，咱們只好讓牲口歇一會兒。」胡斐應道：「是！」心想：「倘若我騎的是袁姑娘那匹白馬，此刻早已到了洞庭湖畔了。」一想到袁紫衣，不自禁探手入懷，撫摸她所留下的那隻玉鳳，觸手生溫，心中也是一陣溫暖。

兩人下馬，坐在道旁樹下，讓馬匹吃草休息。鍾兆文默不作聲，呆呆出神，皺起了眉頭。胡斐知道此行殊無把握，問道：「鍾二爺，那毒手藥王到底是怎樣一個人物？」鍾兆文不答，似乎沒聽見他的說話，過了半晌，突然驚覺，道：「你剛才說甚麼？」

胡斐見他心不在焉，知他是掛念苗人鳳的病況，暗想此人雖然奇形怪狀，難為他很夠義氣，本來與苗人鳳結下了樑子，這時竟不辭煩勞的為他奔波，想到此處，不禁脫口而出：「鍾二爺，昨天多有得罪，真是慚愧得緊。晚輩要是早知三位如此仗義，便有天大的膽子，也不敢冒犯。」

鍾兆文裂開闊嘴，哈哈一笑，道：「那算得甚麼？苗大俠是響噹噹的好漢，我三兄倘若見危不救，那還是人麼？小兄弟你自己又何嘗不是如此？我兄弟和苗大俠雖沒交情，總還

326

有過一面之緣，你可跟他見都沒見過呢。」

其實數年之前，胡斐在商家堡中曾見過苗人鳳一面，只不過胡斐知道這事，苗人鳳卻在當時就對那個黃黃瘦瘦的小廝視而不見。更早些時候，在十八年之前，胡斐生下還只一天，苗人鳳在河北滄州的小客店中也曾見過他，這件事苗人鳳知道，胡斐可不知道。

但苗人鳳那裏會知道：十八年前那個初生嬰兒，便是今日這個不識面的少年英雄？

鍾兆文頭道：「你剛才問我甚麼？」胡斐道：「我問那毒手藥王是怎麼樣的人物？」鍾兆文又問：「我不知道。」胡斐奇道：「你不知道？」鍾兆文道：「我江湖上的朋友不算少了，可是誰也不知毒手藥王到底是怎麼樣的人物。」

胡斐好生納悶，心想：「我只道你必定知曉此人的底細，否則也可向那張飛雄打聽個明白。」鍾兆文猜到了他心意，說道：「便是那張飛雄，也未必便知。不，他一定不會知道的。」胡斐「啊」了一聲，不再接口。

鍾兆文道：「大家只知道，這人住在洞庭湖畔的白馬寺。」胡斐道：「白馬寺？他住在廟裏麼？」鍾兆文道：「不，白馬寺是個市鎮。」胡斐道：「想是他隱居不見外人，所以誰都沒見過他。」鍾兆文又搖頭道：「不，有很多人見過。正因為有人見過，所以誰也不知他是怎麼樣的人物，不知他是胖還是瘦，是俊是醜，是姓張還是姓李。」

胡斐越聽越是胡塗，心想既然有很多人見過他，就算不知他姓名，怎會連胖瘦俊醜也不知道？

鍾兆文道：「有人說毒手藥王是個相貌清雅的書生，高高瘦瘦，像是個秀才相公。有

327

人卻說毒手藥王是個滿臉橫肉的矮胖子，就像是個殺豬的屠夫。又有人說，這藥王是個老和尚，老得快一百歲了。」他頓了一頓，說道：「還有人說，這藥王竟然是個女人，是個跛腳駝背的女人。」

胡斐滿臉迷惘，想笑，卻又笑不出來。

鍾兆文接著道：「這人既然號稱藥王，怎麼會是女人？但說這話的是江湖上的成名人物，德高望重，素來不打謊語，不由得人不信。可是那些說他是書生、是屠夫、是和尚的，也都不是信口雌黃之輩，個個言之鑿鑿。你說奇不奇怪？」

胡斐當離開苗家之時，滿懷信心，料想只要找到那人，好歹也要請了他來治傷，至不濟也能討得解藥，此時聽鍾兆文這麼一說，一顆心不由得沉了下去，是怎麼樣一個人也無法知道，卻又找誰去？轉念一想，說道：「是了！這人一定擅於化裝易容之術，忽男忽女，忽俊忽醜，叫人認不出他的真面目來。」

鍾兆文道：「江湖上的朋友也都這麼說，想來他使毒天下無雙，害得人多，結仇太廣，因此躲躲閃閃，叫人沒法找他報仇。但奇怪的是，他住在洞庭湖畔的白馬寺，卻又不是十分偏僻之處，要尋上門去，也算不得怎麼為難。」

胡斐道：「這人用毒藥害死過不少人麼？」鍾兆文悠然出神，道：「那是沒法計算的了。不過死在他手下的人，大都自有取死之道，不是作惡多端的飛賊大盜，便是仗勢橫行的土豪劣紳，倒沒聽說有那一個俠義道死在他的手下。但因他名聲太響，有人中毒而死，只要毒性猛烈，死得奇怪，這筆帳便都算在他頭上，其實大半未必便是他害的。有時候兩個人一南一

328

北，相隔幾千里，同時中毒暴斃，於是雲南的人說毒手藥王到了雲南，遼東的人卻說藥王在遼東出沒。這麼一宣揚，這個人更是奇上加奇了。近來已好久沒聽人提到『毒手藥王』四字，想不到苗大俠的中毒竟會和他有關。唉，既是此人用的藥，只怕……只怕……」說到這裏，不住搖頭。

胡斐心想此事果然極難，不知如何著手是好。鍾兆文站起身來，道：「咱們走吧！小兄弟，有一件事你千萬記住，一到了白馬寺，在離藥王莊三十里之內，可千萬不能喝一口水，不能吃一口東西，不管飢渴得怎麼厲害，總之不能讓一物進口。」

胡斐見他說得鄭重，當即答應，猛地想起，當他陪著自己離開苗家之時，鍾兆英和鍾兆三雄那樣的人物，膽敢向「打遍天下無敵手」苗人鳳挑戰，一聽到「毒手藥王」的名字卻是心驚膽戰。自己不知屬害，真把天下事瞧得太過輕易了。

他過去牽了馬匹，說道：「咱們不過是邀他治病，或是討一份解藥，對他並無惡意。他能臉上都是不但擔憂，簡直還大有懼色，想來那藥王的「毒手」定是非同小可，以致像鍾氏三兄弟那樣的人物，膽敢向「打遍天下無敵手」苗人鳳挑戰，一聽到「毒手藥王」的名字卻是心驚膽戰。自己不知屬害。

最多不肯，那也罷了，何必要害咱們性命？」鍾兆文道：「小兄弟，你年紀還輕，不知江湖上人心險詐。你對他雖無惡意，但他跟你素不相識，怎信得你過？眼前便是一個例子，劉鶴真對苗大俠絕無歹意，卻何以弄瞎了他的眼睛？」胡斐默然。鍾兆文又道：「何況這毒手藥王仇家遍天下，許多跟他毫沒干係的毒殺也都算在他的帳上，焉知你不是他仇家的子弟？此人生性多疑，出手狠毒，否則『藥王』之上，何以又加上『毒手』兩字？這個驚心動魄的外號，難道是輕易得來的麼？」

胡斐點頭道：「鍾二爺說的是。」鍾兆文道：「你若看得起我，不嫌我本領低微，那便兄弟相稱，別爺不爺的，叫得這麼客氣。」胡斐道：「你是前輩英雄，晚輩……」鍾兆文攔著他的話頭，大聲道：「呸，呸！小兄弟，不瞞你說，我三兄弟跟你交手之後，佩服你得緊。若你不當我朋友，那便算了。」胡斐也是個性子直爽之人，於是笑著叫了聲：「鍾二哥。」

鍾兆文很是高興，翻身上了馬背，道：「只要這兩頭牲口不出岔子，咱們不用天黑便能趕到白馬寺。你可得記著我話，別說不能吃喝，便是摸一摸筷子，也得提防筷子上下了劇毒，傳到你的手上。小兄弟，你這麼年紀輕輕，一身武功，若是全身發黑，成了一具殭屍，我瞧有點兒可惜呢！」

胡斐知他這話倒不是危言聳聽，瞧苗人鳳只撕破一封信，雙眼便瞎，現下走入毒手藥王的老巢，他那一處不能下毒？心想鍾兆文也是武林中的成名人物，決非膽怯之徒，他說得如此厲害，顯見此行萬分凶險，確是實情。他明知險惡，還是義不容辭的陪自己上白馬寺去，比之自己不知天高地厚的亂闖，更是難得了。

兩匹馬休息多時，精力已復，申牌時分到了臨資口。兩人讓坐騎走一程，跑一程，不多時已到了白馬寺鎮上。鎮上街道狹窄，兩人生怕碰撞行人，多惹事端，於是牽了馬匹步行。

鍾兆文臉色鄭重，目不斜視，胡斐卻放眼瞧著兩旁的店鋪。將到市梢時，胡斐見拐彎角上挑出了藥材鋪的膏藥幌子，招牌寫著「濟世堂老店」，心念一動，解下腰間單刀，連著刀

鞘捧在手中，說道：「鍾二……哥，你的判官筆也給我。」

鍾兆文一怔，心想到了白馬寺鎮，該當處處小心才是，怎地動起刀刃來啦？但想鎮上必有藥王的耳目，不便出口詢問，於是從腰間抽出判官筆，交了給他，低聲道：「小心了，別惹事！」

胡斐點了點頭，走到藥材鋪櫃臺前，說道：「勞駕！我們二人到藥王莊去拜訪莊主，不便攜帶兵器，想在寶號寄放一下，回頭來取。」坐在櫃臺後的一個老者聽了，臉露詫異之色，問道：「你們去藥王莊？」胡斐不等他再說甚麼，將兵器在櫃臺上一放，雙手一拱，牽了馬匹便大踏步出鎮。

兩人到了鎮外無人之處，鍾兆文大拇指一翹，說道：「小兄弟，這一手真成。鍾老二服了你啦，真虧你想得出。」胡斐笑道：「硬著頭皮充好漢，這叫做無可奈何。」原來他想這鎮上的藥材鋪跟藥王必有干連，將隨身兵器放在店鋪之中，店中定會有人趕去報訊，那便表明自己此來絕無敵意。雖然空手去見這麼一個厲害角色，那是凶險之上又加凶險，但權衡輕重，這個險還是大可一冒。

兩人順著大路向北走去，正想找人詢問去藥王莊的路徑，忽見西首一座小山之上，有個老者手持藥鋤，似在採藥。胡斐見這人形貌俊雅，高高瘦瘦，是個中年書生，心念一動：「難道他便是毒手藥王？」於是上前恭恭敬敬的一揖，朗聲說道：「請問相公，上藥王莊怎生走法？晚輩二人要拜見莊主，有事相求。」

那人對胡鍾二人一眼也不瞧，自行聚精會神的鋤土掘草。胡斐連問幾聲，那人始終毫不

理會，竟似聾了一般。

胡斐不敢再問，鍾兆文向他使個眼色，兩人又向北行。悶聲不響的走出一里有餘，胡斐悄聲道：「鍾二哥，只怕這人便是藥王，你瞧怎麼辦？」鍾兆文道：「我也有幾分疑心，可萬萬點破不得。他自己若不承認，而咱們認出他來，正是犯了他的大忌。眼前只有先找到藥王莊，咱們認地不認人，那便無礙。」

說話之時，曲曲折折又轉了幾個彎，只見離大路數十丈處有個大花圃，一個身穿青布衫子的村女彎著腰在整理花草。

胡斐見花圃之後有三間茅舍，放眼遠望，四下別無人煙，於是上前幾步，向那村女作了一揖，問道：「請問姑娘，上藥王莊走那一條路？」

那村女抬起頭來，向著胡斐一瞧，一雙眼睛明亮之極，眼珠黑得像漆，這麼一抬頭，登時精光四射。胡斐心中一怔：「這個鄉下姑娘的眼睛，怎麼亮得如此異乎尋常？」見她除了一雙眼睛外，容貌卻是平平，肌膚枯黃，臉有菜色，似乎終年吃不飽飯似的，頭髮也是又黃又稀，雙肩如削，身材瘦小，顯是窮村貧女，自幼便少了滋養。她相貌似乎已有十六七歲，身形卻如是個十四五歲的幼女。

胡斐又問一句：「上藥王莊不知是向東北還是向西北？」那村女突然低下了頭，冷冷的道：「不知道。」語音卻甚是清亮。

鍾兆文見她如此無禮，臉一沉，便要發作，但隨即想起此處距藥王莊不遠，甚麼人都得

332

罪不得，哼了一聲，道：「兄弟，咱們去吧，那藥王莊是白馬寺大大有名之處，總不能找不到。」

胡斐心想天色已經不早，若是走錯了路，黑夜之中在這險地到處瞎闖，大是不妙，左近再無人家可以問路，於是又問那村女道：「姑娘，你父母在家麼？他們定會知道去藥王莊的路徑。」那村女不再理睬，自管自的拔草。

鍾兆文雙腿一夾，縱馬便向前奔，道路狹窄，那馬右邊前後雙蹄踏在路上，左側的兩蹄卻踏入了花圃。鍾兆文雖無歹意，但生性粗豪，又惱那村女無禮，急於趕路，也不理會。胡斐眼見近路邊的一排花草便要給馬踏壞，忙縱身上前，拉住韁繩往右一帶，說道：「小心踏壞了花草。」那馬給他這麼一引，右蹄踏到了道路右側，左蹄回上路面。鍾兆文道：「快走吧，在這兒別躭擱啦！」說著一提韁繩，向前馳去。

胡斐自幼孤苦，見那村女貧弱，心中並不氣她不肯指引，反生憐憫之意，心想她種這些花草，定是賣以為活，生怕給自己坐騎踏壞了，於是牽著馬步行過了花地，這才上馬。

那村女瞧在眼裏，突然抬頭問道：「你到藥王莊去幹麼？」胡斐勒馬答道：「有一位朋友給毒藥傷了眼睛，我們特地來求藥王賜些解藥。」那村女道：「你認得藥王麼？」胡斐搖頭說道：「我們只聞其名，從來沒見過他老人家。」那村女慢慢站直了身子，向胡斐打量了幾眼，問道：「你怎知他肯給解藥？」

胡斐臉有為難之色，答道：「這事原本難說。」心中忽然一動：「這位姑娘住在此處，或者知道藥王的性情行事。」於是翻身下馬，深深一揖，說道：「便是要請姑娘指點途徑。」

這「指點途徑」四字，卻是意帶雙關，可以說是請她指點去藥王莊的道路，也可說是請教求藥的方法。

那村女自頭至腳的向他打量一遍，並不答話，指著花圃中的一對糞桶，道：「你到那邊糞池去裝小半桶糞，到溪裏加滿清水，給我把這塊花澆一澆。」

這三句話大出胡斐意料之外，心想我只是向你問路，怎麼竟叫我澆起花來？而且出言頤指氣使，竟將我當作你家雇工一般？他雖幼時貧苦，卻也從未做過挑糞澆糞這種穢臭之事，只見那村女說了這幾句話後，又俯身拔草，一眼也不再瞧他。胡斐一怔之下，向茅舍裏一望，不見有人，心想：「這姑娘生得瘦弱，要挑這兩大桶糞當真不易。我是一身力氣的男子漢，便幫她挑一擔糞又有何妨？」於是將馬繫在一株柳樹上，挑起糞桶，便往糞池去擔糞。

鍾兆文行了一程，不見胡斐跟來，回頭一看，遠遠望見他肩上挑了一副糞桶，走向溪邊，不禁大奇，叫道：「喂，你幹甚麼？」胡斐叫道：「我幫這位姑娘做一點工夫。鍾二哥先走一步，我馬上就趕來。」鍾兆文搖了搖頭，心想年輕人當真是不分輕重，在這當口居然還這般多管閒事，於是縱馬緩緩而行。

胡斐挑了一擔糞水，回到花地之旁，用木瓢舀了，便要往花旁澆去。那村女忽道：「不成，糞水太濃，一澆下去花都枯死啦。」胡斐一呆，不知所措。那村女道：「你倒回糞池去，只留一半，再去加半桶水，那便成了。」胡斐微感不耐，但想好人做到底，於是依言倒糞加水，回來澆花。

那村女道：「小心些，糞水不可碰到花瓣葉子。」胡斐應道：「是！」見那些花朵色

334

作深藍，形狀奇特，每朵花便像是一隻鞋子，幽香淡淡，不知其名，當下一瓢一瓢的小心澆了，直把兩桶糞水盡數澆完。

那村女道：「嗯，再去挑了澆一擔。」胡斐站直身子，溫言道：「我朋友等得心焦了，等我從藥王莊回來，再幫你澆花如何？」那村女道：「你還是在這兒澆花的好。我見你人不錯，才要你挑糞呢。」

胡斐聽她言語奇怪，心想反正已經耽擱了，也不爭在這一刻時光，於是加快手腳，急急忙忙的又去挑了一擔糞水，將地裏的藍花盡數澆了。這時夕陽已落到山坳，金光反照，射在一大片藍花之上，輝煌燦爛，甚是華美。胡斐忍不住讚道：「這些花真是好看！」他澆了兩擔糞，對這些花已略生感情，讚美的語氣頗為真誠。

那村女正待說話，只見鍾兆文騎了馬奔回，大聲叫道：「兄弟，這時候還不走嗎？」胡斐道：「是了，來啦，來啦！」轉眼望著村女，目光中含有祈求之意。

那村女臉一沉，說道：「你幫我澆花，原來是為了要我指點途徑，是不是？」胡斐心想：「我確是盼你指點道路，但幫你澆花，卻純是為了憐你瘦弱，這時再開口相求，反而變成有意的施恩市惠了。」忽然想起那日捉了鐵蠍子和小祝融二人去交給袁紫衣，她曾說：「這叫做市恩，最壞的傢伙才是如此。」心中禁不住微感甜意，當即一笑，說道：「這些花真好看！」走到柳樹旁解韁牽馬，上了馬背。

那村女道：「且慢。」胡斐回過頭來，只怕她還要囉唆甚麼，心中大是不耐。那村女拔起兩棵藍花，向他擲去，說道：「你說這花好看，就送你兩棵。」胡斐伸手接住，說道：「多

335

謝！」順手放在懷內。那村女道：「他姓鍾，你姓甚麼？」胡斐道：「我姓胡。」那村女點

頭道：「你們要去藥王莊，還是向東北方去的好。」

鍾兆文本是向西北而行，久等胡斐不來，心中煩躁，這才回頭尋來，聽那村女如此說，不耐之心立時盡去，低聲笑道：「小兄弟，真有你的，又免得做哥哥的多走枉路。」胡斐卻頗為懷疑，暗想：「倘若藥王莊是在東北方，那麼直截了當的指點便是，為甚麼說『還是向東北方去的好』？」但不願再向村女詢問，於是引馬向東而去。

兩人一陣急馳，奔出八九里，前面一片湖水，已無去路，只有一條小路通向西方。

鍾兆文罵道：「這丫頭當真可惡，不肯指路那也罷了，卻教咱們大走錯路。回去時得好好教訓她一頓。」胡斐也是好生奇怪，自思並未得罪了她，何以要作弄自己，說道：「鍾二哥，這鄉下姑娘定和藥王莊有甚麼干連。」鍾兆文道：「嗯，你瞧出甚麼端倪沒有？」胡斐道：「她一雙眼珠子炯炯有神，說話的神態，也不像是沒見過世面的鄉下女子。」鍾兆文一驚，道：「不錯！她給你的那兩棵花，還是快些拋了。」

胡斐從懷中取出藍花，只見花光嬌艷，倒是不忍便此丟棄，說道：「小小兩棵花兒，想來也無大礙。」於是仍舊放回懷中，縱馬向西馳去。鍾兆文在後叫道：「喂，還是小心些好。」胡斐含糊答應，一鞭向馬臀抽去，向西飛奔。暮靄蒼茫中，陣陣歸鴉從頭頂越過。

突然之間，只見右手側兩個人俯身湖邊，似在喝水。胡斐一勒馬，待要詢問，卻見兩人始終不動，心知有異，跳下馬去，叫道：「勞駕！」兩人仍是不動。鍾兆文伸手一扳一人肩頭，那人仰天翻倒，但見他雙眼翻白，早已死去多時，臉上滿是黑點，肌肉扭曲，甚是可

336

怖，再瞧另一人時也是如此。鍾兆文道：「中毒死的。」胡斐點點頭，見兩名死者身上都帶著兵刃，說道：「毒手藥王的對頭？」鍾兆文也點了點頭。

兩人上馬又行，這時天色漸黑，更覺前途凶險重重。又行一程，只見路旁草木稀疏，越是前行，草木越少，到後來地下光溜溜的一片，竟是寸草不生，大樹小樹更沒一棵。胡斐心中起疑，勒馬說道：「鍾二哥，你瞧這裏大是古怪。」鍾兆文也瞧出不對，道：「若是有人劇淨刨絕，也必留下草根痕跡，我看……」他沉吟片刻，低聲道：「那藥王莊定在左近，想是他在土中下了劇毒，以致連草也沒一根。」

胡斐點了點頭，心中驚懼，從包袱上撕下幾根布條，將鍾兆文所乘坐騎的馬口縛住，然後縛上自己坐騎的馬口。鍾兆文知他生怕再向前行時遇到有毒草木，牲口嚼到便不免遇害，點了點頭，暗讚他心思細密。

行不多時，遠遠望見一座房屋。走到近處，只見屋子的模樣極是古怪，便似是一座大墳模樣，無門無窗，黑黝黝的甚是陰森可怖。兩人均想：「瞧這屋子的模樣，那自然是藥王莊了。」離屋數丈，有一排矮矮的小樹環屋而生，樹葉便似秋日楓葉一般，殷紅如血，在暮色之中，令人瞧著不寒而慄。

鍾兆文平生浪蕩江湖，甚麼凶險之事沒有見過？他自己三兄弟便打扮成凶門喪主一般，令人見之生畏，但這時看到這般情景，心中也不禁突突亂跳，低聲道：「怎麼辦？」胡斐道：「咱們以禮相求，隨機應變。」於是縱馬向前，行到離矮樹叢數丈之處，下馬牽了韁繩

朗聲道：「鄂北鍾兆文，晚輩遼東胡斐，特來向藥王前輩請安。」這三句話每一字都從丹田送出，雖然並不如何響亮，但聲聞里許，屋中人自必聽得清清楚楚。

過了半晌，屋中竟無半點動靜。胡斐又說了一遍，圓屋之中仍是絕無應聲，便似無人居住一般。胡斐又朗聲道：「金面佛苗大俠中毒受傷，所用毒藥，是奸人自前輩處盜來。敬請前輩慈悲，賜以解藥。」

但不論他說甚麼，圓屋之中始終寂無聲息。

過了良久，天色更加黑了。胡斐低聲道：「鍾二哥，怎麼辦？」鍾兆文道：「總不成眼看苗大俠瞎了雙目，咱們便此空手而返。」胡斐道：「不錯，便是龍潭虎穴，也得闖上一闖。」

兩人這時均已起了動武用強之意，心想那毒手藥王雖然擅於使毒，武功卻未必了得，軟硬兼施，非得將解藥取了到手不可。兩人放下馬匹，走向矮樹。只見那一叢樹生得枝葉緊密，不能穿過，鍾兆文縱身一躍，便從樹叢上飛越過去。

他身在半空，鼻中猛然聞到一陣濃香，眼前一黑，登時暈眩，摔跌在樹叢之內。胡斐一見大驚，跟著躍進，越過樹叢頂上時，但覺奇香刺鼻，中人欲嘔，胸口甚是煩惡。他一落地，忙伸手扶起鍾兆文，探他鼻間尚有呼吸，只是雙目緊閉，手指和顏面卻是冰冷。

胡斐暗暗叫苦：「苗大俠的解藥尚未求得，鍾二哥卻又中毒，瞧來我自己也已沾上毒氣，只是還沒發作而已。」當下身形一矮，直縱向圓屋之前，叫道：「藥王前輩，晚輩空手前來拜莊，實無歹意，再不賜見，晚輩迫得無禮了。」

他說了這話後，打量那圓屋的牆垣，只見自屋頂以至牆腳通體黑色，顯然並非土木所構。他不敢伸手去推，但四下裏打掃得乾淨無比，連一塊極細小的磚石也無法找到，於是從懷中摸出一錠銀兩，在牆上輕敲三下，果然錚錚錚的發出金屬之聲。

他將銀兩放回懷中，一低頭，鼻中忽然聞到一陣淡淡清香，精神為之一振，頭腦本來昏沉沉，一聞到這香氣，立時清明，他略略彎腰，香氣更濃，原來這香氣是從那村女所贈的藍花上發出。胡斐心中一動：「看來這香氣有解毒之功，她果然是一番好意。」

他加快腳步，環繞圓屋奔了一周，非但找不到門窗，連小孔和細縫也沒發見，心想難道屋中當真並無人居？否則毫無通風之處，怎能不給悶死？他手中沒有兵刃，對這通體鐵鑄的圓屋實在無法可施。凝思片刻，從懷中取出藍花，放在鍾兆文鼻下，過不多時，果然他打了個噴嚏，悠悠醒轉。

胡斐大喜，心想：「那姑娘既有解毒之法，不如回去求她指點。」於是將一枝藍花插在鍾兆文襟上，自己手中拿了一枝，扶著鍾兆文躍過矮樹。他雙足落地，忽聽得圓屋中有人大聲「咦！」的一下驚呼。聲音隔著鐵壁傳來，頗為鬱悶，但仍可聽得出又是驚奇又是憤怒之意。

胡斐回頭叫道：「藥王前輩，可肯賜見一面麼？」圓屋中寂然無聲。他接連問了兩聲，對方再無聲息。

忽聽得砰砰兩響，重物倒地。胡斐回過頭來，只見兩匹坐騎同時摔倒，縱身過去一瞧，兩匹馬眼目緊閉，口吐黑沫，已然中毒斷氣，身上卻沒半點傷痕。

到此地步，兩人不敢再在這險地多逗留，低聲商量了幾句，決意回去向村女求教，於是從原路趕回。

鍾兆文中毒後腳力疲蹋，行一程歇一程，直到二更時分，才回到那村女的茅屋之前。黑夜之中，花圃中的藍花香氣馥郁，鍾胡二人一聞之下，困累盡去，大感愉適。

只見茅舍的窗中突然透出燈光，呀的一聲，柴扉打開，那村女開門出來，說道：「請進來吧！只是鄉下沒甚麼款待，粗茶淡飯，怠慢了貴客。」胡斐聽她出言不俗，忙抱拳道：「深夜叨擾，很是過意不去。」那村女微微一笑，閃身門旁，讓兩人進屋。

胡斐踏進茅屋，見屋中木桌木凳，陳設也跟尋常農家無異，只是纖塵不染，乾淨得過了份，甚至連牆腳之下，板壁縫中，也沖洗得沒留下半點灰土。這般清潔的模樣，便似圓屋周遭一般，令人心中隱隱不安。

那村女道：「鍾爺、胡爺請坐。」說著到廚下拿出兩副碗筷，跟著托出三菜一湯，兩大碗熱氣騰騰的白米飯。三碗菜是煎豆腐、鮮筍炒豆芽、草菇煮白菜，那湯則是鹹菜豆瓣湯。雖是素菜，卻也香氣撲鼻。

兩人奔馳了大半日，早就餓了。胡斐笑道：「多謝！」端起飯碗，提筷便吃。鍾兆文心下大疑，尋思：「這飯菜她早就預備好了，顯是料到我們去後必回。寧可餓死了，這飯卻千萬吃不得。」見那村女轉身回入廚下，向胡斐使個眼色，低聲道：「兄弟，我跟你說過，在藥王莊三十里地之內，決不能飲食。你怎地忘了？」

340

胡斐卻想：「這位姑娘對我若有歹心，決不能送花給我。雖然防人之心不可無，但若是不吃此餐，那定是將她得罪了。」他正要回答，那村女又從廚下托出一隻木盤，盤中一隻小木桶，裝滿了白飯。

胡斐站起身來，說道：「多謝姑娘厚待，我們要請拜見令尊令堂。」那村女道：「我爹媽都過世了，這裏便只我一人。」胡斐「啊」了一聲，坐下來舉筷便吃，三碗菜肴做得本自鮮美，胡斐為討她喜歡，更是讚不絕口。

鍾兆文心道：「你既不聽我勸，那也無法，總不成兩個一齊著了人家道兒。」向那村女道：「我適才暈去多時，肚子裏很不舒服，不想吃飯。」那村女斟了一杯茶來，道：「那麼請用一杯清茶。」鍾兆文見茶水碧綠，清澈可愛，雖然口中大感乾渴，仍然謝了一聲，接過茶杯放在桌上，卻不飲用。

村女也不為意，見胡斐狼吞虎嚥，吃了一碗又一碗，不由得眉梢眼角之間頗露喜色。胡斐瞧在眼裏，心想我反正吃了，少吃若是中毒，多吃也是中毒，索性放開肚子，吃了四大碗白米飯，將三菜一湯吃得盡是碗底朝天。村女過來收拾，胡斐搶著把碗筷放在盤中，托到廚下，隨手便在水缸中舀了水，將碗筷洗乾淨了，抹乾放入櫥中。

那村女洗鑊掃地，兩人一齊動手收拾。胡斐也不提起適才之事，見水缸中只賸下了小半缸水，拿了水桶，到門外小溪中挑了兩擔，將水缸裝得滿滿。

那村女道：「鄉下人家，沒待客的地方，只好委屈胡爺，胡亂在長凳上睡一晚吧！」胡斐道：「姑娘不用客氣！」只見她走進內

挑完了水回到堂上，見鍾兆文已伏在桌上睡了。那村女道：「鄉下人家，沒待客的地

341

室，輕輕將房門關上，卻沒聽見落門之聲，心想這個姑娘孤另另的獨居於此，竟敢讓兩個男子漢在屋中留宿，膽子卻是不小，伸手輕推鍾兆文的肩膀，低聲道：「鍾二哥，在長凳上睡得舒服些！」

那知這麼輕輕一推，鍾兆文竟應手而倒，砰的一聲，跌在地下。胡斐大吃一驚，急忙抱著他腰扶起，在他臉上一摸，著手火滾，竟是發著高燒。胡斐忙道：「鍾二哥，你怎麼啦？」舉油燈湊近瞧時，只見他滿臉通紅，宛似酒醉，口中鼻中更噴出陣陣極濃的酒氣。胡斐大奇：「他連茶也不敢喝一口，怎麼這一霎時之間，竟會醉倒？」又聽他迷迷糊糊的道：「我沒醉，沒有醉！來來來，跟你再喝三大碗！」跟著「五經魁首！」「四季發財！」的豁起拳來。

胡斐一轉念，知他定是著了那村女的手腳，他不肯吃飯飲茶，那村女卻用甚麼奇妙法門，弄得他便似大醉一般，心中驚奇交集，不知是去求那村女救治呢，還是讓他順其自然，慢慢轉醒，轉念又想：「這是中毒，並非真的酒醉，未必便能自行清醒。」

正在此時，忽聽遠處傳來一陣陣慘厲的野獸嗥叫之聲，深夜聽來，不由得令人寒毛直豎，聽聲音似是狼嗥，但洞庭湖畔多是平原，縱有一二野狼，也不致如這般成羣結隊。

那聲音漸叫漸近，胡斐站起身來，側耳凝聽，只聽得狼嗥之中，還夾著一二聲山羊的咩咩之聲，顯然是狼羣追羊而噬。當下也不以為意，正想再去察看鍾兆文的情狀，呀的一聲，房門推開，那村女手持燭台，走了出來，臉上略現驚惶，說道：「這是狼叫啊。」胡斐點了點頭，道：「姑娘……」向鍾兆文一指。

只聽得馬蹄聲、羊咩聲、狼嗥聲吵成一片，竟是直奔這茅屋而來。胡斐臉上變色，心想若是敵人大舉來襲，這茅屋不經一衝，何況鍾二哥中毒後人事不知，這村女處在肘腋之旁，是敵是友，身分不明，這便如何是好？轉念未畢，只聽得一騎快馬急馳而至。胡斐手無寸鐵，彎腰抱起鍾兆文，衝進廚房，想要找柄菜刀，黑暗中卻又摸索不到，只聽那村女大聲叫道：「是孟家的人麼？半夜三更到這裏幹甚麼？」

胡斐聽她口氣嚴厲，不似作偽，看來她與來襲之人並非一路，心中稍慰，當下搶出後院，在地抓起一把磚石，縱身上了一株柳樹，將鍾兆文攔在兩個大椏枝之間，凝目望去。

星光下只見一個灰衣漢子騎在馬上，已衝到了茅屋之前，馬後塵土飛揚，叫聲大作，跟著十幾頭餓狼。瞧這情勢，似乎那人途中遇到餓狼襲擊，縱馬奔逃，但再一看，只見馬後拖著白白的一團東西，原來是隻活羊，胡斐心想，這多半是個獵人，以羊為餌，設計誘捕狼羣。卻見那人縱馬馳入花圃，直奔到東首，圈轉馬頭，又向西馳來，一羣餓狼在後追尋，這麼一來一去，登時將花圃踐踏得不成模樣。這漢子的坐騎甚是駿良，他騎術又精，來回衝了幾次，餓狼始終咬不到活羊。

胡斐一轉念間，已然省悟：「啊，這傢伙是來踩壞藍花！我如何能袖手不理？」當下雙足一點，躍到了茅屋頂上，忽聽那人「哎喲！」一聲叫，縱馬向北疾馳而去，那活羊卻留在花圃之中。羣狼撲上去搶咬撕奪，更將花圃蹂躪得狼藉不堪。

胡斐心道：「那人用心好不歹毒！」兩塊石子飛出，噗噗兩聲，打在兩頭惡狼腦門正中，登時腦漿迸裂，屍橫就地。他跟著又打出兩塊石子，這一次石子較小，準頭也略偏了

343

些，一中狼腹，一中狼肩，但饒是如此，兩頭惡狼也已痛得嗷嗷大叫。羣狼連吃苦頭，知道屋頂有人，仰起了頭望著胡斐，張牙舞爪，聲勢洶洶。胡斐見了羣狼這副兇惡神情，心中大是發毛，自己赤手空拳，實不易和這十幾頭惡狼的毒牙利爪相抗，當下瞄準了一頭最大的雄狼，一塊瓦片斜削而下，正中咽喉。那狼在地下一個打滾，吃痛不過，轉身便逃，另有一頭大狼咬了白羊，跟著逃走。片刻之間，叫聲越去越遠，花圃中的藍花卻已被踐踏得七零八落。

胡斐躍下屋來，連稱：「可惜，可惜！」心想那村女辛勤勤鋤花拔草，將這片藍花培植得大是可觀，現下頃刻之間盡歸毀敗，一定惱怒異常。那知村女對藍花被毀之事一句不提，只笑吟吟的道：「多謝胡爺援手了。」胡斐道：「說來慚愧！都怪我見機不早，出手太遲，倘若早將那惡漢在花圍外打下馬來，這片花卉還能保全。」

那村女微微一笑，道：「藍花就算不給惡狼踏壞，過幾天也會自行萎謝。只不過遲早之間，那也算不了甚麼。」胡斐一怔，心想：「這位姑娘吐屬不凡，言語之間似含玄機。」說道：「在府上吵擾，卻還沒請教姑娘尊姓。」那村女微一沉吟，道：「我姓程，但在旁人跟前，你別提起我的姓氏。」這三句話說得甚是親切，似乎已將胡斐當作是自己人看待。胡斐很是高興，道：「那我叫你甚麼？」

那村女道：「你這人很好，我便索性連名字也都跟你說了。我叫程靈素，『靈樞』的『靈』，『素問』的『素』。」胡斐不知『靈樞』和『素問』乃是中國兩大醫經，只覺得這兩個字很是雅致，不像農村女子的名字，這時已知她決不是尋常鄉下姑娘，也不以為異，笑

344

道：「那我便叫你『靈姑娘』，別人聽來，只當我叫你『林姑娘』呢。」程靈素嫣然一笑，道：「你總有法兒討我歡喜。」胡斐心中微微一動，覺得她相貌雖然並不甚美，但這麼一言一笑，卻自有一股嫵媚的風致。

他正想詢問鍾兆文酒醉之事，程靈素道：「你的鍾二哥喝醉了酒，不礙事，到天明便醒了。現下我要去瞧幾個人，你同不同我去？」

胡斐覺得這個小姑娘行事處處十分奇怪，這半夜三更去探訪別人，必有深意，便道：「我自然去。」程靈素道：「你陪我去，咱們可得約法三章。第一，你今晚不許跟人說話……」胡斐道：「好，我扮啞子便是。」程靈素笑道：「那倒不用，跟我說話當然可以。第二，不能跟人動武，放暗器點穴，一概禁止。第三，不能離開我三步之外。」

胡斐點頭答應，心想：「原來她帶我去見毒手藥王。她叫我不能離開她身邊三步，自是怕我中毒受害了。」當下甚是振奮，道：「咱們這便去麼？」程靈素道：「得帶些東西。」走進自己房內，約過了一盞茶時分，挑了兩隻竹籮出來，籮上用蓋蓋著，不知裏面放著些甚麼，看她的模樣，挑得頗為吃力。

胡斐道：「我來挑！」將扁擔接了過來，一放上肩頭，幾有一百二三十斤。兩隻竹籮輕重懸殊，一隻甚重，一隻卻是極輕，挑來頗不方便，只見鍾兆文兀自伏在桌上，呼呼大睡，經過他身旁便聞到一股濃烈的酒氣。

兩人出了茅舍，程靈素將門帶上，在前引路。胡斐道：「靈姑娘，我問你一件事，成不

成?」程靈素道：「成啊，就怕我答不上來。」胡斐道：「你若答不出，天下就沒第二個人答得出了。我那鍾二哥滴水不肯入口，怎地會醉成這個模樣？」程靈素輕輕一笑，道：「就因他滴水不肯入口，這才吃了虧。」胡斐道：「這個我就不懂了。鍾二哥是老江湖，鄂北鬼見愁鍾氏三雄，在武林中也算頗有名聲。我卻是個見識淺陋之人，那知道他處處小心，反而……」說到這裏，住口不說了。

程靈素道：「你說好了！他處處小心，反而著了我的道兒，是不是？處處小心提防便有用了嗎？只有像你這般，才會太平無事。」胡斐道：「我怎麼啊？」程靈素笑道：「叫你挑糞便挑糞，叫你吃飯便吃飯。這般聽話，人家怎能忍心害你？」胡斐笑道：「原來做人要聽話。可是你整人的法兒也太巧妙了些，我到現在還是摸不著頭腦。」

程靈素道：「好，我教你一個乖。廳上有一盆小小的白花，你瞧見了麼？」胡斐當時沒留意，這時一加回想，果然記得窗口一張半桌上放著一盆小朵兒的白花。程靈素道：「這盆花叫做醒醐香，花香醉人，極是厲害，聞得稍久，便和飲了烈酒一般無異。我在湯裏、茶裏都放了解藥。誰教他不喝啊？」

胡斐恍然大悟，不禁對這位姑娘大起敬畏之心，暗想自來只聽說有人在飲食之中下毒，那知她下毒的方法卻高明得多，對方不吃不喝反而會中毒。程靈素道：「待會回去我便給他解藥，你不用擔心。」胡斐心中一動：「這位姑娘既然擅用藥物，說不定能治苗大俠的傷目，那便不須去求甚麼毒手藥王了。」於是問道：「靈姑娘，你知道解治斷腸草毒性的法子嗎？」

程靈素道：「難說。」

346

胡斐聽她說了這兩個字，便沒下文，不便就提醫治之請，只見她腳步輕盈，在前不疾不徐的走著，雖不是施展輕功，但沒過多少時光已走了六七里路，瞧方向是走向正東，不是去藥王莊的道路，忽然又想到一事，說道：「我還想問你一件事，適才我和鍾二哥去藥王莊，你說還是向東北方去的好，故意叫我們繞道多走了二十幾里路。這其中的用意，我一直沒能明白。」

程靈素道：「你真正想問我的，還不是這件事。我猜你是想問：藥王莊明明是在西北，咱們怎麼向東走？」胡斐笑道：「你既猜到了，那我一併請問便是。」程靈素道：「咱們所以不朝藥王莊走，因為並不是去藥王莊。」這一下，胡斐又是出於意料之外，「啊」了一聲。

程靈素又道：「白天我要你澆花，一來是試試你，二來是要你就擱些時光，後來再叫你繞道多走二十幾里，也是為了要你多耗時刻，這樣便能在天黑之後再到藥王莊外。只因藥王莊外所種的血矮栗，一到天黑，毒性便小，我給你的藍花才剋得它住。」

胡斐聽了，心中欽服無已，萬想不到用毒使藥，竟有這許多學問，這個貌不驚人的小姑娘用心深至，更非常人所及，當下說到在洞庭湖見到的兩名死者。程靈素聽說兩名死者臉上滿是黑點，肌肉扭曲，哼了一聲，道：「這種鬼蝙蝠的毒無藥可治。他們甚麼也不顧了。」

胡斐心想：「『鬼蝙蝠』是甚麼毒，她說了我也不懂。反正一意聽她吩咐行事便了，多說多問，徒然顯得自己一無是處。」於是不再詢問，跟在她身後一路向東。

又走了五六里路，進了一座黑黝黝的樹林。程靈素低聲道：「到了。他們還沒來，咱們

347

在這樹林子中等候，你把這隻竹籠放在那株大樹下。」說著向一株大樹一指。胡斐依言提了那隻份量甚重的竹籠過去放好。程靈素走到離大樹八九丈處的一叢長草之旁，道：「這一隻竹籠給我提過來。」隨即撥開長草，鑽進了草叢之中。

胡斐也不問誰還沒來，等候甚麼，挨在她的身旁。仰頭向天，只見月輪西斜，已過夜半。樹林中蟲聲此起彼伏，偶然也聽到一二聲梟鳴。程靈素遞給他一粒藥丸，低聲道：「含在口裏，別吞下！」胡斐看也不看便放入嘴中，但覺味道極苦。

兩人靜靜的坐著，過了小半個時辰，胡斐東想西想，只覺這一日一晚的經歷，實在大是詭異，可說是生平從所未遇之奇。突然之間，想到了袁紫衣：「不知她這時身在何處？如果這時在我身畔的，不是這個瘦瘦小小的姑娘而是袁姑娘，不知她要跟我說甚麼？」一想到她，便伸手入懷，去摸玉鳳。

忽然程靈素伸手拉了他的衣角，向前一指。胡斐順著她手指瞧去，只見遠處一盞燈籠，正在漸漸移近。本來燈籠的火光必是暗紅之色，但這盞燈籠發出的卻是碧油油的綠光。

燈籠來得甚快，不多時已到身前十餘丈外，燈光下瞧得明白，提燈的是個駝背女子，走起路來左高右低，看來右腳是跛的。她身後緊隨著一個漢子，身材魁梧，腰間插著明晃晃的一把尖刀。

胡斐想起鍾兆文的說話，身子不由得微微一震：「鍾二哥說，有人說毒手藥王是個屠夫模樣的大漢，又有人說藥王是個又駝又跛的女子。那麼這兩人之中，必有一個是藥王。」斜

眼向程靈素一看，黑暗之中，瞧不見她的臉色，但見她一對清澈晶瑩的大眼，目不轉睛的望著兩人，神情顯甚緊張。胡斐登時起了俠義之心：「這毒手藥王如要不利於她，我便是拚著性命，也要護她周全。」

那一男一女越走越近。只見那女子容貌甚是文秀，雖然身有殘疾，仍可說得上是個美女，那大漢卻是滿臉橫肉，形相兇狠。兩人都是四十來歲年紀。胡斐一身武功，便是遇到江湖上最厲害的巨寇大賊環攻，也是無所懼畏，但這時卻不由自主的心中怦怦亂跳，自覺武功有時而窮，對付這種人，武功未必便能管用。

那兩人走到胡斐身前七八丈處，忽然折而向左，又走了十餘丈，站定身子。那大漢朗聲叫道：「慕容師兄，我夫妻依約前來，便請露面相見吧！」

他站立之處距胡斐並不甚遠，突然開口說話，聲音又大，只把他嚇了一跳。那大漢說了兩遍，無人答話，胡斐心道：「這裏除了咱們四人，再沒旁人，那裏還有甚麼慕容師兄？這兩人原來是一對夫妻。」

那駝背女子細聲細氣的道：「慕容師兄既然不肯現身，我夫妻迫得無禮了。」

胡斐暗暗好笑：「這叫做一報還一報。適才我到藥王莊來拜訪，說甚麼你們也不理睬，這時候別人也給一個軟釘子你們碰碰。」只見那女子從懷中取出一束草來，伸到燈籠中去點燃了，立時發出一股濃煙，過不多時，林中便白霧瀰漫，煙霧之中微有檀香氣息，倒也並不難聞。

胡斐聽她說「迫得無禮」四字，知道這股煙霧定然厲害，但自己卻也不感到有何不適，

想必是口中含了藥丸之功，轉頭向程靈素望了一眼。這時她也正回眸瞧他，目光中充滿了關注之色。胡斐心中感激，微微點了點頭。

那煙霧越來越濃，突然大樹下的竹籮中有人大聲打了個噴嚏。

胡斐大吃一驚：「怎麼竹籮中有人？我挑了半天一點也沒知情。那麼我跟程姑娘的說話，都讓他聽去了？」自忖對毒物醫藥之道雖然一竅不通，但練了這許多年武功，決不能挑著一個人走過許多路而茫然不覺，除非這是個死人，那又作別論。他心中大是驚奇，只聽竹籮中那人又連打幾個噴嚏，籮蓋掀開，躍了出來。但見他長袍儒巾，正是日間所見在小山上採藥的那個老者。

這時他衣衫凌亂，頭巾歪斜，神情甚是狼狽，已沒半點日間所見的儒雅神態，一見到那男女二人，怒聲喝道：「好啊，姜師弟、薛師妹，你們下手越來越陰毒了。」

那夫婦倆見他這般模樣，也似頗出意料之外。那大漢冷笑說道：「還說我們下手陰毒？你躲在竹籮之中，誰又料得到了？慕容師兄……」他話未說完，那老者嗅了幾下，神色大變，急從懷中摸出一枚藥丸，放入口中。

那駝背女子將散發濃煙的草藥一足踏滅，放回懷中，說道：「大師兄，來不及啦，來不及啦！」

那老者臉如土色，頹然坐在地下，過了半晌，說道：「好，算我栽了。」

那大漢從懷中摸出一個青色瓷瓶，舉在手裏，道：「解藥便在這裏。你師姪中了你的毒手，得拿解藥來換啊。」那老者道：「胡說八道！你們說是小鐵哥麼？我幾年沒見他了，

下甚麼毒手？」那駝背女子道：「你約我們到這裏，只是要說這句話麼？」轉頭向那大漢說道：「鐵山，咱們走吧。」說著掉頭便走。那大漢尚有猶豫，道：「小鐵……」那女子道：「他恨咱們入骨，寧可自己送了性命，也決不肯饒過小鐵。這些年來，難道你還想不通？」那大漢想走又不肯走，說道：「大師兄，咱們多年以前的怨恨，到這時何必再放在心上？小弟奉勸一句，還是交換解藥，把這個結子也同時解開了吧！」這幾句話說得甚是誠懇。

那老者問道：「薛師妹，小鐵中了甚麼毒？」那女子冷笑一聲，並不回答。那大漢道：「大師兄，到這地步，也不用假惺惺了。小弟恭賀你種成了七心海棠……」那老者大聲道：「誰種成了七心海棠？難道小鐵中的是七心海棠之毒？我沒有啊，我沒有啊。」他說這幾句話時神情惶急，恐懼之意見於顏色。

兩夫婦對望了一眼，心中均想：「難道他假裝得這般像？」那女子道：「好，慕容師兄，廢話少說。你約我們到這裏來相會，有甚麼吩咐？」那老者搔頭道：「我沒有約啊。是你們把我搬到這裏來，怎麼反說是我相約？」說到這裏，又氣又愧，突然飛起一腿，將竹籮踢出了六七丈外。

那女子冷冷的道：「難道這封信也不是你寫的？師兄的字跡，我生平瞧得也不算少了。」說著從懷中取出一張紙箋，左手一揚，那紙箋便向老者飛了過去。那老者伸手欲接，突然縮手，跟著一掌將風發出，掌風將那紙箋在空中擋了一擋，左手中指一彈，發出了一枚暗器。這暗器是一枚長約三寸的透骨釘，射向紙箋，拍的一聲，將紙箋釘在樹上。

胡斐暗自寒心：「跟這些人打交道，對方說一句話，噴一口氣，都要提防他下毒。這老

者不敢用手去接箋，自是怕箋上有毒了。」只見駝背女子提高燈籠。火光照耀紙箋，白紙上兩行大字，胡斐雖在遠處，也看得清楚，見紙上寫著道：

「姜薛兩位：三更後請赴黑虎林，有事奉商，知名不具。」

那兩行字筆致枯瘦，卻頗挺拔，字如其人，和那老者的身形隱隱有相類之處。

那老者「咦」的一聲，似乎甚是詫異。

那大漢問道：「大師兄，有甚麼不對了？」那老者冷冷的道：「這信不是我寫的。」此言一出，夫婦兩人對望了一眼。那駝背女子冷笑了一聲，顯是不相信他的說話。那老者道：「信上的筆跡，倒真和我的書法甚是相像，這可奇了。」他伸左手摸了摸頦下鬍鬚，勃然怒道：「你們把我裝在竹籮之中，抬到這裏，到底幹甚麼來啦？」那女子道：「小鐵中了七心海棠之毒，你到底給治呢，還是不給治？」那老者道：「你拿得穩麼？當真是七心……七心海棠麼？」說到「七心海棠」四字時聲音微顫，語音中流露了強烈的恐懼之意。

胡斐聽到這裏，心中漸漸明白，定是另外有一個高手從中播弄，以致這三人說來說去，言語總是不能接筍。那麼這高手是誰呢？

他不自禁的轉頭向身旁程靈素望了一眼，但見她一雙朗若明星的大眼在黑暗中炯炯發光。難道這個面黃肌瘦的小姑娘竟有這般能耐？這可太也令人難以相信！

他正自凝思，猛聽得一聲大喝，聲音嗚嗚，極是怪異，忙回過頭來，只見那老者和那對夫婦已欺近在一起，各自蹲著身子，雙手向前平推，六掌相接，口中齊聲「嗚嗚」而呼。老者喝聲峻厲，大漢喝聲粗猛，那駝背女子的喝聲卻高而尖銳。三人的喝聲都是一般曼長，連

352

續不斷。突然之間，喝聲齊止，只見那老者縱身後躍，寒光一閃，發出一枚透骨釘，將燈籠打滅，跟著那大漢大叫一聲：「啊喲！」顯是中了老者的暗算，身上受傷。

這時林中黑漆一團，只覺四下裏處處都是危機，胡斐順手拉著程靈素的手向後一扯，自己已擋在他的身前。這一擋他實是未經思索，只覺凶險迫近，非盡力保護這個弱女子不可，至於憑他之力是否保護得了，卻絕未想到。

那大漢叫了這一下之後，立即寂然無聲，樹林中雖然共有五人，竟是沒半點聲息。

胡斐又聽到了草間的蟲聲，聽到遠處貓頭鷹的咕咕而鳴。忽然之間，一隻軟軟的小手伸了過來，握住了他粗大的手掌。胡斐身子一顫，隨即知道這是程靈素的手，只覺柔嫩纖細，倒像十一二歲女童的手掌一般。

在一片寂靜之中，眼前忽地昇起兩股嫋嫋的煙霧，一白一灰，兩股煙像兩條活蛇一般，自兩旁向中央遊去，互相撞擊。同時嗤嗤的輕響不絕，胡斐在黑暗中睜大了眼睛觀看，隱約見到左右各有一點火星。一點火星之後是那個老者，另一點火星之後是那駝背女子。兩人各自蹲著身子，用力鼓氣將煙霧向對方吹去，自是點燃了藥草，發出毒煙，要令對方中毒。

兩人吹了好一會，林中煙霧瀰漫，愈來愈濃。突然之間，那老者「咦」的一聲，抬頭瞧著先前釘在大樹上的那張紙箋。胡斐見那紙箋微微搖晃，上面發出閃閃光芒，竟是寫著發光的幾行字。

那夫婦二人也大是驚奇，轉頭瞧去，只見那幾行字寫道：

「字諭慕容景岳、姜鐵山、薛鵲三徒知悉：爾等互施殘害，不念師門之誼，余甚厭之，宜即盡釋前愆，繼余遺志，是所至囑。余臨終之情，素徒當為詳告也。僧無嗔絕筆。」

353

那老者和女子齊聲驚呼：「師父死了麼？程師妹，你在那裏？」

程靈素輕輕掙脫了胡斐的手，從懷裏取出一根蠟燭，晃火摺點燃了，緩步走出。

老者慕容景岳、駝背女子薛鵲都是臉色大變，厲聲道：「師父的『藥王神篇』呢？是你收著麼？」程靈素冷笑道：「慕容師兄，薛師姊，師父教養你們一生，恩德如山，你們不懷他老人家生死，卻只問他的的遺物，未免太過不情。姜師兄，你怎麼說？」

那大漢姜鐵山受傷後倒在地下，聽程靈素問及，抬起頭來，怒道：「小鐵之傷，定是你下的毒手，這裏一切，也必是你這丫頭從中搗鬼！快將『藥王神篇』交出來！」程靈素凝目不語。慕容景岳喝道：「師父偏心，定是交了給你！」薛鵲道：「小師妹，你將神篇取出來，大夥兒一同觀看吧。」口吻中誘騙之意再也明白不過。

程靈素說道：「不錯，師父的『藥王神篇』確是傳了給我。」她頓了一頓，從懷中又取出一張紙箋來，說道：「這是師父寫給我的諭字，三位請看。」說著交給薛鵲。薛鵲伸手待接，姜鐵山喝道：「師妹，小心！」薛鵲猛地省悟，退後了一步，向身前的一棵大樹一指。

程靈素嘆了口氣，在頭髮上拔下一枚銀簪，插在箋上，手一揚，連簪帶箋飛射出去，釘在樹上。

胡斐見她這一下出手，功夫甚是不弱，心想：「真想不到這麼一個瘦弱幼女，竟會跟這三人是同門的師兄妹。」眼望紙箋，藉著她手中蠟燭的亮光，見箋上寫道：

「字諭靈素知悉：余死之後，爾即傳告師兄師姊。三人中若有念及老僧者，爾以藥王神篇示之。無悲慟思念之情者，恩義已絕，非我徒矣。切切此囑。僧無嗔絕筆。」

慕容景岳、姜鐵山、薛鵲三人看了這張諭字，面面相覷，均思自己只關念著師父的遺物，對師父因何去世固然不問一句，更無半分哀痛悲傷之意。三人只呆了一瞬之間，突然大叫一聲，同時發難，齊向程靈素撲來。

胡斐叫道：「靈姑娘小心！」飛縱而出，眼見薛鵲的雙掌已拍到程靈素面前，忙運掌力向前擊出，單掌對雙掌，騰的一聲，將薛鵲震出二丈以外，右掌隨即回轉，一勾一帶，扣住姜鐵山的手腕，運起太極拳的「亂環訣」，借勢一拋，姜鐵山一個肥大的身軀直飛了出去，擲得比薛鵲更遠，結結實實的摔在地下。

原來這兩人雖然擅於下毒，武功卻非一流高手！

他回過身來，待要對付慕容景岳，只見他晃了兩晃，忽地一交跌倒，俯在地下，再也站不起來。

薛鵲氣喘吁吁的道：「小師妹，你伏下好厲害的幫手啊，這小夥子是誰？」

胡斐接口道：「我姓胡名斐，賢夫婦有事儘管找我便是……」程靈素頓足道：「你還說些甚麼？」

胡斐一怔，只見姜鐵山慢慢站起身來，夫婦倆向胡斐狠狠望了一眼，相互扶持，跌跌撞撞的出了樹林。

355

第十章

七心海棠

—

大鐵鑊盛滿了熱水，

鑊中坐著一個赤裸著上身的男子，

鑊中水氣不斷噴冒。

程靈素道：「你到灶下加些柴火！」

程靈素吹滅了蠟燭，放入懷中，一聲不響。胡斐道：「靈姑娘，你這慕容師兄怎麼了？」程靈素「嘿」的一聲，並不回答。過了半晌，胡斐又問一句，程靈素又是「哼」的一下。胡斐低聲道：「怎麼？你心裏不痛快麼？」程靈素幽幽的道：「我說的話，你沒一句放在心上？」

胡斐一怔，這才想起，她和自己約法三章，自己可一條也沒遵守：「她要我不跟旁人說話，我不但說話，還自報姓名。她要我不許動武，我卻連打兩人。她叫我不得離開她身子三步，咳，我離開她十步也不止了……」越想越是歉然，道：「真對不起，只因為我見這三人很是兇狠，只怕傷到了你，心中著急，所以甚麼都忘了。」

程靈素「嗤」的一笑，語音突轉柔和，道：「那你全是為了我啦！自己忘得乾乾淨淨，卻把錯處都推在旁人身上，好不害臊！胡大哥，你為甚麼要自報姓名？這對夫妻最會記恨，一找上了你，陰魂不散，難纏得緊。他們明打不過你，暗中下起毒來，千方百計，神出鬼沒，你這可是防不勝防。」

胡斐只聽得心中發毛，心想她的話倒非張大其辭，但事已如此，怕也枉然。程靈素道：「你打了他們二人，只怕他們找上我，是不是？你要把一切都攬在自己身上。胡大哥，你為甚麼一直待我這樣好？」最後這兩句話說得甚是溫柔，胡斐在黑暗中雖瞧不見她的面容，但想來也必是神色柔和，當下也很誠懇的道：「你一直照顧我，使我避卻危難。將心比心，我自然當你是好朋友啦。」

程靈素很是高興，笑道：「你真的把我當作好朋友麼？那麼我先救你一命再說。」胡斐吃了一驚，道：「甚麼？」程靈素道：「得點個火，那燈籠呢？」胡斐道：「你懷裏不是還有半截蠟燭麼？」程靈素笑道：「你要小命兒不要？這是用七心海棠做的蠟燭啊……嗯，嗯，在這兒了。」她在草叢中摸到了燈籠，晃光摺點燃了，黑黝黝的森林之中，登時生起一團淡黃的光亮，將兩人罩在燈籠光下。

胡斐聽到姜鐵山夫婦和慕容景岳接連幾次說起「七心海棠」四字，似乎那是一件極屬害的毒物，燈籠光下見慕容景岳俯伏在地，一動也不動，似乎已然殭斃，心下登時省悟，「啊」的一聲叫了出來，說道：「若非我魯莽出手，那姜鐵山夫婦也給你制服了。」程靈素微微一笑，道：「你是為我的一份好心，胡大哥，我還是領你的情。」

胡斐望著她似乎弱不禁風的身子，心下好生慚愧：「她年紀還小我幾歲，但這般智計百出，我枉然自負聰明，那裏及得上她半分。」這時已明白其中道理，程靈素的蠟燭乃是用劇毒的藥物製成，點燃之後，發出的毒氣既無臭味，又無煙霧，因此連慕容景岳等三個使毒的大行家也墮其術中而不自覺。自己若不貿然出手，那麼姜鐵山夫婦多聞了一會蠟燭的毒氣，必定暈倒。但那時兩人正夾攻程靈素，出手凌厲，只怕尚未暈倒，她已先受其害。

程靈素猜到他的心思，說道：「你用手指碰一下我肩頭的衣服。」胡斐不明她的用意，但依言伸出食指，輕輕在她肩上撫了一下，突然食指有如火炙，不禁全身都跳了起來。程靈素見他這一跳情形極是狼狽，格格一陣笑，說道：「他夫婦若是抓住我的衣服，那滋味便是

這般了。」

胡斐將食指在空中搖了幾搖，只覺炙痛未已，說道：「好傢伙！你衣衫上放了甚麼毒藥？這麼厲害？」程靈素道：「這是赤蠍粉，也沒甚麼了不起。」胡斐伸食指在燈籠的火光下一看，只見手指上已起了一個個細泡，心想：「黑暗之中，幸虧我沒碰到她的衣衫，否則那還了得。」

程靈素道：「胡大哥，你別怪我叫你上當。我是要你知道，下次碰到我這三個師兄師姊，當真要處處提防。你武功自然比他們高明得太多，但你瞧瞧你的手掌。」

胡斐伸掌一看，不見有何異狀。程靈素道：「你在燈籠前照照。」胡斐伸掌到燈籠之前，只見掌心隱隱似有一層黑氣，心中一驚，道：「他……他們兩人練過毒手藥王麼？」程靈素淡淡的道：「毒手藥王的弟子，豈有不練毒砂掌之理？」

胡斐「啊」的一聲，道：「原來尊師無嗔大師，才是真正的毒手藥王。他老人家去世了麼？怎麼你這幾位師兄師姊如此無情無義？」

這時第一張字諭上發光的字跡已隱沒不見，只露出「知名不具」所寫的那兩行黑字。

程靈素輕輕嘆了口氣，到大樹上拔下銀簪和透骨釘，將師父的兩張字諭摺好，放回懷中。

胡斐道：「這字條是你寫的？」程靈素道：「是啊，師父那裏有我大師兄手抄的藥經。他的字我看得熟了。只是這幾行字學得不好，得其形而不能得其神。他的書法還要峻峭得多。」胡斐武功雖強，但自幼無人教他讀書，因此說到書法甚麼，那是一竅不通，聽她這麼說，一句話也接不上去。

程靈素道：「師父的手諭向來是用三煉礬水所寫，要在火上一烘，我又用虎骨的骨髓描了一遍，黑暗之中便發閃光。你瞧！」說著熄了燈火，紙箋上果然現出她師父手諭閃光字跡，待得點亮燈籠，閃光之字隱沒，看到的只是程靈素所寫的短簡。這短簡自是寫在手諭的兩行之間。因此同是一張紙箋，光亮時現短簡，黑暗中見手諭，說穿了毫不希奇。但慕容景岳等正自全神貫注，互相激鬥，突見師父的手諭在樹上顯現，自不免要大吃一驚，而程靈素再手持蠟燭走出，一時之間，他們只想著師父所遺的那部「藥王神篇」，縱然細心，也不會再防到她手中蠟燭會散發毒氣了。

這些詭異之事一件件的揭開，胡斐恍然大悟，臉上流露出又明白了一件事的喜色。

程靈素笑道：「你中了毒砂掌，怎麼反而高興了？」胡斐笑道：「你答允救我一命的，有藥王的高足在此，我還擔心些甚麼？」程靈素嫣然一笑，忽然鼓氣一吹，又將燈籠吹滅了，只聽她走到竹籠之旁，瑟瑟索索的發出一些輕微的響聲，不知她在竹籠中拿些甚麼，過了一會，回來點燃了燈籠。

胡斐眼前斗然一亮，見她已換上了一套白衫藍褲。程靈素笑道：「這衣衫上沒有毒粉了，免得你提心吊膽，唯恐一個不小心，碰到了我的衣服。」胡斐嘆了口氣，道：「你甚麼都想到了。我年紀是活在狗身上的，有你十成中一成聰明，那便好了。」

程靈素道：「我學了使用毒藥，整日便在思量打算，要怎麼下毒，旁人才不知覺，又要防人反來下毒，挖空心思，便想這種事兒。咳，那及得上你心中海闊天空，自由自在？」說著輕輕嘆了口氣，拉過胡斐的右手，用銀簪在他每根手指上刺了一個小孔，然後雙手兩根大

拇指自他掌心向手指擠迫，小孔中流出的血液，帶有紫黑之色。她針刺的部位恰到好處，竟是不感痛楚，推擠黑血，手勢又極是靈巧，過不多時，出來的血液漸變鮮紅。

這時伏在地下的慕容景岳突然身子一動。胡斐道：「醒啦！」程靈素道：「不會醒的，至少還有三個時辰。」胡斐道：「剛才我把他挑了來，這人就像死了一般，我一點也不知道。」程靈素微笑道：「你口口聲聲說自己傻，那才教不傻呢。」

他僵是僵得到了家，我的傻可也傻得到了家。」

隔了一會，胡斐道：「他們老是問甚麼『藥王神篇』，那是一部藥書，是不是？」程靈素道：「是啊，這是我師父花了畢生心血所著的一部書。給你瞧瞧吧！」伸手入懷，取出一個小小包袱，打開外面的布包，裏面是一層油紙，油紙之內，才是一部六寸長、四寸寬的黃紙書。程靈素用銀簪挑開書頁，只見每一頁上都密密麻麻的寫滿了蠅頭小楷，不言可知，這書每一頁上都染滿劇毒，無知之人隨手一翻，非倒大霉不可。

胡斐見她對自己推心置腹，甚麼重大的秘密也不隱瞞，心中自是喜歡，只是見了這部毒經心中發毛，似覺多瞧得幾眼，連眼睛也會中毒，不自禁的露出畏縮之意。程靈素將藥書包好，放回懷中，然後取出一個黃色小瓶，倒出一些紫色粉末，敷在胡斐手指的針孔上，在他手臂關節上推拿幾下，那些粉末竟從針孔中吸了進去。

胡斐喜道：「大國手，這般的神乎其技，我從未見過。」程靈素笑道：「那算甚麼？你若見我師父給人開膛剖腹、接骨續肢的本事，那才叫神技呢。」胡斐悠然神往，道：「是啊，尊師雖然擅於使毒，但想來也必擅於治病救人，否則怎能稱得『藥王』二字？」

362

程靈素臉上現出喜容，道：「我師父若是聽到你這幾句話，他一定會喜歡你得緊，要說你是他的少年知己呢。咳，只可惜他老人家已不在了。」說著眼眶不自禁的紅了。

胡斐道：「你那駝背師姊說你師父偏心，只管疼愛小徒弟，這話多半不假，我看也只你一人，才記著師父。」程靈素道：「我師父生平收了四個徒兒，這四人給你一晚上都見到了。三位師兄師姊鬧得太不像話，只怕他百年之後無人制得住他們，三人為非作歹，更要肆無忌憚，害人不淺，因此到得晚年，又收了我這個幼徒。」她頓了一頓，又道：「我這三個師兄師姊本性原來也不壞，只為三師姊嫁了二師兄，大師兄和他倆結下深仇，三個人誰也不肯干休，弄到後來竟然難以收拾。」

胡斐點頭道：「你大師兄也想要娶你三師姊，是不是？」程靈素道：「這些事過去很久了，我也不大明白。只知道大師兄本來是有師嫂的，三師姊喜歡大師哥，便把師嫂毒死了。」

胡斐「啊」的一聲，只覺學會了下毒的功夫，實是害多利少，自然而然的會殘忍起來。

程靈素又道：「大師哥一氣之下，給三師姊服了一種毒藥，害得她駝了背，跛了腳。也不知怎麼，他們成婚之後，大師哥卻又想念起三師姊的諸般好處來，竟然又去纏著她。倒是我二師哥為人比較正派，對妻子始終沒有貳心。他們在這洞庭湖邊用生鐵鑄了這座藥王莊，莊外又種了血矮栗，原先本是為了防備大師哥糾纏，後來他夫婦倆在江湖上多結仇家，這藥王莊又成了他們

避仇之處了。」

胡斐點頭道：「原來如此。怪不得江湖上說到毒手藥王時說法不同，有的說是個粗豪大漢，有的說是個駝背女子，更有人說是個老和尚。」程靈素道：「真正的毒手藥王，其實也說不上是誰。我師父挺不喜歡這個名頭。他說：『我使用毒物，是為了治病救人，稱我「藥王」，那是愧不敢當，上面再加「毒手」二字，難道無嗔老和尚是隨便殺人的麼？』只因我師父使用毒物出了名，我三位師兄師姊又使得太濫，有時不免誤傷好人，因此『毒手藥王』這四個字，在江湖上名頭弄得十分響亮。師父不許師兄師姊洩露各人身分姓名，只要甚麼地方有了離奇的下毒案件，一切帳便都算在『毒手藥王』四字頭上，你瞧冤是不冤？」

胡斐道：「那你師父該當出頭辯個明白啊。」程靈素嘆道：「這種事也是辯不勝辯……」

說到這裏，已將胡斐的五隻手指推拿敷藥完畢，站起身來，道：「咱們今晚還有兩件事要辦，若不是……」說到這裏突然住口，微微一笑。

胡斐接口道：「若不是我不聽話，這兩件事就易辦得很，現下不免要大費手腳。」程靈素笑道：「你知道就好啦，走吧！」胡斐指著躺在地下的慕容景岳道：「又要請君入籠？」程靈素笑道：「勞您的大駕。」胡斐抓起慕容景岳背上衣服，將他放入竹籠，放在肩上挑起。

程靈素在前領路，卻是向西南方而行，走了三里模樣，來到一座小屋之前，叫道：「王

364

大叔，去吧！」屋門打開，出來一個漢子，全身黑漆漆的，挑著一副擔子。胡斐心想：「又有奇事出來啦！」有了前車之鑒，那裏還敢多問，當下緊緊跟在程靈素身後，當真不離開她身邊三步。程靈素回眸一笑，意示嘉許。

那漢子跟隨在二人之後，一言不發。程靈素折而向北，四更過後，到了藥王莊外。

她從竹籮中取出三大叢藍花，分給胡斐和那漢子每人一叢，於是逕越血矮栗而過，到了鐵鑄的圓屋外面，叫道：「二師哥，三師姊，開不開門？」連問三聲，圓屋中寂無聲息。

程靈素向那漢子點點頭。那漢子放下擔子，擔子的一端是個風箱。他拉動風箱，燒紅炭火，鎔起鐵來，敢情是個鐵匠。胡斐看得大奇。又過片刻，只見那漢子將燒紅的鐵汁澆在圓屋之上，摸著屋上的縫隙，一條條的澆去，原來竟是將鐵屋上啟閉門窗的通路一一封住。姜鐵山和薛鵲雖在屋中，想是忌憚程靈素厲害，竟然不敢出來阻擋。

程靈素見鐵屋的縫隙已封了十之八九，這時屋中人已無法突圍而出，於是向胡斐招招手。兩人向東越過血矮栗，向西北走了數十丈，只見遍地都是大岩石。程靈素口中數著腳步，北行幾步，又向西幾步，輕聲道：「是了！」點了燈籠一照，只見兩塊大岩石之間有個碗口大小的洞穴，洞上又用一塊岩石凌空擱著。程靈素低聲道：「這是他們的通氣孔。」取出那半截蠟燭點燃了，放在洞口，與胡斐站得遠遠地瞧著。

蠟燭點著後，散出極淡的輕煙，隨著微風，嬝嬝從洞中鑽了進去。

瞧了這般情景，胡斐對程靈素的手段更是敬畏，但想到鐵屋中人給毒煙這麼一燻，那裏還有生路？不自禁的起了憐憫之念，心想：「這淡淡輕煙，本已極難知覺，便算及時發見，

365

堵上氣孔，最後還是要窒息而死，只差在死得遲早而已。難道我眼看著她幹這種絕戶滅門的毒辣行徑，竟不加阻止麼？」

只見程靈素取出一把小小團扇，輕煽燭火，蠟燭上冒出的輕煙盡數從岩孔中鑽了進去，胡斐再也忍耐不住，霍地站起，說道：「靈姑娘，你那師兄師弟，與你當真有不可解的怨仇麼？」程靈素道：「沒有呀。」胡斐道：「你師父傳下遺命，要你清理門戶，是不是？」程靈素道：「眼下還沒到這個地步。」胡斐道：「那……那……」心中激動，不知如何措辭，一時說不下去了。

程靈素抬起頭來，淡淡的道：「甚麼啊？瞧你急成這副樣子！」胡斐定了定神道：「倘若你師哥師姊……並無非殺不可的過惡。我是要救人性命，不是在傷天害理。」說著轉過頭來，微微一笑，神色頗是嫵媚。胡斐滿臉通紅，心想自己又做了一次傻瓜，雖不懂噴放毒煙為何反是救人，心中卻甚感舒暢。

原來咱們胡大哥在大發慈悲啦。我是要救人性命，不是在傷天害理。」說著轉過頭來，微微一笑，神色頗是嫵媚。胡斐滿臉通紅，心想自己又做了一次傻瓜，雖不懂噴放毒煙為何反是救人，心中卻甚感舒暢。

胡斐搔了搔頭，指著蠟燭道：「這毒煙……這毒煙不會致人死命麼？」程靈素道：「啊，是啊，我師父也這麼說。」頓了一頓，說道：「可惜你沒見到我師父，否則你們一老一少，一定挺說得來。」口中說話，手上團扇仍是不住撥動。

程靈素伸出左手小指，用指甲在蠟燭上刻了一條淺印，道：「請你給我瞧著，別讓風吹熄了，點到這條線上就熄了蠟燭。」將團扇交給胡斐，站直身子，四下察看，傾聽聲息。胡斐學著她樣，將輕煙煽入岩孔。

366

程靈素在十餘丈外兜了個圈子，沒見甚麼異狀，坐在一塊圓岩之上，說道：「今晚引狼來踏我花圃的，是二師哥的兒子，叫做小鐵。」胡斐「啊」了一聲。道：「他也在這下面麼？」說著向岩孔中指了指。程靈素笑道：「是啊！咱們費這麼大勁，便是去救他。先熏暈了師哥師姊，做起事來不會礙手礙腳。」胡斐心道：「原來如此。」

程靈素道：「二師哥和三師姊有一家姓孟的對頭，到了洞庭湖畔的那兩個人，十九便是孟家的。我種的藍花，卻是血矮栗的剋星，二師哥他們一直不知，直到你和鍾爺身上帶了藍花，不怕毒侵，他們這才驚覺。」胡斐道：「是了，我和鍾二哥來的時候，聽到鐵屋中有人驚叫，必是為此。」程靈素點點頭，說道：「這血矮栗的毒性，本是無藥可解，須得經常服食樹上所結的栗子，才不受那樹氣息的侵害。幸好血矮栗毒性雖然厲害，倒也不易為害人畜，因為只要有這麼一棵樹長著，周圍數十步內寸草不生，蟲蟻絕跡，一看便知。」胡斐道：「怪不得這鐵屋周圍連草根也沒半條。我把兩匹馬的口都紮住了，還是避不了毒質，若不是你相贈藍花……」說到這裏，想起今晚的莽撞，不自禁暗暗驚心，心道：「無怪江湖上一提到『毒手藥王』便談虎色變，鍾二哥極力戒備，確非無因。」

程靈素道：「我這藍花是新試出來的品種，總算承蒙不棄，沒在半路上丟掉。」胡斐微笑道：「這花顏色嬌艷，很是好看。」程靈素道：「幸虧這藍花好看，倘若不美，你便把它拋了，是不是？」胡斐一時不知所對，只說：「唔……唔……」心中在想：「倘若這藍花果真十分醜陋，我會不會仍然藏在身邊？是否幸虧花美，這才救了我和鍾二哥的性命？」

正在此時，一陣風吹了過來，胡斐正自尋思，沒舉扇擋住蠟燭，燭火一閃，登時熄了。

胡斐輕輕叫聲：「啊喲！」忙取出火摺，待要再點蠟燭，只聽程靈素在黑暗中道：「算啦，也差不多夠了。」胡斐聽她語氣中頗有不悅之意，心想她叫我做甚麼事，我總是沒做得妥貼，似乎一切全都漫不經心，歉然道：「真對不起，今晚不知怎的，我總是失魂落魄的。」

程靈素默然不語。

胡斐道：「我正在想你這句話，沒料到剛好有一陣風來。靈姑娘，我想過了，你送我這藍花之時，我全沒知這是救命之物，但既是人家一番好意給的東西，我自會好好收著。」程靈素聽他這幾句話說得懇切，「嗯」了一聲。

在黑暗之中，兩人相對坐著，過了一會，胡斐道：「我從小沒爹沒娘，難得有誰給我甚麼東西。」程靈素道：「是啦，我也從小沒爹沒娘，還不是活得這麼大了？」說著點燃了燈籠，說道：「走吧！」

胡斐偷眼瞧她臉色，似乎並沒生氣，當下也不敢多問，跟隨在後。

兩人回到鐵屋之前，見那鐵匠坐在地下吸煙。程靈素道：「王大叔，勞您駕鑿開這條縫！」所指之處，正是適才她要鐵匠釬上了的。那鐵匠也沒問甚麼原由，拿出鐵錘鐵鑿，叮叮噹噹的鑿了起來，不到一頓飯時分，已將釬上的縫鑿開。程靈素說道：「開門吧！」那鐵匠用鐵錘東打打，西敲敲，倒轉鐵錘，用錘柄一撬，噹的一聲，一塊大鐵板落了下來，露出一個六尺高、三尺寬的門來。這鐵匠對鐵屋的構造似乎瞭如指掌，伸手在門邊落一拉，便有一座小小的鐵梯伸出，從門上通向內進。

程靈素道：「咱們把藍花留在外面。」三人將身上插的一束藍花都拋在地下。程靈素正要跨步從小鐵梯走進屋去，輕輕嗅了一下，道：「胡大哥，怎麼你身上還有藍花？別帶進去。」胡斐應道：「噢！」從懷中摸出一個布包，打了開來，說道：「你鼻子真靈，我包在包裏你也知道。」

那布包中包著他的家傳拳經刀譜，還有一些雜物，日間程靈素給他的那棵藍花也在其內，只是包了大半日，早已枯萎了。胡斐撿了出來，放在鐵門板上。程靈素見他珍而重之的收藏著這棵藍花，知他剛才果然沒說假話，很是喜歡，向他嫣然一笑，道：「你沒騙人！」

胡斐一楞，心道：「我何必騙你？」程靈素指著鐵屋的門道：「裏面的人平時服食血栗慣了，這藍花正是剋星，他們抵受不住。」提起燈籠，踏步進內。胡斐和王鐵匠跟著進去。

走完鐵梯，是一條狹窄的甬道，轉了兩個彎，來到一個小小廳堂。只見牆上掛著書畫對聯，湘妃竹的桌椅，陳設甚是雅致。胡斐暗暗納罕：「那姜鐵山形貌粗魯，居處卻是這等所在，倒像是到了秀才書生的家裏。」程靈素毫不停留，一直走向後進。胡斐跟著她走進一間廚房模樣的屋子，眼前所見，不由得大吃一驚。

只見姜鐵山和薛鵲倒在地下，不知是死是活。當七心海棠所製蠟燭的輕煙從岩孔中透入之時，胡斐已料到定然有此情景，倒也不以為異，奇怪的是一隻大鐵鑊盛滿了熱水，鑊中竟坐著一個青年男子。這人赤裸著上身，鑊中水氣不斷噴冒，看來這水雖非沸騰，卻已甚熱，說不定這人已活活煮死。

胡斐一個箭步搶上前去，待要將那人從鑊中拉起，程靈素道：「別動！你瞧他……瞧他身上還有沒有衣服。」胡斐探首到鑊中一看，道：「他穿著褲子。」程靈素臉上微微一紅，點了點頭，走近鑊邊，探了探那人鼻息，道：「你到灶下加些柴火！」

胡斐嚇了一跳，向那人再望一眼，認出他便是引了狼羣來踐踏花圃之人，只見他雙目緊閉，張大了口，壯健的胸脯微微起伏，果然未死，但顯已暈去，失了知覺，問道：「他是小鐵？他們的兒子？」程靈素道：「不錯，我師哥師姊想熬出他身上的毒質，但沒有七心海棠的花粉，總是治不好。」胡斐這才放心。程靈素笑道：「多加幾根，煮不熟，煨不爛的。」胡斐依言，又拿兩條硬柴塞入灶中。

程靈素伸手入鑊，探了探水的冷熱，從懷中摸出一個小小藥瓶，倒出些黃色粉末，塞在姜鐵山和薛鵲鼻中。

稍待片刻，兩人先後打了幾個噴嚏，睜眼醒轉，只見程靈素手中拿著一隻水瓢，從鑊中挹了一瓢熱水倒去，再從水缸中挹了一瓢冷水加在鑊中。夫婦倆對望了一眼，初醒時那又驚又怒的神色立時轉為喜色，知道她既肯出手相救，獨生愛子便是死裏逃生。兩人站起身來，向默然不語，心中各是一股說不出的滋味：愛子明明是中了她的毒手，此刻她卻又來相救，她道謝是犯不著，但是她如不救，兒子又活不成；再說，她不過是小師妹，自己兒子的年紀還大過她，那知師父偏心，傳給她的本領遠勝過自己夫婦，接連受她剋制，竟是縛手縛腳，沒半點還手的餘地。

程靈素一見水汽略盛，便抱去一瓢熱水，加添一瓢冷水，使姜小鐵身上的毒質逐步熬出。熬了一會，她忽向王鐵匠道：「再不動手，便報不了仇啦！」王鐵匠道：「是！」在灶邊拾起一段硬柴，夾頭夾腦便向姜鐵山打去。

姜鐵山大怒，喝道：「你幹甚麼？」一把抓住硬柴，待要還手。薛鵲道：「鐵山，咱們今日有求於師妹，這幾下也挨不起麼？」姜鐵山一呆，怒道：「好！」鬆手放開了硬柴。王鐵匠打斷了三根硬柴，見姜鐵山滿臉是血，卻也不招架，也不閃避，挺著頭讓他猛擊一記。王鐵匠罵道：「你搶老子田地，逼老子給你鑄造鐵屋，還打得老子斷了三根肋骨，在床上躺了半年，狗娘養的，想不到也有今日。」罵一句，便用硬柴猛擊一下。他打了幾十年鐵，雖然不會武功，但右臂的打擊之力何等剛猛，打得幾下，硬柴便斷了。

姜鐵山始終不還手，咬著牙任他毆擊。

胡斐從那王鐵匠的罵聲聽來，知他曾受姜鐵山夫婦極大的欺壓，今日程靈素伸張公道，讓他出了這口惡氣，倒也是大快人心之舉。王鐵匠打斷了三根硬柴，咬著牙齒一聲不哼，他是個良善之人，覺得氣也出了，將硬柴往地下一拋，向程靈素抱拳道：「程姑娘，今日你替我出了這口氣，小人難以報答。」程靈素道：「王大叔不必多禮。」轉頭向薛鵲道：「三師姊，你們把田地還了王大叔，衝著小妹的面子，以後也別找他報仇，好不好？」薛鵲低沉著嗓子道：「我們這輩子永不踏進湖南省的境了。再說，這種人也不會教我們念念不忘。」程靈素道：「好，就是這樣。王大叔，你先回去吧，這裏沒你的事了。」

王鐵匠滿臉喜色，拾起折在地下的半截硬柴，心道：「你這惡霸當年打得老子多慘！這半截帶血硬柴，老子是要當寶貝一般的藏起來了。」又向程靈素和胡斐行了一禮，轉身出去。

胡斐見到這張樸實淳厚的臉上充滿著小孩子一般的喜色，心中一動，忽地記起佛山鎮北帝廟中的慘劇。那日惡霸鳳天南被自己制住，對鍾阿四的責罵無辭可對，但自己只離開片刻，鍾阿四全家登時屍橫殿堂。這姜鐵山夫婦的奸詐兇殘不在鳳天南之下，未必會信守諾言，只怕程靈素一去，立時會對王鐵匠痛下毒手。他想到此處，追到門口，叫道：「王大叔，我有句話跟你說。」王鐵匠站定腳步，回頭瞧著他。胡斐道：「王大叔，這姓姜的夫妻不是好人。你趕緊賣了田地，走得遠遠的，別在這裏多躭。他們答應了永不踏進湖南省境。」

王鐵匠一怔，很捨不得這住了幾十年的家鄉，道：「他們答應了永不踏進湖南省境。」

胡斐道：「這種人的說話，也信得過麼？」王鐵匠恍然大悟，連說：「對，對！我明兒便走！」他跨出鐵門，轉頭又問：「你貴姓？」胡斐道：「我姓胡。」王鐵匠道：「好，胡爺，咱們再見了，你這一輩子可得好好待程姑娘啊！」

這次輪到胡斐一怔，問道：「你說甚麼？」王鐵匠哈哈一笑，道：「胡爺，王鐵匠又是傻子，難道我還瞧不出麼？程姑娘人既聰明，心眼兒又好，這份本事更加不用提啦。人家對你一片真心，這一輩子你可得多聽她話。」胡斐聽他話中有因，卻不便多說，只得含糊答應，說道：「再見啦。」王鐵匠道：「胡爺，再見，再見！」收拾了風箱傢生，挑在肩頭便走。他走出幾步，突然放開嗓子，唱起洞庭湖邊的情歌來。

372

只聽他唱道：

「小妹子待情郎——恩情深，

你莫負了妹子——一段情，

你見了她面時——要待她好，

你不見她面時——天天要十七八遍掛在心！」

他的嗓子有些嘶啞，但靜夜中聽著這曲情歌，自有一股蕩人心魄的纏綿味道。胡斐站在門口，聽得歌聲漸漸遠去，隱沒不聞，這才回到廚房。

只見姜小鐵已然醒轉，站在地下，全身濕淋淋的，上身已披了衣衫。姜家三人對程靈素又是忌憚，又是懷恨，但對她用藥的神技，不自禁的也有一股艷羨之意。三人冷冷的站著，並不道謝，卻也不示敵意。

程靈素從懷中取出三束白色的乾草藥，放在桌上，道：「你們離開此間之時，那孟家一干人定會追蹤攔截。這三束醍醐香用七心海棠煉製過，足以退敵，但不致殺人再增新仇。」

姜鐵山聽到這裏，臉現喜色，說道：「小師妹，多謝你幫我想得周到。」胡斐心想：「她救活你兒子性命，你不說一個謝字，直到助你退敵，這才稱謝，想來這敵人定然甚強。卻不知孟家的人是那一路英雄好漢，連這對用毒的高手也一籌莫展，只有困守在鐵屋之中。」

程靈素說道：「小鐵，中了鬼蝙蝠劇毒那兩人，都是孟家的吧？你下手好狠啊！」她說這話之時，向小鐵一眼也沒瞧。

姜小鐵嚇了一跳，心想：「你怎知道？」囁嚅著道：「我……我……」姜鐵山道：「小師妹，小鐵此事大錯，愚兄已責打他過了。」說著走過去拉起小鐵的衣衫，推著他身子轉過背後來，露出滿背鞭痕，血色殷然，都是新結的疤。

程靈素給他療毒之時，早已瞧見，但想到使用無藥可解的劇毒，實是本門大忌，不得不再提及。她所以知道那兩人是小鐵所毒死，也是因見到他背上鞭痕，這才推想而知。她想起先師無嗔大師的諄諄告誡：「本門擅於使毒，旁人深痛絕惡，其實下毒傷人，比之兵刃拳腳卻多了一層慈悲心腸。下毒之後，如果對方悔悟求饒，立誓改過，又或是發覺傷錯了人，都可解救。但若一刀將人殺了，卻是人死不能復生。因此凡是無藥可解的劇毒，本門弟子決計不可用以傷人，對方就是大奸大惡，總也要給他留一條回頭自新之路。」心想這條本門的大戒，二師哥三師姊對小鐵也一定常自言及，不知他何以竟敢大膽犯規？見他背上鞭痕累累，縱橫交叉，想來父母責打不輕，這次又受沸水熬身之苦，也是一番重懲，於是躬身施禮，說道：「師哥師姊，小妹多有得罪，咱們後會有期。」

姜鐵山還了一揖，薛鵲只哼了一聲，卻不理會。程靈素也不以為意，向胡斐作個眼色，相偕出門。

兩人跨出大門，姜鐵山自後趕上，叫道：「小師妹！」程靈素回過頭來，見他臉上有為難之色，欲言又止，問道：「二師哥有何吩咐？」姜鐵山道：「那三束醒醐香，須得有三個功力相若之人運氣施為，方能拒敵。小鐵功力尚淺，愚兄想請師妹……」說到這裏，雖極盼她留下相助，總覺說不出口，「想請師妹……」幾個字連說了幾遍，接不下話。

374

程靈素指著門外的竹籮道：「大師哥便在這竹籮之中。小妹留下的海棠花粉，足夠替他解毒。二師哥何不乘機跟他修好言和，也可得一強助？」姜鐵山大喜，他一直為大師哥的糾纏不休而煩惱，想不到小師妹竟已安排了這個一舉兩得的妙計，既退強敵，又解了師兄弟間多年的嫌隙，忙連聲道謝，將竹籮提進門去。

胡斐從鐵門板上拾起那束枯了的藍花，放入懷中。程靈素晃了他一眼，向姜鐵山揮手道別，說道：「二師哥，你頭臉出血，身上毒氣已然散去，可別怪小妹無禮啊。」姜鐵山一楞，登時醒悟，心道：「她叫王鐵匠打我，固是懲我昔日的兇橫，但也未始不無善意。鵑妹毒氣未散，還得給她放血呢！」想起事事早在這個小師妹的算中，自己遠非其敵，終於死心塌地，息了搶奪師父遺著「藥王神篇」的念頭。

程靈素和胡斐回到茅舍，鍾兆文兀自沉醉未醒。這一晚整整忙了一夜，此時天已大明。

程靈素取出解藥，要胡斐餵給鍾兆文服下，然後兩人各拿了一把鋤頭，將花圃中踐踏未盡的藍花細細連根鋤去，不留半棵，盡數深埋入土。

程靈素道：「我先見狼羣來襲，還道是孟家的人來搶藍花，後來見小鐵項頸中掛了一大束藥草，才猜到他的用意。」胡斐道：「他怎麼中了你七心海棠之毒？黑暗中我沒瞧得清楚。」程靈素道：「我用透骨釘打了他一釘，釘上有七心海棠的毒質，還帶著那封假冒大師哥的信，約他們在樹林中相會。那透骨釘是大師哥自鑄的獨門暗器，二師哥三師姊向來認得，自是沒有懷疑。」胡斐道：「你大師哥的暗器，你卻從何處得來？」程靈素笑道：「你

倒猜猜。」胡斐微一沉吟，道：「啊！是了，那時你大師哥已給你擒住，昏暈在竹籮之中，暗器是從他身上搜出來的。」程靈素笑道：「不錯。大師哥見了我的藍花後早已起疑，你們向他問路，他便跟蹤而來，正好自投竹籮。」

兩人說得高興，一齊倚鋤大笑，忽聽得身後一個聲音說道：「甚麼好笑啊？」兩人回過頭來，只見鍾兆文迷迷糊糊的站在屋簷下，臉上紅紅的尚帶酒意。胡斐一凜，道：「靈姑娘，苗大俠傷勢不輕，我們須得便去。這解藥如何用法，請你指點。」程靈素道：「苗大俠傷在眼目，那是人身最柔嫩之處，用藥輕重，大有斟酌。不知他傷得怎樣？」這一句話可問倒了胡斐。他一意想請她去施救，只是素無淵源，人家又是個年輕女子，便像姜鐵山那樣，那一句相求的話竟然說不出口來。

程靈素微笑道：「你若求我，我便去。只是你也須答應我一件事。」胡斐大喜，忙道：「答應得，答應得，甚麼事啊？」程靈素笑道：「這時還不知道，將來我想到了便跟你說，就怕你日後要賴。」胡斐道：「我賴了便是個賊王八！」程靈素一笑，道：「我收拾些替換衣服，咱們便走。」胡斐見她身子瘦瘦怯怯，低聲道：「你一夜沒睡，只怕太累了。」程靈素輕輕搖頭，翩然進房。

鍾兆文那知自己沉睡半夜，已起了不少變故，一時之間胡斐也來不及向他細說，只說解藥已經求到，這位程姑娘是治傷療毒的好手，答應同去給苗人鳳醫眼。鍾兆文還待要問，程靈素已從房中出來，背上負了一個小包，手中捧著一小盆花。

這盆花的葉子也和尋常海棠無異，花瓣緊貼枝幹而生，花枝如鐵，花瓣上有七個小小

的黃點。胡斐道：「這便是大名鼎鼎的七心海棠了？」程靈素捧著送到他面前，胡斐嚇了一跳，不自禁的向後退了一步。程靈素噗哧一笑，道：「這花的根莖花葉，均是奇毒無比，但不加製煉，不會傷人。你只要不去吃它，便死不了。」胡斐笑道：「你當我是牛羊麼，吃生草生花？」將那盆花接了過來。程靈素扣上板門。

三人來到白馬寺鎮上，向藥材鋪取回寄存的兵刃。鍾兆文取出銀兩，買了三匹坐騎，不敢躭擱，就原路趕回。

那白馬寺是個小鎮，買到三匹坐騎已經很不容易，自不是甚麼駿馬良駒，行到天黑也不過趕了兩百來里。三人貪趕路程，錯過了宿頭，眼見三匹馬困乏不堪，已經不能再走，只得在一座小樹林中就地野宿。

程靈素實在支持不住了，倒在胡斐找來的一堆枯草上，不久便即睡去。鍾兆文叫胡斐也睡，說自己昨晚已經睡過。今晚可以守夜。

胡斐睡到半夜，忽聽得東邊隱隱有虎嘯之聲，一驚而醒。那虎嘯聲不久便即遠去，胡斐卻再也難以入睡，說道：「鍾二哥你睡吧，反正我睡不著，後半夜我來守。」

他打坐片刻，聽程靈素和鍾兆文呼吸沉穩，睡得甚酣，心想：「這一次多管閒事，躭擱了好幾天，追尋鳳天南便更為不易了，卻不知他去不去北京參與掌門人大會？」東思西想，不能寧定，從懷中取出布包，打了開來，又將那束藍花包在包裹，忽然想起王鐵匠所唱的那首情歌，心中一動：「難道她當真對我很好，我卻沒瞧出來麼？」

正自出神，忽聽得程靈素笑道：「你這包兒中藏著些甚麼寶貝？給我瞧瞧成不成？」胡

377

斐回過頭來，淡淡月光之下，只見她不知何時已然醒來，坐在枯草之上。

胡斐道：「我當是寶貝，你瞧來或許不值一笑。」將布包攤開了送到她面前，說道：「這是我小時候平四叔給我削的一柄小竹刀，這是我結義兄長趙三哥給的一朵紅絨花；這是我祖傳的拳經刀譜……」指到袁紫衣所贈的那隻玉鳳，頓了一頓，說道：「這是朋友送的一件玩意兒。」

那玉鳳在月下發出柔和的瑩光，程靈素聽他語音有異，抬起頭來，說道：「是一個姑娘朋友吧？」胡斐臉上一紅，道：「是！」程靈素笑道：「這還不是價值連城的寶貝嗎？」說著微微一笑，將布包還給胡斐，逕自睡了。

胡斐呆了半晌，也不知是喜是愁，耳邊似乎隱隱響起了王鐵匠的歌聲：

「你不見她面時──天天要十七八遍掛在心！」

金庸作品集
14

The Young Flying Fox, Vol. 1

飛狐外傳

1 毒手藥王

作者／金庸

副總編輯／鄭祥琳
特約編輯／李麗玲、沈維君、江雯婷
封面與內頁設計／林秦華
內頁插畫／王司馬
排版／連紫吟、曹任華
行銷企劃／廖宏霖

發行人／王榮文
出版發行／遠流出版事業股份有限公司
地址／臺北市中山北路一段 11 號 13 樓
電話／（02）2571-0297 傳真／（02）2571-0197 郵撥／ 0189456-1
著作權顧問／蕭雄淋律師

1987 年 2 月 1 日 初版一刷
2023 年 11 月 1 日 五版一刷
平裝版 每冊 380 元（本作品全二冊，共 760 元）
有著作權·侵害必究 （缺頁或破損的書·請寄回更換）
ISBN 978-626-361-321-8（套：平裝）
ISBN 978-626-361-319-5（第 1 冊：平裝）
Printed in Taiwan

遠流博識網 http://www.ylib.com E-mail: ylib@ylib.com
金庸茶館粉絲團 https://www.facebook.com/jinyongteahouse

飛狐外傳．1，毒手藥王 = The Young Flying
Fox. vol.1 ／金庸著 . − 五版 . -- 臺北市：
遠流 , 2023.11
　　面；　公分 --（金庸作品集；14）
ISBN 978-626-361-319-5（平裝）

857.9   112016232